帝台娇【下册】
完结篇

纳兰初晴◎著

重庆出版集团 重庆出版社

目录

第五十三章　废后风波　001

第五十四章　生死相逢　015

第五十五章　甘之如饴　029

第五十六章　双剑合璧　044

第五十七章　雪域之城　059

第五十八章　公子宸月　075

第五十九章　我不稀罕　087

第六十章　　生死之局　103

第六十一章　双王齐聚　119

第六十二章　含恨求死　133

第六十三章　傀儡婧衣　150

第六十四章　情义两难　165

第六十五章　你在骗我　179

第六十六章　等我回来　196

第六十七章 绝世之痛 210
第六十八章 凤台囚凰 241
第六十九章 文昭皇后 258
第七十章 我回来了 272
第七十一章 一世深情 287
番外 宛如我心 298

第五十三章
废后风波

一向冷清的宫里，因为两个孩子的到来变得热闹了起来。

瑞瑞很快和熙熙混熟了，老是跟在熙熙后面打转，屋子里追着玩累了就直接坐到地上，夏侯彻怕地上凉了，让宫人将素雪园和皇极屋的屋里都铺上了地毯，由着两人玩累了在地上打滚。

大约是因为一举得了两个儿子，一向面色沉郁严肃的夏侯彻眉眼间都是笑意飞扬，一下了早朝便道："朕先去素雪园看看。"

"是。"孙平笑着应道。

昨个晚上不是看到两个小皇子都睡了才回来的，这一早起来就念叨，还真是一会儿都放心不下。

夏侯彻只带了孙平和几个宫人过来，还带了些让人一早从宫外买回来的新鲜玩意儿，一进了园子熙熙正乖乖坐在桌边吃饭。

"瑞儿呢？"夏侯彻道。

苏妙风无奈笑了笑，道："还在床上呢。"

夏侯彻皱着眉头进了内室，屋子一团乱，床上的小家伙光着膀子又是蹦又是滚的，就是不肯让紫苏穿衣服，着实让人哭笑不得。

"臭小子，你给我出来！"紫苏捡起被他扔下床的衣服，朝着钻进被子，躲在床角的人叫道。

小家伙探出头来咯咯直笑，就是不肯听她的话。

夏侯彻走近床边站着，朝紫苏道："罢了，朕给他穿吧。"

说罢，坐上床长臂一伸就把藏在床角落里的小家伙给拎了出来，瑞瑞被人抓住就立即咯咯地笑出声来。

他接过紫苏递来的衣服，一件一件地给他穿上，小家伙又要往床上爬，却总是被人抓着爬不过去。

紫苏可是气坏了，瞪着他便训道："你个臭小子太坏了，在你娘跟前就撒娇，在我们跟前就知道耍赖。"

夏侯彻手上的动作微滞，漫不经心出口问道："他很听她的话？"

"那当然，在他娘面前可乖了，起床自己就爬起来了，睡觉只要他娘在跟前，一点都不吵的，可一到别人带着时，什么毛病都出来了。"紫苏喋喋不休地数落道。

一想到昨天夜里又哭着叫他娘，一两个时辰都闹着不肯睡觉，可是把她们给折腾惨了。

夏侯彻没有说话，只是薄唇无声地扬了起来。

好不容易给他穿好了，小家伙伸着小手望着紫苏，叫道："秋，秋……"

夏侯彻皱了皱眉，不知道他是在说什么。

紫苏走到一旁，给他将一个小圆球拿了过来，"给你。"

小家伙接过就欢喜地抱在怀里，爱不释手的样子。

夏侯彻给他穿好了鞋，小家伙自己下了地就抱着球出去了，夏侯彻跟了出去，抱着他在桌边坐下，紫苏让宫人把他的早膳给送了过来。

苏妙风抱着熙熙，瞅了一眼他的饭失笑道："他还真是喜欢圆东西。"

紫苏给瑞瑞擦了手，才把剥好的鸡蛋黄递给他，然后坐在边上给他吹着饭团子，吹凉了些才放到他面前的空盘子里。

饭团子不大不小，小家伙一手刚好能抓住，自己拿着就往嘴里送了，根本不需要别人喂。

"他就这怪脾气，刚过周岁的时候能吃米饭了，怎么都不好好吃，公主就教我们做了饭团子，调了味，把萝卜切了煮熟了拌在一起捏成团子，他就肯吃了。"紫苏一边说一边不由得好笑。

熙熙觉得好奇，直愣愣地盯着啃饭团子的瑞瑞，眼睛都不眨一下。

瑞瑞啃完了手里的，接过紫苏递来的第二个，送到了嘴边没吃，伸着手递给熙熙，熙熙愣了愣就伸着手去接，只可惜手太短了隔着桌子拿不到。

苏妙风抱着他起身，他这才从瑞瑞手里把饭团子接了过去。

瑞瑞手一空，伸着小手便冲着紫苏道："饭饭，饭饭……"

夏侯彻一低头看着他脸上沾的饭粒，无奈笑了笑，伸手给他拿掉了，小家伙抓着饭团子不一会儿又沾了一脸的米饭。

熙熙看他吃得香，也抓着啃了一口，兄弟两个你望着我，我望着你一起吃饭，画面着实有趣。

两个小家伙吃完了，就自己下地玩了，熙熙很好奇瑞瑞一直抱着的球，好几次伸手问他要，小家伙就是舍不得撒手。

紫苏一向心疼熙熙，蹲下身劝道："瑞瑞，把球给哥哥玩一会儿好不好？"

瑞瑞自己抱着，道："娘娘的……"

紫苏知道他的怪脾气，只要是他娘给他的东西，就不喜欢给别人，于是抱着瑞瑞道："没关系，一会儿咱们做个新的。"

说着，带着他去拿了夏侯彻刚拿过来的新玩意儿。

瑞瑞伸着脖子看着这边，似乎也有些想玩，抱着球又跑了过来。

熙熙看着他，把自己手里的东西给了他，瑞瑞接过去也把自己的球借给他玩了，一派乐融融的画面。

"嘿，你今天怎么这么大方了？"紫苏笑道。

熙熙在夏侯彻脚边拿着球滚来滚去，玩得很是高兴，球一下滚远了，瑞瑞也放下手里的东西跟着去追，一边追一边笑。

夏侯彻坐了一阵，便起身回皇极殿，冲熙熙招了招手，"懿儿，跟父皇去外面玩。"

熙熙倒也听话，自己就跑过来了。

紫苏收拾了东西，准备抱瑞瑞一块儿过去，谁知小家伙仰头看着熙熙被夏侯彻抱得高高，伸着小手也要一起玩，不肯让她抱了。

夏侯彻只得蹲下身，左手把另一个也一并抱起了。

"走喽！"

瑞瑞欢喜地咯咯直笑，抱着他的脖子。

"下午他俩就在皇极殿了，等晚上朕再送过来。"夏侯彻一边说着，一边抱着两个小家伙出了门。

紫苏长长松了口气，虽然带着他们很有意思，可是要照看两个，还真是累得不行，想来夏侯彻是想跟孩子多培养感情，这样也好，她也能稍微歇一会儿。

"若是有事，奴才再过来通知你们。"孙平说完，方才带着宫人跟了出去。

外面下着小雪，熙熙伸着小手在接雪花，瑞瑞却是仰着脖子张着嘴去接着吃，夏侯彻腾不开手，叫他也不肯听。

孙平小跑着过来挡了雪，"我的小祖宗，这哪是能吃的东西。"

熙熙接了雪花，伸着小手要给瑞瑞，可是在手里一会儿就化了。

瑞瑞也学他伸着小手去接，接住了就伸着手喂到了夏侯彻嘴边要他吃，让跟在边上的孙平哭笑不得。

夏侯彻无奈低头，往他小手上凑了一下，唇上一片冰凉。

他这么一干了，熙熙也跟着有样学样，接着了也要他吃雪。

　　好在，皇极殿已经到了，夏侯彻将两人放下来，瑞瑞拉着熙熙就要往雪地里跑，夏侯彻追上去拉住了熙熙，走在前面的小家伙已经扑到了雪地里，欢喜得又是爬又是滚的。

　　他看他玩得开心，不忍拉他回来，又担心一会儿冻着了。

　　"孙平，让他玩一会儿就抱进来。"

　　说罢，先拉着熙熙进了屋内，他身子弱，哪能跟那一个一样地去雪地里打滚。

　　瑞瑞穿得圆滚滚的，爬起来走了两步就滑倒了，把孙平着实吓了一跳，跑过去却是看到他倒在雪地里咯咯直笑，好玩得不得了。

　　可是，身上穿得太厚了，想要再起来费了好一番力气也没爬起来，孙平上前扶着他起来了，他又故意自己倒下去。

　　好不容易把他扶着站起来了，他却手里抓着一把雪就要往嘴里送。

　　"这个可不能吃……"孙平连忙将手扳开，把雪给他拍掉了。

　　屋里，熙熙在暖榻那里，趴在窗口看着外面雪地里嬉戏的人，小脸绽起笑意。

　　夏侯彻坐了一会儿，看他还趴在窗口看，起身过来瞧了一眼，看到外面在雪地里疯跑的小家伙，不由得想他娘那么怕冷，也算是性子喜静的人，他也没这德行，怎么这家伙就没一刻消停的时候。

　　雪越下越大，他冲着外面的人叫道："带他回来。"

　　孙平听到声音，这才拍去了瑞瑞一身的雪，抱着他往暖阁去。

　　小家伙进了门迈着小短腿跑到了夏侯彻跟前，笑嘻嘻地拉他的袖子，夏侯彻蹲下身看着："怎么了？"

　　瑞瑞笑着一伸手，竟是抓了一把雪回来递到了他嘴边要他吃，他真不知是该气还是该笑，看着他冻得通红的小手，将他手里的雪接了过去搁到桌上，给他呵着气揉了揉。

　　他直到看着他们兄弟两个凑在一块儿玩了，这才起身回书案边去批阅折子，不时抬头看一看暖榻上玩耍的两个小家伙，只是总不时地想着，如果她也能在这里，该有多好。

　　午膳的时辰，紫苏给他们做好了吃的送了过来，熙熙吃饭倒是乖巧安分，瑞瑞却是吃一口又跑开了，然后好半天了又跑回来吃一口，怎么叫都不听。

　　孙平只能一回又一回地将他拉回到桌边吃饭，结果他又钻到了桌子下面不出来，夏侯彻伸手将他从下面拎了出来，结果刚喂着吃了两口，他又要下地去跑。

　　"你还真是没完了？"紫苏瞪了他一眼，念叨道，"在娘胎里就不安分，出来了更不让人省心。"

　　夏侯彻目光微震，沉吟了片刻问道："孩子出生前，你在玄唐？"

　　紫苏一边喂熙熙吃饭，一边说道："我没在，后来听沁芳姐说的，说这家伙在娘胎里就闹腾，天天晚上不肯睡觉，扰得他娘也睡不下，原以为是只有他一个的，哪知道先生出来的却是熙熙。"

这世上双生子并不多见，所以她见了他们才这么喜欢。

夏侯彻短暂的喜悦过后，眼底却泛起落寞之色，虽然这两个孩子已经回到他的身边，可是他错过了他们太多重要的时刻，这样的遗憾，他这一生也难以再弥补给他们。

"我听说，六七个月的时候，公主老是半夜像个老鼠一样到厨房里翻吃的，肯定都是这臭小子害的。"紫苏笑着说道，瞥了他一眼。

夏侯彻抿唇失笑，很难想象她那时候是个什么样子。

"这臭小子会走了，就老是捡些奇怪的东西回来，给他养了只小兔子，他去喂兔子吃草，都能自己坐在一块也拿着草吃。"紫苏越说，越是兴奋，继续道，"还喜欢把红红黄黄的树叶子捡回去给他娘，凤凰台有个果园，一到秋天他就特别喜欢去那里，也就是从那里喜欢甜葡萄的，所以刚开口说话，到现在就学了三句，娘娘，果果，饭饭……"

瑞瑞一顿饭，喂他吃了近一个时辰才吃完，紫苏将个食盒留了下来，有已经剥好的甜葡萄，还有刚做的小糕点。

"这些留着，等过一两个时辰再让他们吃，这个小糕点入口即化的，公主和沁芳专门做出来给瑞瑞吃的。"紫苏说着，将食盒交给了孙平收着。

"难为紫苏姑娘，如此细心准备了。"孙平道。

紫苏望了望又凑在一块儿玩的兄弟俩，说道："记得给他们喝水，我回去睡觉了，昨天被那臭小子闹腾得大半夜才睡。"

"行，你路上慢点。"孙平将人送了出去，一回来就看到里面父子三个就不由得好笑。

熙熙趴在夏侯彻背上玩，瑞瑞则站在边上一直拉扯着他腰间的玉佩玩，拉了一会儿扯不下来，也跟着要往龙椅上爬，夏侯彻顺手把他拎了上去，结果两个小家伙都在他背上爬着玩。

孙平端水过来，喂两个人喝了水，道："皇上，两个小皇子该午睡了。"

夏侯彻搁下手头的事，拉着还玩闹不休的两个小家伙准备哄他俩睡觉，结果一个也没哄下，不由头疼地抚了抚额。

"对了，紫苏姑娘留了什么故事书，说读给他们听的。"孙平想起方才紫苏和食盒一起交给他的书，连忙去拿了过来。

夏侯彻接了过去，书面上写着，宝贝的故事书。

那笔记，是他再熟不过的。

他翻开瞧了瞧，里面也都是她的笔迹一字一字写出来的，故事简单温馨又充满童趣。

瑞瑞瞧见他拿的书，伸着手就要拿，"娘娘的……"

夏侯彻伸手摸了摸他的头，微笑道："乖乖坐好了，我们就讲。"

熙熙乖乖地在他边上坐着了，倚在他的身上，兴奋地等着。

瑞瑞睁着圆圆的大眼睛望了望他手里的书，又望了望他，然后一屁股就坐在了他脚边的地上……

夏侯彻笑了笑,翻开书声音温和地给两个小家伙念,熙熙听着听着就渐渐靠在他身上睡着了,瑞瑞却坚持着听完了。

他心情复杂地合上书,低头一看坐在脚边的小家伙,也抱着他的腿睡着了。

他将熙熙扶着躺下来,这才弯腰将坐在地上的小家伙给抱了起来放在宽敞的龙椅上,接过孙平递来的毯子给两人盖好了,看着两个孩子香甜的睡颜,伸手拿过搁在桌上的故事书。

她在孩子被送走孤身去寻他们回来,她给瑞瑞做布球,给他做饭团子,给他一字一句地写这故事书,从紫苏偶尔的话语中也知道,她是有多么疼爱这个孩子……

他怎么就忘了,她就是那样的人,真正想说的话从来不会说出口,而说出口的话也从来不是她心中真正所想……

可是一直以来,他只看到她的无情冷硬,却根本不曾想过自己的一意孤行,让她的处境是多么艰难。

两个孩子一睡下,原本喧闹的皇极殿也跟着安静了下来。

孙平到书桌边换茶,侧头瞅了一眼夏侯彻边上还睡着的两个孩子,笑着说道:"这仔细看,大皇子倒是像娘些,小皇子那眉眼简直跟皇上一个模子里铸出来的。"

夏侯彻闻声也侧头看了看,薄唇勾起微微的笑意,在见到他们之前,他从未想过自己会有这样两个儿子。

一个像他,一个像她。

只可惜,孩子回到了他的身边,她却又不在。

瑞瑞翻了身,踢开了盖着的毯子,手脚都搭在了熙熙身上。

夏侯彻回过神来,伸手小心翼翼地拉着他的脚放回去,以免压在熙熙身上会让他睡不安稳,好不容易才将他手脚拉开了。

这几日,看着这两个孩子,他似乎突然之间想明白了很多事,自己口口声声说着爱她,想要和她在一起,可是他却还未真正懂她。

他爱她,他要她离开玄唐,离开她的亲人故土,离开她原本的一切跟他在一起。

也许那些人,那些东西在他眼中都是微不足道的,可是对她而言却是难以舍弃的,而他要她舍弃这一切,根本就是给她出了一个天大的难题。

若是她真能舍下那一切,那她也就不是她了。

他恨她的无情冷漠,可她却一直在以她自己的方式坚持着自己所能坚持的责任与信念,尽管他恨透了她那样与他背道而驰的坚持。

他总是忿恨着那三年自己倾心相付,她却无情无义,他希望那三年,她是如他深爱她这般深爱着自己,可是又何曾去想过,如果那时候她真的对自己动了心,那三年她过得又是何等的痛苦?

即便是他自己，若是早知道身边的人是他一直要杀之而后快的仇人，他也绝不可能爱上她，而那个时候，她一直都知道他是谁，一直都知道他日日夜夜地在盘算把她找出来杀死，天天面对着这样的他，她又怎么敢动心，怎么敢爱他？

她有动过心的，可也是他自己在不知不觉中，摧毁了她萌动的心意，就在他一次又一次要杀了玄唐长公主时，就在他一次又一次要把她身边的人赶尽杀绝的时候……

瑞瑞睡眼惺忪地坐起来，看着坐在边上的他愣了愣，然后小嘴一扁，眼中缓缓就涌出泪花，"娘娘……"

夏侯彻搁下手头的事，连忙将他抱了起来，看了看还在睡着的熙熙，嘱咐了孙平一句，抱着他快步出去了。

瑞瑞来了这里好几日了，可是每次要是睡觉前，或是睡觉醒来看不到他娘就会大哭……

他哄了半晌还是没哄住，看到外面的雪停了，便将他抱了出去，一边拍着他的背安抚，一边念叨着，"再等等，父皇一定给你把你娘找回来……"

父子俩在雪地里走了好一阵，不知不觉就到了碧花亭附近，瑞瑞哭得没那么厉害了，只是还趴在他肩头不停地抽噎着。

夏侯彻抬手擦了擦他脸上的泪珠子，带着他绕着湖边一圈一圈地走着，就如当年他背着她在这里走过一样……

瑞瑞渐渐安静下来了，没有哭闹，静静地靠在他的怀里。

宫人冒着雪跑来，禀报道："皇上，原大人回来了。"

夏侯彻抱着瑞瑞往回走，快步进了皇极殿暖阁，原泓坐在暖榻上逗着刚醒的熙熙，抬头一看抱着孩子进来的人，总有些忍不住发笑。

一直以来，这个人手里拿刀拿剑都让人觉得挺顺眼，猛一看他抱着个孩子，这画面实在有些让人难以接受。

"信送过去了？"夏侯彻急切地问道。

原泓从袖子里将信掏出来，递给他道："你从北汉回来的时候，她已经离开丰都了，也没人知道她去了哪里，连姓萧的也没告诉一声。"

"走了？"夏侯彻剑眉一沉。

"嗯。"原泓点了点头，继续说道，"沐烟说大约是去追查冥王教的事了，她现在还不知道这个孩子还活着的事，只怕是找傅家的人报仇去了，也可能是去帮姓萧的找另一半解药去了，她带回去的解药只解了那人身上一半的毒，半年之内要是拿不到解药，也一样会死。"

夏侯彻紧紧攥着手中的信，全然没想到，她已经离开了丰都。

"你现在有什么打算？"原泓直言问道。

相识多年，他很清楚，以他的脾气，知道了这些不可能还在这里待得住。

其实到了这一步，他再阻止他与凤婧衣也没什么意义了，索性便也不再做那些多余的事了。

再者，冥王教一天不除，这两个孩子只怕还是有危险的。

夏侯彻沉默了好久，道："如果，我将这两个孩子托付给你，你能让他们毫发无伤直到朕回来吗？"

虽然他舍不下两个孩子，可是他更希望当她遇到困境的时候，在她身边的人是他，而不是萧昱。

也许以前是他，但以后只能是他夏侯彻。

"只要你能活着回来，我就能让他们毫发无伤。"原泓望向他，神色认真而坚定。

说起来，这两个孩子几番遇险，他和姓容的都有责任，如今保护他们也是应当的。

只是他更担心，冥王教的势力太过庞大，而他们也了解不多，贸然前去，无疑是艰险重重，纵然是一向无往不胜的他，他也忍不住担忧。

"你最好说到做到。"夏侯彻沉声道。

原泓顺手接过他怀里的瑞瑞，念叨道："来吧，两个可怜的家伙，爹不疼娘不爱的，一个个都丢下你们跑了，还是跟着干爹我吧……"

夏侯彻瞪了他一眼，转身到了书案边写下密旨，交给孙平道："差人送到方湛那里，要他见旨意立即回京。"

"是。"孙平接过，连忙出去安排人快马送出宫。

"你把他带去，你就不怕他公报私仇，暗中使绊子杀了孩子他娘。"原泓抬头瞥了他一眼道。

因为方潜的死，方湛对玄唐皇室一直怀有敌意，跟着他去救人，还是去救玄唐长公主，心里自然是不甘心的。

"有朕在，他还没那个胆子。"夏侯彻道。

"要是玄唐那皇帝，趁着你不在的时候造反怎么办？"原泓问道。

若是以往，肯定二话不说地往死里打啊。

可现在好歹那也算是皇亲国戚了，是这两个小家伙的亲舅舅，要是把他杀了，回头凤婧衣再恨上他了，他又回来找他麻烦了。

所以说，凤婧衣那女人是个祸水，是个大麻烦，沾上了就是无尽的麻烦。

"不取他性命便是。"夏侯彻道。

若非是看在她的分上，就凭他把两个初生的孩子送走，让她遭了那些罪的事，他也容不得他。

可是，因为她，他愿意退让，愿意容忍他本不愿容忍的人和事。

"好。"原泓爽快地点了点头，意思就是只要不杀了，教训一下也是可以的。

夏侯彻望了望榻上玩耍的两个孩子，沉默地走回了书案边，落笔迅速地写着什么，然后交给了孙平，"将这几封密旨送出去，三天之后这上面的人，朕要在承天门看到他们。"

既然要对付的对手非同小可，他要带去的人也必须要是非同一般的人，召回京中的人都是好多跟着他身经百战的人。

原泓陪着两个孩子玩，背对着忙碌的人念叨道："你一甩手走了，就不怕我趁着你不在谋权吗，这可是大好时机啊。"

"一个连早朝都睡懒觉的人，你要谋什么权？"夏侯彻没好气地哼道。

原泓无奈地叹了叹气，好吧，他也就是那么没志气的人。

三天后，各地接到密旨回京的将领都入了宫，方湛也跟着回来了。

夏侯彻夜里等到孩子睡了才动身走的，原泓陪他从素雪园前往承天门准备起程，一边走一边道："从丰都回来的时候，我留了人跟着沐烟，估摸着她和隐月楼会找到凤婧衣，要是有消息，我会让人通知你。"

"多谢。"夏侯彻道。

"你要真谢我，就自己活着回来，抱得美人归，也不枉我留在这里给你又带孩子又守江山的。"原泓道。

他只怕，这一去即便他再找到了那个人，以凤婧衣的禀性也难以跟他回来，况且还有一个萧昱，人家才是她名正言顺的丈夫。

横竖他这情路也是够坎坷的，他也就不跟着再添堵了。

虽然他是有些看不顺眼凤婧衣那女人，不过看在那两个孩子的分上，他要带回来也没什么，反正跟着过日子的人又不是他。

夏侯彻瞥了他一眼，道："朕回来了，可以给你放一年假，带俸银的。"

"可以休一辈子吗？"

"天还没亮，别做梦了。"夏侯彻冷哼道。

他当年费了那么多功夫，才让他拉入朝为官，哪能随随便便又让他闲着。

"其实，要是凤婧衣那女人还是不识趣，你就看开点吧，反正现在儿子也有了，苏妙风做后娘也没什么不好，你就别老跟个跟屁虫似的，好歹也是一国之君，别尽做些有失身份的事，让我们这些身为大夏臣子的都怪没面子的。"原泓笑着劝道。

夏侯彻脚步一顿，冷冷地瞪着他，"朕怎么越来越发现，你这张嘴长得那么不顺眼呢。"

"我这是忠言逆耳，你说你年纪也不小了，凤婧衣那女人也一样，你俩再这么折腾上几年，她都成明日黄花了，还追回来有什么用。"原泓毫不客气地继续说道。

夏侯彻懒得理会他，到了承天门接过孙平递来的缰绳上了马，扫了一眼两人道："皇宫里外我都布了守卫和暗卫，你们别让孩子出宫就是。"

"行了，走你的，最好早去早回，否则等你回来，你孩子该叫我爹了。"原泓颇为得意地说道。

"真有那时候，朕回来第一件事，就会让你彻底消失。"夏侯彻冷冷扫了他一眼，一掉马头出了宫门，与候在外面的人会合。

原泓和孙平站在承天广场内，看不到外面的人，只听到阵阵马蹄如雷，渐去渐远，最后彻底湮灭在了夜色中。

"这去了，还能回来吗？"孙平担忧地叹道。

这些年一直在追查冥王教的事，可也没追查出什么头绪来，可见这是个万分棘手的对手，不管是皇上，还是那个人，哪一个有了闪失，可怜的就是这两个孩子了。

"他会回来的。"

他的儿子还在这里，他要的幸福已经唾手可得，他怎会舍得。

北汉，丰都。

请旨废后的风波并没有因为凤婧衣的离开而平息下来，反而愈演愈烈，朝臣纷纷在乾坤殿外长跪不起，更有甚者上奏若不废后，便辞官归隐。

只是萧昱初登大位，朝中许多事情还不曾稳定，只好让双方僵持下来。

一方坚持不肯废后，一方坚持不肯退让。

因着凤婧衣的离去，沁芳也从凤凰台回到了宫里，午后煎好了空青开的药，带着宫人准备送往乾坤殿，却与入宫探望高太后的灵犀郡主不期而遇。

虽然对她没什么好印象，但身为奴婢，礼数还是不可少的。

"见过郡主千岁。"

灵犀郡主与几位族中贵女停下，笑意难掩嘲弄之意，"哟，这不是皇后娘娘身边的沁芳姑娘嘛，听说皇后娘娘走了，怎么没带上你？"

"皇后娘娘自有要事，奴婢跟在身边只会碍手碍脚的，不便同行。"沁芳回道。

"听说，你家主子在大夏做皇妃的时候，你也是跟在身边的，她如今到底是去办事了，还是没脸再待在北汉，回去投奔旧情人去了？"一个年轻姑娘掩唇笑语道。

沁芳咬了咬牙，道："不知说话的是哪家的千金，皇后娘娘到底还是皇后娘娘，这样冒犯的话，就不怕传到陛下耳中吗？"

"若不是因为皇后的丑事，陛下如今哪会这般烦忧。"那人说着，指了指远处乾坤殿外雪地里跪了一地请旨的朝臣们，"这些，也都是皇后娘娘造成的，她若是识趣，就自己不要再回来丢人现眼才好。"

灵犀郡主没说话，只是望了望乾坤殿外还跪着的一众朝臣，近日已经接连有人病倒了，陛下却一直没有松口，再这样僵持下去，也不知结果会如何。

"真不知道有些人一天是想些什么，陛下的家事也要插手，陛下与娘娘数十年的感情，也不是有些人逼着说断就断得了的，即便退一万步讲，这跪着的众位大人逼着陛下废了后，陛下的皇后就会是你们吗？"沁芳笑着问道。

灵犀郡主闻言，秀眉微沉，"即便不是我们，也不能是她这样不干不净的人。"

"那也比有些人心不干不净的好。"沁芳懒得纠缠，不等对方叫自己起身，便道，"若是没什么事，奴婢该送药去乾坤殿了。"

"你……谁叫你起来的？"之前说话的那女子道。

沁芳不耐烦地看了一眼，道："奴婢是跟着皇后娘娘来宫里的，是玄唐人，不是北汉百姓，你要教训，也去问问陛下和皇后娘娘，若是他们应下了，奴婢再来聆听训诫。"

说罢，带着宫人快步走了。

高家和武安侯府那里费尽心思地煽动朝臣要陛下废后，还不是想把灵犀郡主扶上后位，莫说陛下与主子多年感情不会下那样的旨意，即便真有那么一天，谁又会去立这样一股势力背后的人为后。

说是请旨废后，可闹到如今的地步，跟胁迫又有什么两样。

一进暖阁，便听到里面传出阵阵咳嗽声，她连忙端着药赶了进去，"陛下，药好了。"

空青站在边上把了脉，道："你本就大伤初愈，一直这样心有郁结，很难好。"

萧昱接过药碗一饮而尽，嘲弄地道："看看外面那一个个，朕心情能好到哪里去。"

凤婧衣孤身离开凤凰台，至今音讯全无，外面这一个个又想尽了办法要逼着他废后。

只是如今，朝中的事全都压在他一个人身上，空青也一直没有查到阿婧的行踪，他便是去找，也不知该去往何方。

北汉这些年一直追查着冥王教，不说有多深的了解，起码也是知道那是一个何等可怕的对手，北汉和大夏这些年交手也没占得什么好处，她和隐月楼即便找到了又能有多大的胜算。

空青收了药箱，扫了一眼堆了一桌子的折子，声音平淡地说道："这些人闹成这样，无非是想换个皇后让自己或自己家族的前途更好点，可有时候人太贪心了也不见得是好事，不定鸡飞蛋打什么都捞不着了。"

萧昱闻言望了望他，道："你倒是看得通透。"

"带头闹腾的也就那么几个，不废后就要辞官归隐，那就赏他一亩三分地，成全他好好安享晚年。"空青道。

"崔英，把高太尉最近上奏的折子都找出来。"萧昱道。

崔英吩咐了宫人去拿，自己上前回道："陛下，前日高大人在外面跪着病倒了，这两日在府内休养呢。"

萧昱一边提笔写着旨意，一边道："这道圣旨，明日朝会之后，便到太尉府宣了吧。"

崔英站在边上，看着黄帛上落下的一字一句，担忧地问道："高太尉毕竟为官数十

第五十三章　废后风波

年,又是太后娘娘的生父,皇上下这样的旨意,只怕会招人非议?"

"如今非议朕的还少了?不差这一桩。"萧昱说着,盖上了玺印交给他道,"他毕竟已经到了这把年纪了,这一病身体怕也不怎么好了,带上太医好好给他看看。"

原本,高家他也不想再多留的,如今是他们自己一再不肯退让,也怪不得他不念情面。

他若今日被他们逼着下了废后诏书,他日还不得被他们逼着下退位诏书了。

"是。"崔英应声道。

"那些在丰都散播谣言的人,也都有人盯着吗?"萧昱问道。

"一直让人看着呢。"崔英道。

萧昱点了点头,道:"明日朝会之时,将他们都给朕带进宫来。"

他们所说的是有真话,可却万万不该被人安排着说出这些话来。

"这……"崔英有些为难地望了望他,道,"宫外的人放进来,若是有不轨之徒,只怕不好收拾。"

"无碍。"萧昱微微摇头道。

崔英收起写好的圣旨,没有再多问什么,不过想来到了这一步,他也是不打算废后的。

他带着宫人出了乾坤殿,看着雪地里还跪着的朝臣们,道:"各位大人,这天儿也怪冷的,都先出宫回府吧,省得再伤了身子,皇上说了明个儿朝会,定给大家一个交代。"

跪了一地的大臣们相互望了望,为首的武安侯追问道:"崔公公说的话,可是真的?"

"千真万确的,侯爷和众位大人都先回府歇着吧。"崔英道。

武安侯一起来,后面的人才纷纷起来了,大约是跪得太久了,好些个都站不稳了。

"崔公公可知,陛下是什么意思?"武安侯询问道。

一直僵持了这么些天,陛下也没下任何旨意,今日突然说要交代了,他一时也摸不清到底是好事还是坏事,若是能知道一二,也好有个应对之策。

"这个陛下倒是没说,只说了让众位大人先出宫,明日朝会再议。"崔英道。

"那陛下这两日可是有什么异常举动?"武安侯继续追问道。

崔英不耐烦地叹了叹气,略一沉吟,说道:"只是收到皇后娘娘留下的一封信,近几日面色不怎么好的样子。"

"崔公公可知是什么信?"

"这哪是我能看的,不过大约不是什么好事。"崔英面色沉重地叹了叹气,道,"当年先帝本就反对立玄唐长公主为太子妃,陛下执意而为,如今……"

武安侯听了,不由得思量了一番,待再要追问,一抬头才见崔英已经带着宫人离去原本跪在乾坤殿外的朝臣们也都纷纷散去了，崔英到了殿门口回头望了望，唇角掠过一丝冷笑。

武安侯只怕是以为陛下会下旨废后，明日可就有得热闹了。

乾坤殿一夜灯火明亮，等着朝会时辰的到来，宫外各个官员的府里亦是没几个安眠的，都暗自猜测着朝会之上，皇帝到底是要如何交代。

天色渐渐亮了，乾坤殿的宫人纷纷忙碌起来，今日的朝会是设在宫门广场，圣驾仪仗和护驾的侍卫都要早做安排，马虎不得。

萧昱早早地换上了朝服朝冠，坐在暖阁里静静等着，各部的官员也都陆续入了宫，在宫门处的广场等着，就连闻讯的城中百姓也都纷纷聚集到了广场，等着看新皇帝如何处置给自己戴了绿帽子的新皇后。

朝阳初升，乾坤殿外的广场上朝臣们已经分列而立，周围放进来的一部分城中百姓也聚集在宫门口，随着圣驾从乾坤殿出来，纷纷跪拜行礼，"吾皇万岁万岁万万岁。"

萧昱淡淡地扫了一眼，微微抬了抬手，边上的崔英高声宣道："众臣平身。"

众臣纷纷起身，望向已经数日不曾露面的北汉王，等着他交代关于废后之事。

萧昱以拳抵着唇咳了一阵，拒绝了崔英等人搀扶入座，漫步在长毯上走着，行至中间方才开口，"今日的朝会是要议什么，相信各位都比朕还清楚。"

周围一片肃静，静静地等着他的话。

"今日的朝会是要议废后之事，至于为何废黜皇后，你们也比朕清楚。"萧昱说着，冷冷地扫了一眼，道，"对，皇后是曾经在大夏宫里待了三年，朕都知道，可是朕还是娶了她。"

武安侯和高太后相互望了望，似是感觉到有些不妙。

"在朕被立为北汉储君之前，朕有十年生活在玄唐，后来她做了玄唐长公主，朕做了玄唐大将军，原本一切都很好。"萧昱忆起自己离开玄唐的那一年，眉眼间满是沉重，"那一年，大夏发兵玄唐，十万大军兵临玉霞关，也是在那个时候就在这宫里，朕的父皇也陷入困境，危在旦夕，朕草草安顿了玉霞关的事赶回了丰都救驾，可朕救下了父皇，玄唐因为朕的擅离职守亡了国，那个时候她以为朕死了，她到大夏是为了复国，是为了给朕报仇，可她直到大业将成才知朕并没有死，这个时候她已经在大夏皇帝身边做了最受宠的皇妃。"

没有人料到，一国之君竟然会将这等事，当着这么多的人亲口说出来，没有人敢出声，都只是静静地听着。

"三年，她用了三年夺回了现在的玄唐，这样的事放在你们任何一个人身上，你们谁能做得到？"

"那么，皇后娘娘生下的孩子是大夏皇帝的孩子，也是真事？"一名官员出声问道。

萧昱痛苦地合目，咬牙切齿道："是，是真的，可那个时候，她若不生下那个孩子，她这一辈子也不可能再有为朕生育子嗣的能力。"

第五十三章 废后风波

"陛下，皇后娘娘为国为民确实令人敬佩，可她与大夏有瓜葛，要成为北汉国母，母仪天下，到底有些不合适。"高太尉上前出声道。

"她不合适？"萧昱望向说话的人，目光沉冷而锐利，"当年朕流落玄唐的时候，没有她，朕也活不到现在，玄唐亡国之事也是朕负了她的信任，因为北汉，因为朕的父亲，朕在大敌当前之际，丢下了她。"

"可是，事情到了如此地步，皇后娘娘继续在位，只会累及陛下声名。"武安侯道。

看来，皇帝是铁了心不肯废后了。

"声名也不过是身外之物，朕若是顾及，当初就不会与她成婚。"萧昱抬手抵着唇，咳了一阵说道，"你们也都知道，朕先前大病了一场，朕不是重病，朕是中了奇毒。"

"这……"一时间，众人震惊，纷纷出声议论开来。

萧昱抬了抬手，周围的声音沉寂下去，他方才道："前些日，就在皇后刚刚为朕寻到解药回宫之时，丰都城里就传出了关于皇后的种种谣言，朕身上的毒已经解了一半，但若寻不回解药，朕便还只有半年寿命，此事太医院都可以做证。"

霎时间，朝臣们个个都惊惶起来，哪还顾得上什么废后之事。

"就在你们天天跪在乾坤殿下请求朕废黜皇后之时，她现在还冒着风雪奔波在外为朕寻找救命的解药，可是在这样的时候，你们一个个求着朕，逼着朕，要朕废了她！"他沉声说完便忍不住阵阵咳嗽，崔英连忙带着人上去搀扶。

半晌，他才平息了下来，只是面色比之方才更加苍白了几分。

"你们要朕给你们交代，朕就在这里告诉你们，朕不会废后，就算你们再有人跪死在这里，就算你们一个个都在背后指着朕的脊梁骨嘲笑朕，朕也不可能废了她。"萧昱说着，声音沉重而响亮地道，"朕是北汉的皇帝，可朕更是个人，是个顶天立地的男人，那等无情无义之事，朕做不出来，也不会做。"

他说罢，人便有些站不稳了，崔英连忙带了人扶住催促道："快扶陛下回去！"

一场朝会，在北汉王的伤病发作中结束，事后竟查出，那些在丰都城说皇后私生子之事的人，都是收了人好处故意而为。

再者因着北汉王中毒之事，朝野民间也开始人心惶惶，废后的风波便也渐渐平息了下去。

第五十四章
生死相逢

自离开凤凰台，凤婧衣便按照青湮等人传回的线索一路向北，因为担心会被冥王教的人盯上，所以都是到了一个地方，寻到她们所留下的暗号才会知道下一步要去的地方。

虽然从丰都出来之时就被人盯上，好在一路小心谨慎甩掉了，辗转到了北汉与北狄国的边境。

北狄国是与大夏和北汉都接壤的游牧民族，民风彪悍。

之前接到的消息说，星辰和沐烟会来这里跟她碰面，可是她已经到了一天一夜，也并未见到她们的人，而这边境之地混乱，北狄人劫掠杀人之事简直比比皆是，且也得到消息说北狄也与冥王教勾结一气，她现在孤身一人又有要事在身不能惹下麻烦，只得小心行踪藏身在城中继续等着。

因着怕被人查到行踪，所以一路都是住在隐月楼提前安排的民居，这一次所住的周家是靠放牧为生的，家里有个两岁的小姑娘叫月牙儿，性子跟瑞瑞一样的活泼可爱，即便家里住进了她这样的生人，她也很快就跟她熟络了起来。

只是，她看着她，总不免想起已经送到了盛京的瑞瑞，他在那里可有听话，可有乖乖吃饭，好好睡觉，越想就越是心酸难舍。

午后，她正准备去镇上看看有没有星辰她们的消息，月牙儿就跑到了她房里来，"凤姑姑，给你这个。"

凤婧衣蹲下身，接过小姑娘递来的半块饼，"哪来的？"

"小姑姑悄悄给我的喜饼。"小姑娘咬了一口，笑得眉眼弯弯，煞是可爱。

凤婧衣笑了笑，周家的小女儿周秀明天要出嫁，这两日家里上下都在忙着准备。

"你要出去吗?"月牙儿看了看她问道。

"嗯。"凤婧衣微笑点头。

"我跟你一起去好不好?爹娘还有爷爷他们都忙着,都没有人跟我玩。"小姑娘说着,噘着嘴哼道。

凤婧衣想了想,道:"好吧。"

原本就是打算去打探一下消息,顺便给周家置办份贺礼的,虽然萍水相逢,但这几日周家对她也算照顾。

她牵着她出去,给周家人打了招呼方才出门,小姑娘牵着她的手蹦蹦跳跳地走着,好不欢乐的样子。

"凤姑姑来这里做什么的?"

"找东西。"她笑着说道。

"你要找什么,月牙儿最喜欢找东西,我帮你找。"小姑娘扬着笑脸问道。

凤婧衣笑了笑,说道:"是月牙儿找不到的东西。"

"我们可以让爷爷、爹爹娘亲,还有小姑姑小姑父一起找。"月牙儿小脸满是认真地说道。

凤婧衣指了指前面的店铺,扯开话题道:"走吧,我们给你小姑姑挑件礼物回去。"

小孩子到底心思单纯,一看琳琅满目的东西就不再追问了,挑来挑去挑了一件玉镯子,不算特别出挑名贵,但是送礼也正合适。

周家不算富贵之家,她送太贵重的也不太合适,挑了个一般人家女子会戴的买了下来。

两人买完了东西,她牵着月牙儿到与星辰她们碰头的地方附近等了两个时辰也没等到人,眼见天色不早了,便带着她先回了周家。

第二天是出嫁的日子,今日周家就已经摆了筵席,街坊邻居也都过来吃酒了。

因着人太多不便露面,她过去将东西留在了周秀房里便回了自己房里休息,好在她住的地方比较僻静,倒也没有那么吵闹。

一个人躺在床上摩挲着熙熙的长命锁片不由得闭上了眼睛,与星辰她们会合之后要先去见淳于越,空青只给了她萧昱一段时间的脉象和症状,还拿不准另一半毒是何毒,让她带给淳于越看了才有定论。

如果这毒是傅锦凰让人下的,空青说只要找到了毒,金花谷就能找到解药,只是如今她一走数日,也不知丰都那边是何情形。

虽然她也不想不辞而别,但以萧昱的性子,她若是实话实说了,他势必不会放她一个人上路,加之朝中上下又闹着那样的事,她更不好入宫去见他了。

如今瑞瑞已经安全送到了盛京,玄唐也有了凤景,只要寻回解药解了萧昱身上另一半的毒,她能做的事便也都尽力做了。

唯一遗憾的便是两个孩子,一个她未能保护好失去了性命,一个她生下了却不能让他在一个完整的家庭中成长。

不过她相信，夏侯彻应该会是一个好的父亲，瑞瑞在他身边，总好过跟着她在北汉受尽指责和白眼。

只是不知从何时起，外面原本喜庆的热闹声沉寂了下去，传来的却是孩子的哭叫的声音，好像是月牙儿的声音。

天生对于危险的直觉告诉她，这不是什么好事，从床上翻身坐起，拿起了随身的短剑悄悄打开了房门前往前院查看究竟。

可是，过去的时候，原本喜气洋洋的筵席不知何时闯来了一帮子北狄人，一个个骑着高头大马，打着火把围在周家附近，有冲进去的人将周家的聘礼和嫁妆都给抢去了，周老爹去阻拦却被人一脚踢开了。

"爹！"

"爷爷！"

周秀和月牙儿跑过去搀扶，带着人闯进来的彪形大汉却一把抓住了周秀，"以前怎么就没发现，周家还有你这么个标致的女儿。"

"你放开我妹妹！"月牙儿的父亲冲上前去，却又哪是那一帮武夫的对手，不过两招便被人拧断了手，痛得一阵惨叫。

前来周家吃席的人个个都缩在院子角落里，想要走却又碍于门口守着的一帮子人，谁也不敢轻举妄动。

那彪形大汉拖着周秀就往外走，周秀又是咬他，又是哭叫，却也逃脱不得。

凤婧衣站在暗处紧握着手中的短剑，却又碍于院中有太多的人，即便她明里动起手来，也不一定能在这些人手里取胜，更何况还会累及院子里的无辜之人。

"爹，大哥，救我！救我！"周秀哭叫着求救道。

月牙儿的爹和周老爹冲出门想要救人，却还是被人给打伤了，月牙儿和她娘扶住两人，看着带着周秀策马而去的一行人，哭着叫道："小姑姑，小姑姑……"

北狄人一走，前来吃席的宾客也都陆续走了，一个时辰前还喜气洋洋的周家，一下冷清了下来。

凤婧衣从暗处现身，上前扶住周老爹坐下，帮着给月牙儿她爹接上了手骨，两个人却冲进柴房提着柴刀又要出去救人。

她疾步上前去拦了下来，"你们两个人再去，也不是对手，若是有个三长两短，让嫂子和月牙儿怎么办？"

"秀儿被他们掳去了，明天她就要嫁人了，这若是有了事，可让她怎么活，让我们老周家怎么活……"周老爹痛苦含恨地道。

凤婧衣抿了抿唇，望了望惊慌失措的一家人，道："你们赶紧收拾东西，我去帮你们救人回来，秀姑娘一回来，即刻起程离开这里，走得越远越好。"

"你……你能救秀儿回来？"周老爹紧张地问道。

"我尽力而为，你们快收拾东西，我带她一回来就赶紧走，往丰都的方向走，他们再怎么样也不敢到北汉内地去找你们。"凤婧衣交代完，拿起周家的弓弩和箭囊快步出了门，朝着那伙人离开的方向而去。

按理说，现在这样的时候，她不该插手管这些闲事，可是事情在她眼前发生了，她怎么能真的不管不顾。

一个姑娘家在出嫁的前一天出了这样的事，即便还能活着，这一辈子也毁了。

她一个人要从二十多个人手里救人，虽不说是高手，但也都是身怀武艺之人，硬碰硬肯定是不行的，只能追上他们伺机偷袭。

但是，这里也是北狄的边境，若是让他们回了部落，她就更难下手了，所以留给她的时间不多，而且这周围大多是平原，她想偷袭也不是那么容易的事。

夜色中尽是一群人得意的狂笑声，还有周秀惊恐的哭叫声，镇上的人因为北狄人的出现，都已经个个紧闭门户，整个镇子安静得像一座无人的死城。

她眼看着一行人要出镇子了，纵身跃下了房顶快速搭箭拉弓射杀了为首的三个人。

"什么人！"抓着周秀的彪形大汉，愤怒地勒马四下张望。

凤婧衣伏在房顶上，手悄然从箭囊取出箭矢，看着下方一行人中也有人取了弓箭，迅速先一步出手将对方射杀。

"在那里！"有人看清楚出箭的方向，扬手一指房顶上叫道。

其余几人一听，一拔刀从马背上一跃而起上了房顶，凤婧衣早料到对方会如此，快如闪电地出手，手起刀落将追上来的三人毙命。

下方的人看到自己人吃了亏，又有几个人纵身一跃而起，准备上房顶与她交手，她迅速搭箭拉弓，不待对方靠近便已出箭，三个人还在半空便中箭坠了下去，剩下两人上了房顶挥刀便砍了过来，她身形灵敏地闪避到其身后，反手一刀划破了对方脖颈将其毙命，最后一个人怒吼着狂挥着手中大刀冲了过来……

她足尖一点身轻如燕地后退，绑在手腕上的袖箭机关一动，一枚短箭直射入对方眉心，公子准备的这些东西，还真是好用至极。

"阁下到底是什么人？"对方叽里咕噜说着北狄语。

她对异族语言虽不算精通，但也是懂些的，以他们的话回了句，"取你命的人！"

说罢，纵身从房顶上一跃而下。

虽然已经杀了十来个，但还有十几个，自己所带的箭矢已经用光了，现下也只能近身交手，她一向是以灵巧迅捷取胜，但一下子要应对这么多个，难免有些吃力，而且其中也不乏身手过人的高手。

带头的那彪形大汉眼看着自己人在她手上连连丢了性命，将周秀扔给旁边一人，一拔刀便准备亲自动手了，凤婧衣以剑相抵却被强大的力道逼得后退数步，眼看着周围的人也欲趁机从背后偷袭，顿时心下一沉，暗叫不好。

这个时候她若收剑对付后面的人，前面这一个就会趁机一刀取了她性命，可若她不去挡，这么多人围攻而上，自己怕也难逃一死。

然而，最先攻近前来的一人，刀锋都快落到她后背之时却被突如其来的薄如柳叶的暗器给射在了喉间，顷刻之间倒了下去。

星辰迅如光影地掠近她身旁，"没事吧？"

她本是寻到周家跟她会合的，哪知道一到那里只看到一片混乱，周家的人说她出来救人了，她就赶紧赶了过来。

这还好是赶上了，不然可就真要出大事了。

"这三个我的，那边的交给你了。"凤婧衣朝她斜了一眼道。

星辰以轻巧见长，若遇上这边三个这样的对手，难免是有些吃力的，但要对付那边的那几个却是绰绰有余的。

两两联手，一个时辰终于将这一伙悉数解决了个干净。

"你先送她回去吧，我把这里处理干净了去找你。"星辰打扫着一地尸首道。

这里毕竟是在北狄边境，那边部落里的人要是知道二十多个人在这里被杀了，不定会来更多的人到镇上寻仇，还是先把这些尸首处理了才好。

"好。"凤婧衣扶着周秀起来先回了周家。

周老爹几人一看到她们回来，连忙迎了出来，一家人感激地跪了下来，"凤姑娘，您真是老周家的救命恩人了。"

凤婧衣将几人扶了起来，道："东西收拾好了就赶紧上路，这里你们是不能再住了。"

"好，我们已经收拾好了，马上就走。"周老爹扶着哭泣不已的女儿说道。

"我想，秀姑娘的那件婚事最好也退了，即便你再嫁过去了，今日出了这样的事，他们要去那里找到你，也是易如反掌的。"凤婧衣道。

周秀要嫁的人家，就在隔壁的镇子，离这里也不过十几里路，北狄人要找过去也是轻而易举的事。

"可是……明日一早他们都要过来迎亲了。"

"当务之急，还是身家性命重要，我一会儿骑马过去替你们把事情说清楚就是，你们即刻上路走吧。"凤婧衣催促道。

男方家里若是知道周家招了这样的事，只怕是躲还来不及的，又岂会再与周家结亲呢。

"那就有劳凤姑娘了。"周老爹千恩万谢道。

"好了，快走吧。"凤婧衣道。

周秀扶着老人上了马车，月牙儿哭着站在边上，道："凤姑姑，你还会去看月牙儿吗？"

"等姑姑办完事，再去看你们，快跟你娘走吧。"凤婧衣说着，将她抱着放上了马车。

她看着马车在夜色中渐行渐远，方才暗自松了口气，如今人虽然是救了，只怕还是惹来了更大的麻烦。

北狄那边一下失踪了二十多个人，只怕用不了两天就会找到这里来，若是找不到凶手，恐怕整个镇子上的人都要遭殃了，可她一时之间也不可能让全镇上的人都逃走。

如今看来，也只有去找边境的北汉守军，看能不能抵挡住北狄来寻仇的人，可是这样一来，萧昱便也就知道了她在这里。

夜色沉沉，北风呼啸，凤婧衣都能闻出自己一身的血腥味儿。

她看着周家人离开，连忙折了回去跟星辰一起处理尸首，等两个人忙活完了再回到空无一人的周家，天已经亮了。

"一下死了这么多人，北狄部落不会善罢甘休的。"星辰望了望她，出声提醒道。

以前虽也有北狄人骚扰北汉和大夏边境的居民，但却不敢那么明目张胆，顶多也就是劫些财物罢了，但如今暗中与冥王教勾结一气了，行事就愈发狂妄不知收敛。

"事已至此，也只能且行且看了。"凤婧衣无奈笑了笑叹道。

"可现在就算是北汉边境的兵马，没有圣旨，你去了怕也难以调动的，更何况……"星辰说着，欲言又止。

她要让军营的人出兵保护镇子上的居民，必然是要动用皇后的身份，可是如今北汉废后之事闹得沸沸扬扬，天下皆知，即便她以皇后身份下懿旨，只怕军中也是无人肯听的。

就算退一万步讲，军营的人愿意出兵，她们对付了北狄部落，不就打草惊蛇也惊动了冥王教。

"是我冲动行事，给你们添了麻烦了。"凤婧衣叹了叹气道。

星辰所顾忌的，又何尝不是她所顾忌的，也正因为如此，她到现在也没有拿定主意，要不要去军营求助。

可若是不去，仅凭她们两个人，也根本不可能抵挡北狄部落的大军啊。

"这也怪不得你，谁又能想到周家会出这样的事。"星辰道。

让她住在周家也是她安排的，她本就是心软之人，看到这样的事在眼皮底下发生，哪里能视而不见。

反正现在人已经杀了，再追究下去也是无用，还是该谋算以后才是正事。

"青湮和公子宸她们现在在哪里？"凤婧衣问道。

星辰闻言叹了叹气，沉默了一阵方才说道："我来跟你碰头来晚了，也正因为那边有事耽误了，公子宸不见了，青湮和师尊跟人交上手受了伤，现在在隐秘的地方养伤。"

"受伤了？"凤婧衣拧眉问道。

青湮在隐月楼这么多年，江湖上能出手伤她的人也是寥寥可数，更何况还是她和白笑离两个人联手，竟然有人能将她们师徒两人重伤，看来对手远比她所想象的还要可怕。

"公子宸现在也没有消息，不知是生是死，淳于越在照顾着师傅和师尊那边，我安顿好他们才过来找你的。"星辰面色沉重地说道。

"交手的是什么人？"凤婧衣追问道。

星辰抬眸望向她，沉声道："冥衣和七杀。"

她们一直小心隐藏行踪，没想到还是被人偷袭了，而现在她们在这镇上又闹出这样的事。若是凤婧衣也暴露了行踪，又哪里是那些人的对手。

"是他们。"凤婧衣拧眉叹息道。

冥王教的两大护法联手，也难怪白笑离都挡不住了，可是这样的讯息也让她知道，自己要对付这样的敌人，要想找到萧昱的解药，无疑是难如登天了。

不过有淳于越在，想来她们两人的伤势，应该不会伤及性命了。

"师尊离开青城山，本就是要避开这些人的，如果连她都无法与他们交手取胜，就算是咱们隐月楼倾尽全力，想来也难以对付得了冥王教。"星辰说着，认真地望着她道，"所以师尊让我给你带句话，不要去送死。"

凤婧衣当然也知道对手难以对付，可是现在萧昱所中之毒，只有从冥王教才能寻到解药。

而且，就算她想罢手，傅锦凰也会千方百计地要置她于死地。

冥王教的势力在一天一天地壮大，已然联络了大夏、北汉、玄唐以外的小国和部落一起，其野心可想而知，当这些势力联合起来到可以入侵三国之时，那才是真正的浩劫。

所以，必然是要趁着现在冥王教的势力还未完全稳固将其除掉，不然只会后患无穷。

"如果……"

"不过师傅说了一句话，咱们避得了一时，避不了一世，现在一搏尚有胜算，等到对手更加壮大之后，天下谁也没有好日子过了。"星辰认真地将青湮的话，转述说道。

"那你师尊是何意思？"凤婧衣微然一笑追问道。

"她说跟些老熟人的旧账，也是时候要清算一下了，只是凭咱们现在的力量，纵然可以对付得了别人，但若是与冥衣和七杀交上手，也必是死路一条的。所以她现在在传授师傅神龙诀提升功力，本是要你过去一起的，但恐怕现在咱们一时之间也脱不了身了。"星辰说着，不由叹了叹气。

北狄部落的事一天没解决，她们一天怕也走不了，也不是走不了，只是她们一走了，这镇上的人怕会被寻仇而来的北狄人屠杀殆尽。

凤婧衣一想到自己惹下的祸端，不由得暗自叹了叹气，且不说她如今的身份尴尬，就算没有废后这样的事，北汉一向是后宫不得干政，即便她寻到了军营之中，也不可能说得动边关守将出兵，更何况现在全国上下都闹废后之时。

可是，如果说不动他们，又该怎么应付寻仇的北狄人，才能让这镇上的人免受战火。

"时间不多了。"星辰提醒道。

凤婧衣沉默了片刻，朝她道："你去盯着北狄部落的动静，我再想想办法。"

说罢，转身进了屋内，好不容易从周家寻到了笔墨，模仿着萧昱的笔迹写了一封调

第五十四章 生死相逢

令，又从荷包取出一支精巧的令箭，这是去金花谷接熙熙之时他交给她的，若是有事可以调集北汉边境的兵马，当时没用得上，便一直留在了她这里。

也许，今日能派上用场了。

她再出去的时候，星辰已经离开了。

她回到自己房里，换了一身男装，方才骑马去了就近的北汉军营。

既有了北汉皇帝的亲笔信，又有调兵的令箭，加之最近北狄本就频频侵犯北汉边境，军营将领倒也并没有怀疑什么，便对边境的镇子加强了兵马防御。

午后的时候，星辰自外面回来，在周家旧宅与她会合了。

"北狄部落已经有人在追查此事了，相信最迟到明天就会找到镇子里来了。"

"他们现在有多少兵马？"凤婧衣问道。

"五万，北汉这里的军营加起来也堪堪只有三万多兵马，若真是两军交战，恐怕胜算不大。"星辰说道。

一来，兵马数量上只有北狄的一半，再者北汉的兵马哪里比得上北狄那些马上的游牧民族剽悍，再加上这里都是平原地区，也没有有利的地形，一旦交战便就是实力上的硬碰硬了。

如果这些兵马抵挡不住北狄的兵马，那么这个镇子还是会落得血流成河的下场。

"你留在这边帮助他们一起守关，我带五千精兵，绕到他们后面借机偷袭，届时可以引开一部分兵马，到时候前后夹击，胜算也能更大些。"凤婧衣郑重说道。

"可是，你一个人带着人过去，若是被人发现了，我们怕是连救你都来不及。"星辰紧张地说道。

"我会小心些。"凤婧衣微然一笑，示意她放心。

如果不出意外，北狄那边今天夜里就会出兵，她若不及早安排，明日大军压境之时，才真的是死路一条了。

星辰深知她的执拗，叹了叹气，只得答应了下来。

"沐烟夜里应该到了，让她到大夏边境接应我们入城。"凤婧衣一边说，一边自己先离开了周家旧宅，前去和守城的北汉将领商议。

暮色降临的时候，她挑了军中五千身手较好的精兵带着往北狄的方向去了，一路趁着渐暗的夜色，带着人在平原上纵马如飞。

夜色笼罩天地的时候，平原上果真传来了兵马行进的声音，凤婧衣带着人在一处山丘之后，看着远处打着火把朝着北汉边境奔驰的大军，一颗心也不由得提了起来。

"钦差大人，现在怎么办？"边上一人问道。

凤婧衣一瞬不瞬地盯着下方的北狄大军，声音沉冷，"向东边引。"

"东边？"那人一听，诧异道。

东边可就是大夏的边境了，往那边走，岂不更是死路一条？

"对，就往东边引，要让跟去的人以为，此事跟大夏也有关，分散他们的兵力，将大夏也拉进来。"凤婧衣道。

北狄人凶悍，仅凭她和北汉边城的兵马是根本没多大胜算的，她带着人要做的，一是偷袭，二是将他们兵马引到大夏的边境，将大夏也拉进这趟浑水，如此才能有几分胜算。

虽然，这样有失道义，但现在也是没有办法的办法了。

"什么时候动手？"

"他们应该会在天亮的时候进攻，咱们先跟着，赶在那之前动手。"凤婧衣冷静地下着命令。

一行人尾随在北狄军之后，却又保持着安全的距离，所幸有着夜色的掩护，一路都并未被人发现。

天快亮的时候，北狄大军已然在北汉边境外做好了进攻的准备，凤婧衣无声地抬起手，身后五千精兵纷纷架起了弓弩，她缓缓拉开了弓弦，箭头却是瞄准了带兵的头领，凤眸微眯，寒光闪耀。

"放箭！"

霎时之间，乱箭如雨，北狄军中瞬时便传出阵阵惨叫之声，有人似乎看到了远方的人头攒动，高声叫道："在那边！"

不一会儿，便有人带了兵马追了过来，凤婧衣又带人发动了第二次箭阵，过来的人还未近前便已经被射杀落马。

第三次的箭阵过后，他们所带的箭矢用尽，她沉声下令道："不想死就向东走。"

她翻身上马，带着人纵马奔向东方的大夏边境，后方的北狄军派了一万多兵马狂追而至，落在最后方的人已经被后面的追兵射杀。

凤婧衣扭头回望，沉声催促道："快！"

大夏的边城越来越近了，原是以为沐烟已经赶来了，能助他们冲入城中，哪知城上的人看到有大批人马靠近，却先一步下令关闭了城门。

她带着剩下的残兵退到了大夏边城之外，后方是城上寒光冽冽的利箭，前方是如狼似虎的北狄大军，已然无路可退。

"大人，没退路了。"边上的人颤声道。

凤婧衣看着愈来愈近的追兵，缓缓拔剑道："既然没路了，那就杀出一条血路回去。"

马鸣声，厮杀声，在大夏边境的城外此起彼伏，寒风都染上了血腥的气息。

虽然追兵一个一个毙命在了他们的手里，但是她身边的人也越来越少，她已然分不清身上的血是敌人的，还是自己的，挥剑砍刺的手臂都有些麻木了。

她还不能死，她还有未完之事，绝对不能死在这里。

一次又一次，就是这样的念头支撑着她，在一地死尸中活了下来，可是跟随而来的人，也都所剩无几了。

她满脸血污地望着周围的数千北狄兵马，握紧了手中染血的剑。

北狄人看着仅剩的几人，一队人策马持刀冲了过来，她在数十人的连番攻击中，再难有取胜的机会，刚刚避过迎面挥来的大刀，身后一道冷寒的杀气已经透背而来，她惊惶回头，却只能眼睁睁地看着对方手中的长刀冲着自己劈头而来，来不及阻挡。

她想，她大约是难逃一死了。

可是，那杀气凛凛劈来的一刀，还未落在她身上，马背上持刀的人却被突如其来的一支利箭射穿了咽喉，缓缓地从马上跌了下去。

凤婧衣扭头望向发箭的方向，不远处一身黑衣的男子，面容冷峻凌厉，手中的长弓高高举着，还未来得及放下⋯⋯

明明就在不久之前，她还与他两番相见。

可是这一刻，跨越生死地一回头，再一次看到本不该出现在这里的他，她忍不住泪流满面。

远处的人快马杀入重围，一手持剑对敌，一手将乱军之中的她掠上了自己的马背，安置在了自己怀中⋯⋯

凤婧衣重重地撞上厚实的胸膛，熟悉的气息扑面而来，恍然是坠入了梦中一般。

周围刀光剑影，血雨腥风，她所身处的怀抱这样温暖而贴心，耳边是他有力的心跳声，而离他这样近的距离，于她而言却早已如隔世般遥远。

若这是场梦，她真希望就这样一直梦下去，直到天荒地老。

只要，她所爱的男人一直在她的身边。

她缓缓抬起自己满是血迹的手抚上近在咫尺的脸庞，眼中的泪水愈加汹涌，她一次又一次下定决心放下他放下过去，可是他一次又一次地出现在她的面前，撼动着她努力树起的心墙。

她从来不知道，这世上还有这般折磨人的感情。

明明知道是错的事，却还在一错再错，明明知道是不该动心爱上的人，却又无法自制地沦陷了心，待她再清醒过来之时，一切早已覆水难收。

到底是从什么时候开始，自己对这个一直小心防备的男人动了心？

她不记得了，也许就是那一天一天地骗着他，也骗了她自己；也许就在碧花亭湖畔爬上他背的时候，也许就在他一次次放弃原则纵容她的时候⋯⋯

可是这一刻她很确定，这个人所带给她的心动，是她在遇上他以前从没有过的感觉，也是以后不会再有的。

只是，她的生命里容纳了太多她无法放下的东西，注定无法如他一般去全心全意爱一个人。

夏侯彻带着她驰骋在敌军之中，一剑砍杀了冲上前的一名北狄人，被她突如其来的动作一惊，一低头望见那双满是泪光却又情意深藏的眼睛，一颗心瞬间百转千回。

他没有看错，此刻她的眼中看着自己是那样莫大的喜悦，那样的喜悦是如同他看到她时的喜悦。

而且，依稀在很久很久以前，他看到过她这样的目光，只是已经隔得太久太久了。

若是在其他的时候，他一定会迫不及待地追根问底，可是现下身处战场，他无暇分心去追究这些，只是一颗心仍旧忍不住地为之喜悦。

他知道，他是有遇到过也喜欢着他的她，虽然很少，虽然很短暂，可他真的遇到过。

就如，此刻的她。

"喂，你要不要么不要脸，什么人都能乱抱？"沐烟跟着赶了过来，与他并驾齐驱地骂道。

夏侯彻冷冷地瞪了她一眼，一看周围的情势，看到手下的人已经让人打开了城门，将她放到安全的地方，道："进城等着。"

刀枪无眼，他带她在身边，一来行动不便，二来也会不慎再伤了她。

凤婧衣回过神来，只看到又带着人杀入敌阵的背影。

沐烟下了马，拉着她先进了城，一边走一边数落道："路上要不是夏侯彻找麻烦，我早赶过来了，你刚才差点被人砍了也都是他害的。"

那天要不是她丢了东西折回去找，竟然都没发现，夏侯彻竟然带着人一直跟在自己后面，好在被她发现了。

本以为自己甩掉了他，跟星辰到镇上会合了，哪里想到那里竟然打起来了，而凤婧衣竟然不怕死地一个人带了五千精兵去偷袭了。

她还没走，夏侯彻不知道从哪里闹出来，走在了她的前面。

不过，好在赶过来了，要是再晚来一步，她们就真的只能来给她收尸了。

凤婧衣一直扭着头望着混乱的城外，被沐烟拖着上了城墙，守城的官兵看是自己人救回来的，虽不知身份，但也没有过分阻拦。

"行了，凭他北狄人怎么凶悍，遇上夏侯彻那不是人的东西，都是死路一条。"沐烟拉着她到了城墙上，看着外面厮杀的战场说道。

凤婧衣整个人还有些混混沌沌的，没顾上跟她说话，只是看着纵横在敌阵之中英勇无敌的黑衣男人，明明眼中还有泪痕，眉间却又扬起了笑意。

"不是我说你，这个时候，你招惹北狄人干什么。"沐烟看着城外道。

寒风扑面而来，弥漫血腥肃杀的气息，凤婧衣的理智也在渐渐回转，看着城外热切的目光也渐渐平静了下来。

半晌，她问道："星辰那边怎么样了？"

"夏侯彻带人杀过来的时候都宰了近一半，再赢不了，北汉那边边关守军真没啥用了。"沐烟一说，不由得想起从镇上冲过交战的战场的一幕，几百人毫发无伤地冲出数万兵马的敌阵，那才是生生杀出一条血路出去。

北狄人险些没吓得屁滚尿流地撤军，他冲出去了竟然又不回来了，不过她倒省了些事，跟在后面混过来了。

凤婧衣静静地望着城外大夏已然大胜的战局，沉默了许久缓缓转过了身，"走吧，我们该去跟星辰会合了。"

对于每一次和城外那个人的相见，她从来不知该如何应对，唯一能做的也只能一逃再逃，这一次也不外如是。

虽然，他刚刚又救了她一命，虽然就在刚刚她还因他心跳如狂，但终究还有重要的事，等着她去做。

城外，夏侯彻所带的大夏将领已然大胜，他勒马回头望向城墙之上，才发现原本站在城上眺望的人早已消失无踪。

他怔了怔，随即恨恨地咬了咬牙，"该死的女人！"

他一下令回城，自己一马当先走在了最前面，进了城门冲着城墙上下来迎驾的守将问道："刚才上面的人呢？"

对方愣了愣，方才反应过来他问的是刚刚放进城来的那两个人，指了指城内道："刚刚走了，这会儿快从那边出城了。"

夏侯彻冲着身后的亲信下令道："你们暂时留下，朕去去就回。"

说罢，策马朝着另一道城门出口追了去。

凤婧衣连一身沾血的衣服都来不及换，便带着沐烟出了城，空旷无人的官道上，两人策马狂奔，林中的一条小道上突地冲出一人一马，两人匆匆勒住缰绳，这才看清冲出来拦路的人。

"真不是人。"沐烟恨恨地咬牙道。

她俩连口气都没喘一直赶路，竟然还是被他给截了下来。

夏侯彻定定地望着她身旁的人，咬牙切齿的样子恨不得吃了她一般。

"好吧，你们说，我边上等。"沐烟识趣地一拉马缰，退到了数丈之外，可却还是忍不住竖起耳朵偷听两人在说些什么。

"还有事吗？"凤婧衣平静问道。

夏侯彻看着她现在一脸冷漠的样子，真有些怀疑方才那会儿看到的只不过是自己的幻觉而已。

"好歹朕刚刚也救了你一命，说走就走，朕让你走了吗？"

凤婧衣抿了抿唇，道："多谢你援手之恩，够了吗？"

夏侯彻咬了咬牙，着实被气得不轻，翻身下马道："下来，朕有话说。"

"这样也能说。"凤婧衣坚持道。

"自己下来，还是朕拉你下来？"夏侯彻道。

凤婧衣沉吟了片刻，下了马道："说吧。"

夏侯彻走近了两步，神色难掩激动和喜悦，"瑞儿已经在宫里了，活泼好动，很惹人喜爱，还有熙熙，他也在那里。"

凤婧衣眸光倏地一亮，随即又冷沉了下去，沉默地看着眼前的人，显然不相信他所说的话。

"夏侯彻，孩子也已经交给你了，你到底还想怎么样？"

熙熙已经不在了，这段残忍的往事，她不想再去回想，也不想再去提及。

"你以为朕骗你？"夏侯彻微拧着眉头看着她，继续说道，"朕是说真的，他就在大夏宫里，先前朕在燕州从冥王教的人手中救到一个孩子收为义子，直到瑞儿回到宫里，朕才知道他们是孪生兄弟，他长得像你，他的背上有一块胎记，和瑞儿长在一样的地方，性子安静乖巧……"

"你说真的？"凤婧衣颤声问道，眼底瞬间蕴了泪。

夏侯彻还没有说话，站在几丈之外偷听的沐烟冲着她道："我做证，他说的是真的，我和紫苏都看到了，她现在就留在盛京要跟他们兄弟两个在一起玩不回来了。"

"还活着，还活着……"凤婧衣惊喜交加地喃喃念道，仔细一想，当时自己也只看到那人怀中抱着的孩子裹着熙熙的襁褓，以及后来的那块长命锁片，就认为那是熙熙，并没有真的看清当时那个孩子长什么模样。

"若是不信，你可以现在就去盛京看他。"夏侯彻道。

"喂，说事儿就说事儿，别想趁机拐人。"沐烟抗议地叫道。

凤婧衣亦是难掩激动，但现在还不是她去看他的时候，压下心头的喜悦之情，说道："他还活着就好，我便也无憾了。"

只可惜，她从来没有好好疼爱过他，所幸苍天有眼，让他又回到了亲生父亲的身边。

"他在宫里很听话，只是瑞儿一直住不惯，每天夜里哭闹好久要找你，就是不肯睡觉，就算累极了睡着了，一睁眼看不到你又会哭，谁都哄不住他。"夏侯彻望着她，忧心地说道。

凤婧衣顿时感到阵阵揪心，咬唇沉吟了片刻，狠下心道："总会慢慢习惯的。"

瑞瑞一直是她自己带着的，平日里倒也没什么，但若是交给别人带着，就不怎么听话了。

"你就连去看他们一眼，都不肯吗？"夏侯彻问道。

凤婧衣沉默地别开了目光，心下一横道："谢谢你来告诉我这些，没有别的事，我该走了。"

她不能去，她一去了，就会再也舍不得走了。

夏侯彻一把拉住她的胳膊，又气又恨地质问道："你到底想干什么，姓萧的就那么重要？重要到你连自己的亲生骨肉都要抛弃？"

"这是我的事，与你无关。"凤婧衣扭头道。

"玄唐就那么重要吗？姓萧的就那么重要吗？"夏侯彻咬了咬牙，愤怒地喝道，"你到底要什么时候才能想一想朕，想一想我们的孩子，想一想你自己到底幸福吗？"

他很确定，她心中是有他的，她也是爱他们的孩子的。

该死的，她当初有与他生死博弈的胆子，现在却没有敢爱他，与他在一起的胆子。

凤婧衣高踞马上，笑意冷淡而苦涩，"难道，我背弃家国，背弃夫婿跟着你就是幸福？"

她不知道这样留在北汉是不是真的幸福，但是她清楚地知道，如果她背弃玄唐，背弃萧昱去大夏，她这一辈子也不会幸福。

"你……"

"你还是回盛京去吧，他们需要你的照顾，我该说的话也都已经说尽了，请你不要一再为难我。"凤婧衣急急打断他的话，叫上沐烟自他身边策马扬尘而去。

夏侯彻站在官道上，看着又一次决然而去的人，恨恨地咬了咬牙，"真是死性不改。"

然而，上了马向着她们离开的方向赶了过去。

凤婧衣一路沉默，快马加鞭直到午后才到了星辰所在的镇子，镇外的北狄军已经歼灭，北汉边境守将已经带了人前去北狄部落的都城布防。

沐烟下了马，一直四下张望，确定了夏侯彻没有跟上来，方才放松了警惕。

自己来的路上，都不知道是什么时候被他盯上了，被跟了一回是她疏忽，再有第二回，她是无论如何也不会容忍的。

三人先到了周家旧宅，凤婧衣换下了染血的衣裳，简单处理了一下身上的伤势，道："星辰，你安排人去找到周家的人，给他们安顿好。"

"已经派了人去了。"星辰道。

凤婧衣点了点头，沉吟了一阵又道："你到镇子上看看……夏侯彻有没有跟来。"

这里不能再久留，一来夏侯彻在附近，再停留下去，丰都那边也该接到她在这里的消息了。

"他？"星辰挑眉，讶然道。

"那个跟屁虫，竟然连儿子都不要了，一路从盛京跟了过来，我竟然都没有发现。"沐烟愤恨不已地道。

星辰瞥了她一眼，道："我先出去看看。"

说罢，一个人先出去了，在镇子上转悠了一圈，买了些路上要用的干粮，又到镇外的出口看了看，确定没有夏侯彻的人在，方才回了周家跟两人会合。

"没有人跟来。"

"走吧。"凤婧衣起身道。

三人出了周家，上马准备前去跟青湮和白笑离等人会合，本以为已经摆脱了的人，却已经在镇子外的官道上等着了。

"嘿，还真是阴魂不散了。"沐烟勒马，侧头望了望边上的人，"这是你惹的，你自己去打发。"

凤婧衣微拧着眉头，打马上前，"你跟着我们，到底想干什么？"

"朕没跟着，顺路而已。"夏侯彻睁眼说瞎话。

他倒要看看，她一个人千里迢迢地跑出来，到底想干什么。

第五十五章
甘之如饴

"不一般的人，不要脸的功夫，也不一般啊。"沐烟在边上感叹道。

好歹也是一国之君，这么老追着人家的皇后不放，被人一再拒绝仍旧锲而不舍，这得脸皮厚到何等境界，才干得出来啊。

凤婧衣无奈地叹了叹气，耐着性子道："我们跟你不顺路。"

"朕顺路就够了。"夏侯彻义正词严地说道。

凤婧衣看着对面一脸固执的人，索性懒得再劝了，一拉缰绳打马绕过他先走了。

星辰两人随即打马跟了上去，扭头看了看后面还跟着的人，道："难道一直让他跟下去？"

"他铁了心要跟着，咱们想甩掉他哪那么容易，除非把他宰了，可是就算咱们三个联手，也不是他的对手，你说怎么办？"沐烟扭头瞥了一眼哼道。

虽然对夏侯彻没什么好印象，不过单就他对凤婧衣而言，可谓痴情了。

以前多得意啊，一国之君，沙场战神，睿智过人，现在这么一次又一次死皮赖脸地跟着一个女人，真是难得了。

只可惜，人家现在已经是北汉的皇后了。

以前，总觉得凤婧衣能赢得天下最优秀的两个男儿的真心所爱是莫大的幸运，可如今相处得久了，却怎么也无法从她身上看到自己所以为的幸福。

天色渐暗，一行人在一处偏远客栈落脚，吩咐掌柜准备吃的，凤婧衣便先回了房，看到手上的血迹便知伤口又裂开了，于是自己翻出了伤药。

沐烟看着她上药的别扭动作，起身过去帮忙，"你这小身板还能活到现在，还真是奇迹。"

凤婧衣淡笑，没有言语。

沐烟给几道伤口都上了药，然后拿着干净的白布帮着包扎，可是一下手不知轻重，疼得人顿时倒抽了一口凉气。

"我轻点儿，我轻点儿。"

她正说着话，房门却被人推开了，夏侯彻站在她边上冷冷地瞪着她，"让开！"

"你才让开，这不是你房间。"沐烟仰着脖子怒道。

可话一出口，却还是在对方杀气腾腾的目光中起身嗖地离开了房间。

凤婧衣自己胡乱地包扎着伤口，懒得去看不请自来的人。

夏侯彻一把制住她的手，坐在了沐烟先前所坐的位置，接替了帮她包扎伤口的工作。

"我自己能做。"凤婧衣面目冷然地拒绝道。

她不想再与他这样近距离地相处，她害怕这样的相处，会不小心泄露了自己的心思，会把原本的一切变得更加混乱。

"闭嘴！"

夏侯彻低眉查看着伤势，直接道。

他解开了沐烟胡乱包扎的地方，看着这一道一道的伤还是忍不住地揪心，那个时候他若再晚到一步，她就真的那样毙命在了北狄人的刀下。

"你就那么喜欢逞强吗？"他抬眼瞥了她一眼，口气不善地训道，"真以为自己有几分小聪明就无所不能了，你也是人，也会伤，也会死。"

"是生是死是我自己的事，不劳你费心。"凤婧衣冷淡地说道。

"朕上次救你，险些去了半条命，这一次又救了你，拿着朕给你的命不当回事，你说是你的事，还是朕的事？"夏侯彻一副自己有理的样子。

"等我办完了事，这条命你想收回去，还你便是。"凤婧衣道。

夏侯彻无声地叹了叹气，不想再与她争论下去，一边帮她处理着伤势，一边说道，"瑞儿和熙儿都很喜欢你留的故事书，也喜欢饭团子，瑞儿很调皮，下大雪一个没看住，就自己跑到了雪地里又是滚又是爬的，有时候还会趁人不注意抓着吃，不过他很喜欢熙熙这个哥哥，一混熟了就老是围在他身边跟着转悠，也会把自己吃的和玩的都分给他……"

一说到孩子，凤婧衣原本冷淡的面色渐渐柔和下来了，目光中缓缓溢出温柔的笑意，情不自禁出口道："现在，他们该到了学说话的年纪了。"

夏侯彻薄唇微扬，笑着说道："可瑞儿来来去去还是只会说那么三句，娘娘，饭饭，果果，其他的还说不清楚，熙儿刚刚会说，但说话还不怎么清楚。"

凤婧衣失笑，一说到孩子，似乎已然忘却了自己的立场。

"要有人教的，在他们跟前说得多了，他们也就跟着学会了。"

她一抬头看到他近在咫尺的含笑脸庞，面上的笑意缓缓沉寂了下去，收回被他抓着的手，看到伤口都已经包扎好，默然放下了衣袖。

夏侯彻沉默地坐在她对面，由衷而笑，"谢谢你生下了瑞儿和熙儿，那么小小的两个人儿撞入眼帘，让朕心都柔软得快要融化了。"

凤婧衣不忍去看他盛满柔情的眸子，出口的话平静而淡漠，"你若真为他们好，就尽早回去吧。"

夏侯彻没有说话，搁下手中的东西，一语不发地起身离开了。

凤婧衣抬头看着他离去的背影，无奈地叹了叹气，却也不知如何是好。

沐烟看到人出去了，方才溜了回来，"你倒是想想办法，快点把这瘟神给打发了，还真打算把他带上一路。"

她们倒是没什么，这传到萧昱那里，还不醋坛子翻一地去了。

"且走且看吧。"凤婧衣道。

她若有法子能甩开他，也不必这般犯愁了。

此行凶险，她也不想将他卷入其中，她不能再陪在孩子身边，总不能让他们再失去父亲的庇佑。

不一会儿，星辰带着晚膳回来了，三人一起用了晚膳便熄了灯火休息了。

沐烟正准备脱下衣袍，却被凤婧衣眼神示意制止了，三人躺下就寝也仔细听着隔壁房中的动静。

夜静更深，凤婧衣睁开了眼睛，轻手轻脚地下了床，连鞋都没穿提在手上，为免开窗会发出声音，睡前窗户就一直没有关，三人先后跳出了后窗，到客栈马厩牵了马准备离开。

可是，三人刚从客栈后门出去走到前面大街，就发现原本该在她们隔壁房间呼呼大睡的人正好死不死地在街边的小酒馆坐着，唇角微勾，"这么晚了，还急着赶路？"

"算你狠！"沐烟咬牙切齿地骂道。

原本打算趁他已经休息了，她们赶着上路甩掉他，哪想到他已经坐在这里等着了。

星辰侧头望了望边上的人，道："回去休息吧。"

反正，就算现在走了，也是甩不掉他的。

凤婧衣牵着马折回了客栈，拴好了马匹回了房间休息去了。

星辰进来掩上房门，望了望其他两人道："如果实在没办法，便让他跟着一起，反正已经这样了。"

"先跟青湮他们会合了再说吧。"凤婧衣道。

三人一觉睡到天明，在客栈用了早膳方才上路，让夏侯彻如影随形跟在后面，倒也没再想方设法地去摆脱。

为防她周围有冥王教的眼线，星辰和沐烟先离开分别去打探，两人前脚才一走，夏侯彻后脚就打马跟了上来，只是两个人一路都没怎么说话。

直到来了一场突如其来的暴雨，两人不得不就近寻了废屋避雨，但破败的房屋也是四处漏着雨，堪堪能容纳两人而已。

凤婧衣皱着眉看着无边的雨幕，这场雨大约一时半会儿是停不了了，这天都快黑了，再不停他俩就只能在这里等一晚上了。

"若是急着赶路，朕让人安排马车过来。"夏侯彻道。

"不用。"她断然拒绝。

她是无法阻止他这样一路跟着，但也无法那样理所当然地再接受他的帮助。

夏侯彻侧头，似乎自己也是从她离开大夏之后，才真正了解她的性子，还真是出奇的执拗。

"这雨一时间也停不了，你是打算在这里待一晚上？"

"对。"

总比跟他待在一个马车里好。

"真不知是哪里学来的臭脾气。"夏侯彻寻了地方坐下数落道。

"我……阿嚏。"刚一开口，便忍不住打了个喷嚏。

夏侯彻瞥了她一眼，起身盖上了斗篷走进了雨中骑马先走了。

直到天快黑的时候，一辆马车停在了破屋外，他挑着车帘道："上来！"

凤婧衣当作没听到，径自站在屋檐下。

夏侯彻咬了咬牙，撑着伞下了马车走近，"你非要朕把你拎上去？"

就她那病恹恹的身子，这大冬天的在这里站一晚上，明天指不定成什么样。

"你要跟着，我拦不住你，但我不想跟你走，你也休……阿嚏。"话还没说完，便又忍不住一个喷嚏。

夏侯彻懒得再跟她废话，手一伸制住她的穴道，直接将人扛上肩头然后扔上了马车，然后自己上了马车，解了穴将水囊递给她，"拿着。"

凤婧衣咬了咬牙接过去，水囊是热的，一打开便有一股淡淡的中药味，是她喝过无数次的驱寒汤药的味道。

一抬眼看到瞪着自己的人，大约自己不喝，他就真会扳着她嘴给灌下去的样子，她别开头还是自己喝了下去。

热热的汤药入腹，整个人也渐渐暖和了起来，原本有些青白的面色也红润了些。

夏侯彻将边上干的斗篷扔给她，道："睡一觉，明天应该就跟她们会合了。"

凤婧衣盖上斗篷，却睁着眼睛没有睡。

"睡你的，朕还能吃了你不成？"夏侯彻一看她那副防贼似的神情，心里就来气。

他是想她回盛京去，但还不至于就这么把她绑回去，更不屑于去强迫还顶着北汉皇后头衔的她。

凤婧衣懒得再跟他争论，虽然闭上了眼睛休息，但却没有让自己真睡，耳朵一直听着周围的动静。

夏侯彻借着马车内夜明珠的光亮，静静地看着一直闭目养神的人，他是真的不知道，到底要怎样做，她才肯跟他回去。

于是，只能出此下策，不顾颜面地跟着她。

也许这样到了最后，她还是不愿跟他走，可是他真的没有其他的办法了。

他的将来不能没有这个女人，他们的孩子也不能没有她这个母亲，但凡有任何其他的办法能让她脱离北汉回到盛京，他都愿意去做。

可是，她明明心中有他，却为了那该死的情分道义，拒他于千里之外。

原泓说得对，她的一生中有太多的羁绊，从来也不是如他这般随心所欲的人，故而要她舍弃那些人和事到盛京与他和孩子在一起，也无疑是难上加难。

虽然现在不知道将来会是怎么样，但他知道，如果自己回了盛京守着两个孩子，她是永远也不可能自己回到那里的。

不管怎样都好，能这样近地看着她，多一天，多一刻，也都是好的。

这么想着，他悄悄伸出手去，握住了她有些微凉的手。

凤婧衣指尖微微颤了颤，虽然知道自己应该理智地缩回手，却又在忍不住贪恋着指尖丝丝蔓延的温暖，于是不敢收回手，也不敢睁开眼睛去面对此刻的他。

以前，他总是喜欢这样习惯性地拉着她的手，自己也不知在何时习惯了手上这样的厚实的温度，再一次触摸到，心也禁不住微微颤抖。

夏侯彻无声地勾起了唇角，细心如他知道了她是在装睡，却并没有去拆穿，只是悄然地握紧了她的手，享受着这一刻难得的安宁。

无论这一去，要面对怎样的滔天风雨，他都愿与她同行。

马车外疾风骤雨，马车内的一方天地，安静而温暖。

夏侯彻微微靠着马车，看着闭着眼睛的人，心中忍不住希望这条路再长一点，这场雨再久一点，就这样一直走下去，一直走下去……

凤婧衣始终没有睡，闭目静静听着马车外的风雨声，却也始终没有勇气睁开眼睛去直视那双凝视着她的眼睛。

时间，仿佛也变得漫长了。

一路直到第二天雨停，马车进了城内，已经快到正午了。

凤婧衣似是被外面街市的喧哗声吵醒，不动声色地抽回了手，撩开了车帘看了看外面，率先跳下了马车。

夏侯彻瞥了一眼空落落的手，不知该气还是该笑。

她太聪明，所以没有一睁眼跟他质问，反而这样不动声色地当作什么都没发生过，不过也相当于默认了自己一路上都是在装睡，也根本就是知道他牵着她手的事。

不过，能如此确认她的心意，也是他莫大的收获。

第五十五章　甘之如饴

起码，他知道了并非是自己一个人的一厢情愿，她的心中总是有他的，也许分量不足以胜过她所坚持的人和事，但总归是有他一席之地的。

他跟着下了马车，自然地问道："现在要去哪儿？"

凤婧衣没有跟他说话，径自一个人走到前面，眼底有着些许的尴尬之色。

他不疾不徐地跟在后面，不过看起来却是心情大好的样子。

两人一前一后到了跟沐烟两人接头的地方，跟着在城中的小巷子七拐八拐地，进了一处不起眼的小院。

"今天先在这里落脚，等天黑了再走。"星辰道。

这里快到师尊他们的藏身之地了，白天人多眼杂，很容易被混在其中的跟踪了，等夜里无人的时候再走，即便有什么人跟着，凭她们几个人的功夫也可以轻易地发现。

"行了行了，边吃边说，等你们两个等得我饿得眼都花了。"沐烟一进门就到饭桌边坐下，埋怨道，"算算脚程天亮就该到的，你俩竟然磨蹭到这个时候。"

说话间，还别有深意地打量了两人一番。

"夜里雨大，走得慢了些。"凤婧衣平静地说道。

沐烟想了想，昨夜那雨下得也确实够大的，走得慢了些倒也没什么稀奇。

夏侯彻也跟着坐到了桌边，也不管她们准不准许便拿起了碗筷，赶了一夜的路都没怎么吃饭，也确实是有些饿了。

沐烟一边吃着饭，一边打量着夏侯彻，出声问道："喂，要是你对上冥王教七杀和冥衣，能有几分胜算？"

夏侯彻闻言沉吟了片刻，说道："一个勉强可以应付，两个我必败。"

虽然他少遇敌手，但若是与冥王教当年的四大护法相比，一个已经够他应付，若是两人联手，他真的难有胜算。

既然问出这样的问题，可见她们的敌手，实力非同一般了。

"等遇上了，一个交给姓白的，一个交给你，新教王交给青湮，其他的我们砍，正好。"沐烟道。

"冥王教的教众成千上万，你杀得完吗？"星辰瞥了她一眼说道。

况且，现在公子宸还不知道去了哪里，还要找到萧昱所需要的另一半解药，哪一件都不是容易的事。

"成千上万怕什么。"沐烟说着，筷子一指夏侯彻，"派他的大军来踏平就是了。"

星辰无奈地叹了叹气，懒得再跟她解释了，要是大夏的军队都派来剿灭冥王教，如果有外敌入侵，抑或国内生出内乱，到时候又如何应对。

"等先见了你师傅，问清楚再作打算。"凤婧衣制止两人的争论道。

她要先搞清楚那个七杀和冥衣到底是何许人也，也许这样就能知晓如今的新教王又是谁，只有对自己的敌人有所了解，才能有更万全的应对之策。

夏侯彻没有插话，只是一边用膳，一边沉默地听着她们的交谈，偶尔会听一些自己也未追查到的消息。

因着赶了一夜的路，用了午膳都各自回房休息了，直到天黑了星辰安排好了，才过来敲响房门。

凤婧衣起来的时候，夏侯彻已经在外面等着了。

夜半时分，城内行人稀少，星辰和沐烟走在了前面，凤婧衣和夏侯彻不远不近地走在后面，以免一行太多人过于引人注目。

四人趁着月色出了城，在偌大的山林里绕了好几圈，方才进了山路，在山石缝里穿行，进到了地下又走到了地上，暗处的地方没有光只能依靠自身的感觉前行。

一直走了一个多时辰，方才看到黑暗里的一丝光亮，渐走渐近时听到了人声。

这是一处四面环山的山谷，谷中搭了几间简单的木屋，进谷之处是安了机关的，是公子宸以前为隐月楼寻的应急藏身之处，若是一般的人很难寻到这样的地方来。

青湮大约是听到有人来了，于是到了山谷入口的地方等着了，看到先后进来的几人道："你们来了。"

话音一落，看到走在凤婧衣身后的夏侯彻不由得愣了愣。

"这不是我们要带他来的，实在是一路甩不掉，只能一并给带进来的。"沐烟道。

青湮望了凤婧衣一眼，并没有追问夏侯彻的事，反是问道："怎么晚了几日？"

"路上出了点事。"凤婧衣道。

"什么叫出了点事，在北狄边境的时候，引得北狄数万大军犯境，险些没把小命丢了。"沐烟道。

"你师傅呢？"凤婧衣没有理会聒噪的沐烟，直接问道。

"在里面呢。"青湮说着，带了他们往里面走。

沐烟见没人搭理自己，悻悻地止了话，道："你们进去吧，我不想挨她的训。"

虽然自己拜在了白笑离的门下，但跟这个师傅，还真是怎么都不对盘，所以能躲多远躲多远。

"那你到入口附近看看，有没有跟上来的人，以策万全。"青湮道。

沐烟虽然一脸不乐意，还是动身去了。

凤婧衣跟着青湮进了屋内，夏侯彻自然而然地走在身后，屋内淳于越刚刚为白笑离施完针，抬眼看了看进来的人，显然也有些意外地见到了走在最后的不速之客。

"白前辈的伤势可好些了？"凤婧衣坐下问道。

白笑离面色有些苍白，抬眼望了望进来的几人，淡淡道："横竖还死不了。"

凤婧衣也知道她说话有时候是有些淡漠甚至刻薄，不过心地总是不坏的，不然也不会收留了这么多无家可归的人，还教了他们一身本领。

"如果我猜得不错，白前辈是冥王教的四大护法之一神龙，可对？"

以前，她总以为神龙是男子，但冥王教四大护法的其他三个人都接连出现，她才不得不肯定，她就是神龙。

"别扯这些没用的，说重点。"白笑离一提起冥王教的人和事，便有几分不耐烦。

"我知道前辈不想提这些旧事，但现在你也看到了，即便你想避事，对方也是不会让你安宁的，我们有我们的打算，你也有你要了结的恩怨，既然大家的对手相同，联手一起也不会是坏事。"凤婧衣道。

白笑离沉默了许久，叹息道："如今的他们更胜当年，我已重伤在身，不再是他们的对手了。"

"前辈说的他们是指冥衣和七杀？"凤婧衣微微眯起眸子问道。

白笑离似是不愿泄露其他的东西，闭着眼睛打坐说道："七杀是冥衣带入教的，当年便是教王也难以号令他，这两个人在一起，不是那么好对付的。"

凤婧衣抿唇思量了片刻，问道："冥衣……也是女子吗？"

七杀是男子这个消息已经确定，但关于冥衣的身份却还不甚清楚，但让七杀如此一心一意效忠，且生死相随的人，极有可能是女子。

而且，还是他所深爱的女子。

"那心如蛇蝎的贱蹄子，当年入教便不安好心，他们却一个个尽被她给蒙骗了，如今过了这么些年，终究还是让她得逞了。"白笑离话语间，杀气凛然。

凤婧衣看着她，思量了再三，还是问出了那个不想问，却又不得不追问的问题，"老教王的死，凶手是你吗？"

虽然她与白笑离接触并不多，但就她收养了青城山这么多的人，以及对青湮的关切来看，心地自然也是善良的，而让她能心甘情愿出嫁的人，当然是她心中所爱慕的男子。

既然是真心的，又何至于会置对方于死地，可想而知当年的老教王之死，必是有着天大的隐情。

白笑离呼吸微颤，沉默了许久，道："是我杀了他。"

凤婧衣微怔，有些不知该如何再问下去了。

难道真是她想错了，可是她方才看到她神色之间的痛苦和悲伤，明明是那样的真切。

"时间也不早了，有事明天再说吧。"青湮打破沉默说道。

师傅并不想再继续这个话题，她如今内伤未愈，也不适宜再谈起这件事。

凤婧衣知晓她的顾忌，便起身道："你们早点休息。"

除了青湮和星辰，其他人都退了出去。

她望了望跟着出来的淳于越，问道："方便说话吗？"

"我方便，你方便吗？"淳于越说话间，瞥了一眼站在她身旁的夏侯彻。

一个是她的前夫，如今她又要和他讨论要怎么救她现在的丈夫，确实是有趣得紧。

夏侯彻冷冷地扫了他一眼，平静地道："你去吧。"

她从丰都赶到这里来，不就是为了向淳于越询问萧昱所中之毒，以及寻找解药的办法，虽然他也盼着那个人死，不过那个人死了，比不死更让他麻烦。

凤婧衣跟着淳于越去了旁边的小屋，扫了一眼屋外站着的人，方才将空青交给她的诊断记录拿了出来，"这些是空青记下的，你看能看出些什么。"

淳于越略略翻看了一遍，说道："你难道不知道冥王教的冥衣楼主是天下数一数二的制毒用毒高手么，而她所培养出来的毒物，也是外面所没有的，这毒十之八九是出自她的手笔，除非找到她饲养的毒物，否则我也不可能配出解药。"

虽然他医术和毒术也算天下难有敌手，但对于毒物，远没有冥衣楼研究得精细。

凤婧衣微微拧眉，问道："一定要找到那里，才能寻到解药吗？"

说实话，自己真的没有把握能在冥王教手中取胜，她若是失败了，萧昱便也活不过半年。

她不怕死，可是她不想他死，更不想他是因自己而死。

"空青诊断得没错，他勉强也只有半年的性命，若是寻不回解药，他也只能等着毒发身亡了。"淳于越坦然言道。

他并不想卷进这摊子事里边，可是她们这一个个发了疯一样地凑热闹，那女人更是一句也不听劝，他也只能跟着一起蹚这浑水了。

这等了这么些年，盼了这么些年，什么也没捞着，还要跟着去送死，实在是件不怎么划算的事。

"白前辈的伤，还要养多久？"凤婧衣问道。

"至少两个月。"

虽然白笑离负伤而归，不过对方也没占到多大的便宜，也一样被她所伤了。

只不过，她以一敌二，伤得颇重些罢了。

凤婧衣听了没有再多问，想来这两个月也是他拼尽一身医术才行的，可是要对付冥王教，白笑离是不可缺少的，再等两个月也就是说寻到解药的时间又少了两个月。

如今白笑离负伤在身，公子宸又行踪不明，仅凭他们又该如何应对那样强大的敌人。

虽然谷中安排了住处，却没有一个人能在这大敌当前的夜里安然入睡。

白笑离不愿再说起往事，她也不好去强加追问，只是这样一天一天地等着，她整个人也渐渐坐立不安。

三日后，白笑离又让他们进去了，且还特别点了名要夏侯彻过去。

这一次，凤婧衣没有再主动问话，而是等着她自己开口。

白笑离从头到脚仔细地打量了夏侯彻一番，收回目光从自己的发间取下一支桃木簪，说道："你们带着这个，去找九幽，他会教你们克制七杀的绝技。"

"光说找，去哪找啊？"沐烟问道。

冥王教的四大护法一个个都藏得不见踪影，哪是说找就能找出来的。

白笑离瞥了一眼凤婧衣身旁的人,道:"问他。"

沐烟一挑眉,指着夏侯彻道:"他?"

夏侯彻微拧着眉头沉吟了片刻,似是想明白了什么,却还是没有开口说话。

"白前辈是说,他是师承九幽?"凤婧衣道。

夏侯彻确是天分过人,但再怎么天分过人,没有名师指导,也不可能有今日这一番本领。

白笑离点了点头,将桃木簪扔给了她,道:"两个月内学成了再来,否则就不必去送死了。"

她与九幽相识数年,从夏侯彻一进谷中,听他吐息便也猜想得出,是他所传授的。

沐烟拿过了桃木簪,别有深意地笑了笑,"师傅,这是你跟九幽老头儿的定情信物吗?"

白笑离咬了咬牙,若非是如今有伤在身,早就把她扔出去了。

"唉?你当年不是要嫁老教王的吗?"沐烟一想,眼睛倏地一亮,有些迫不及待地要追问她的情史,却被青湮给拉了出去。

"我们之中,谁去学?"凤婧衣问道。

"你和你带进来那人,把沐烟也一并带出去,时间不多了,现在就走。"白笑离有些不耐烦地道。

凤婧衣有些为难地皱了皱眉,如果要去,她必然还要和夏侯彻继续相处下去。

白笑离似也看出了她的心思,郑重叮嘱道:"此事非你二人不可,若是你们不能学成回来,即便我将你们带去了冥王教总坛,也一样是死路一条。"

"我知道了。"凤婧衣没有多问,微一颔首出去了。

可是却不成想,这一去要她学的东西,竟是那般让人为难。

几人当日便动身离开了山谷,星辰和沐烟要去追查公子宸的行踪,出了谷便分道扬镳了,于是上路前去寻找九幽的人便也只有她与夏侯彻两人了。

可是,她对于那个行踪神秘的冥王教四大护法之一的高手却是一无所知,直到星辰和沐烟两人走远了,方才朝边上的人问道:"走哪边?"

夏侯彻瞥了她一眼,道:"西出塞外。"

他当年也是莫名其妙被那人逮住,非要传授他什么绝学,这些年除了偶尔在塞外见过他,如今他具体在什么地方,他也不清楚。

只能先派人去打探消息,一路走一路找了。

"只有两个月时间,我没时间浪费。"凤婧衣有些着急地说道。

"那你自己找?"夏侯彻没好气地道。

不是还有半年吗,她这一脸着急的样子,看着真让人心里堵得慌。

凤婧衣虽然急于寻找解药，但也知道自己要找到九幽还是要靠他，于是不得不耐下性子，牵着马向西而行，"走吧。"

从这里到塞外，怎么也得好些天，想想便着实有些头疼。

他是睿智过人，可有时候蛮不讲理地计较一些事，比小孩子还幼稚可笑。

夏侯彻默然牵着马跟了上去，一路静静走着，没有再说话。

自相识开始，他们甚少有过这般悠然的时光，即便是有，心境也是不同此刻的。

夕阳西下，出了山林往西便是空旷无际的平原，两人牵着马并肩渐行渐远，仿佛像要走向天的尽头一般。

一路走着走着，夜色笼罩天地，皓月当空，星子满天。

凤婧衣停下脚步，仰头望了望，似乎已有好些年，没有抬头看过天上这等景色了。

夏侯彻侧头望了望沐浴在月光中的人，眉眼泛起无人可见的笑意，黑暗无边，天地空旷，好似全世界只剩了他们两个人。

他喜欢这时候的感觉，喜欢离得这样近的他们。

半晌，她翻身上了马，催促道："走吧。"

夏侯彻跟着上了马，说道："塞外大漠的星空，比这里还要漂亮。"

"是吗？"凤婧衣淡笑道。

"当年在那里的军营待了好些年，经常没事了就会躺在一望无际的沙漠里看夜空，那个时候真的想过一辈子就待在那里的，哪知世事无常。"夏侯彻说着，不由得叹了叹气。

那个时候，他真的没有想过要当皇帝，只是后来竟就不知不觉地走到了那个位置。

其实，他与她骨子里都有一些一样的东西，谁都没有想过要成为多么了不起的人，只是在情势所逼的境况下，不得不一步一步走向原本从来没有想过的未来。

只是这条路，一旦走上去了，便再也没有回头的路，他们能做的只有一直走下去。

凤婧衣笑了笑，说道："我不喜欢那样苍凉的地方，相比之下，还是喜欢南方的小桥流水。"

大漠的景致固然壮丽，但她害怕那种荒芜空旷的感觉。

夏侯彻怔了怔，似乎在这一刻突地明白了些什么。

说到底，她是一个害怕孤独无助的人，之所以这般不遗余力地去保护身边的人，也是不想他们一个接一个地离去，最终剩下自己一个人。

也正是因为这种心境，她也始终无法放下那些人和事走向他。

她是个太心软的人，总想倾尽全力留住生命中所有好的东西，也因为这样的执着，她无法舍弃过去，无法舍弃那些陪伴她数十年的人和事……

"大约是在长春宫里待得太久了，出来就喜欢那种天地浩渺的感觉，会让自己觉得世界很大，自己也不再是那一方小屋里见不得天光的人。"他一边打马走着，一边幽幽说道。

这么多年，似乎自己也从未真正拥有过什么，从而也未有什么舍弃不下的，他仅有

第五十五章 甘之如饴

的，也只有大夏的江山大业。

那个时候，也从未想过，自己会如今日这般渴望拥有一个女人，拥有一个有她的家。

一路西去，他偶尔会说起以前在塞外的生活，她偶尔会提及两个孩子在身边时的趣事，对于其他的事，两人默契地没有再提起。

塞外大雪，一眼望去一片白茫茫的天地没有尽头，冷风吹在脸上如刀割一般的疼。

凤婧衣在边境的镇子上买了保暖的衣服，整个人裹着厚厚的棉衣，扭头望了望边上的人道："有病的人才会喜欢这样的鬼地方吧。"

夏侯彻瞧着她冻得恨不得缩成一团的样子不由得笑了笑，像她那种习惯了南方生活的人，一下来这里的冬天，自然是过不了的。

他伸手帮她将斗篷风帽盖住，一手牵着马缰绳，一手牵住了她的手，"低着头跟着走就是了。"

凤婧衣原是想抽回手，却被他抓得太紧，只得一语不发地低着头任由他牵着走在后面，风雪太大吹得眼睛有些疼，她几乎是闭着眼睛被他牵着走的。

两人走到了沙丘之上她也不知道，一步没踩好整个人都滚了下去，夏侯彻想要拉住她，还没来得及拉住，便也被她拽了下去。

两人滚下了沙丘，凤婧衣坐在雪地里，由于穿得太过笨重，试了两次都没能站起身来。

夏侯彻伸手将她扶了起来，看着她头发沾满了雪，伸手给她拂去了，只是瞅着她冻得通红的鼻子，不由得有些好笑。

"你笑什么？"她皱眉道。

"没什么。"夏侯彻止住笑，一边往沙丘上走，一边用脚将雪踢开露出雪下的沙子，以免她再踩在雪上滑下去。

凤婧衣穿得厚，从下面再爬上去，已经累得直喘气了。

"还能走吗？"夏侯彻瞅着坐在雪地里的人问道。

凤婧衣调整了呼吸，慢吞吞地站起来道："走吧。"

"要不朕背你走？"夏侯彻道。

"不用。"她断然拒绝，自己一个人先走在了前面。

可是走完了沙丘要下去，沙子上面有积雪，她穿得厚又行动笨拙，刚往下没两步便又险些滚了下去，好在后面的人早有准备及时拉住了她。

"难怪瑞儿那么喜欢在雪地里打滚，原来是传了你呢。"夏侯彻揶揄笑道。

凤婧衣一扭头看着他笑着的样子，抽回手的瞬间一使力，一拉再一推，原本稳稳站在她后面的人转眼便咕噜咕噜滚了下去。

她看着下面倒在雪地里一身狼狈的人，方才慢悠悠地往下走，可是好死不死地脚下一滑，还是滚了下去。

夏侯彻看着她滚下来的样子，坐在雪地里大笑不止。

凤婧衣试了两下没坐起来，看着对方大笑不止的样子，自己也忍不住地笑了起来，最后干脆就躺在了雪地里，望着雪花飘舞的天空。

夏侯彻起了身，看着她还不起来，弯腰将她从雪地里拉了起来，"走吧。"

这种在雪地里玩的事儿，实在不怎么适合她这病弱之身的人。

凤婧衣站起身，拂了拂一身的雪渍，望着白茫茫的天地，道："还要走多久？"

"快一点，天黑前能到大漠里的小镇子落脚。"夏侯彻道。

"走吧。"她收起嬉笑之色道。

夏侯彻趁着她还在掸身上的雪，直接将她背上了背，待她反应过来，他已经背着她在雪地里跑起来了。

凤婧衣叫了几番让他停下，也没叫住，便也只能作罢了。

数年前，也是在这样的雪天，也是在这个人的背上，她在抵触和防备中还是悄然心动，她不肯向任何人，甚至于自己承认那是心动。

可是，直到多年之后，直到他们的孩子出生，直到她再想起他心口便阵阵揪痛时，她才知道那个时候，她是真的心动了。

只是那个时候，即便他们都对彼此动了心，可其中也掺杂了太多的东西，防备，猜疑，仇恨，这一切的一切早已经埋没了那份连自己都不曾察觉的情感。

当他们都开始意识到这份感情存在的时候，一切早已到了无可挽回的地步。

"夏侯彻，等找到九幽前辈，你回盛京去吧。"

夏侯彻脚步一顿，口气不善地道："那你自己找去。"

"这件事，你不必卷入其中，瑞瑞和熙熙需要你的照顾。"凤婧衣继续劝道。

冥王教的事，卷入其中，必是九死一生，可是他不能有闪失，他若有任何意外，他们的孩子就彻底地失去了庇护。

"冥王教的人，朕早晚也是要对付的，不管有没有你的事，朕都不会放过他们。"夏侯彻一边走，一边沉声说道。

那是悬在他头顶上的一把利刃，他一天不将其彻底除掉，他就一天也难以安宁。

她说出这样的话，自是知晓事情凶险，不想他再参与其中。

凤婧衣沉默了许久，低声说道："即便此事了了，我也不会跟你走的，除非到我死，否则……"

"闭嘴！"夏侯彻有些愠怒地打断她的话，不想再从她口中听到关于那个人的事。

一番不愉快的交谈之后，两人一路再没有说话了，他背着她走了好一段路才将她放下来，两人到达大漠里的小镇子时，天已经快黑了，本就人迹稀少的小镇子，又在这样的风雪天，更是连鬼影都没有一个。

两人在镇上好不容易才寻到了一家可以落脚的客栈，掌柜的是个塞外妇人，说话颇有些男儿般的豪气干云。

"这大雪天的,如今我这里也正好只剩一间房了。"

凤婧衣抿了抿唇,虽然不便住在一间房,但如今也是别无他法了。

塞外的客栈房间比之中原窄小,除了一张可以睡的床,桌椅和一些能用的东西,便再无其他的空地了。

她解了身上的斗篷,便先到火塘边取暖了,夏侯彻吩咐了女掌柜准备膳食,取过了带来的包袱,将伤药拿了出来到了火塘边。

"你该换药了。"

凤婧衣想自己做的,但这几日来也没一日争赢过他,索性便也懒得再去争了,自己撩起了衣袖,等着他帮忙。

夏侯彻一边帮她换着药,一边说道:"等明日天亮了,在镇上打听下消息,若是不在这里,就只能去下一个地方了。"

那个人一向在塞外漂泊不定,有时候在这里住一段,有时候在那里住几天。

"嗯。"她应了应声,并没有再追问下去。

她刚换完药,女掌柜已经送了吃的过来,典型的塞外膳食,虽然有些吃不习惯,但赶了一天的路已经饥肠辘辘,顾不得许多两人也都吃了。

用了晚膳,两人坐在外面的火塘边,谁也没有进去先休息。

凤婧衣见他不动,便自己先起身进了里面,只脱了外袍便躺上了床。

夏侯彻简单洗了个脸也跟着进来了,站在床边看着一个人霸占了床的她道:"往里面去!"

"你也要睡这儿?"凤婧衣挑眉道。

"难道要朕睡地上?"夏侯彻没好气地道。

睡一张床怎么了,三年都睡过了,如今一副防他如防贼的模样,她还真是做得出来。

凤婧衣坐起身,准备起来,"那你睡吧。"

"多事。"夏侯彻把她推到了里侧,自己和衣在外侧躺了下来。

"你……"凤婧衣咬牙侧头。

"爱睡不睡,不愿意睡床,你睡地上。"夏侯彻自己盖好了被子,闭着眼睛说道。

凤婧衣沉吟了片刻,往里侧着身子躺下,没有跟他盖同一条被子,只是裹紧了自己的厚斗篷。

可是斗篷毕竟有些短,她只能整个人蜷缩着,才能勉强给盖住身上。

夏侯彻掀开眼帘,一伸手将她从里面拖到了怀里盖上了被子。

"你干什么?"凤婧衣恼怒地喝道。

夏侯彻似笑非笑地瞧了她一眼,道:"朕没想干什么,难道你想朕干点什么?"

"手拿开。"凤婧衣使劲扳着扣在自己腰际的手,却怎么也扳不开。

夏侯彻懒得理会她，闭着眼睛先睡去了。

她几番也没成功，一抬眼看着已经睡着的人，只得咬了咬牙选择放弃。

可是，这个样子又让她怎么睡得着。

她拧着眉看着他棱角分明的侧脸，以前她也常常在他睡熟了之后这样看着他，不过那时候却是满心盘算着怎么对付他，怎么杀了他，全然不是此刻这般复杂的心情。

原是打定了主意不睡着的，可是渐渐地还是阖上了眼帘，许是因为赶了好些天的路，也或许是吹了一天的冷风，此刻的温暖难得。

她睡下了之后，边上躺着的人悄然睁开了眼睛侧头望着她，低头轻轻在她发间落下一吻，似乎已经好多年，他不曾这样近地看着她了。

他希望能尽快帮她找到那个人，却又忍不住希望再晚一点找到。

那样的话，他们这样的相处也就会更多一点，更久一点。

因为他很明白，以她的固执，即便他这一次帮了她又救了她，事情解决了之后，她还是会回到北汉，回到萧昱的身边。

可是，明明知道可能又是那样的结果，却还是放不下让她一个人孤身涉险。

也许一开始他也不愿承认自己爱上了这样一个人，但是自始至终，他都不曾后悔爱上她。

纵然，这份爱的痛苦多于幸福，他依然甘之如饴。

第五十六章
双剑合璧

次日,凤婧衣一觉醒来的时候,睡在外侧的人已经不见了,屋内也是了无踪迹。

不过,想来以他的本事也出不了什么事,简单洗漱了一番便准备下楼用膳,顺便向客栈掌柜打听一下他是不是出去了。

她刚下了楼,女掌柜一边收拾着东西,一边道:"妹子,你男人出去了,说让你在这里等着,他办完事就回来。"

凤婧衣尴尬地笑了笑,若是解释说那不是什么她男人,只会越描越黑,索性便也懒得再解释了。

女掌柜收拾完东西,客栈里这会儿也没几个客人了,便跟她坐在了一块儿,随口询问起他们是从哪里来。

她能透露的,便也就直言了。

不过大约是夏侯彻招蜂引蝶的本事,仅才认识不到一天,女掌柜便在她面前将人夸赞了个天花乱坠,说什么她好福气嫁了这么个人,偏偏她又不能辩解这不是她丈夫,于是也只能让这个误会越来越深。

她吃完饭,夏侯彻从外面回来了,女掌柜也不好再坐下去便起身离开了。

"问到什么了?"

"不在这里。"夏侯彻说道。

凤婧衣抿唇沉吟了片刻,道:"刚好今天雪停了,赶路吧。"

夏侯彻瞥了她一眼,没有理会她的催促,让掌柜的准备了吃的送来。

她这才发现,他出去一早上连饭都未来得及吃,自己这般催促实在有些不合适,于是倒了杯茶，放到他手边。

夏侯彻虽然看不惯她为萧昱担忧焦急的样子，但是吃完饭还是带着她上路了。

两人在塞外辗转五六日，才终于在龟慈找到了正调戏人酒家老板娘的九幽，比她想象中看着要年轻些，留着点小胡子，略显风流。

夏侯彻看着那个借着给人看手相占尽便宜的中年男人，有些不想走近去与他相认，只是远远站着抬手指了指。

"就是他了。"

凤婧衣看了看，不由得微微皱起了眉头，一点也没有世外高人的仙风道骨，瞧着那一双瞅着人老板娘的眼睛，跟地痞流氓没什么两样。

"你确定你没认错吗？"

"干这样事儿的人肯定是他，要是正儿八经坐那儿的，反倒不是他了。"夏侯彻道。

凤婧衣咬了咬牙，举步走近前去，"九幽前辈。"

对方扭头看了一眼，见是个年轻女子连忙堆起了一脸的笑，"你也要看手相吗？"

"我不看。"凤婧衣道。

一听到这样的回答，对方立即拉下脸来，"不看就走开。"

凤婧衣有些尴尬，又叫了两声，对方根本不再搭理了。

于是，她只能取出白笑离交给她的桃木簪递到他的眼前，说道："有人让我把这个交给你。"

对方面上的笑意一僵，悻悻地松开了酒家老板娘的手，接过东西扭头看到不远处的夏侯彻，"他带你来的？"

"嗯，那个人要我们来跟你学克制七杀的办法。"她直接说明了来意。

九幽低眉瞧着手中之物，沉默了良久起身，一边走一边伸手搭上她的肩膀，"学也是可以的，可这天下总没有掉馅饼儿的事儿……"

哪知，刚走两步，夏侯彻已经走近一把抓住他的手拿开了。

"你手放错地方了。"

九幽瞥了他一眼，又望向她问道："你是他媳妇儿吗？"

"不是。"凤婧衣道。

"那不就结了。"说话间，手又开始伸了出去。

夏侯彻一把拍掉他的手，沉声道："她是我儿子的娘。"

九幽听了望向她，问道："你是他儿子的娘？"

凤婧衣淡然一笑，"是。"

九幽奇怪地望了望两人，不是媳妇儿又有儿子，这什么混乱关系。

夏侯彻太了解他的禀性，走在中间将凤婧衣和他隔开，以免他手再伸到不该伸的地方。

现在他自己拉个手都不容易，还能让他给占了便宜？

第五十六章　双剑合璧

三人一起到龟慈城外几里地的一座空房子前停了下来，房子很宽敞，看得出以前是座客栈。

"你现在住这里？"夏侯彻扫了一眼问道。

"哦，前段这里闹鬼，开客栈的人走了，我看没有人就住进来了。"九幽说道。

夏侯彻自己寻了地方坐下，冷哼道："朕看，那鬼就是你吧。"

"不要说得那么晦气，我只是跟他们玩玩，谁知道他们胆子太小不玩了。"九幽丝毫没有为自己扮鬼吓人而心存愧疚的意思。

正好他也没地方住，就住到这里来了。

"我什么时候可以学？"凤婧衣问道。

九幽摩挲着手中的桃木簪，敛去一脸嬉笑之色，沉默了许久问道："她让你们带这东西来找我，是出了什么事？"

"她被冥衣和七杀联手重伤，现在在安全的地方养伤。"凤婧衣如实说道。

九幽眉眼间掠过一丝沉痛之色，低眉看着手中的东西道："伤得很重？"

"大约是的，不过有人照顾着，说是两个月能恢复过来。"凤婧衣道。

九幽轻轻点了点头，道："那就好，功夫我可以教给你，但能不能学会，就是你们自己的事了。"

"多谢。"凤婧衣道。

事到如今，她已然了无退路，便是倾尽心思，也必然要两个月之内学成回去。

"七杀擅使快剑，已然快到出神入化的地步，若要对付他和冥衣二人，只有历代教王传下的玄机剑阵，只是玄机剑术是创教教王夫妇传下的绝学，自然也是一男一女的双剑合璧，故而是需要你们两个都学的，但若没有灵犀相通的默契，也难以学成。"九幽说着，郑重地望了望她与夏侯彻两人。

他看得出，夏侯彻是喜欢这个女子，可是这个女子似乎心有旁骛，若是一直心结未解，便是教了他们，怕也是如他和那个人当年一样，难以学成。

凤婧衣自然也明了他所说的意思，沉默了一阵道："请你教我们吧。"

身手卓绝如白笑离那般，都难有胜算，更何况是她了，只有学了回去，才能有更大的胜算。

九幽看着她一脸坚持的神色，然后问道："会做饭吧？"

凤婧衣皱了皱眉，不解他怎么突地扯到做饭的事情上了，但还是老实地回道："会些。"

"嗯，那就好。"九幽打了个呵欠，起身一边往楼上的房间走，一边道，"今天就好好吃饭，好好睡觉，养足了精神明天再说吧。"

"前辈……"凤婧衣正想让他现在就教，对方却打着呵欠上楼，准备睡午觉去了。

"对了，别忘了做晚饭。"九幽进房门，望了望下面的两人叮嘱道。

说罢，进门关上了房门。

"咱们赶了好些天的路，还是明天再说吧，人已经找到了，不差这一天。"夏侯彻道。

凤婧衣叹了叹气，只得先自己找了空的房间，简单收拾了一下住下，一见天色不早了，想起先前九幽叮嘱的晚饭，下了楼寻到厨房。

可是，看着已经落满尘土的厨房，实在想不出自己能做出什么东西来。

夏侯彻收拾好自己住处，寻到厨房瞧了一眼道："你先收拾这里，朕骑马去龟慈城里买些东西回来。"

"也只能这样了。"凤婧衣道。

这大漠里面，总不能每天吃饭还骑马跑到龟慈城里去，他们两个人住在这里，且一看九幽也根本不是会进厨房的人。

夏侯彻出门骑马去置办东西了，凤婧衣瞅着一厨房的尘土，捋起袖子开始收拾，多年不干这些活，还着实觉得累人了。

忙活了整整一个时辰，好不容易将厨房收拾干净了，夏侯彻也从城里买了东西回来，将东西搬了进来，问道："还要朕帮忙吗？"

"不用了，你收拾外面吃饭的地方吧。"她一边忙着收拾，一边说道。

夏侯彻站在厨房门口，看着从窗口照进的夕阳余晖洒在忙碌的人身上，目光不由自主柔软了下来。

凤婧衣一扭头看着还站在那里没动的人皱了皱眉，"你怎么还在这儿？"

夏侯彻默然笑了笑，到了外面收拾桌椅，突然觉得这样的生活，有些像是寻常百姓的夫妻一样。

若是，两个孩子也在这里，便就更加圆满了。

不一会儿工夫，厨房里便飘出了缕缕饭菜的香气，他抱臂倚在门口眉眼含笑望着灶台边忙碌的人，宫中那么多年锦衣玉食的生活，却从来没有像此刻这般让他打心底里欢喜。

凤婧衣盛菜出锅，一侧头瞅见不知何时站在那里的人，没好气地道："端出去，还站着干什么？"

夏侯彻难得地没有跟她争论，过来端了盘子出去，懒得上楼敲门，直接拿筷子扔上去钉在了九幽的房门上。

果真不到一会儿，房门便打开了，里面的人打着呵欠出来，慢悠悠地下了楼到桌边坐下，扫了一眼桌上的菜。

"怎么看相这么差，怎么吃？"

夏侯彻一听便有些不乐意了，重重地将碗放到他面前，"你可以不吃。"

他都难得吃上她一顿饭，他竟然还敢嫌弃。

"算了，我将就吃点儿吧。"九幽端起碗筷叹了叹气道。

凤婧衣端了最后一个菜从厨房出来，淡笑道："我不常做，也只能做成这样。"

第五十六章 双剑合璧

她自己动手进厨房还是好些年前的事了，这些年都是沁芳在身边伺候着的，哪里用得着她自己动手。

夏侯彻倒是很给面子，不时瞪一眼坐在对面一脸嫌弃的九幽，以免他再出口抱怨。

九幽吃完饭便又回房睡觉去了，凤婧衣收拾着桌子和厨房，夏侯彻倒也知道一起帮忙，等忙完了所有的事，夜色已经深了。

偌大的客栈就剩下他们两个人了，为了不尴尬相处，她早早回了自己房间休息。

次日一早，她早早起来了，也备好了早饭，等着九幽开始教他们剑术，谁知他竟然一觉睡到了快正午才起来。

"现在都什么时辰了？"夏侯彻咬牙切齿地道。

九幽打着呵欠坐下，懒洋洋地说道："我没睡醒就没精神，没精神肯定就教不了你们。"

夏侯彻咬了咬牙，"好，今天的不说了，明天朕会好好叫你起床的。"

"嘿，好歹我也算你半个师傅，懂不懂尊师重道？"九幽不高兴地道。

"我们时间不多，没时间跟你浪费。"夏侯彻针锋相对道。

虽然还没开始，但他有预感，学起来不会太顺利。

从中原来到这里，他们已经耽误好些天了。

九幽瞥了他一眼，简单吃了些东西，便带着两人到了客栈外的沙漠里，"玄机剑阵第一阵，我只使一遍，你们自己看清楚。"

夏侯彻没有说话，只是将自己的玄铁剑扔给了他，"少废话。"

九幽拔剑出鞘，眉宇之间霎时神色变幻，扫了一眼凤婧衣道："这是你的。"

三尺青锋在他手中恍若有了灵性，出剑时而迅如惊雷，时而轻灵飘逸，与其说是剑术，不如说是九天的仙人在跳舞。

半晌，一收剑道："可看清了。"

凤婧衣抿唇点了点头，道："勉强可以。"

九幽望向夏侯彻，道："现在是你的。"

说话间，剑气纵横，进退回旋之间，有如苍龙出谷一般，自有一股雄霸天下的气势，让人叹为观止。

九幽一收招，将剑递给夏侯彻道："当年教你的，便是以此为基础的剑法，你领略起来应该不难。"

"知道了。"夏侯彻收剑道。

"好了，今天要教的已经教了，我去城里逛逛，你们自己练吧，什么时候练好了，再教第二阵。"九幽说着，朝着龟慈城的方向大步离开了。

凤婧衣默然站在原地，似是在回想方才剑的招式，暗自默想了一遍，便拔剑而起，可是明明也是方才九幽一样的招式，但威力和灵气却总是差了不少火候。

夏侯彻倒没急着练，只是站在一旁看着她聚精会神练习的样子。

一开始还好，可到了最后一个招式，她使出数遍却仍旧难得要领，明明是她记的招式，可是使出来却总是百般别扭，更别说像方才九幽使出那般的灵动了。

"别急，慢慢来。"夏侯彻制住她劝道。

她收剑平息下焦急的心情，仔细又回想了几遍九幽使剑时的每一招每一式，方才再次开始练习，虽然比方才要顺畅许多，但感觉依旧还未领悟到其中的精髓。

夏侯彻看她着急，于是出手与她对招引导她使出九幽所传的招式，虽然一开始也不顺利，但渐渐地也有了些起色，招式也流畅了许多。

然而，等到天黑九幽从龟慈城里回来的时候，看到还在练剑的两人不由得站下瞧了一阵，最后只丢下一句，"空有其表。"

凤婧衣闻声收剑，追问道："还请前辈指教。"

九幽扭头望着她，目光幽深而意味深重，"玄机剑阵，心与意的灵犀，你心结太重，即便把这些招式模仿得再像，也终究发挥不出它真正的威力。"

说罢，丢下两人自己回房睡大觉去了。

凤婧衣想要继续练习却被夏侯彻拦下了，九幽说在城里吃了晚饭了，他们自己简单备了晚膳用了，便各自休息了。

半夜，夏侯彻听到客栈内有异动，悄然起身出门，才看到月色之中有人在舞剑，一招一式都是白天他看过千百遍的样子。

一连四五日，九幽都是早出晚归，每次回来的时候看见还在苦练的人，都是摇头叹气。

凤婧衣剑术一直难以突破，这让她自己也一日一日地心焦，可是她能做的，也只有一遍又一遍地苦练，可是玄机剑术一向是以意与悟为主，根本不是以勤补拙便能练就的。

五日后，接到消息的沐烟也赶到了这里，不过明显的一脸怒火。

凤婧衣刚备好午膳，扫了她一眼笑问："谁惹你了？"

"来的路上，遇到一个混账，连老娘的便宜也敢占，再让老娘看到他，非宰了他不可。"沐烟咬牙切齿地说道。

"在哪遇到的？"凤婧衣随口问道。

"就在龟慈附近。"沐烟说着，眼中都是怒火腾腾的。

凤婧衣微微皱了皱眉，望了一眼边上的夏侯彻，心想该不会她遇到的那个混账就是九幽吧。好像他一早出去，按时间推算那个时候在龟慈遇到沐烟也是极有可能的事。

这附近，喜好调戏人的除了他，很难再找出第二个来。

虽然两人心知肚明了，但还是没有向沐烟明说，不管是不是，晚上那人回来了，自然就见分晓了。

"你们既然找到了那老头儿，这几日都学什么了？"沐烟好奇地问道。

第五十六章 双剑合璧

一直跟她好古怪的师傅不对盘，要是能在这里多学点本事回去，以后她就不必再回回败在师姐手上了，想想都让她觉得兴奋不已。

　　凤婧衣一想到自己这几日的状况，眉头便不由皱了起来，再这样下去，她只怕就真的要一无所成地回去了。

　　"学的玄机剑阵，但我……"她说着，叹了叹气。

　　"玄机剑阵？"沐烟听了皱眉头想了想，而后说道，"我有听师姐说过，是个要一男一女双剑合璧的什么鸟阵……"

　　"就是这个。"凤婧衣道。

　　"唉？"沐烟一挑眉，望向夏侯彻，"该不是你跟那老头子勾结，故意要学这个的吧。"

　　一男一女双剑合璧，这不是明摆着要把凤婧衣跟夏侯彻往一堆凑，虽然他们曾经是有瓜葛，现在还有两儿子，可是现在终归是有些不合适的。

　　"不关他的事，玄机剑阵确实是威力无穷，只是我一直学不好。"凤婧衣淡笑道。

　　"你还学不好？"沐烟挑眉道。

　　隐月楼里，她和公子宸两个是出了名的过目不忘，一遍看过即便不能学会十分，也是七八分了。

　　她口中竟然说出这么丧气的话，着实让她难以相信。

　　凤婧衣笑了笑，没有再说话，只是默然用完了午膳，又取剑一个人出去苦练去了。

　　沐烟和夏侯彻先后跟了出去，站在一旁看着她练习，只是看着看着也不由得面色沉重起来。

　　她虽不知玄机剑阵到底是有多大的威力，但习武之人也能看得出，凤婧衣现在出剑运剑都太过生硬，根本没有应有的灵动流畅。

　　她也深知不是那个人愚钝，但她似乎总被什么绊着，无法将招式发挥到最完美的状态。

　　"不是跟老头子学吗？他怎么都不见教？"她朝夏侯彻问道。

　　"他已经教过了。"夏侯彻目不转睛地盯着不远处的人，平静说道。

　　沐烟百无聊赖地在沙地上坐了下来，看着不远处练剑的人，那什么九幽真的是脑子进水了，怎么跑到这么个鸟不生蛋的地方，一眼望过去除了沙子还是沙子。

　　难道，她就要在这个鬼地方待两个月吗？

　　这里这么干燥，风又这么大，她的脸得被吹成什么样，回去得花多少珍珠粉才能保养得回来啊。

　　一想到这些，她就禁不住满腹的牢骚了。

　　凤婧衣和夏侯彻都忙着练功，她看得没趣了便进屋里睡了一觉，睡醒了再出来已经是黄昏了，外面的两个人还在忙活着。

　　夏侯彻明显已经习成，只是凤婧衣依旧一丝进展都没有。

　　天色渐暗，龟慈城的方向有人影过来，她无聊地望过去，当看清了过来的人，顿时一腔怒火烧了起来，一提刀便准备上去拼命。

"混账东西，老娘不找你，你倒送上门来了。"

九幽一边走一边哼着小曲儿，好不悠闲自在，突地感觉到一阵杀气，一抬头看着提刀冲过来的女人，愣了愣之后笑眯眯地问道："小美人儿，你怎么在这里？难道专门在这里等着我的？"

"我在这里等着要你的命！"沐烟一刀砍过去，使了十成十的功力。

可是眼看着要被他劈中的人，却身如鬼魅一般地转到了她的身后，拍了拍她的肩膀笑着道："小美人儿，刀慢了点儿。"

沐烟愤恨地一咬牙，方向一转又一刀砍了过去，可是又被那人轻轻松松地避开了。

"小美人儿，你的刀还是不够快。"

沐烟气得七窍生烟，对付不了对方不说，还要被他百般戏弄，她这一辈子都没受过这么大的屈辱，此仇不报，她誓不为人。

"沐烟，这是……九幽前辈。"凤婧衣过来拉住她，解释道。

"这混账东西就是那老头子？"沐烟不可置信地吼道。

亏得她以为冥王教的四大护法之一，江湖传说的顶尖高手是多么了不起的人物，结果是这副模样，有没有搞错？

"别老头子老头子的，在下还正是风华正茂的时候。"九幽笑嘻嘻地说道。

"茂你个鬼，年纪一大把还敢占老娘便宜？"沐烟咬牙切齿地骂道。

什么四大护法，顶尖高手，她早该想到的，她那师傅都那么"与众不同"，其他的三个也好不到哪里去，哪知道竟然是一个比一个不是东西。

可见，那冥衣和七杀，更不会是什么好鸟。

亏得她想着跟白笑离有一腿的人，肯定是非凡过人的，可怎么就忘了，能看上她那怪僻性格，自然也会是另一个怪癖。

"小美人儿，早上见了你一回，这会儿晚上又遇到了，可见缘分着实不浅……"九幽继续笑着戏弄她道。

沐烟一听，挣开凤婧衣的拉扯又挥刀砍了过去，可依旧再次砍了个空。

夏侯彻拉住欲要上前相劝的凤婧衣，道："反正也死不了人，由他们去吧。"

凤婧衣想想也是，沐烟也伤不了九幽，九幽虽然不正经，但也只是玩笑，不会真把她怎么样，索性便由他们去吧。

两人先回了客栈准备晚膳，外面不住地传来沐烟骂人和喊打喊杀的声音，直到天黑了外面的两个人才回来。

九幽精神奕奕地坐在饭桌边等着开饭，沐烟却是扶着门进来，累得气都快喘不过来，追着砍了一个多时辰，愣是连他一根头发也没砍下来。

这口气，她说什么也咽不下去。

不过，现在她确实还打不过他，不过君子报仇十年不晚，总有一天她一定把今日的仇恨给自己报了。

凤婧衣倒了水递给她，道："歇会儿吧。"

沐烟连青湮都打不过，又怎么可能是九幽的对手，莫说一个她，便是再来十个她，也不可能胜了这个人去。

晚膳过后，沐烟跟她同住了一个房间，因着追着九幽打了一个时辰，实在没什么体力了，一进房里便倒在了床上。

"萧昱也离开丰都了，正在四处找你。"

凤婧衣面色微变，"他的伤如何了？"

"我也就远远瞧了一眼，脸色看起来不是很好，不过有空青在应该没什么。"沐烟望着房顶，幽幽地说道，"废后之事让他一力压下来了，原本高太尉带着众大臣以辞官相胁，他还真允了他辞官，不过却封了他一个爵位。"

这世上没有哪个男人不要颜面的，更没有哪个男人受得了周围的人指指点点指责自己的妻子不洁，可他即便面对满朝文武和天下人的反对，也执意没有废弃她的后位。

只是，一个不肯放手的萧昱，一个紧追不放的夏侯彻，夹在其中的她自然也就不好过了。

"空青是金花谷医术最过人的弟子，有他在应该没问题。"凤婧衣道，可是如今自己能不能半年之内找到解药，她自己也没把握了。

"凤景似乎也知道了，到北汉见了他一面，似乎在派人找你。"沐烟如实说道。

凤婧衣沉默着没有说话，只是心头莫名的一阵沉重。

凤景一直怕她跟大夏再纠葛不清，故而一再要除掉那两个孩子，要她跟大夏断绝一切关系，她一直说自己不会再与大夏有任何关系。

可是，她心底真正的想法，却早已经如他所料。

她没办法忘记那个人，没办法了断跟他的联系，没办法再像对待仇人一样地对待他……

她也知道自己不该这样，可终究心不由己。

一直以来，她不敢向任何人倾诉有关夏侯彻的任何心事，甚至于她自己都不敢去面对这些心事，可是只有她自己知道，这一生从过去到现在，从未有人让她如此牵念心动，在遇上他之前没有，在将来也不会再有，即便面对着那样美好的萧昱，依旧没有。

"公子宸呢，有她的消息吗？"她扯开话题问道。

沐烟叹了叹气，说道："活不见人死不见尸的，不知道她在哪儿。"

"一点线索也没有吗？"凤婧衣追问道。

"星辰说她在继续追查，若有消息了会让人送信来。"沐烟道。

凤婧衣拧了拧眉，暗自猜测是不是与夏侯渊有关。

以公子宸的精明，若是遇险定会想方设法给她们留下线索，可现在就像是人间蒸发了一样，实在不知道是好事还是坏事。

上一次，她和夏侯彻一起，也是这般杳无音信，这一次必然也是和那个人有关。

当然，这件事她并没有再向任何人提起过，自然也不好对沐烟说起。

"孩子出生那时候，她说去追查冥王教的事，也是好几个月无声无息的，最后还是半死不活地回来，这一回又这样，真是奇怪。"沐烟一个人喃喃嘀咕道。

公子宸那样的人精，即便遇到了什么难事，也不至于没用到连留下线索都不能，这么无声不息地失踪了，要不就是对手太强大，她根本没有反抗之力，要么……就是她自己故意在隐藏行踪。

"她应该是有事在身，或是不便通知，不会有事的。"凤婧衣淡笑道。

可是，公子宸和夏侯渊之间到底发生过什么，她从来没有向她提起过，若然真是动了男女之情，她现在的心情复杂，她亦可以想象。

她曾经肯定地告诉过她，夏侯渊是和冥王教有关系的，必然是她已经发现了什么。

既然他和冥王教有关系，将来必然也是隐月楼的敌人，身为隐月楼主的公子宸，夹杂在他们与夏侯渊之间，如今也必然是不好过的。

若然站在朋友的角度，她自是不希望她与夏侯渊真的有感情瓜葛，因为那是站在她们的立场不能招惹的人。

可感情的事，又哪里是对与错所能决定的，所有的人都告诉她夏侯彻是不能与她再有瓜葛的人，她自己也明明白白地知道，可是却从来没有真正放下过那个人，即便不对任何人说起，她的心里也一直有着他的影子。

"好了，不说她了，她爱怎么样怎么样吧。"沐烟烦躁地说道。

凤婧衣默然笑了笑，洗漱完了，熄了灯火也跟着就寝。

"凤婧衣，其实……你不用让自己活得那么累。"沐烟躺在边上说道。

在她的记忆中，她认识她以来，她永远是为别人的事在奔波，却甚少看到她自己真正快乐过。

一个女子一生所求不过是一个爱自己，也为自己所爱的男子，虽然甚少从她口中听到夏侯彻，但她发现她看夏侯彻和看萧昱的眼神，是明显不同的。

夏侯彻千里迢迢从盛京一路追过来，可见其用情之深，一个女子一生能得一个男人如此守护，已是莫大的幸运，更何况是那君临天下的王者。

凤婧衣沉默了许久，轻然而笑道："我不累，真的。"

这一切本就是她自己选择的路，纵然荆棘遍布，她也必须走下去。

"要是我啊，遇到这么两个难得的，我一定两个都要了，今年在北汉做一年皇后，明年到大夏做一年皇后，多好。"沐烟笑语说道。

凤婧衣失笑，不予作答，一个人一颗心又怎么装得下两个人。

"不早了，睡吧。"

那些纠葛，她如今已经无暇思量，眼下的当务之急是她如何尽快习好玄机剑阵，寻回萧昱救命的解药，至于其他的，已经没有心思多想了。

可是她一心想学好玄机剑术，却一连数日过去都毫无进展，而夏侯彻已经受九幽亲传修习到了第二阵，几乎回回都是一点就透，学起来轻松至极。

九幽说，不是她学不会，是她心结难解。

夏侯彻之所以学得轻松，是因为他心中没有纠结于所想之人，而她却是心结难解，自然无法领悟玄机剑术的真意。

她知道这是一男一女双剑合璧的剑阵，也知道这是要两个人灵犀相通才能练成的，可是要她放下一切，全心全意去想着这个人，又是何其艰难？

她有想过试着去做，可更怕这一试，会让自己再也回不了头。

整整十天过去了，她的剑术仍旧停留在初学之时的水平，没有人催促她，但她自己却是比任何人都着急。

一开始九幽每天回来还会来看一眼，后来连看都懒得看了。

夏侯彻看着她焦躁不好，虽也想尽了办法相助，却终究难见成效。

一切如九幽所说，如果她自己不能真正放下心结，只怕永远也练不成，可是他知道对于她而言，那简直是万分的为难。

如果这样就可以轻易放下心结，当初她也就不会选择带着两个孩子嫁给萧昱了。

沐烟在客栈待了几天待不住，便自己出去了，每每都是到了晚上才回来，一来是在客栈待着无聊，二来是不想面对某个一再戏弄自己的人。

可是眼看着凤婧衣因为玄机剑术之事焦急，她虽想方设法，终究也帮不上什么忙。

天亮的时候，九幽一如既往去龟慈城鬼混了，沐烟也不在客栈之中，夏侯彻起来寻到客栈之外却没有寻到原本该在这里练剑的人，心想是不是生病了没起来，可寻到房中亦是空无一人。

昨天夜里她说想再多练一会儿，拒绝了他在旁相陪，只怕夜里根本就没回来，便已经走了。

不过，她不是那般会轻易放弃离开的人，想来也只是出去散心去了。

虽然心里这般想着，但一看外面阴沉沉的天色，大漠里这样的天色便预示着将会有沙尘暴，于是终究还是放心不下，骑着马出去寻人去了。

凤婧衣心中烦闷便自天亮之前一个人走了，也不是想离开，只是想一个人安静地想一想，自己到底应该怎么办？

直到周围起风了，才发现自己走了好远，放眼望去，周围除了沙漠还是沙漠，自己从来到过大漠，就连来的时候都是跟着夏侯彻走的，这一下可真是连回去的东南西北都有些不清楚了。

风沙将来时的脚印都抹去了，她只能转身一直朝着来时的方向走，希望这样自己能再走回去，可对于她这种从来没有在大漠生活过的人而言，这样的方法，明显是行不通的，走了好久一看周围还是茫茫无际的沙漠，感觉怎么也走不出去。

可不知为何，这样的时候她又想起了夏侯彻，心中莫名有一种肯定的想法，他会来找她，一定会来将她找到。

这种想法让她分外安心，不知何时在危难的关头，她总会想起他，如同想起守护自己的神明一般。

一路走走停停，眼看着风沙越来越大，却怎么也找不到回去的路。

夏侯彻骑马寻了好一段，远远看着沙丘之上的人影，连忙打马赶了过去，在下方仰头望着还站在上面的人，"还不下来？"

凤婧衣目光深深地望着快马飞驰而近的人，从沙丘上走了下来，"你怎么找到这里来的？"

夏侯彻下了马，沉着脸教训道："不认路就别乱跑，遇上沙尘暴，你想死在这里？"

她默然笑了笑，没有说话。

夏侯彻望了望远方，却看到沙尘暴卷来的方向，一道人影走了过来，且移动的速度非常之快，转眼便到了不远处。

"走！"

直觉告诉他，这是冲着他们而来的。

凤婧衣顺着他望的方向望去，整个人也跟着警觉起来了，虽然还没有交手，却依然感受到来自对方一股迫人的气势和压力。

可此时再想脱身，已然来不及了。

夏侯彻将她扔上马背，狠狠一鞭子抽在马上身，喝道："快走。"

现在这个情形，两个人一起走，定然是走不了了。

马儿扬蹄飞奔出去，凤婧衣勒都勒不住，扭头回望间，夏侯彻已经与那戴着斗篷的神秘高手交上手了，可即便身手高绝如他，依然难占上风。

她勒不住马，心下一急，便直接松了缰绳跳了下去，好在沙地比较软，从疾驰的马上摔下来也不会伤很重，一落地滚了几步远便赶紧爬起来折了回去。

对方出手狠辣，夏侯彻在他手下被逼得节节后退，眼见一掌直击他要害而去，她也顾不上自己身手高低，一把剑便自对方背后攻击而去。

那人似乎也没料到她会去而复返，一收掌转而与她交手了，夏侯彻咬牙切齿地再度过来相助，间隙之间沉声喝道："叫你走，你还回来？"

"你叫我走，我就走？"凤婧衣没好气地还嘴道。

夏侯彻气愤得咬了咬牙，虽然两人能勉强应付，但也都知道再这般久战下去也定然是必输无疑的，急切之下便使出了近日得九幽所传的玄机剑法，她见状便也跟着配合，一守一攻，或是双剑齐下直逼对方要害令其还手不及，渐渐便略略占了几分上风。

第五十六章 双剑合璧

只是她却未曾料到，自己一直使不顺畅的剑法，在这个关头却是出奇的轻松，攻击力也是远比她所练习的时候要强数倍。

她瞅准对方防备薄弱之处，侧头瞥了他一眼，夏侯彻立即便明白了她的意思，两人做出一攻一守的假象，趁着对方接招之时，凤婧衣剑如流光便刺了过去，对方连连后退了好几步方才退开。

两人正准备乘胜追击，对方一掀斗笠骂道："你们俩下手还真是够狠的啊！"

两人持剑看着对方的真面目，这不是一早去了龟慈城的九幽吗？

他怎么……

九幽扔掉斗笠，望向凤婧衣说道："什么练不成，现在不就成了？"

人只有在生死关头，才会知道有些东西的重要性，她也只有在那个时候才能放下心结，面对自己心里真正在意的人和事。

凤婧衣沉默地站在原地，此刻才意识到方才危急关头，自己所使的剑术远比练习的时候要得心应手，只是方才那样生死攸关的时候，哪里还有心思去想其他，总不能眼睁睁地看着他在自己面前被人所害。

却不想，敌人会是九幽乔装，为的是让她在生死关头，领会玄机剑阵的真义。

不可否认，方才那一刻她真的很怕，很怕他会死。

"以后，你就记住你自己方才的心境。"九幽郑重说道。

凤婧衣没有说话，只是怔怔地站在原地，一时间有些不知该如何去面对身后那道灼灼的目光。

"你们以前有什么恩怨，我不知道，也没兴趣知道，但既然是那个人要求我教你们这些，必然就要全部教给你们。"九幽走近她，望了一眼她身后的夏侯彻，低声说道，"人总是那么奇怪，活着的时候瞻前顾后，只有在生死之时才会真正意识到自己的心。"

玄机剑阵之所以是一男一女心意相通才能练就的奇阵，正是因为只有心心相印的两个人才会不遗余力地去保护对方的生命，他们会是彼此最坚实的盾牌，也是彼此手中最尖锐的利刃。

这样的两个人，许多东西不用言语便能明白对方所想，从对方的一举一动便能读懂他要干什么，而这些是别人所不能做到的，更是敌人所不能窥测到的。

"好了，你们自己再好好巩固巩固感情，我有事先走了。"九幽说罢，大摇大摆地先离开了，转眼的工夫便没了踪影。

凤婧衣收了剑，没有回头去看后面的人，径自朝着九幽离开的方向先走了。

夏侯彻不紧不慢地跟在后面，一瞬不瞬地盯着走在前面的人，在看到她去而复返之时，除了担忧之外，他确实是心生震撼而喜悦的。

一直以来，都是她一次又一次弃他而去，大约这是他第一次看到她为自己而转身，且还是在这样生死攸关的时刻。

可是，她总是这个样子，只有在这样的关头才会真情流露，一旦理智冷静下来了，便又是那般地思前顾后了。

"刚才为什么回来？"他问道。

凤婧衣微震，没有停下，也没有回答。

他三步并作两步上前，一把拉住她，"朕问你刚才为什么回来？"

"你是瑞瑞和熙熙的父亲，我应该救你，即便不是你，换作别人，我也会救。"她语气平静地回答道。

她有勇气与他生死与共，却仍是无法承认她爱他。

"你到底要自欺欺人到什么时候，你以为朕会再信你的鬼话？"夏侯彻勃然大怒道。

以前心中没他的时候，天天睁着眼睛说爱他，如今心中有他，却怎么也不愿承认爱他。

"你信与不信，都是如此。"凤婧衣说道。

夏侯彻静静地望着她许久，缓缓说道："朕也在努力去理解你的难处，你的顾忌，你的身不由己，可是要你向朕承认一句心中有朕，就那么难吗？"

只要她一句话，抑或是一个点头就可以，可是她就是怎么也不愿承认。

说罢，他疲惫地与她擦身而过离去。

凤婧衣站在原地，扭头看着渐行渐远，满是寂寥的背影，眼中已然满是泪光。

她不可能离开北汉，也不可能摆脱北汉皇后的身份，更不可能弃玄唐和凤景于不顾，既然不能与他在一起，又何必再去做无谓的承诺。

她能给予他的，已经都给他了，可他还要一而再，再而三地闯入她的生活，搅乱她极力想要平静的心。

夏侯彻独自一人愈走愈远，他真是恨透了这样满口谎言的她，虽然他从种种迹象知晓她心中是有自己的，可是他更想听到她亲口的肯定，让他知道他所爱的人，也正爱着他。

可是，她总是那样地固执而无情。

他回到客栈之后，没有再折回去找，她直到天黑了才回来，两个人碰了面也是一句话也没有说。

这样的状况一连持续了好些天，不过自那之后，她的剑术却是在九幽的教导之下，一日比一日精进，两人再度联手与九幽交手，已然可以打成平局。

这样的进展状况，直让沐烟叫好不已。

夏侯彻却还是不怎么愿意搭理她，可两人练武的时候却还是可以配合得默契十足，有些话没有说出口，可是她一切的变化早已昭示了一切。

大漠两个月的生活，随着他们学完玄机剑阵的第七阵而结束。

原本是想好好跟九幽道个别上路，对方却是完全不领情，一副恨不得他们早点走的样子。

临行之前的饭桌上，沐烟又一次好奇不已地向九幽打听起关于那支桃木簪的事，原以为他又会敷衍了事，没想到他竟然一本正经道出了当年的往事。

"当年，在入冥王教之前，原本我与她是订了婚的，那时候年轻气盛的我们都看彼此不顺眼，在她出嫁的那一天，我当着宾客退了婚，让她颜面扫地。"

沐烟听了，顿时夸奖道："够狠！"

"我与崇礼又是同门师兄弟，在我与她退婚之后，她与崇礼师兄来往密切了，我却又心里不是滋味儿。"九幽说着，有些自嘲地笑了笑，"那个时候不要的是我，后来争着抢着的又是我，真是奇怪。"

凤婧衣默然听着，崇礼想来应该是冥王教前任教王的名号。

沐烟听了很是幸灾乐祸地笑了笑，说道："可不是奇怪么，明明是你锅里的鸭子，你不要把它扔了，别人捡着了，你又眼红了。"

"后来，我想尽了办法，也未能再让她回到我身边，再后来到了她与崇礼成婚，冥衣那时候一心想做教主夫人……"九幽说着，眼底满是愧疚之色，"于是我俩暗中联起手来要将他们的婚事破坏，那样就能让我们各自得偿所愿，可是我没有想到，会害得崇礼丧了命，会害了她一辈子。"

听到这里，沐烟也不好意思再去挖苦他，只是沉默地等着他继续说下去。

"那个时候她真的险些要杀了我的，可是她又没有杀我，但她也是恨极了我，让我这一辈子永远不要再出现在她的眼前，故而这么些年我一直游荡西域，再无颜回中原露面。"他摩挲着手中的桃木簪子，幽幽叹道，"这件东西是临走之前，我放到她门前的，若是将来遇到难处，可让人带着此物来找我。"

他本以为，这么多年了，她早已经扔了，却不想有一天真会有人拿着它送到了自己面前。

"如今冥衣和七杀是定然不会放过白前辈，若是九幽前辈能相助，那就再好不过了。"凤婧衣请求道。

如果身为四大护法之一的九幽能站在他们这边，那无疑是增加了胜算的。

"她不会想见到我的。"九幽沉重地叹了叹气。

他害死了她所爱之人，害得她在本该是一生中最幸福的一天失去了一切，她怎么能够原谅他。

"明里不行，暗中相助也是可以的，你总不想我们败了，她也死在冥衣手里。"沐烟跟着劝说道。

虽然跟她那师傅感情不怎么深，但终归是自己人，不能让外人给欺负了去。

九幽沉默了良久，起身道："我会在冥王教的总坛等着你们，但愿你们有命走到那里。"

说完，人已经没了踪影。

屋内三个人沉默地相互了望，沐烟问道："现在怎么办？"

"回去吧。"凤婧衣起身道。

三人当即便启程自塞外赶回中原，可偏偏眼看着就要到青湮她们的藏身之处，却又与带着人一直在寻找她行踪的萧昱不期而遇。

第五十七章
雪域之城

  三人到了山谷附近的城中，安全起见还是先在城中落脚，等星辰过来接头了，夜里再动身去山谷。
  一连赶了好几天的路，一到客栈沐烟倒头便睡了，她一个人坐在房间里等着，而夏侯彻的房间就在她们隔壁。
  黄昏日暮，有人敲响了客栈的房门，她心想应该是星辰过来了，起身过去一拉开门，站在门外的却是面色苍白，一脸病容的萧昱。
  她一时怔愣在那里，"你怎么在这里？"
  跟在他身后的星辰为难地望了望他，如实说道："他正好带着人找到了这里，我就一起带过来了。"
  可是，她却还没有告诉他，夏侯彻也在这里。
  正说着话，旁边房间的门也打开了，夏侯彻从里面出来，看到站在她门外的人，面目微微一沉。
  萧昱侧头望了他许久，缓缓将目光转向了凤婧衣，"阿婧……"
  这个人出现在这里，叫不会是那么凑巧，再一想方才星辰怪异的神色，恐怕夏侯彻跟她们一起，已经不是一天两天的事了。
  "北汉王，这么巧？"夏侯彻缓步踱近，淡笑问道。
  萧昱愤怒之下，一把拔出身旁侍卫的剑指向他，"夏侯彻，你的儿子也还给你了，你还这般一再纠缠朕的皇后，到底是何居心？"
  一想到，在他不知道的多少天里，他们又朝夕相处，他的心瞬间便似被扎进了一把刀子一般。

"朕是何居心，北汉王心知肚明，何必明知故问呢？"夏侯彻平静而笑道。

"堂堂一国之君，却一再纠缠有夫之妇，夏皇也不怕天下人笑话吗？"萧昱咬牙切齿地道。

"北汉王都不怕，朕又有何惧？"夏侯彻冷然一笑道。

这一笑，无疑是在嘲弄，先前北汉传遍天下的废后之事。

天下人都知道北汉皇后曾是他夏侯彻的女人，都知道他头顶上戴了绿头巾，他都不怕，他又有什么好怕的。

她是北汉皇后又如何，还是他儿子的亲娘呢。

"夏侯彻，只要朕还在一天，你就休想再夺走她！"萧昱怒然道。

"如今的你还能再喘几天气都不知道，也敢对朕说这样的话？"夏侯彻嘲弄冷笑道。

说实话，他当然希望这个人死，可是他也知道，她无法看着他死，所以才这般帮着她一起去寻找解药。

凤婧衣望着一见面又剑拔弩张的两个人，微微皱了皱眉，拉了拉萧昱说道："有事先进屋说吧。"

这若是再争执下去，只怕两个人又免不得要动起手来了。

"有什么话，不能在这里说？"夏侯彻冷然道。

既然难得他也来了，就他们三个人的问题，也正好说个清楚。

"夏侯彻！"凤婧衣冷冷地望向他。

"不在这里说，你要怎么跟他说，说朕恰好经过这里，只是碰巧遇上的，并不是两个月前就已经在这里了。"夏侯彻道。

他要让那个人知道，她心中的人是他夏侯彻，而不是他。

"两个月前？"萧昱气得一阵咳嗽，面上顿失血色。

两个月前，她刚刚离开丰都不久，那个时候他竟然就来了，而他却一无所知。

"他是帮忙一起找解药的……"凤婧衣不忍看他激动再加重病情，连忙解释道。

"朕就算死了，也不要用他找来的解药。"萧昱怒然道。

他帮忙救了他的命，他是不是就得将她也拱手相让了。

"萧昱……"凤婧衣为难地叹了叹气，不知该向他如何说。

她知道他不想她再跟大夏，跟夏侯彻有任何纠缠，可如今这两个月，她又确实是跟他在一起……

"你不用？如今这条命，也是朕送过来的解药保住的吧。"夏侯彻薄唇微勾，冷言道。

"你……"萧昱以拳抵着唇，咳得面色发青。

凤婧衣扶着他往里屋走，冷冷扫了一眼夏侯彻，他真是还嫌她这里麻烦不够多吗？

她扶着萧昱前脚进去，夏侯彻后脚也跟了进来，但没有再走近，只是站在稍远的地方旁观着。

"空青呢，没跟你一起过来？"凤婧衣将人扶着坐下，倒了水问道。

萧昱没有说话，只是静默而深沉地看着她，只是要穿过皮囊骨肉，看清楚她的心里到底有没有自己的存在。

这两个月，他们之间又经历了些什么，他隐约可以感觉得到，她似乎离他又远了一些。

他不说话，凤婧衣也沉默地坐在边上，一时想不出该如何应对这样的局面，以萧昱的固执定然不会再让她去寻找解药，尤其是还有夏侯彻同路。

可是，时间也已经不多了，好不容易从九幽那里学成了玄机剑阵，又有胜算的时候。

他若要同行，以他现在的身体状况，同路只怕会更加危险。

"阿婧，我们回丰都。"萧昱沉声道。

凤婧衣为难地皱了皱眉，如今解毒之期也堪堪只剩下三个多月了，若是再耽误下去，怕是最后真的找不回来了。

"我办完事再回去。"

"和他一起？"萧昱甚少以这样质问的语气跟她说话。

"是。"她坦言道。

她知道他在怕什么，可是这一次，她不得不要这个人的相助，否则仅凭她一个人的玄机剑阵，是根本没多大用处的。

萧昱默然地望着她，不知该再说些什么，她既这般坦荡承认，便自是心中坦荡无愧的，可让他眼睁睁地看着她再跟夏侯彻朝夕相处，他是无论如何也做不到的。

可是，即便他反对，她认定了的事，也会千方百计地去。

"朕跟你去，不需他。"

"北汉王真以为自己还是以前的你，现在这副病恹恹的身子，还得让人分心保护你吧。"夏侯彻冷声哼道。

"这是朕的家事，不需夏皇插嘴。"萧昱头也未侧地沉声说道。

"夏侯彻，你可以离开我的房间吗？"凤婧衣道。

再这样争吵下去，萧昱说什么也是要亲自跟着去的，可如今他的身体状况根本不能前去涉险。

夏侯彻目光沉沉地望了她许久，默然转身出了门回了自己房间，星辰也拉上沐烟一起跟了过去。

沐烟进了房间，便竖起耳朵贴在墙上听着那边的动静，全天下的人都知道北汉皇帝被大夏皇帝戴了绿帽子，如今这罪魁祸首又出现了，他心中岂能平静。

"师叔！"星辰皱着眉叫道。

"嘘,别吵。"沐烟说着,专心地听着隔壁的动静,半晌了嘀咕道,"怎么都没点声音?"

星辰站在她身后,无奈地叹了叹气,她以为谁都跟她一样,一不顺心了就喊打喊杀的?

不过,竖起耳朵听着隔壁动静的除了她,似乎还有另一个人。

夏侯彻面目冷然地坐在那里,神思却集中地听着隔壁房中的声音,他想知道在这样的时候,她会跟那个人说什么,做什么。

可是,此刻隔壁房间的两个人,始终相对沉默。

"萧昱,时间不多了,再找不到解药回来……"凤婧衣焦急地看着他说道。

"阿婧,你知道我在怕什么,以前的恩恩怨怨,我可以不再计较,可是他处心积虑地想夺走你,朕决容不下他。"萧昱沉声说道。

"我知道,可是现在有什么比你的命还重要?"凤婧衣急声道。

萧昱伸手握住她的手,语气温柔地叹息,"阿婧,这世界还有比我性命更重要的东西,那就是你。"

这么多年,她早已经深深扎根在他的心上,与他呼吸相持,血脉相连。

一旦失去,那才是要了他的命。

他没怕过死,比起死来说,失去她更为可怕。

凤婧衣一时语塞,但也知道让他答应夏侯彻与她们同行无疑是艰难的,可这却是势在必行的事情。

"萧昱,现在不管有什么事,我们都暂且放下好吗?一切等找到解药再说。"

"你一定要跟他一起去?"萧昱痛恨交加地问道。

凤婧衣咬牙沉默了一阵,道:"我需要他的帮助。"

"那我呢?"萧昱道。

"你现在的身体状况,不适宜去那样危险的地方。"

那样龙潭虎穴的地方,他目前中毒在身,哪里再能行动如以前那般自如。

"正是因为危险,这样的时候陪伴在你身边的人应该是你的丈夫,是我,而不是他。"萧昱激动地说道。

她与他之间本就一直情丝未断,还有了孩子,若非是如今还有一个北汉皇后的名分在身上,她如今还会不会在这里,他都不知道。

"萧昱,我不想你死,真的不想,不管付出什么样的代价,我也一定要把解药拿回来。"凤婧衣决绝地说道。

难道要她眼睁睁地看着他一天一天地衰弱,三个月后离开人世?

"你要去可以,但决不能是和他一起。"萧昱坚持道。

那个人丢下偌大的大夏,跟着她辗转两个月,打着什么主意,他心知肚明,岂能还任由他继续在她跟前，更何况是在那样的险地。

他太了解她的心软，本就情丝未断，若再有点别的什么事将他们凑在一起，最后会到什么地步，他不敢去想象。

凤婧衣许久之后点了点头，看着他苍白的面色担忧道："空青呢？"

"他在锦州。"萧昱道。

"我们等他到了再上路吧。"凤婧衣道。

萧昱长长舒了口气，以拳抵着唇咳了一阵，方才应道："好。"

隔壁房中，沐烟从墙边离开，有些同情地望了望静坐着的夏侯彻。

"好吧，你要跟人吵吧，现在人家夫妻团聚，你又要坐冷板凳了吧。"

夏侯彻没有说话，只是默然地坐在那里，方才隔壁房间的话却是被他一字不落地听进了耳中。

"要不你还是收拾东西回你的盛京吧，孩子都有两个了，人家好歹十几年的感情了，你总不能让别人最后什么也没落着吧。"沐烟漫不经心地说道。

也许凤婧衣对他有情，但以她的禀性，这份情永远不可能让她背离萧昱，背离北汉。

所以，夏侯彻几番来找她，她都始终拒绝。

她知道，她做不到，所以也无法答应。

夏侯彻没有说话，只是一动不动地继续坐着，眼底满是落寞之意。

星辰望了望沐烟，示意她不要再说下去了，那个人夹在中间已经很为难了，一边是青梅竹马十几年情深义重的萧昱，一边是倾心喜欢的男子。

可她就是那样的人，即便心中爱的是夏侯彻，也决不可能背弃萧昱与他长相厮守。

两边房间冗长的沉默中，天已经黑了。

星辰过去敲响了隔壁的房门，问道："时间到了，走吗？"

"你先去见青湮吧，请淳于越过来一趟。"凤婧衣道。

虽然已经由空青给他诊过脉，但还是让淳于越再诊断一次，比较放心。

星辰点了点头，指了指旁边的房间，意思是问她那个人怎么办。

"你们先走。"凤婧衣道。

她说着，快速打了个手语。

星辰愣了愣，她手语的意思是要他们先走，她随后脱身来跟他们会合。

"好。"

她知道不宜再多问，于是回了夏侯彻的房间去安排先走，想来如果不是她自己脱身来跟他们会合走，恐怕就会真的一直这样僵持下去。

萧昱不肯让她与夏侯彻一起走，夏侯彻也不肯轻易离开，继续僵持下去，只会矛盾愈演愈烈。

不一会儿，夏侯彻先走了，星辰和沐烟随后也离开了。

第五十七章　雪域之城

天亮的时候，淳于越寻到了客栈，且是一脸的不高兴。

"死了吗，没死叫我来干什么？"一敲开门便道。

凤婧衣习惯了他的不客气，侧身让他进了门，引到了内室让他给萧昱把脉，"安全起见，你来看一次为好。"

淳于越到桌边坐下，搭上脉搏诊断之后道："还好，还能活上三个月。"

"昨天夜里一直咳嗽不止，怎么办？"她望向他问道。

淳于越慢悠悠地从袖中取出一只药瓶，"这个每天吃一粒，会好些。"

凤婧衣伸手接了过去，倒出了一粒交给了萧昱，然后将药瓶收了起来。

萧昱伸手接了过去服下，等着淳于越开完了药方，几人才一起离开客栈起程，因着他身体不适便安排了马车。

马车在官道上疾驰，也许是因为一夜未睡，萧昱有些疲惫地闭上了眼睛养神，可是整个人却越来越疲惫。

"萧昱？"凤婧衣唤道。

他靠着马车似是睡着了，没有睁开眼应声。

"萧昱？"她又问了一声。

可是，他还是没有醒来。

她取过边上的斗篷，给他盖在了身上，将袖中备好的一纸书信放到了他手边，一掀车帘道："停！"

侍卫们勒马停下了马车，她下了马车，要了边上一名侍卫的马匹，对侍卫长叮嘱道："你们送陛下回宫。"

"皇后娘娘……"

陛下辗转寻了两个月才找到人，如今她又走了，他们可怎么跟他交代。

"要说的，本宫已经留了书信，陛下有病在身，不适宜逗留在外，尽快送他回宫。"凤婧衣说罢，翻身上了马，与淳于越一起朝着相反的方向，策马扬鞭而去。

时日不多，她没时间再耽搁下去，只能与淳于越一起出此下策了。

淳于越的那颗药，足足让萧昱睡了一天一夜，待他醒来一睁开眼睛，马车里哪里还有她的影子。

他正准备叫人停下马车，一下看到了手边的书信，展开快速扫了一眼，一掀车帘喝道："停下！"

侍卫勒马停车，还未停稳，马车内的人便已经弓身出来扫了一眼外面，"皇后什么时候走的？"

"昨天。"侍卫长如实回道。

"昨天？"萧昱仔细一回想，也猜到了是淳于越给他的那颗药出了问题。

她这般瞒着他也要走，想必夏侯彻也是跟她在一路的。

"皇后娘娘说陛下有病在身，不宜逗留在外，须得尽早回宫。"侍卫长劝道。

萧昱攥紧了手中的信纸，咬牙道："给朕找，就算是掘地三尺，也给朕把他们找出来！"

他的妻子，正跟与她情丝未断的前夫在一起，他如何能安坐下去。

而此时此刻，凤婧衣一行人已经穿州过城到了另一个地方，就怕萧昱醒来发现了会再寻人，故而一路小心翼翼，蛛丝马迹也不留下。

只不过，她与夏侯彻却是一路都再没有说过一句话。

白笑离带着他们一直向北而行，似是因为要重新回到那个充满伤痛的地方，一路上都不怎么说话，神情也显得深沉难测起来。

虽然偶有提及关于冥王教之事，但对于九幽和死去的前任教王崇礼，却只字未提过，更没有说起当年那场惨剧到底发生了什么。

一路愈向北行，天便也越冷，这对于凤婧衣来讲，不得不说是一个莫大的考验，可是冥王教的总坛处于极北冰川之内，要想到达那里，这也是她不得不面对的。

风雪连天，积雪过膝，俨然已经到了呵气成霜的地步。

数日之后，到达冰川边境，放眼望去，已然身处在一个冰天雪地的世界里。

一直在前面不怎么说话的白笑离停了下来，说道："我去个地方办点事，你们自己找地方落脚。"

"师傅，我跟你去。"青湮不放心地说道。

白笑离没有反对，便带了她一起先离开了。

沐烟站在雪地里，环顾四周便开始抱怨道："这鸟不生蛋的地方，让我们去哪里落脚，让我们睡雪地里，啃冰坨子吗？"

"先分头找地方吧，一个时辰后回来会合。"星辰说道。

沐烟和星辰先后分头走开了，她朝着另一个方向走了，夏侯彻也随之跟了过来。

积雪太深，两人深一脚浅一脚地走着，奈何她穿得太厚行动笨拙，一步不慎便险些一跟头栽在雪地里。

好在边上的人及时拉住了她，"小心一点。"

她站稳了，不动声色地抽回手，一个人继续往前走。

"你就打算继续一直这样不跟朕说一句话？"夏侯彻拉住她道。

凤婧衣扭头望向他，"你想说什么？"

她现在最重要的事是，尽快找到解药回去，其他的任何事，她已无心去想。

"你到底要朕怎么样？朕能做的，朕能退让的，朕都已经做了。"夏侯彻有些愤然，更多的是无奈，"当年你要朕放他，朕放了，如今你拼了命地要救他，朕也帮你救，可是你到底要朕怎么做才肯真正看到朕，想到朕？"

他从来未对任何人任何事如对她这般退让，所要的无非是她能多想着自己一些，多想着他们的孩子一些。

凤婧衣抽回手，一个人艰难地走在前面，她何尝没有想过他，何尝没有想过两个孩子，只是那些心思是无法向任何人开口说出来的。

她在前面走着，夏侯彻跟在后面走着。

雪地里留下一连串脚印，可是两人在周围找了好一片地方，也没有找到可以暂时落脚的地方，只好折回原地去等沐烟和星辰她们。

两人正往回走，却忽地听到周围传来隐约的人声，警觉之下连忙躲到了树后，循着声音的方向望去。

几个身着白披风的人，从北地而来，每个人都戴着白色的面具，看不清楚面容。

"快点，尽快接到西戎王的使者向教王复命。"为首的一人说话道。

藏在树后的凤婧衣两人听了相互一望，等到他们走远了一些，方才站了出来。

"他们果然是要联合西戎。"

"不正好也给咱们机会？"夏侯彻道。

凤婧衣侧头望了望他，知道他心里打的什么主意，于是道："跟上去。"

如果能这样跟进去，也许会有意想不到的收获。

面对敌人，他们俩总有着出奇的默契，知道做什么事能得到最大的利益。

两人一起顺着几人离开的方向跟了过去，没有说话，却都各自在心里盘算着下一步怎么做，一路走一路留下暗号，以通知沐烟她们跟上来。

一个多时辰后，两人尾随着跟到了冰川外的镇上，看到几个人在一座小庙里等着什么人。

"我在这里盯着，你去周围看看有没有什么可疑的人？"凤婧衣盯着庙内徘徊的几个人，对站在身旁的人说道。

夏侯彻动也没动，低声道："你去。"

这几个人虽然不算顶尖的高手，但也是身手不错的，若是发现了他们，定然会联手攻击，况且这还是在冥王教的势力范围内。

一旦泄露了行踪，便会有性命之险，相比之下到这里来的西戎人则要好应付一些。

凤婧衣侧头望了望他，见他不动便自己动身去了，转身举步间道："小心点。"

虽然也知道这些人不是他的对手，但还是不由自主说出了这句话。

夏侯彻闻声回头去看，说话的人已经离开了，他看着远去的背影，唇角微微勾了起来。

小镇子并不大，凤婧衣迅速地在小庙附近找了一遍，而后在来往的必经之路等着对方到来。

果真，过了不到一个时辰，几个异族打扮的人朝着这边来了。

因为她早有了准备，她戴上了和那几人一样的面具走了过去跟对方搭上话，虽然一开始对方有些怀疑，不过好在先前从白笑离口中得知了一些关于冥王教的事，故而还是勉强糊弄过去了，几个人还当真愿意跟着她走了。

　　来的是西戎王的大王子和他的王妃，为了能达成计划，她将他们带到了离小庙挺远的另一座庙宇，谈话之间问了些他们此行的目的。

　　过了半个时辰，沐烟和星辰随之赶了过来，夏侯彻也跟着过来了。

　　星辰扮成她进去了，沐烟个性比较莽撞，所以便没有跟着进去。

　　"我们扮成西戎王使者的人混进去，你们暗中跟着。"凤婧衣说道。

　　"谁来扮？"沐烟望了望两人道。

　　凤婧衣想了想，望向夏侯彻道："你去。"

　　"那什么王妃呢？谁来？"沐烟道。

　　"你来。"凤婧衣道。

　　沐烟秀眉一挑，指了指自己，又指了指夏侯彻，"我？跟他？"

　　夏侯彻面色一阵黑沉，目光冷冷地扫了凤婧衣一眼。

　　"没关系，我不介意。"沐烟笑嘻嘻地说道。

　　"朕介意！"夏侯彻沉声喝道。

　　"那怎么办，我们这里也只有你一个男的，不然换青湮和星辰来，再不济还有我们姓白的。"沐烟笑嘻嘻地说道。

　　她就知道，夏侯彻肯定是不会愿意的。

　　凤婧衣拧了拧眉，沉默着不说话。

　　虽然是假扮，但扮成这样的夫妻，也知道不会是好事。

　　"不然我跟你扮那什么王子和王妃。"沐烟说着挽上了她的胳膊。

　　正说着话，星辰从里面出来，望了望几人说道："他们有点怀疑了，你们准备怎么办，尽快。"

　　凤婧衣望了望小庙的方向，这应该已经到了他们双方碰面的时辰了，如果再不下决断，只怕是要引起人怀疑了。

　　她咬了咬牙，望向他道："我们去。"

　　说罢，几人一起进了庙中，西戎王子等人一看来势不善的几人，也知道有些不对劲，但已然无路可逃了。

　　几人早有袭击的准备，同时出手将西戎王子和王妃打晕，她和夏侯彻脱下他们的衣服换上，由星辰给他们易容成了两人的样子。

　　沐烟留下守着庙里的几人，她与夏侯彻扮成西戎王子夫妇带上星辰去了另一座庙宇与冥王教的人碰面，准备混进冥王教内去。

小庙里，夏侯彻成功地骗过了前来接应的冥王教中人，让他们带着他们前往教内总坛，共襄大事。

这大事，不用想也知道是想联合起来颠覆三国，谋权夺利。

一行人走到了天黑，在冥王教外围的驿馆住了下来，假扮夫妇的他们两个，自然是被安排在了一个房间。

凤婧衣冷得坐在火盆边取暖，一旁便有人道："听说王子与王妃伉俪情深，看来果然不假，出这么远的门也要夫妇同行。"

"王妃一刻也离不开本王，自是本王到哪，她也会在哪里。"夏侯彻淡笑地伸手握住她的手。

凤婧衣有些僵硬地笑了笑，也不能反抗，更不能抽回手离开，着实让人憋屈不已。

"时辰不早了，王子和王妃早点就寝，明天一早我们还要赶路。"那人说着，起身领他们去房间安住。

夏侯彻牵着她起身，一路走一路光明正大地占着便宜，凤婧衣却只能咬着牙，还得赔着笑脸做出一副恩爱的样子。

进了房间，房门一关，她立即甩开他的手，"你不要得寸进尺。"

虽然是假夫妻，不过好歹也曾是夫妻，他扮得得心应手，心情极佳，面对怒气冲冲的质问，也没有再针锋相对地争论，而是笑着解了斗篷先躺下休息了。

凤婧衣咬牙切齿地站在床边看着已经闭上眼睛的人，"你……"

刚一开口，躺着的人骤然伸手将她一拉，她猝不及防地被他拉着扑上了床，扑到了他的怀中。

她恼怒之下，正准备说话，却听到外面传来脚步声。

正在她凝神细听之际，夏侯彻却突地吻了过来，她瞬间瞪大了眼睛，凝视着近在咫尺的眸子，呼吸交缠之间，心也跟着狂乱不止。

他们不是没有过亲密的关系，但自她离开大夏之后，莫说这样的亲密接触，便是牵个手都是不可能的。

突然之间发生这样的事，让她整个人的思绪也跟着全乱了。

隔壁房间几个人从墙上的小孔观察着房间内的一切，隐约传出窃窃私语。

"是你多心了吧，这要不是两口子，能亲热成这样？"

"就是，接到消息来庙里跟我们会合的只有西戎王的使者，还能是谁？"

"不过还是小心为上，路上多看着点儿。"

"……"

随即，听到几个人离开的脚步声。

这边的房间内安静得几乎能听到彼此狂乱的心跳声，夏侯彻小心翼翼地继续吻着，似是在步步试探……

凤婧衣渐渐清醒了几分，低头想要避开他的唇，可是他却如影随形吻了上来，且更为急切和热烈，带着几乎让人融化的热情。

这种感觉，熟悉而遥远，却又让她有些手足无措。

她低头避开，推着他的胸膛，低语道："别这样。"

夏侯彻何其睿智，虽然更想继续下去，但也知道再继续下去，势必会演变成争吵的场面。

凤婧衣抿了抿唇，准备起身，他却又出手按住了她的背脊。

"婧衣，让我抱抱你。"

不知怎么的，那样低而温柔的声音让她一阵心揪，压下了她本该有的理智，她就那样枕在他的胸膛上，静寂的房间中耳边的心跳显得尤为清晰。

她知道，她是应该起来，应该与他保持距离。

可是，她也贪恋着这个怀抱，如他一般地想念。

夏侯彻低头吻了吻她的额头，两个人谁也没有再说话，只是静静地相依着，默然地希望着这个冰天雪地的黑夜再长一点，再久一点……

似乎，从他们相识以来，还是第一次有这样安宁的时刻。

她不必再像多年之前在他身边之时，处处想着要怎么隐藏身份，要怎么提防他找出自己置自己于死地，不必满心算计着要怎么在他手里夺回玄唐。

她知道，这个男人是爱她的。

他也知道，这个女人也是爱他的，纵然她从未说出口过。

一夜相依到天明，门外传来敲门声。

"王子，王妃，我们该上路了。"

凤婧衣起身，似是有些尴尬，便一个人先洗漱，披上了斗篷先开门出去了。

夏侯彻慢悠悠地起来，洗漱完出去，她已经坐在桌边用早膳了。

她低垂着眼帘盯着自己碗中的粥，始终不愿抬眼去看坐到对面的人。

夏侯彻夹了菜放到她碗里，"你能在碗里盯出一朵花儿来？"

凤婧衣还是沉默着不说话，一想到自己的荒唐，依旧心潮难平。

早膳过后，他们被带着上路，她没有再跟他走在一块，有意与晕辰走在了一起，于是换来前面的人频频的瞪视。

到了途中休息的时候，夏侯彻顺手又抓住她的手，周围有人盯着她又不好说什么，只能咬牙由他去。

从接应的地方到冰川中间的冥王教总坛，需要走好几日，但随着不断地深入腹地，周围的冥王教的教众也越来越多了。

虽然对方没有发现什么，但他们还是一直小心保持着警惕，每大夜里三个人都是轮流醒着防备着，虽然一路小有风波，但好在他们两个一向都是谨慎的人，故而也没有露出马脚来。

四天后，他们跟着到了冥王教总坛的雪域城，城中房子都是雪一样的白色，一眼望去仿若是到了世外仙境一般。

雪域城是在一道深渊的对面，除非城中的机关到规定的时辰放下吊桥，否则外面的人很难进得去，可见是个易守难攻的好地方。

"明天一早桥才会放下来，今天要先在这边住下来。"带路的人说道。

凤婧衣几人并没有反对，欣然答应了。

"西戎终年难见雪景，我想带王妃在附近踏雪赏景，不知可方便？"夏侯彻状似深情地望了她一眼，向几人问道。

"我们安排人带你们去。"一人说道。

夏侯彻看了看她，又说道："本王只是想和王妃出去走走，很快就回来，就不麻烦各位了。"

"这里两位还是不要乱走动为好……"

"好了，让他们去吧，人家两口子要出去赏个景，咱们跟着干什么。"另一人拉了那人劝道。

"王子和王妃请便吧，记得别走错路就成。"边上另一人说道。

"多谢了。"夏侯彻浅浅笑了笑，拉着她先出了门。

两人一出了门，凤婧衣便准备松开他的手，他却抓得紧紧地不肯松手。

"人家明里没跟着，若是暗里跟着了呢。"

凤婧衣回头望了望，想想也是，便也没有再反对，可这样跟着他牵着手走着，总感觉有点别扭。

两人说踏雪赏景不过是个借口，实际是想观察周围的地形，以为将来的脱身准备好退路。

然而，两人在周围看了看，从这边到达对面的雪域城，除了从城中放下吊桥来，谁也无法跨过这道万丈深渊进到里面去。

凤婧衣遥遥望着悬崖对面的雪域城，幽幽说道："进了那里，可就真的进了龙潭虎穴了。"

这一去，还能不能再活着回来，都不知道。

"怕了？"夏侯彻侧头望了望她，问道。

"不怕。"她淡笑道。

她唯一怕的，是自己不能在这里找回萧昱所需的解药，不能救了他。

夏侯彻凤眸微眯眯眯着对面的城池，开口道："朕跟你来这里，只有一个要求。"

凤婧衣闻言望向他，略一沉吟还是问道："什么？"

"不管会发生什么，你和我都必须活着回去。"夏侯彻语气郑重地说道。

他不管这里是什么地狱火海的地方，他要从这里活着回去，也要把她从这里活着带回去。

他的儿子们，决不能成为无父无母的孤儿。

凤婧衣淡笑，没有说话。

夏侯彻望向对面，幽幽叹道："朕不想，我们的孩子，也要像我们一样无父无母地长大。"

他未曾拥有过的家，未曾拥有过的爱，他一定不能让他们的孩子也无法拥有。

她闻言一震，沉默了良久，道："好。"

其实，他们两个人一直以来都有着一个一样的念头，那就是他们都是想有一个安稳的家，可是从来没有想过，那个家中的两个人会是一直为敌的她和他，更不曾想过还会有他们的孩子。

现在他们在这里，熙熙和瑞瑞却远在盛京，这个年纪的他们该是多么可爱的样子，笑起来的样子甜甜的，说话的声音糯糯的，还会向人撒娇。

他们却在他们两个最可爱的时候，离开了他们，远走他乡。

"朕在他们出生的时候都未能保护他们，让他们几经流离，如今却又丢下他们，朕亏欠他们的已经太多了。"夏侯彻沉重地叹息道。

他最遗憾的莫过于错过了他们出生的时候，错过了还是婴儿时候的他们，而得知他们的存在，却是在那样的境况下。

"造成那一切的，是我，并不是你。"凤婧衣道。

是她执意隐瞒了孩子的事，才会造成那样的结果，所幸两个孩子如今都还好好的，否则她这一生都无法原谅自己。

可能，在那样的时候，就算再重来一次，只怕她也是会做一样的选择。

"都过去了，不用再说了。"夏侯彻侧头认真地望着她，沉声道，"朕不管你以前怎么对朕说话不算话，这件事你必须要对朕说到做到。"

他就怕，她为了拿到解药救萧昱，最后连自己的命也不顾了。

"好。"凤婧衣应声道。

两人在周围观察了一遍地势，为免让人起疑，便就回了吊桥对面的客栈住下。

次日天亮，外面传来响动，他们从客栈的窗户看了眼外面，雪域城的吊桥已经缓缓放下来了。

凤婧衣打开了门先走了出去，夏侯彻也跟在后面一起出来了，边上房间的星辰也跟着出来了。

三人跟着带路的人到了吊桥边，桥刚刚放下来。

"王子，王妃，请入城吧。"

夏侯彻侧头望了望她，如果在这里走，他们还能有退路，可若过了这座桥，进了这座城，他们便身处成千上万的敌人之中，一旦被人发现，便真的是到了九死一生的地步了。

凤婧衣面色沉凝，却并无退缩之意。

"走吧。"

他们没有退路，今日不来这里，他日这里的人也会找上他们的。

夏侯彻自然地牵起她的手踏上了桥，缓缓朝着雪域城走去，走向眼前这座神秘教派的总坛。

城门大开，一行人进了城，城中百姓多是着白色衣服，一眼望去就如无数的幽灵在游荡一般。

进城走了没多远，便有人安排了马车等着，他们三人被请上了马车。

总坛设在雪域城的尽头，从城门过去还要好一段时间，他们坐上了马车，却没有一个人再说话。

他们就三个人进了这样的地方，四面八方都是敌人，若说心里不紧张，是不可能的。

马车行了几个时辰停了下来，三人下了马车，眼前一座宫殿纯白如雪，巍峨比皇宫有过之而无不及。

"没想到，这里还有这样的地方。"夏侯彻道。

"先前空落了好些年，近些年才重新修葺起来的。"一人一边带着他们往里走，一边说道。

"教王尚不在雪域，你们先住在城内一段时间。"另一人说道。

"无碍，能住在这样冰天雪地的城里，还是本王从来没有过的趣事。"夏侯彻说罢，又询问道，"不知能不能在有时间的时候带本王和王妃游玩一下你们这里？"

"这倒是可以，但是王子和王妃还是让我们的人带你们去，冥衣大人和七杀大人在城内，他们不喜欢生人，所以你们还是不要自己去的好。"一人叮嘱道。

"可以，我们也不怎么熟识路，有你们愿意带路，再好不过了。"夏侯彻淡笑道。

三人被带到了一座庭院住下，一个人留下照顾生活起居，其他几个人便先后离开了。

她和夏侯彻自然被安排在了一个房间，星辰还是被安排在了隔壁房间，因着外面有人，他们也不好一来就出去观察地形，只得先暂时待在房间里休息。

毕竟，还有冥衣和七杀这样的高手在城内，他们悄悄出去打探，势必会引起怀疑，甚至惹来杀身之祸的。

凤婧衣站在窗边看了看周围，说道："得想办法先找找公子宸或是九幽的消息才行。"

一直没有公子宸的消息，她也只能推断她是不是早已经在这里了，得先找到她，了解一下情况才行。

九幽说会在这里等他们，想必早已经来了，如果能找到他，以他和白笑离对这里的了解，他们做起事来就能事半功倍。

可是，难中之难是如何从冥衣那里找到解药。

"事情操之过急会惹人怀疑，一步一步来。"夏侯彻冷静地说道。

凤婧衣冷静下来，点了点头，"但时间待得越久，咱们暴露的可能性也越大。"

这个地方，多待一天就多一天危险，若非是有必来不可的理由，谁也不会来闯这样的龙潭虎穴。

"今天先休息一天，明天再做打算。"夏侯彻道。

现在后面的人还没跟他们联系，也还没有找到九幽在哪里，更没有一点解药的消息，他们又不能轻举妄动，只能先走一步看一步了。

"我倒是很好奇，这个新教王到底是谁，竟然能凌驾于冥衣和七杀之上。"凤婧衣低声道，眼底掠过一丝寒芒。

不管这个人是谁，他都是他们必然要除去的劲敌了。

这座雪域城里藏了太多的秘密，公子宸，傅锦凰，夏侯渊，他们极有可能都在这里，可要在虎狼环伺的这里找到他们，且又要保全自己，实在不是一件轻松的事情。

他们一整天没有出院子，晚上用膳的时候，从仆人的口中得知，冥王教内的各大堂主也都陆续奉命回了雪域城，似是要有大事发生了。

凤婧衣听着，心情不由得更是沉重，教内的各大分堂主自然也都是身手过人之人，本来一个冥衣和一个七杀已经够麻烦了，又有那么多的教内高手回来，无疑是让他们的处境更加艰难了。

次日，夏侯彻提出要赏景，仆人倒也带着他们出门闲逛了，他们没有说要去风景好的地方，反是提出了要在城内走一走。

当然，这也不过是为了熟悉周围的环境而已。

人家在这里生活多年，自然对这里了如指掌，可是他们人生地不熟，如果不清楚周围的地形地势，将来出了事就算想逃，怕都难逃出去。

两人在城内逛了一整天，大致记下了街道的走向，和守卫各处的巡查时间，以及他们重点防守的地方。

回去的路上，夏侯彻又道："本王和父王一直仰慕贵教几位长老的盛名，不知道可否有机会见一见那两位前辈？"

"王子，王妃，你们要去别的地方都可以，唯独冥衣楼和七杀堂是去不得的，两位长老一向不喜生人，先前误闯过去的人，就没有一个活着出来的，你们是教王请回来的贵客，可不能有个闪失，若是真想见，等教王回来了，请他带你们去见好些。"带路的仆人说道。

"那好吧，我们等教王回来，再去拜见。"凤婧衣淡笑道。

看来，要接近冥衣楼，也只能从那新教王身上下手，否则以他们的实力，很难擅闯过去全身而退。

天色渐暗，几人才回到住的地方，凤婧衣一边走一边观察着周围，突然看到不远处有

第五十七章 雪域之城

人经过,后面数十个教众紧紧跟在其后。

可是,那人影却是出奇的像公子宸,只是对方一身女装,加之天色太暗,她也不能仔细看清楚,可是以现在的处境又不能出声叫她。

"那边……是什么人?"她向带路的人打听道。

带路人望了望她指的方向,看着一行人走开,说道:"那是月夫人,是和教王一起回来的,也是个脾气大的主。"

月夫人?

凤婧衣微微拧了拧眉,难道真的是公子宸?

第五十八章
公子宸月

夜幕笼罩天地，酷似公子宸的人渐渐远去。

"走吧。"夏侯彻拉了拉她。

她也知道，自己再这样看下去，肯定让人有些奇怪和怀疑。

"这月夫人，好像不是贵教中人？"凤婧衣状似好奇地打听道。

带路的仆人听了，低下声音说道："确实不是，不久之前跟教王来的，不过人脾气大着呢，若非是教王废了她的功力，只怕天天那些人跟着，也不一定能看得住她。"

"是吗？"凤婧衣淡笑道。

两人回了住的庭院，仆人下去准备晚膳了，星辰在门口守卫，他俩便在屋中开始商议今天的发现。

"你认为那是公子宸？"夏侯彻道。

"大约是的，虽然没看清脸，但从那个月夫人来雪域城的时间看，也正是公子宸失去消息差不多的时间。"凤婧衣忧心地说道。

难怪她一直没有消息，到了这个地方，又被废去了功力，任她有再大的本事，也不可能将消息传达给她们。

"确实有这个可能。"夏侯彻赞同地点了点头，望向她道，"既然是那新教王将她带到这里的，你是不是有关于那个人的线索？"

她与那公子宸相识多年，既然那新教王将她带到了这里，想必也不可能是一时起意，只怕是先前就已经认识的人。

凤婧衣抿唇沉默了一阵，认真说道："如果，我说可能会是楚王夏侯渊，你信吗？"

"他？"夏侯彻拧眉，这个答案是完全出乎他的预料的。

可是，大夏的楚王何以成了冥王教的教王，还能使唤冥衣和七杀这样的人物，这实在让他有些难以相信。

如果夏侯渊有这样的实力，这些年又为何一直屈居在他之下。

"我也只是猜测，并无多少证据，只是公子宸上一次有向我提过他，而且神色有些怪异，但与夏侯渊之间多多少少是有点什么的。"凤婧衣道。

"若是那样，恐怕……就真的是他了。"夏侯彻面色凝重地说道。

只是，目前他还想不明白，他是怎么成为冥王教的新教王的。

这个人不是夏侯渊他要除掉，如果是他，就更要除掉了。

这么些年，那个人一直小心翼翼地隐藏着，让他想治他的罪，都挑不出一道借口来。

能这样跟他较量这么些年，还能全身而退，可见这人心思之深沉可怕。

凤婧衣坐下，瞥了他一眼道："看来，你们夏侯家的人，都有某些一样的癖好？"

只要是自己想得到的，就算不择手段也要得到。

他是这样，夏侯绨是这样，夏侯渊也是这样。

"什么意思？"夏侯彻一时不解。

"比如，某些喜欢把人绑在自己身边的癖好。"凤婧衣道。

夏侯彻瞟了她一眼，倒也不反驳，"朕没那么大方，想要的就没有让给别人的道理。"

人生在世，如果连想要的都无法拥有，活在这世上又还有什么意义。

凤婧衣沉默地别开头，没有再说话。

"夏侯渊这些年虽然一直在盛京，但对于这个人，我也一直摸不透，不过他一定是个棘手的对手。"夏侯彻扯开话题说道。

她总是这样，但凡是说到他们两个之间的事，总会沉默下去不说话。

而她的沉默，也是无言的拒绝，拒绝和他在一起。

若是以往，她会决然地开口拒绝，而这样的沉默是不是表示，她不忍再说那些绝情的话让他痛心，是不是表示他在她的心中已经有了一个位置。

"他是个善于揣度人心的人，他对你的了解，远比你所想象的还要深。"凤婧衣郑重说道。

"他既然有冥王教的人撑腰，应该早有机会争夺帝位的，可是他一直按兵不动，只怕他的野心并非仅仅只要一个大夏，而是要做整个天下的霸主。"夏侯彻道。

"我不知道傅家是什么时候与冥王教的人有关联的，不过想来他们是筹谋了许多年了。"凤婧衣道。

如果没有她潜入大夏为了自保和光复玄唐，打压了傅家的势力，傅氏一族得以在大夏坐大，将来与冥王教里应外合联手，即便是他夏侯彻也不一定能稳定大局。

第五十八章 公子宸月

夏侯渊，傅家，还有七杀和冥衣，这些人都聚在了一起，哪一个都不是省油的灯，于他们而言，可真不是什么好事。

"那个公子宸，你可信得过？"夏侯彻意有所指地问道。

如果那是与夏侯渊有感情牵连的人，若是关键时候出卖了她，那会让他们陷入更加艰难的境地。

"我信她，跟信我自己一样。"凤婧衣决然道。

这么多年生死携手的人，她岂能不信。

"但愿她是如你所想的那样。"夏侯彻淡声道。

他从来不会真正相信一个人，她是第一个。

"你非要把每个人都想得那么充满恶意。"凤婧衣道。

夏侯彻低眉抿了口茶，淡声道："习惯使然。"

自小他就被父母所弃，连血脉相连的亲人都不能信，要他去相信一个别的什么人，又岂是那么容易的事。

凤婧衣也惊觉自己说了不该说的，于是道："宸月帮了我很多，不管任何人任何事，也不会成为我们反目的理由。"

如果没有公子宸，估计她也难以在大夏活到今天。

"可能是朕多心了吧。"夏侯彻道。

他身边的人是这样，她身边的人也许会不同。

"如果新教王是夏侯渊，咱们可就得更加小心了。"凤婧衣面色沉重地说道。

夏侯渊是见过他们的，加之又是个心细如尘的人，他们是他请来这里的，定然是要与他碰面的，但凡露出一丝蛛丝马迹，恐怕就会被他揭穿身份，招来杀身之祸。

也不知道，他是不是也见过这个西戎王子和王妃，如果也是见过的，他们对两个人了解不多，若再跟他见了面，恐怕更是危险了。

"但愿白笑离他们能尽快赶上来，我们能再看看那两个人。"夏侯彻道。

如果能再见见真正的西戎王子和王妃，能多了解一些情况，他们小心点，也许就不会在对方面前露出马脚了。

"他们要进来，还要带着那两个人，没那么快进得来。"凤婧衣忧心道。

雪域城只有那么一座能通过的吊桥，他们要想混进来，也需要时机才行。

"明天设法再去看看其他的地方。"夏侯彻道。

趁着那什么新教王还未回来，他们也没有被人盯上，还能多些时间了解周围，为自己打算退路。

"如果能尽快找到九幽，那就更好了。"凤婧衣道。

九幽说会在这里等着他们，可是他会在哪里，会干什么却是他们不知道的，若是能与他见上面，那么他们就能更快地了解这个地方，了解冥王教内部的种种。

"他想找我们的时候自然会出来，不想找我们，我们找他也找不到，等着吧。"夏侯彻道。

两人正说着话，外面的门响了两声，那是星辰在告诉他们有人过来了。

两人一改话题，说起了今天赏景的事，进来的人看到的正是一对夫妻恩爱笑语的画面。

仆人进来送了晚膳，说道："王子王妃慢用，刚得到消息，教王还有三天就回雪域城了。"

"好，我们再等他三日。"夏侯彻应道。

可是心里却不由得有些沉了下去，还有三天就要跟那个人碰上面，到时候也不知是个什么情况。

"那王子和王妃明日是想留下休息，还是继续出去赏景？"那人问道。

"这般好的景色怎能辜负了，明日劳烦继续带我们出去走走。"夏侯彻浅笑言道。

次日，用了早膳，仆人果真带着他们出门赏景去了，自然也是去了与昨日不同的地方，没有在城里逛，只是在总坛的周围走了走。

不过也正好，让他们知道周围的状况，将来若有不测，还能知道从什么方向逃脱更有把握。

直到黄昏之时，他们方才折回，只是到雪域皇城的时候，一身锦衣华服的傅锦凰带着人从里面出来了。

"傅大人。"仆人上前道。

傅锦凰奇怪地望了望他身后的两个人，"他们是谁？"

"是教王请来的客人，西戎王子和王妃。"那人回道。

傅锦凰细细打量了两人一番，目光落在了凤婧衣的身上，这个人不知道怎么的，总有种让她讨厌的感觉。

"傅大人如果没什么事的话，小的要带王子和王妃回住处了。"那人上前道。

傅锦凰没有多问，带着人先离开了。

凤婧衣待到她走远了，方才长长地松了一口气，但也知道自己只怕是被她给盯上了。

虽然有猜测到傅锦凰会在这里，但完全没想到会这么快与她碰上面。

本以为只有这一次意外，却不想，次日一早她便寻来了他们所住的地方，热情地为他们做向导，带他们在雪域城内好好看看。

至于真是这么好心，还是想借机看看他们是否别有居心，他们两个都知道得一清二楚。

凤婧衣看着桌上被人送进来的见面礼，侧头望了一眼等在外面的傅锦凰，低声说道："现在怎么办？"

她想，傅锦凰是不是已经从她身上看出了什么，偶然的一次碰面，还能勉强敷衍过去，可是这若是一整天跟着他们，刻意想要发现点什么，那可就难办了。

可若是推辞了，又会更让她怀疑了。

"去吧，少说话就是。"夏侯彻道。

"她可是在你的宫里待了好些年，莫说是我，便是对你的了解也是一清二楚的，一不小心就会被她给识破了。"凤婧衣道。

"朕怎么听着这话，这么酸呢？"夏侯彻挑眉道。

他当年又怎么知道，傅家的人竟然有着那么多心思，那么多不为人知的秘密。

"行，当我没说。"凤婧衣道。

她不过是想说他们要倍加小心傅锦凰，他竟然听到那里去了。

不过，好歹也是他以前倍加恩宠的妃子，他是真的就没有一点留恋之意吗？

夏侯彻悠闲地用着早膳，淡笑道："横竖是躲不过的，那就去。"

两人用了早膳，在房间里待了好一阵才出去，傅锦凰显然等得有些不耐烦，上前道："今日便由我代教王，略尽地主之谊，带着王子和王妃在雪域城好好走走。"

凤婧衣望了她一眼，又朝夏侯彻道："这是……"

"傅大人，昨日回来的时候见过的。"夏侯彻道。

"那就有劳傅大人了。"凤婧衣浅笑说道。

眼神，语气，神色，都是面对一个陌生人该有的样子，让人挑不出一丝破绽。

傅锦凰打量了她一番，屏退了仆人，带着他们出了门。

为了能充分展示西戎王子和王妃的伉俪情深，凤婧衣一路都挽着他的胳膊，偶尔说两句趣事儿，完全让傅锦凰插不上话。

只是，她依旧时不时地打量两人一番，似是发现了什么，又似什么都没有发现。

"王妃似乎有些像玄唐人？"傅锦凰随口问道。

原以为对方会有异色，谁知对方却是一脸惊讶又欣喜的样子，"你怎么知道？"

傅锦凰微微皱了皱眉，"看样子有些像。"

"我祖母和母亲都是玄唐人，我父亲是西戎人，不过我像母亲和祖母多一些，所以看起来更像是中原玄唐人。"凤婧衣有些兴奋，夸赞道，"傅大人真是太聪明了。"

虽然对西戎了解不多，但对西戎皇族还是知道一些的，这都要归功于隐月楼四通八达的消息渠道。

傅锦凰冷淡地笑了笑，虽然觉得她有些像凤婧衣那贱人，可这人说话举止又完全不是她的样子，难道……真的是她的错觉？

"傅大人在雪域城好像很受人尊敬，真是当之无愧的女中豪杰。"凤婧衣笑着夸奖道。

"王妃言重了。"傅锦凰淡声道。

如果是凤婧衣，怎么可能说出这样的话？

"傅大人都是这样出色的女子，真不知道教王会是何等的人物，不过应该是足以匹配傅大人的。"凤婧衣笑着说道。

傅锦凰深深吸了口气，大约她真的是想错了。

"教王与我没有任何关系，王妃想错了。"

大约在他们心中，如果不是与教王有什么，在雪域城也不可能有她这样的地位。

凤婧衣状似尴尬地笑了笑，"是吗？"

这装傻充愣，装得她自己都受不了了。

不过，好似傅锦凰倒是有几分信了。

"傅大人请不要见怪，王妃是觉得傅大人这样优秀美丽的女子与教王应当是天造地设的一对。"夏侯彻跟着解释道。

傅锦凰冷淡地笑了笑，走在前面没有说话。

凤婧衣和夏侯彻走在后面，相互望了一眼，一想到自己现在做的事，不由得无声失笑。

"傅大人是尚未婚配吗？"她又跟着问道。

反正就是要扯些鸡毛蒜皮的小事，让她没法问想问的，一切由他们主导。

傅锦凰不耐烦地沉默了一阵，道："算是吧。"

"若是西戎能与贵教结盟，我们的西戎二王子也尚未娶妃，虽比不得教王那般，但也是文才武功都不错的，若是傅大人愿意的话，我们夫妇倒可以为你们引见一番。"凤婧衣淡笑，一脸诚恳地要为其说媒。

"不劳王子和王妃费心了。"傅锦凰冷淡拒绝道。

"二王子人真的不错，如果……"凤婧衣继续劝道。

傅锦凰面色冷沉地转向，压抑着怒气道："多谢两位，我的事不必你们费心。"

凤婧衣愣了愣，而后悻悻地道："好吧。"

之后，傅锦凰再懒得跟他们说话了，她与夏侯彻便走在后面说自己的，只是心仍旧悬着，说话举止无不小心，与过去的自己大相径庭。

直到午后了，有人来寻到傅锦凰，隐约听到冥衣的名字。

"我还有事，你们自己回去吧。"傅锦凰冷淡地说完，便带着人先走了。

凤婧衣两人站在原地看着她离开，确定周围无人方才低声说道："看来，傅家与冥王教真的是交情匪浅。"

一个傅锦凰尚且让他们如此提防不及，若是对上了夏侯渊，他们又该如何才能混到冥衣楼去找到解药，对于此事她一直都未想出一条可行之路。

"先回去再说吧。"夏侯彻道。

想必，近几日傅锦凰也没什么心情再来盯着他们了。

凤婧衣裹了裹身上的斗篷，回去的路上遇到了星辰，才知白笑离和青湮他们也已经进了雪域城了，问他们可否方便见面。

这正是他们现在求之不得的，于是三人佯装闲逛赏景四下游走，最后才绕到了星辰和青湮他们约定见面的地方。

这是一家酒馆，只是客人现在不怎么多，他们两人进了店中向掌柜询问了各种美酒，且还品尝了几样，然后掌柜带着他们去了后面的酒窖。

为安全起见，星辰在酒窖外看着，凤婧衣两人跟着掌柜进了酒窖，走到了酒窖下面的密室，青湮和白笑离等人都在里面，还有被他们袭击绑架来的西戎王子和王妃。

"这里安全吗？"凤婧衣望向白笑离道。

"我在冥王教多年总不是白活的。"白笑离淡淡道。

虽然如今冥王教内是冥衣和新教王的天下，但城中一些老教众里也还是有她和老教王的生死之交。

"安全就好，冥衣和七杀都在城内，傅家的人也在，不过新教王似乎还有几天才能回来。"凤婧衣说着，走向了被绑着的西戎王子和王妃，拿开塞着他们嘴巴的布团。

对方有些惊恐未定地望着他们，"你们到底是什么人？"

"你们到雪域城来是要干什么？"凤婧衣问道。

西戎王子目光凶恶地看着她，却固执地不肯开口说话。

沐烟看得不耐烦，一把拔出短刀蹲在西戎王妃的边上，"看这么好的小脸蛋儿，要是划上几刀，也不知是什么样了？"

说着，寒光冽冽的刀刃就在对方脸上比画着，一边比画一边念叨着要从哪里下手。

西戎王妃泪流满面地望着丈夫，眼中满是乞求。

西戎王子最终在沐烟的一再威逼之下，对他们吐露了实情。

凤婧衣满意地记下了答案，然后走向白笑离说道："冥衣和七杀都在城内，新教王也要回来了，而且最近教中各大分堂的堂主也在赶回城中，这样下去，我们很难有胜算。"

他们在冥王教的地盘上，一下子又要面对那么多人，几乎是不可能取胜的。

"你打算怎么办？"白笑离目光平静地望向她问道。

"我们需要知道冥王教在外面重要的分堂势力分布在何处，由隐月楼和大夏朝廷的兵马前去剿灭，杀他们个措手不及，雪域城内的人忙着去对付外敌，自然对这里的警惕就放松了。"凤婧衣说道。

白笑离平静地点了点头，向她讲述了冥王教几股重大的势力所在地。

"这些已经是多年前的安排，现在不知道是不是还在。"

"既然是重要的地方，要重新换一处要耗费非一般的物力财力，目前他们应该还没那心思。"凤婧衣说罢，又道，"能托你的人送信出去吗？"

隐月楼的势力还无法延伸到雪域城来，要向外面传达消息，也只能依靠白笑离以前的一些老部下帮忙了。

自酒窖那里见完了青湮等人，他俩特地买了两坛好酒回去，照顾他们生活起居的仆人正要出来寻人，看到他们回来便松了一口气。

"王子和王妃去哪里了？怎么现在才回来？"

"傅大人有事中途走了，我们就在别的地方自己走了走，不过买了两坛好酒，你们这些日子照顾我们也辛苦了，这坛是送你们的。"夏侯彻大方地送了出去。

"王子，这是我等应尽之责，这酒就不能收了。"那人说道。

虽然是主子请回来的贵客，但有些东西还是不能乱收的。

"难道，是嫌弃本王送的东西不好？"夏侯彻沉下脸来。

对方一阵尴尬，却还是将东西收下了，"那小的就谢谢王子和王妃的好意了。"

夏侯彻一边往里面走，一边说道："今天晚膳备几个好菜，本王要和王妃对酌。"

那仆人笑着应下，便下去吩咐人准备了。

凤婧衣三人回到了房中，确定周围无人偷听，星辰才道："新教王要回来了，你们有把握吗？"

"我想先设法见一见那个月夫人，确定一下她到底是不是公子宸。"凤婧衣面色凝重地说道。

如果是她的话，对他们而言也许是好事，起码她还活着，在现在这样的境况下也能帮助他们一二。

"可是贸然接近，肯定会引人怀疑的，我们这里已经有人盯着了，更何况那个月夫人进进出出身边都跟着数十个高手。"星辰担忧地说道。

她也希望早点确认那是不是公子宸，可是这是在敌人的地方，他们行动很受限制，一步走错便会为所有人引来杀身之祸。

"时间不多了，在那新教王回雪域城之前，我得先见到那月夫人才行。"凤婧衣道。

可是，留给她们的时间也只有这一两天了。

"明天出去的时候想办法吧。"夏侯彻插话说道。

如果那个人是自己人，这让他们接近冥衣楼就更近了一步。

"星辰你多注意着傅锦凤那边，她太过多疑，须得小心提防着。"凤婧衣叮嘱道。

也许傅锦凤现在并未发现什么，但保不准她又回过头来盯着他们，而他们要面对的敌人太多，不可能面面俱到。

"我知道。"星辰应声道。

凤婧衣正要开口说话，夏侯彻微一抬手示意她外面有人了。

片刻之后，房门被人敲响了，仆人送晚膳过来了，精致的菜色摆了一桌。

"如果王子和王妃还需要别的菜，小的再吩咐人去做。"

夏侯彻扫了一眼，满意地点了点头，"这些就够了，有劳了。"

"那王子和王妃慢用，小的先下去了。"说罢，带着人出门离开了。

星辰见没什么事，也起身回自己房间去了。

凤婧衣简单用过晚膳便自己早早休息了，可是不知不觉又想到了远在盛京的两个孩子，也不知如今他们两个过得怎么样。

夏侯彻进来见她手里攥着个锦囊，眉眼微沉便伸手夺了过去，"什么东西？"

一想起当年那个玉兰花荷包，莫不是这又是姓萧的物什。

凤婧衣恼怒地坐起，"你干什么？"

夏侯彻打量着手中的东西，有些嘲弄地说道："你就那么喜欢将他的东西留在身边，如珠如宝地捧着。"

他不想与她争吵，可是一到她又在那里担忧着姓萧的，怒火便止不住蜂拥而来。

"夏侯彻，你不要这么蛮不讲理，这不是他的东西。"凤婧衣愠怒道。

夏侯彻撕开锦囊，里面却是，一撮短短的细细的头发，一时间让他也愣在了那里。

凤婧衣看着他手里破掉的锦囊，缓缓说道："那是熙熙和瑞瑞的胎发。"

夏侯彻拿着东西有些尴尬，她拿着这样的东西，定然又是想着孩子了，他却把这么重要的东西给……

"罢了，你想要，你就自己留着吧。"凤婧衣躺下，背过身去睡了。

夏侯彻看着手中的东西，自责地皱了皱眉，可是摸着那软软的头发，也不自觉地想到了那两个小家伙。

盛京，皇极殿。

因着苏大人染病，苏妙风从宫里回府去了，于是照顾两个孩子的事就落在了紫苏和孙平等人身上，可又要顾着皇极殿这边，于是只得将两个小家伙一并带到了皇极殿一起照顾。

可是，两个小家伙晚上都不肯睡觉，这可愁坏了紫苏和孙平两人。

两个小家伙在屋里你追我赶玩得不亦乐乎，根本没有睡觉的意思。

熙熙原本性子比较好静的，可从瑞瑞来了这之后，兄弟俩凑在一块儿，他也跟着越来越不听话了，有时候真把紫苏气得把那罪魁祸首瑞瑞打一顿。

可是一教训他，他可怜兮兮地叫姨姨，她又下不了手了。

原泓愁眉苦脸地望着把书房整得一团乱的两个家伙，夏侯彻岂止是给他出了难题，简直是把他扔进了地狱嘛。

两个小的，哪一个都不让人省心。

让他们在边上玩，两个要爬上来跟他一起坐，一起坐了就要揪他头发，最近他学乖了，将头发都束冠，两人揪不上了就开始玩折子，不是扔着玩，就是铺着玩，再不就是直接啃得满嘴黑墨印。

而某人的龙椅就更是遭了殃，兄弟两个已经不知道在上面尿了多少回了。

有时候更让人忍受不了的是，兄弟俩霸占了书桌坐在上面玩，他只能窝在榻上的小桌子上批折子，代为处理政事。

反正如今这龙案，有时候是他们的床，有时候是他们的茅厕，有时候案头照明的夜明珠，已经被他们当球滚着玩了，喜欢的时候晚上睡觉都抱着不撒手。

"瑞瑞，你再不睡觉，小心我真揍你！"紫苏追着胖乎乎的小家伙气急败坏地骂道。

好不容易让人给他们洗了澡穿了衣服，让他们躺下睡觉，她正给熙熙穿衣服，他就爬下床跑出来了，鞋都没穿光着个脚丫子。

瑞瑞爬到了桌子下面坐着，咯咯笑着说道："猫猫……"

这两天紫苏总是带着他们跟宫人玩躲猫猫，小家伙不会说太长的词句，只能说猫猫。

紫苏趴在地上，吼道："你给我出来。"

小家伙钻到桌子下面，一看到她找到自己就兴奋得直笑，可就是不肯出去睡觉。

原泓坐在榻上看着，感叹道："祸害生出来的，果然也是祸害。"

紫苏爬到桌子下面，把躲在里面的小家伙给拖了出来，"你别以为，你娘不在，我就不敢打你。"

这句话不说还好，一说就坏了事儿了。

瑞瑞一听到说娘，小嘴一扁就哭开了，顷刻间泪珠子就滚出来了，"娘娘……"

紫苏一见他哭，头都大了，就差没自己跟着一块儿哭。

这回来也好一段日子了，别的时候还好，就是一提起他娘，一到要睡觉，就闹得不可开交，非得自己哭累了才肯睡着。

原泓头疼地捂住耳朵，这每天晚上都要上演的大哭戏码，还真是一天晚上都不缺。

紫苏一边哄着，一边退去旁边的暖阁，坐在床上的熙熙，看着被她抱进来大哭不止的瑞瑞倒是显得十分淡定，似乎已经见怪不怪了。

瑞瑞在那哭得声泪俱下，他安安静静地坐在床上玩自己的，丝毫不受影响。

紫苏哄了半个多时辰，小家伙终于哭累了，抽抽嗒嗒地睡着了，床上玩着的熙熙，自己倒着睡着了，孙平过去给他盖好了被子。

过了半晌，她才将已经熟睡的瑞瑞也放到床上，让兄弟两个睡在一块儿。

"还好有紫苏姑娘你在，不然咱家和原大人可真不知道该怎么办？"孙平看着已经睡下的两个小皇子，低声说道。

紫苏站在床边叹了叹气，孩子这个时候正是黏父母的时候，偏偏他们的父亲母亲都不在，他们再怎么悉心照顾，又哪里能比得上孩子跟父母在一起的时候。

孙平盼咐了宫人照看着，方才和她一起出了暖阁去，收拾被兄弟俩玩得一团乱的屋子。

"皇上这也走了好些日子了，也不见原大人那里得到消息，不知现在怎么样了？"

"谁知道呢。"紫苏淡淡道。

"但愿他们都能平安回来才好，否则这两个孩子可怎么办？"孙平深深叹息道。

两个孩子小小年纪，从出生之日起就吃了不少苦，这如今好不容易回到盛京了，若是父母再不能回来，以后可让他们怎么办。

两人将暖阁里收拾妥当了，方才去了书房，原泓听到声音，问道："两个小魔头睡了？"

"可算是睡着了。"孙平道。

原泓一边批着折子，一边抱怨道："就这几个月，我都快折寿好几年了，将来一定要辞官，一定要辞。"

这地方真不是人待的地方，那两个小魔头更是无时无刻不摧残着他的身心。

"原大人，你嚷了几年辞官，现在不也还坐在这里？"孙平笑语道。

原大人和容大人都是皇上的生死之交，自入朝为官便一直皇上的左膀右臂，这一个虽然回回都叫着要辞官，却一回也没有真的走过。

相反，每每在皇上离京办事之际，他都帮着将朝上朝下处理得井井有条。

"等他回来，我就辞给你们看。"原泓咬牙切齿地批着折子。

孙平没有说话，只是笑了笑。

雪域城。

天刚刚亮，凤婧衣一起床，夏侯彻便将昨夜抢过去的锦囊递给了她，"还给你，好好收着。"

她淡淡扫了一眼，没有去接。

夏侯彻等得不耐烦，抓住她的手便塞了过去，然后转身去了桌边坐下。

凤婧衣看了看手里的东西，才发现破掉的地方已经缝好了，只是那缝的针脚，实在够难看，不过也想得出是出自谁之手了。

脑海中突地浮现出夏侯彻坐在灯下，拿着针跟个锦囊较劲的画面，着实感觉有些好笑。

夏侯切瞥了一眼，看她在笑着的样子，一时间有些窘态。

想他沙场之上，剑术精绝，杀敌无数，结果一根小小的绣花针，却把自己的手指头扎了无数个针眼儿。

凤婧衣将东西收起来，洗漱之后坐到了桌边，不一会儿外面便有人送早膳进来了。

一顿饭两人谁也没有说话，早膳过后两人要出去散步，仆人也并没有拦着，不过还是让人同行带路了。

她总是说某某的风景好，然后不知不觉地朝着之前那个月夫人离开的方向过去，一开始带路的人并没有觉得异样，但渐渐地便有些不安了。

"王妃，这边教王下令闲人不得入内，我们还是去别处为好。"

凤婧衣伸着脖子瞧了瞧远处，说道："那边风景正好，为何就不能去？"

"这个……没有为什么，教王大人说了不能去，就是不能去的。"那人战战兢兢地说道。

他们是教王请来的客人，若是违反了什么规矩也许不会有性命之忧，可他这个带路的人，可就性命难保了。

"我们来了这几天，一会儿这里不能去，一会儿那里不能去，不过是看看风景又有什么大不了的。"凤婧衣佯装发怒说道。

"这个地方真不能去的。"带路的人挡着去路，相劝道。

这个地方教王下了令的，莫说是他们，就是冥衣和七杀两位大人都包含在列了，可见这若是闯进去了，该是多大的罪名。

"那我今天要是非去不可呢。"凤婧衣蛮横地说道。

"还请王子和王妃不要再为难小的，这个地方是真去不得的。"带路的人焦急地劝说道。

凤婧衣沉脸，怒然道："还说我们是你们主子请来的贵客，到头来这里也不能去，那里也去不得，到底是算哪门子的贵客？"

如果那里是公子宸，外面闹出动静来，或许她也就会出来了。

"王妃息怒，这城里还有比那里景致更好的地方，小的带你们去那里……"

"别的地方不去了，今天我一定要去那里看看，到底有什么我们不能去不能看的。"凤婧衣不依不饶地说道。

夏侯彻见状，也跟着说道："我们也只是过去看看景致，又不会做其他的，应该没什么的。"

"别说是过去了，就是靠近那园子也是不可以的，请两位不要再为难小的了。"那带路人焦急不已地求道。

凤婧衣不肯走，带路的人又不肯放他们进去，于是在外面越吵越厉害，不一会儿工夫，园子里的守卫也闻声赶了过来。

"吵什么吵，教王有令，此地闲杂人等不得擅入。"一名佩刀戴着面具的人过来喝道。

凤婧衣却依旧不肯离去，执意与对方理论起来，园子里面的人似乎也不堪其扰带着人出来了。

"什么人在外面？"来人声音低哑，有股不怒自威的气度。

凤婧衣闻声望向来人，虽然也有预料，但她真的出现在自己眼前，还是有些令人难以置信，虽然换了身装束，她还是一眼就认出来了。

她没有看错，那个月夫人，就是公子宸。

只是她为何会来了这里，又为何与夏侯渊走到如今的地步，是她从来不曾向她透露的，也是她从来不曾知晓的。

第五十九章
我不稀罕

这样的相遇，也是公子宸所不曾预料到的。

她一开始没有认出这两人来，但走近一眼撞上她的目光，很快便反应了过来，但现在周围都是冥王教的人，即便认出来，她也只能当作不认识。

否则，这些盯着他们的人，知道她见了什么人回报到那人那里，势必会惹来更大的麻烦。

她望了望凤婧衣，眉眼间掠过一丝微微苦涩而歉疚的笑意，说道："让他们走吧。"

在多年之前，她很难理解凤婧衣面对自己的敌人踌躇犹豫的心情，为什么不能舍弃错的，坚持对的，直到如今自己切身体会，才知道那是一种什么样的困境。

这种悲哀无助又矛盾的心情，无法倾诉于任何人，只能自己在这个没有出路的迷局浮浮沉沉不知归路。

凤婧衣怔愣了片刻，便被夏侯彻拉着走了，回头之时才发现，公子宸也已经带着人离开了。

虽然只是匆匆一眼，可是在这里的相遇，却都在她们心中掀起无声的惊涛骇浪。

凤婧衣回去的路上都没有再说话，虽然是已经预想到的结果，可是真的见到的时候，心情却远比想象中的还要沉重。

她和夏侯彻来这里的目的就是为了对付冥王教，也是为了对付夏侯渊的，这一场争斗注定要有个你死我活才会罢休。

可是，他们要置于死地的人，可能是公子宸这么多年来第一个动心喜欢上的人。

这无疑给了她一个巨大的难题，也是给了公子宸一个巨大的难题。

两人匆匆回了住的地方,带路的仆人赔了不是便赶紧退下了,好在没有闹出太大的乱子来。

"是她吗?"进了屋,夏侯彻问道。

凤婧衣没有说话,只是点了点头。

"你还信她?"夏侯彻冷静地问道。

这是虎穴龙潭之地,任何一个地方出了差错,他们都可能将命折在那里,他不知道她对那个人有多信任,但那个人既然跟着夏侯渊留在了这里,便不是那么让人能百分之百地相信了。

"我说,我信她,如信我自己。"凤婧衣坚持地说道。

虽然出了这样的事,但她还是相信公子宸,没有任何理由地相信。

"女人动了情,就没有那么可信了。"夏侯彻道。

也许以前那个人对她是忠心的,可现在一边是所喜欢的人,一边是昔日旧主,还会不会如以往一样,那就不一定了。

凤婧衣目光寒凉地望向他,语气有几分怒意,"若是如此,当年在大夏,他们也早已舍我而去了。"

如果没有隐月楼的一路护持,今天她不可能还活着来到这里,站在他的面前。

夏侯彻抿了抿薄唇,有些无言以对,她有她坚持相信的理由,但他只是对事不对人,不想这一次有任何差错而让他们送了命,别的什么他不会顾忌。

凤婧衣说完又渐渐冷静下来了,他的出身和成长早就让多疑成为了一种本能,说出这样的话,本也没有恶意的。

"宸月不会是我们的敌人。"她坚定地说道。

"但愿。"夏侯彻道。

"后天新教王就要回雪域城了,明天之内我必须设法与宸月再见一面,说上话才行。"凤婧衣担忧地说道。

她来雪域城也有好一段日子,了解的事情应该比他们要多,起码对于那个新教王的了解,是远胜于他们的。

"嗯。"夏侯彻淡淡地应了一声。

不知怎的,莫名之间竟有些觉得,她对身边所有人的信任都远超过对他的信任,她那么笃定地相信身边的人不会背叛她,相信萧昱是她正确的选择,却从来不相信他能够给她幸福。

如果她没有那么相信,就不会选择嫁给萧昱,隐瞒他那么久两个孩子的事。

不过,这也是理所当然的,他们两个从一开始都是极尽心机地置对方于死地,互相算计,互相倾轧,要放下心结和过去相信对方,本就不是件容易的事。

凤婧衣觉得他有些异常,不由得侧头多看了他几眼,沉默了一阵才道:"现在的宸月和夏侯渊，又何尝不是当年的你我，真不知道，这到底是缘，还是孽。"

本不该纠缠在一起的人，却谁都放不下对方。

"朕相信是缘。"夏侯彻站在窗边，望着外面白雪茫茫的世界，缓缓说道，"虽然朕有时候在想，如果你我换一种方式相遇，不要那么多年的相互猜疑，相互算计，也许会过得好一点。"

凤婧衣沉默地听着，没有说话。

她又何曾没有那么想过，但现实终究不是他们的想法所能左右的。

"不过，慢慢地又觉得，其实这样也很好，虽然失望过，心痛过，甚至恨过，但是若不是这样的相遇，换作另外一种简单平凡的方式，也许我不会如现在这样爱你，也许你只是六宫嫔妃里的一个，你我之间不会有这样的牵绊。"夏侯彻幽幽叹道。

凤婧衣看着他寂寥的背影，一时间心头百转千回，却处处都是涩涩的疼，无休无止。

次日，她又与夏侯彻一起出门了，谢绝了带路人的跟随，自己在城内闲逛着，沿途留下了隐月楼的记号，然后进了白笑离亲信的那家酒馆等着。

她想，公子宸如果看到她留下的记号，应该会找到这里来的。

一直到了午后，公子宸才在数十人的跟随下进了酒馆，冲着掌柜要了个雅间，房间就在他们房间的隔壁。

因为她执意不想再被人跟着，跟随而来的人便将酒馆周围包围得水泄不通，且禁止客人出入。

她进了雅室，凤婧衣便从密道到了她所在的房间内，没有问话，只是沉默地坐在了她的对面等着她自己开口。

半晌，公子宸才说道："我想，就算我不说，冥王教的新教王是谁，你也早已猜到了。"

上一次，她只是怀疑他与冥王教有很深的牵连，却万万不曾想到，他竟会成为冥王教新的掌权人，更野心勃勃地想要谋夺天下。

"嗯，我知道。"凤婧衣说着，定定地望着她问道，"那你呢，你怎么想的。"

公子宸垂下眼帘，沉重地叹息道："我不知道。"

她没有向任何人提及过自己与他的种种，但自己心里的那份悸动，却是她无法忽视的。

从知道他秘密的那一天起，她便也知道自己终将面临一个艰难的抉择，要么站在隐月楼一边与他为敌，要么站在他一边与她们为敌。

而这两个选择，都是她不愿意选的。

凤婧衣沉默地看着她，没有逼问，也没有催促。

她如今的心情，她也曾深有体会，她固然想她站在隐月楼一边，可是作为朋友，她也不愿去强迫她做出选择。

第五十九章　我不稀罕

"还有，熙熙的事……"她突地想起什么，抬头望向她说道。

"我已经知道了，他现在在盛京，紫苏他们照顾得很好。"凤婧衣道。

公子宸沉吟了片刻，坦言说道："原本，孩子是他让人从傅锦凰那里抢过来的，想要在关键的时候用来威胁你们，不过被夏侯彻阴差阳错地救走了，孩子现在安全那就好了。"

虽然几经波折，好在那个孩子并无性命之忧。

"你在这里，似乎并不好？"凤婧衣担忧道。

从仆人的口中得知，她是被废了功力的，对于一个行走江湖的人，失去这些便与一废人无异了。

就算到了这个地步，竟还要派这么多人进进出出地看着她。

"除了出不了雪域城，其他……还好吧。"公子宸苦笑道。

她从没想过，自己有一天会变成这样子，有朝一日也会对一个男人动心，而且还是那样一个奸恶之人。

"那便好。"凤婧衣说完，便想起了此行的重要目的，于是如实道，"萧昱中了奇毒，解药必须从冥衣楼找，我们扮作了西戎人混了进来，但一直没办法接近冥衣楼。"

"中毒？"公子宸拧了拧眉，据她所知，他并没有让人去毒害萧昱。

"是傅家的人下的手，原是要对瑞瑞下手的，结果阴差阳错害了他。"凤婧衣道。

公子宸抿唇沉默了好一阵，说道："冥衣楼戒备森严，我也只进去过一次，且遍布机关，加之还有一个绝顶的高手在里面，你们还是不要贸然去闯，至于解药，你和淳于越打听清楚，由我混进去找吧。"

比起他们，她更容易接近那个地方。

这一次的见面仅仅只有半个时辰，因为耽误时间太久必定会引起外面的怀疑，她们俩谈过之后，一起秘密去酒窖密室见了淳于越。

淳于越一再和她描述了解药的颜色，气味，以及形态，最后公子宸还打听了关于毒药的东西，方才离去。

她走的时候，凤婧衣还留在酒馆之内，青湮站在窗边看着在一行人护卫之下离去的公子宸，低声说道："如果她选择站在冥王教一边，我们……要杀了她吗？"

她不想问出这句话，但若有朝一日，公子宸选择了那个人，必然就是要与她们为敌的。

谁也不想到反目成仇的那一天，但也许终究会有那么一天的。

"我想，她不会的。"凤婧衣坚定地说道。

没有理由，只是她的直觉告诉她，与那个人多年相处的心告诉她，那不是他们的敌人，那是他们的朋友。

"即便真有那一天，我们……也不能杀她啊。"凤婧衣道。

就算公子宸与她们背道而驰，她也只是选择了她心中真正想要的而已。

青湮面色平静地看着街道上渐去渐远的一行人，蓦然问道："你呢？这么多年有后悔过自己的选择吗？"

她不知道她与夏侯彻之间是什么样的感情，但她看得出，她心中有他，可是她却在现实面前，选择了嫁给萧昱。

爱而不得，骨肉分离，她就真的不曾后悔过吗？

凤婧衣沉默了很久，说道："那是最好的选择。"

即便再回到那个时候，她还是会嫁给萧昱。

因为，在那个时候的她，根本不曾预料到自己在离开他之后会那样深爱上他，爱到心里再也容不下任何人，也不曾知道两个孩子的出生会有那么多的变故，也不曾想到他们会一次又一次地相见。

一直以来，是她带着玄唐的人与大夏为敌，他们都不曾背叛过她，即便有人为此付出了生命的代价，也不曾背弃她和玄唐。

可是最终，背弃的不是他们，而是她。

因为一己私情背弃了他们，投入了曾经的仇敌怀中，爱一个人没有错，可是爱上一个不该爱上的人，就是错。

她的心已经背叛了，她的理智不能一错再错。

她后悔吗？

她不知道，她只知道，自己在坚持该走的正确的路，虽然这条路让她有些累，有些难过，可是对很多人而言，它是对的。

一直以来，她都是这样告诉自己的，可是想到他，想到两个孩子，她仍旧心痛难耐。

青湮听到响动，回过头来只看到她离开的背影，只是看在眼中隐约有几分寂寥。

她说得对，那是最好的选择。

大夏与玄唐之间的敌对，不是因为他们两个想放下就能真正化除干戈，凤景之所以当年会对两个孩子下手，就是怕有朝一日，她会弃玄唐和他而去。

所以，她也知道，即便爱上那个人，也是没有出路的，所以她做了该做的选择。

凤婧衣回到另一个房间，与夏侯彻会合，"走吧，我们也该回去了。"

一路上，她心事重重地没有说话，夏侯彻自然也发现了不对劲，但碍于周围人多眼杂，一直不好开口多问，一直到回去了才开口。

"一路想什么，丢了魂儿似的。"

"没什么。"她淡笑道。

一直都是如此，她心中真正的心事，从来是不能道与他听的。

夏侯彻面色微沉，"到底有什么是朕不该知道又不能知道的？"

"没什么事。"凤婧衣道。

夏侯彻有些怒意，又有些痛心，"你总是这样，所有该朕知道的，朕都是最后一个知道，孩子的事全天下的人都知道，朕才知道他们，你宁肯相信别人，也不肯相信朕。"

他希望，她有难处的时候，第一个站在她身边的人是他，而不是别人，更不是萧昱。

可是，她总是将所有的事都瞒着他，而他也总是在很久很久以后，才得知早该知道的一切。

他不想与她在一起的时候总是争论不休，可每一次又避免不了。

"有些事，你不知道，比知道好。"凤婧衣道。

夏侯彻冷然一笑，"朕不该知道，别的人就该知道，姓萧的就该知道？"

他讨厌这种感觉，这种她总是把自己排除在她的世界之外的感觉。

"夏侯彻，我知道你权大势大，可这世上不是所有的事都是你能解决得了的，起码对我而言，你的出现只会让所有的事更加不可收拾。"凤婧衣道。

她一直想离他远一点，远得再没有交集，可是现实总是与她心中所想背道而驰。

她不喜欢面对变数，可他却是她人生最大的变数，他的出现颠覆了她原本的世界和她原本所坚持的一切，可她却又无法恨他。

夏侯彻有些无力而痛心地望着她，难道他的出现对她只是困扰而已？

凤婧衣起身，说道："我累了，先休息了。"

说罢，先回了内室。

她在一天一天喜欢上这样朝夕相对的日子，喜欢上在他身边的感觉，这种感觉让她贪恋又害怕，明明知道这是萧昱最不想发生的，也明明知道这是错的，却还在不知不觉中一错再错。

她甚至不敢去想，再从雪域城出去，自己该以什么样的心境去面对萧昱。

夏侯彻一回头看到阖上的房门，深深地拧了拧眉，他自认是擅于揣度人心的，可是她的心，他却总是猜不透。

大约当局者迷，便是如此吧。

直到晚膳的时辰，里面的人也没有出来，他看着桌上已经摆好的膳食，起身进了内室去唤人，才发现她躺在床上似乎已经睡着了。

他到床边坐下，想要叫她起来，又有些不忍心扰了她的清梦。

说来真是可笑，似乎自认识了她，他就变得越来越不像原来的他了，他不知道这种转变是好是坏，可他自己已然无法左右了。

从他进来，凤婧衣就已经醒了，也知道他就坐在身边。

夏侯彻轻轻伸手抚了抚她颊边微乱的发丝，他这一生的挫败和无力，只有在面对她的时候才感受到。

什么事情他都可以去拼去争，可是唯有对她，他不知道该怎么做，他们才能在一起。

有的时候，他甚至都在想他们一直这样待在雪域城里不出去，虽然这里是龙潭虎穴，但她还在身边，一出了这个地方，她就是北汉皇后，还是会回到那个人的身边。

他恨那个横在他们之间的萧昱，却总是该死地羡慕着他，羡慕他那么早就找到了她，羡慕他们有那么多相守的时光，羡慕他在她心中沉重的分量……

房间里，一片静谧。

半响，凤婧衣背对着他说道："对不起，刚才……我不该说那样的话。"

他的出现，让她的世界方寸大乱，可是很多的时候，她却是在想念着他的出现。

"是朕先起的头，不怪你。"夏侯彻浅然笑语道。

他没有她那么多的顾忌，自然也无法理解她所要面对的困境，他想要和她在一起就可以不惜一切地去追，可是她被太多的人和事束缚，注定不能随心所欲地去做任何事。

而她，又从来是将自己放到最后的人。

有时候真的不明白，这样总是矛盾和争执的他们，怎么会又都舍不下对方。

相比之下，没有哪个女子面对他敢一再顶撞，而她身边的萧昱也从来不会对她疾言厉色，可偏偏好的人没有走进他们的心，坏脾气的他们却撞进了彼此的心中。

他伸手握住她的手，温声道："该用晚膳了。"

凤婧衣反射性地想缩手，却没成功，沉默了一阵方才坐起身，跟着他出了内室。

两个人相对而坐，夏侯彻给她盛了汤递过去，"不管出去会怎么样，在这里我想我们不要再因为任何事争吵了。"

凤婧衣浅笑，接过碗没有说话。

明天该是夏侯渊回到雪域城的日子，那就意味着，他们将要面对大的困境了。

纵然谨慎睿智如他们，对上那样心思深沉的夏侯渊，也没有完全的把握能不让他识破。

然而，夏侯渊回来的时辰，远比他们所预料的要早。

春咏园，在这冰天雪地的雪域城，大约也只有这一处地方，还有着花开的庭院，公子宸就是住在这里。

夜深人静，庭园的寝阁已经熄了灯火。

一个身披轻裘的修长身影进了园中，园子的守卫齐齐行了一礼便由着他进去了，他没有敲门直接便推门进去了。

床上睡着的人瞬间惊醒过来，一拔剑跳下床指向来人，喝道："什么人？"

来人丝毫没有被她吓到，不紧不慢地到桌边找到火折子，点亮了灯方才开口，"你以为，能进来的人除了我还能有谁？"

公子宸持剑光着脚站在床边，一副如临大敌的样子。

灯火映照下的人，面容俊秀，又有着些许病态的苍白，正是曾经的大夏楚王，夏侯渊。

夏侯渊解下身上的斗篷，自己倒了杯热茶，抬眼瞥了眼还持剑以对的人，"收起来吧，拿着它你也干不了什么。"

公子宸恨恨地咬了咬牙，还是收剑入鞘了。

夏侯渊抿了口茶，抬眼道："过来坐。"

语气不可谓不温柔，但她却丝毫不见领情的样子。

"宸月？"夏侯渊语气沉冷了几分，隐有怒意。

公子宸走到床边，又折了回去在他对面坐下，就算她自己不坐过来，他也有本事将她拎过来坐着，谁让她现在功夫被废成了砧板上的鱼肉，只能任人宰割。

"有什么快说。"

"听守卫说，最近一段日子还算规矩。"夏侯渊悠闲自在地说道。

"那么多的门神守着，我还能干什么？"公子宸笑意冷嘲。

夏侯渊低眉拨弄着杯中的茶叶，喃喃说道："算算日子，隐月楼的人也快要找你了，只是不知道他们有没有本事找到这里来了。"

"如果他们来了，我还会留在这里？"公子宸冷笑道。

可是，心里却暗自捏了一把冷汗，莫不是他发现了什么？

"就算他们来了，你还在我手里，他们又能怎么样，我就不信凤婧衣会真的要你死？"夏侯渊笑意冷淡。

"他们不会要我死，要我死的人，是你吧。"公子宸冷哼道。

"我当然不会想你死，但若是你要帮着别人置我于死地，便是舍不得，我也不会留你。"夏侯渊说着，抬眼望向她，目光中透着深冷的寒意，"所以，不要让我失望，宸月。"

他这样不择手段的人，即便是说出这样的话，公子宸也不会感到意外，只是心头仍旧忍不住地一颤。

他们就是这样的两个人，可以在风平浪静的时候相依，却都会在生死关头置对方于死地。

她早就知道，世间男儿皆薄幸，感情再深又如何能深过他们的野心，也许偶有那么几个会是例外，但也只是在深爱刻骨之后才会知道。

她与他之间，不过一夕相遇，数月相处渐生好感，哪里经过那么多的事，哪里到了生死相许的地步。

"凭什么？"公子宸冷笑望着他，嘲弄地问道，"你凭什么要我我就得站在你这边，凭什么要我我就要这样被你困在这雪域城内？"

"你留在这里有什么不好？"夏侯渊平静地问道。

他不曾亏待她什么，她要什么，他都给了什么。

"我若将你废了武功，关在这里，你说好吗？"公子宸针锋相对，冷冷笑了笑，"你以为你给了我锦衣玉食，我就该千恩万谢，我公子宸要什么没有，缺你这些东西吗？"

金钱？

她从来不缺这个。

权力？

她若想有权，玄唐和北汉又岂会没有她的位置。

"凤婧衣给了你什么，你这么多年都为她卖命，不累吗？"夏侯渊冷然笑语道。

"她给的，你永远都给不了。"公子宸道。

凤婧衣没给过她什么贵重的东西，但给了她情义和信任，而这些东西是这个人给不出来的。

"是吗？"夏侯渊别有深意地笑了笑。

对于凤婧衣这个女人，他一直是深为欣赏的，那样的女人注定会吸引男人的追逐和征服，连他自己都有一段时间有些被那个女人所吸引。

但是，也仅仅是吸引而已。

他起身到了床边，一件一件脱下身上的棉服，坐到床上脱了靴子，然后钻进了尚还热着的被窝准备睡了。

"你要睡这里？"公子宸走近床边道。

"这是我的房间，我为什么就不能睡在这里？"夏侯渊有些疲惫地闭着眼睛，喃喃说道，"你可以不睡床上，要睡地上，我也不拦着。"

公子宸嗤然冷哼，上了床躺下，不就睡个觉，谁怕谁。

夏侯渊顺势便贴了过去，在她颈间嗅了嗅，"你好香。"

对于这个不像女人的女人，谈不上有多么喜欢，但一段相处还不错，床笫之间也颇为契合，便觉留在身边也是不错的。

公子宸盯着帐顶的花纹，没有搭理他的话，男女之事上她从来不是扭捏之人，但现在是肯定没心情应付他的。

大约是一路回来太累了，夏侯渊倒也没起动她的心思，只是眯着眼睛有一搭没一搭地说着话。

"待到冥王教一统天下之时，你我共掌天下，总比你当一个小小的隐月楼主好，你为何就不乐意了？"

"天还没亮呢，你就做起白日梦了。"公子宸毫不客气地道。

他想一统天下，也要问问那几个人答不答应。

"你以为，我等了这么些年，都是白等的？"夏侯渊冷冷地笑出声道。

这么多年，因为知道自己没有十足的把握扳倒夏侯彻，所以他一直小心翼翼地隐藏，不暴露出自己的实力。

若是以往的夏侯彻，他还会惧让三分，那个时候，他太过冷血无情，几乎没有任何的

第五十九章 我不稀罕

弱点。

可是现在不一样了，他的孩子，他的女人，都是他致命的软肋，任何一个到了他手里，都会成为他威胁他的筹码。

尤其，凤婧衣如今还是北汉的皇后，一旦有她在手里了，还怕夏侯彻和萧昱不斗个你死我活，只是她如今从丰都失踪，也不知道去了哪里，竟一时间寻不到人。

"难怪，大夏的皇帝不是你。"公子宸冷哼道。

"但不久之后，就会是我。"夏侯渊沉声道。

公子宸嘲弄地笑了笑，实在不知道他们争来争去，争那些要做什么。

"那就等你坐上皇极殿的那一天，再来跟我说这样的话，别再在这尽说梦话，你不嫌烦，我听得也烦。"

"好，我就让你看着那一天。"夏侯渊睁开眼睛，侧头望着她，眼底寒意森冷。

公子宸沉默了良久，有些小心地问道："你为什么，非要争那些东西？"

"没有为什么，只是想要。"夏侯渊道。

为什么？

他不知道，他只知道自己要往那个方向走，这么多年一直清楚自己该去做什么。

"权力的诱惑，就那么大？"公子宸侧头望着他的侧脸问道。

"对。"夏侯渊坦言道。

纵然这些年他一直装作不恋权势的样子，但在心中，他对权力的追求却比任何人都强烈。

"哪怕，最终会送了你的命，也不愿罢手？"公子宸问道。

夏侯渊闻言许久没有说话，半晌睁开眼睛望向她，"你很盼着我死？"

"有点。"公子宸坦然承认道。

她与他也算相识多年，却从未真正看透他的心思，更从未想过，自己会跟他变成如今的样子，这样同床共枕地躺在一起。

夏侯渊低头，逼视着她近在咫尺的眼睛，说道："宸月，我们在一起，也有过快乐的时候，不是吗？"

"但那已经是过去。"公子宸对上他的目光，一字一句地说道，"当你逼得我摔下悬崖，险些死去的时候，那些东西便早就烟消云散了。"

当初将她逼至绝境的人，不是别人，正是他，正是她芳心初动喜欢上的男人。

可就因为她发现了他的身份，便被他带人追到无路可退的悬崖。

从她跳下去的那一刻起，她就让自己死心了。

如今再见到他，也只不过是故人重逢罢了。

"我有去找过你。"夏侯渊道。

在她跳下悬崖的那一刻，他的心真的也揪痛过，就像是被人狠狠刺了一刀那样的痛,他也赶到了崖底去找过她,可是他没有找到。

最后才辗转得到消息,她去了丰都养伤。

"你找或没找,都不重要。"公子宸望向帐顶,不再去看他的眼睛。

这个人的心,太冷,太狠,让她都心生惧意。

"如果你真的彻底忘了我们的过去,不是早该告诉所有人,我就是冥王教的人,而不是一直以来都不透露,不是吗?"夏侯渊似笑非笑地望着她的侧脸说道。

如果凤婧衣和北汉的人知道了他的真实身份,又岂会到现在都一直没有动静?

可见,她并没有向别人说起他在冥王教的秘密身份。

"即便我不说,他们早晚也会知道,我也不想被人知道,我曾跟这么一个人有关联。"公子宸冷然道。

她不知道自己那个时候是怎么了,竟无法开口向任何人提及他的事,包括对她一直引为知己的凤婧衣,她也不曾开口说出真话。

夏侯渊深深地笑了笑,说道:"你这理由,未免太过拙劣。"

"既然教王大人将来是要坐拥天下,富有四海之人,又何必将这等不入眼的人留在身边呢,不怕被人笑话吗?"公子宸摊开话题,掩饰自己的慌乱。

"别人,又哪里有你的特别。"夏侯渊道。

是的,特别。

她的身上,总有一种特别的东西,让他不由自主地着迷,而他自己也不知道那是什么东西。

可是,她终究是隐月楼的人,有朝一日凤婧衣的人找到这里来,她只怕还会生出帮着他们与他为敌的心思。

而他,从来容不得身边有这样的人。

"特别?特别的不男不女?"公子宸冷然失笑道。

夏侯渊闻言失笑,侧头在她耳边低语道:"不,你很女人,起码在有的时候是让人爱不释手的。"

说话间,轻轻咬了咬她的耳垂,别有深意。

她精明,犀利,他喜欢这样特别的她,有时候却又讨厌这样的她,因为太过精明,精明得都来算计他了。

公子宸倒并不羞赧,斜眼瞅了他一眼道:"是吗?可我觉得你不男人?"

她见不得这样病恹恹的男人,就像他这副要死不活的样子。

"是吗?"夏侯渊似笑非笑。

于是,她为了这一句话,付出了一整夜的惨重代价。

雪域城的早晨,天总是亮得特别早。

公子宸懒懒地抬眼看了看窗口的光亮，又斜眼看了看躺在边上的人，他似是醒了准备起来的样子，保不准是想去见回到雪域城的各大堂主还有西戎王子他们。

他现在还不知道西戎王子和王妃就是夏侯彻和凤婧衣假扮的，但他们得到的消息是他今天回来，或许应该留给他们足够的时间准备应对。

于是，她眯起眼睛往边上蹭了蹭，钻进了他的怀里窝着。

软玉温香在怀，这样的时候很难有人能放得下起身走的，尤其是温存之后难得的相依。

正欲起来的夏侯渊低眉打量了一番眯着眼睛的女子，似是有些惊讶于她难得的乖巧，"怎么了？"

"有点冷而已。"公子宸眯着眼睛道。

一直以来，都觉得以这样的手段对付男人的人，也该是沐烟和凤婧衣那样的，没想到如今却是她自个儿了。

夏侯渊拢了拢被子，倒也真的留了下来，搭在被子外的手习惯性地拨弄着佛珠，薄唇微动似是在念着什么。

公子宸知道，那是在念经，于是嘲弄地哼道："行了，别念了，若真一心向佛，你倒是削发为僧去？"

明明比谁都狠辣阴险，却一副温良无害佛家子弟的样子。

"我念经是要静心，不是信佛。"夏侯渊道。

他这样的人，若是信佛的话，死后便是要下十八层地狱了。

"也是，你这样的人，就算念一辈子经，佛祖也不会保佑你。"公子宸道。

夏侯渊已经习惯了她说话的尖锐，只要不是动摇大局的事，便也懒得跟她争辩计较。

"我们好歹也算有点关系，你这样挤对刚刚才跟你巫山云雨的男人，是不是太过翻脸不认人了？"他笑问道。

公子宸眼皮都未抬一下，出口的话却依旧尖酸，"就我们这点关系？难不成跟你睡了一张床，我就得围着你转了，你太高估自己的魅力了，你说是你睡了我，我还认为是我睡了你呢。"

夏侯渊低低地笑了笑，这世上敢这么肆无忌惮说话的女人，也只有她了。

她和凤婧衣都是一样的女人，从来不是依附男人而存在的女子，她们的一生也不只是为了情情爱爱而活，大约这就是他所欣赏的她们的独特吧。

"宸月，你有时候真的很不听话。"

"我活着又不是为了给你当狗的，为什么要听你的话。"公子宸眯着眼睛说道。

他想要她跟他那帮子教众一样听话，那他大约这一辈子都无法如愿了。

"不过，有时候也挺有趣。"夏侯渊道，他倒是喜欢她那股子野性难驯的气质。

公子宸没有说话，只是微微皱了皱眉。

有趣？

她的反抗，在他眼中也只是有趣而已。

也许，在他看来，她充其量不过是个难以驯服的宠物，他只是爱上驯服的乐趣而已。

一整个早晨，两人都赖在床上懒得起来，有一搭没一搭地说着话，不过话语总是难有平静温和的交谈，但这于他们之间，已经是正常的交流了。

直到有人敲响了门，有人在外面道："教王，冥衣大人请你过去。"

夏侯渊沉吟了片刻，应了声道："知道了。"

说罢，便起身更衣下床，准备离去。

公子宸睁开眼睛，一手支着头看着站在床边穿衣服的人，"对冥衣，你倒是听话。"

不管是在什么时候，即便是在床上他们亲热的时候，只要是冥衣派人来传话，他都会毫不犹豫地撇开一切赶过去。

"她不是你吃醋的对象。"夏侯渊一边整理着衣袍，一边背对着她说道。

"犯不上跟一个几十岁的老女人吃醋。"公子宸冷哼道。

她只是比较好奇那个人，她在这雪域城也有不少日子了，但也未曾见过那个人的真面目，更不知道夏侯渊为何那样听她的话。

夏侯渊穿戴整齐，侧头望了望床上的人，道："你睡吧，我走了。"

"滚吧。"公子宸眯上眼睛，毫不客气地说道。

这时候，怎么就那么感觉自己像是隐月楼里的卖笑姑娘跟自己恩客之间的样子，这种想法瞬间闪过脑海之后，她也暗自把自己鄙视了一把。

片刻之后，耳边传来房间打开又关上的声音，夏侯渊离开了。

她迷迷糊糊睡了一会儿，拥着被子坐起身，她要想办法混进冥衣楼快点找到解药才行，总不可能指望，冥衣会自己把解药拿出来。

可是，那个鬼地方实在戒备森严，若非她是夏侯渊留在雪域城的，换作别人，上次那样进了冥衣楼便被处死了。

当时若非夏侯渊及时赶过去，只怕她也被丢进虫坑里尸骨无存了。

看来，也只能想办法让夏侯渊带她进去才行，否则即便她自己能进去，只怕也拿不出来。

可那家伙肚子里弯弯绕的心思比她还多，她要是跟着他进冥衣楼，势必会引起他的怀疑……

所以，她真是讨厌头脑比她精明的男人。

公子宸慢吞吞地起身去沐浴换了身干净衣裳，叫了仆人进来收拾房间，大约这边伺候的女仆人，还是个未经人事的姑娘，收拾床榻的时候脸红得都能滴出血来。

倒是她，泡了杯茶坐在榻上，正苦思冥想怎么混进冥衣楼去。

"夫人，早膳要吃什么？"仆人收拾好，过来问道。

"老样子就行。"公子宸随口道。

"那要等教王大人回来一起用吗?"仆人问道。

"不等。"公子宸毫不客气地道。

不过一魔教头子,还真拿他当皇帝了?

仆人也知道她是个脾气不好的,所以备了早膳也没等夏侯渊过来便送进来了。

公子宸一个人吃饱喝足了,想着这会儿他还在冥衣楼,便自己披上斗篷带着人出门去了,为的便是知会凤婧衣他们一声,夏侯渊已经回来了。

当然,她不可能直接去他们的住处说,便辗转路过了一下那个酒馆,打了个暗号便离开了在街上闲逛。

自己买了包炒栗子,一边吃着一边晃晃悠悠地往回走,回去的时候已经是午后了,夏侯渊已经坐在了房间里。

"最近常出门?"夏侯渊抬眼瞧了瞧,说道。

"我不能出这雪域城,难不成连这房门都不能出了?"公子宸说着,上榻坐着一边剥着栗子,一边道,"那你找绳子把我跟狗一样拴着吧。"

夏侯渊听了皱了皱眉,"你非要把话说得那么难听?"

他没见过这么理直气壮地自己与狗相比的人,她是第一个。

"我现在跟关在笼子里的狗有什么两样,你也一样是要把我驯得跟它们一样听话,这话怎么难听?"公子宸冷笑哼道。

"好吧,你想怎么说就怎么说。"夏侯渊笑了笑,没有再继续讨论这个问题。

她就是这个样子,处处跟他拧着来。

若说起吵架的功夫,他实在没她那么口若悬河,唇枪舌剑。

公子宸懒得说话,自己闷头剥着栗子,渐渐地屋子里溢着淡淡的栗子香,夏侯渊起身走了过去,看见她剥好送到嘴边的栗子,倾身一口抢了过去,还顺带偷了个香。

公子宸恨恨地咬牙瞪着他,要是她现在武功还在,非打到他吐出来不可。

夏侯渊坐在边上,在她愤怒的目光中满意地嚼着嘴里的东西,随即笑着说道:"不错,很香甜。"

可是,那笑又格外地别有深意,不知说的是那栗子香甜,还是那偷香的一吻香甜。

"果然,姓夏侯的都不是什么好东西,一样的不要脸。"公子宸冷言道。

"不要把我和夏侯彻混为一谈,我跟他不是一家人,以前不是,以后也不会是。"夏侯渊声音有些慑人的冷淡。

"你不想认,那你怪你老子去。"公子宸道。

夏侯渊似笑非笑地看着她,缓缓说道:"如果,我不是夏侯家的人呢?"

公子宸震了震,虽然他是笑着在说,但她感觉这句话⋯⋯不是戏言。

"想知道?"夏侯渊笑着问道。

"可以说来听听。"公子宸毫不掩饰自己对于这个秘密的好奇。

夏侯渊顺手端过她的茶抿了一口,平静如常地说道:"大夏也确实有那么一个叫夏侯渊的皇子,不过是个短命鬼,一出生就死了,于是我就成了他。"

一件世人所不知的皇室秘辛,他说出来的语气,简单得跟讨论午饭吃什么一样平常。

"你到底是谁?"公子宸眸子微微眯起,一瞬不瞬地盯着他,沉声问道。

"你猜?"夏侯渊一边品着茶,一边笑语说道。

公子宸快速地思量起很多的事,以及到如今冥王教的很多事,最后深深吸了口气,有些震惊又有些愤怒地说道。

"你是冥衣的孩子。"

她也一直奇怪,为什么冥衣和七杀要一个大夏的闲散王爷来执掌冥王教,只是她不曾知道他所说的这一段,自然也想不到这一层。

夏侯渊没有说话,只是平静地笑了笑,是在默认她的回答。

"你是冥衣和谁的孩子?"公子宸追问道。

关于冥王教以前的秘事,她并不怎么清楚,故而也不清楚,他的生父到底是谁?

"这个,大约只有她能回答你了。"夏侯渊说着,嘲弄地笑了笑。

直至现在,他也不知道自己的生父到底是谁,又如何能回答她呢。

"难道是七杀?"公子宸又道。

这么多年,只有七杀还跟着冥衣,他的嫌疑很大。

可是,若是他的生父是七杀,也不可能一直莫名其妙地不相信,可见也不会是他。

夏侯渊没有说话,只是默然低眉抿着茶。

"你既不是真正的夏侯渊,干吗还一直占着人家的名号不放?"公子宸冷笑问道。

他就那么喜欢顶着别人的名字和身份过一辈子?

夏侯渊沉吟了一阵,淡笑道:"我只有这个名字。"

"要名字还不简单,自己取一个不就行了。"公子宸冷哼道。

夏侯渊闻言淡然一笑,望着她,状似玩笑地说道:"那你给我取一个。"

不知是因为被他幽远寂寥的目光所动,还是别的什么,公子宸一时动了恻隐之心,倒真是认真地替他想了起来。

"一个珏字正好,至于姓嘛,也不要再姓夏侯了,我大方一点,把我的姓借你用用,辰珏。"

谦谦君子,温润如玉,这是见他时的第一印象。

可是真正的他,却不是那个样子,她却有些希望他是那个样子的,也许那样的他,会比现在要活得快乐些。

纵然他很多时候,不是她所喜欢的样子,但人生在世,总有些事是自己所无能为力的。

夏侯渊闻言微怔，随即笑了笑，道："倒也勉强入耳。"

"喊，不要算了。"公子宸哼道。

自己真是吃饱了撑的，费这心思干吗。

夏侯渊放下茶杯，将她所说的两个字蘸着水写在桌上，喃喃说道："跟着你姓辰了，这辈分有点乱。"

"我要不起你这么大的儿子。"公子宸哼道。

夏侯渊知道她一向是嘴上不饶人的，便也不与她争辩了，只是长睫微垂看着桌上用水写出来的两个字。

他有了一个名字，不是别人的名字，是只属于他的一个名字。

这种感觉，有点奇妙，却又有些让人喜悦。

公子宸奇怪地望了他两眼，说起来这似乎还是第一次，他主动将关于自己的事说出来给人听，大约她还是第一个听到的人。

其实，即便是他们已经有了肌肤之亲，他们对于彼此的很多事，也是一无所知的，只是却又有一根莫名的看不见的线牵引着他们。

"夏侯渊，你非要这么去跟人争个你死我活吗？你要争的东西，又真的是你想要的吗？"她突地问道。

"你又不是我，你怎么知道那不是我想要的。"夏侯渊笑语道。

公子宸烦躁地挥了挥手，"好好，当我什么都没说。"

自己脑子真是坏掉了，他想不想要什么关她什么事，他心里真正开不开心又关她什么事，何必操这闲心？

"走到这一步，已经没有退路了。"夏侯渊说道。

有时候，他也不清楚寻找的是不是他想要的，可是为了得到那一切，他已经付出了太多东西，舍了太多东西，如果连这个也放弃了，他就真的一无所有了。

只是，这个时候他并没有意识到，如果他想要，还能拥有别的，比如……她。

"行行行，要争就争吧，看看你能争得过他们谁去。"公子宸没好气地哼道。

夏侯彻，萧昱，他们哪一个是省油的灯，他要从他们手里谋夺江山，哪是那么容易的事。

"宸月，只要你跟他们划清界限，将来我有的，便也是你的。"夏侯渊看着她说道。

虽然一向习惯了独来独往，但这一刻突然觉得，有她在身边的时候，还是不错的。

公子宸狠狠嚼着口中的栗子，冷然道："我不稀罕。"

她想要的，从来不是这些。

第六十章
生死之局

次日,夏侯渊下了令,于风云堂设宴款待远道而来的各大堂主,及几国的使者,其中自然包括夏侯彻和凤婧衣两人所扮的西戎王子和王妃。

凤婧衣两人接到通知的时候并无意外,知道他回来了,想来也出不了几天就会见上面的,不过这样人多的场合倒也好,他的注意力起码不是只在他们两个身上,如此便也轻松了些。

正好,也可趁此机会看看,他到底招揽了些什么人,好早有应对之策。

暮色降临的时候,仆人提着灯笼过来,"王子,王妃,风云堂的晚宴快要开始了,小的奉命为你们引路。"

"有劳。"凤婧衣说罢,侧头望了望坐着的夏侯彻。

夏侯彻起身披上斗篷,顺手将她的斗篷也拿了过来给她披上系好带子,细心盖上了风帽。

她低垂着眼帘不敢去看近在咫尺的容颜,不好拒绝,却又不好开口说话。

"走吧。"夏侯彻自然牵起她,说道。

她没有拒绝他的牵手,仿佛已经渐渐习惯了手上这样的温度。

他们到达风云堂的时候,看到会聚一堂的人,纵是他们这样权力场上滚打数年的人也不得不佩服夏侯渊的手段。

来的除了冥王教分布各国的堂主,还有大夏、北汉、玄唐各国周边的外族小国,除了西戎,还有东夷人、突厥人……

试想,这些人都由他号令之下,向中原各国群起而攻之,会让三国陷入到什么样的境地，外有异族，内有一直潜伏的冥王教人，势必是一场生灵涂炭的大战。

好在，他们现在还有时间，阻止这一切的发生。

他们刚入座不久，外面便传来鼓声，随侍的仆人说："教王大人到了。"

一时间，殿中侍候的仆人和各堂主都齐齐行了礼，训练之有素完全不比宫里的人差劲。

殿外一身天青色织锦斗篷的人进了殿中，那面容，那举止，果真是他们意料之中的楚王夏侯渊，只是如今的他比起之以前的谨慎小心，多了几分君临天下的霸气。

可见，真的是野心不小。

凤婧衣等人是远道而来的客人，只是起身拱手道："今日有幸，终于见到了教王。"

"各位使者，远道而来辛苦了，小王有事在身回来晚了，怠慢了各位使者，在此先干为尽赔罪。"夏侯渊说着，端起酒杯一饮而尽。

在座的使臣也纷纷举杯饮酒，便真是被怠慢了，他们弹丸小国又岂能与如今的冥王教叫板，自是都忍了下来。

他们来这里是为了大事，也犯不着因为这些小事而闹僵，毕竟他们还要靠着与冥王教一起，从地广物博的中原分得一席之地。

大夏兵强马壮，北汉亦是国力强盛，即便是玄唐也不好惹，他们想要强大起来，只有选择与冥王教合作，等到他们一统天下之际，他们也能进驻中原。

夏侯渊与人一番寒暄之后，将目光投向了凤婧衣两人，"有劳王子和王妃远道而来，不知这几日在雪域城过得可还习惯？"

"风光壮美，甚好。"夏侯彻道。

说话的语气，动作都极尽全力模仿着那个真的西戎王子。

虽然不愿意被他盯上，但来雪域城的各国使者，也只有西戎是王室成员，自然会被人所重视，这是无可避免的。

"王子和王妃喜欢就好。"夏侯渊微笑着望了望两人，目光却幽深得满是探究。

夏侯彻和她都注意到了，夏侯渊与每一个人说话，都是会仔细地将对方打量一番，这明显是在观察，观察有无可疑之处。

"雪域城的美景，是西戎从来没有过的美丽，能来这里是我们的荣幸。"凤婧衣的中原话，故意带点西戎的味道。

"中原美丽的地方很多，将来王妃还有机会看到很多的地方。"夏侯渊含笑说道，话语却是另有深意的。"听说王妃的母妃和祖母都是玄唐人，王妃可有去过玄唐，那里的山河秀美，景致颇是宜人。"

"我很小就到了西戎，对玄唐没什么印象，也只是从家母和祖母口中偶尔听说过，一直想去看看的，只是苦无机会。"凤婧衣笑语道。

他这话的口气，好似玄唐都已经是他的一般了，这仗还没打呢，他就真以为自己必胜了。

"很快就会有机会的。"夏侯渊道。

夏侯彻没有说话，只是端起杯子饮酒之时，薄唇勾起一丝无人可见的讥诮。

如今，中原还不是他的呢，他就急着向人封侯拜相了吗？

不过，没有好处，别人又怎么会跟他一起犯上作乱呢。

一顿晚宴，也不过是谈些场面话，夏侯彻与夏侯渊时不时地交谈几句，凤婧衣则是不动声色打量着在座的宾客，一一从他们的举止言谈猜测他们是什么身份，以便传了去让隐月楼查到详细的资料，好等将来下手。

殿中正热闹之时，门外一人闯了进来，说话的声音不大却清晰地响在了每一个人的耳边，"这么热闹，怎么也没人叫我？"

相较于夏侯彻的镇定，凤婧衣有一刹那的震惊。

因为，进来的人不是别人，是不久刚从塞外与他们别过的九幽，而他就这么大摇大摆地走了进来。

"差人过去的时候长老还在休息，便没有打扰你。"夏侯渊说着，起身让人给设了座，坐的地方是与他平起平坐。

凤婧衣一时间有些一头雾水了，幸好夏侯渊在应付九幽，并没有发现她的异样，夏侯彻握了握她的手，让她快速恢复如常。

看来，九幽已经获得了他们的信任，否则不可能得到夏侯渊如此礼遇。

可是，她怎么也想不到，他说他在雪域城等着他们，竟然是这么光明正大地回来当起了他的长老等着他们回来。

不过，认真想一想，这也不失为一件好事。

有什么比潜伏在敌人身边更安全，更有收获的呢。

九幽落座之后，淡淡地扫了一眼面色平静的他们两个，"这都是哪个鸟地方来的？"

夏侯渊没发现她的异样，他可是看在了眼里，竟然敢这么混进来，胆子还真是不小。

不过这样的事儿，除了他们这两个心思狡猾如狐的人，别的人也难做得好吧。

他们来了雪域城，想来那个人也跟着回来了，只是现在还在暗处而已。

他曾以为，这一辈子都不会再回到这个伤心地，也不会再见到她。

二十多年了，她会成了什么样子，她是否还如当年那般恨他，这一切他从回到这里起就一直不停地在想，可怎么也想不出一个答案来。

夏侯渊简单介绍了一下几位使者，九幽显然是不愿搭理的样子，明明知道是他们两个人，却也没有再与他们两人说过一句话，甚至连看都懒得再看一眼。

晚宴持续了近两个时辰，但在外面一人匆匆将一封信送到夏侯渊手里之后便宣告结束。

虽然不知信上写了些什么，但从夏侯渊一瞬变化的面色可以知道不是什么好事，起码对他而言不会是，算算日子大夏的兵马也应该找到白笑离所说的地方出兵了，想来也是这件事吧。

凤婧衣等各国使者被送了回去，只有冥王教的各堂主和重要人物留了下来，九幽赖在那里表面是要喝酒，实际却是竖起耳朵听着他们商议对策。

出了风云堂，凤婧衣两人相视笑了笑，眼底有些深藏的心照不宣，大约他们是有得忙了，想到这里两人回去的路上心情也随之好了不少。

夏侯渊这里开始乱了，也就意味着没那么多心思来观察他们了。

两人正往回走的路上，街面上却突地冒出两个打架斗殴之人，交手之间到了他们跟前，眼看着一人的刀锋快劈到了她的头上，夏侯彻反射性地便欲出手制止。

凤婧衣攥紧了被他牵着的手，示意他不要冲动行事。

夏侯彻咬了咬牙，放慢了动作按着她的手往自己怀中一带，刀锋斩断了她一缕头发，却划伤了他的手臂，登时鲜血直流。

带路的仆人叫来了巡城守卫，喝道："竟然伤了贵客，还不快点将这两人押去交给教王大人处置。"

两个人被守卫制住，很快便押走了。

凤婧衣看着夏侯渊手上的血迹皱了皱眉，连忙拿出随身带着的帕子包住了，凭他们的身手自是可以避过的，可是这毕竟是在雪域城，而真正的西戎王子和王妃是不怎么会武功的，若是他们两个人都避过去了，怎么可能不让人起疑。

"王子和王妃可有受伤？"带路的仆人赶过来，紧张地询问道。

"我还好，王子手上受伤了，先回去吧。"凤婧衣道。

两人离开的时候，从周围的人群中看到两个鬼鬼祟祟离开的人，其中一个她认得，那是在风云堂看过的一个人。

如此看来，这一出打架斗殴的戏码还是人有意安排的，为的就是试探他们两个人，她自认他们是没有露出破绽的，但夏侯渊这个人还真是谨慎，知道晚宴上会看不出，才让人如此试探。

一个人平时伪装得再好，但在面临危险之时的反应是很难伪装的，可想而知方才若是他们反射性地避过了，会招来什么样的后果。

回了住处，凤婧衣要来了伤药，便谢绝了仆人的帮忙。

"你那时候就算不挡，他们也不会真伤了我性命。"她一边给夏侯彻上着药，一边低语道。

既然是试探，就不会是真要对她出手的。

似乎，他每一次受伤，都是因为她。

"别得了便宜还卖乖。"夏侯彻瞅了她一眼哼道。

他知道，但他宁愿那一刀是挨在他身上的。

凤婧衣抿唇不语，只是沉默地替他包扎着手上的伤口，完事一抬头对上凝视着自己的目光不由得愣了愣。

"好了。"她说道。

夏侯彻收回手，放下了衣袖，"要尽快找到解药才行。"

他们之所以一直按兵不动不与他们正面交手，无非是因为现在还没有找到解药，否则也不会这样苦苦隐瞒身份了。

"公子宸那里已经在想办法了，我们再想办法见一见九幽请他帮忙，多个人也许就能快些找到了。"凤婧衣道。

冥衣楼那样的地方对他们而言凶险，但对于九幽那样的高手跟进后花园一样轻松。

"明天先看看情况再说。"夏侯彻道。

现在夏侯渊还在试探他们，就表示他还未完全信任他们，只怕暗地里还有人在盯着，虽然要急于找到解药，但安全起见最近还是不要轻举妄动为好。

凤婧衣点了点头，语气沉重地说道："他们这回，声势可谓不小。"

若不是他们找到这里来，洞悉了先机，恐怕真到战火燃起之时，他们真的会应对不及。

"现在还有的是机会，总归是不能让他得逞了。"夏侯彻眼底掠过森冷的杀意，沉声道。

这关乎江山社稷安定，也关乎他自己的终身幸福，若让他一统天下了，将来哪还会有他的生路，他还有两个儿子指望着他呢，说什么也不能让他阴谋得逞。

凤婧衣沉默地思量着，现在当务之急是要尽快找到解药，只要解药到手了，他们就可以内外夹击地行动。

现在，大夏的兵马已经开始逐个击破冥王教在外面的势力，可是他们在这里一直拖延着，只怕萧昱也会找到这里来了。

虽然一再叮嘱了侍卫送他回去，但她也深知他的禀性，肯定不会就那么回去，肯定会千方百计地找隐月楼的人，找冥王教的线索追上来。

夏侯彻看她怔然出神，伸手抚了抚被削断头发的地方，又一次地说起了那句话，"婧衣，你答应过朕的，我们要一起活着回去。"

凤婧衣回过神来，点了点头，"知道，知道，一路上你已经说了好多遍了。"

"朕不是要你记得，是要你说到做到。"夏侯彻郑重说道。

以前并不觉得面对危险有多害怕，可是每每她在身边的时候，他就会害怕起来，害怕她会出事，害怕她会死。

他不敢去想，当在这世上再也找不到她之时能怎么办。

凤婧衣微垂着眼帘，也明了他是在担心什么，于是道："我知道，我也答应你，一定让自己活着回去。"

可她万万不曾想，这个要求她做到了，他却没有做到。

夏侯彻满意地勾了勾唇角，手扣着她的后脑按在了自己肩头，低头吻了吻她的发，喃喃道："孩子还等着我们回去，我们不能输。"

这仗不容易，可是他们输不得，若是输了，便就会输掉他们生命中所有的一切，那是他们付不起的代价。

"嗯。"凤婧衣应声道。

"走的时候，瑞瑞还只会叫娘，熙熙还不怎么会说话，朕好想回去的时候，已经是他们叫朕爹爹的时候。"夏侯彻笑着低语道。

"会的。"凤婧衣道。

她知道，他很爱他们的孩子，如她一样深爱。

他们能这样相处的时光都仿佛是偷来的，她不知道自己再回去，该如何面对她的丈夫萧昱，可是她还是贪恋这一刻的相依，纵然是在这样冰天雪地，虎狼环伺之下。

她一直很不喜欢冬天的，可是她却喜欢这个冬天，这个有他在身边的冰雪世界。

因着冥王教的几大分堂在外面接连受大夏兵马的袭击，夏侯渊自然也没有那个闲心和时间再来接见他们了，就连公子宸也一连几日难得见他一面。

他忙得焦头烂额的时候，公子宸这边却清闲得近乎无聊。

午后，终年积雪的雪域城在阳光下，显得晶莹剔透如世外仙境一般，公子宸坐在榻上静静地望着外面的雪景。

夏侯渊一脸疲惫地进来，径自往榻上一躺，眯着眼睛枕在了她腿上，"看什么呢？"

公子宸低眉瞅了一眼，推了推他的头嫌弃道："一边睡去。"

夏侯渊纹丝不动，眯着眼睛说道："最近总有种不祥的预感，夏侯彻已经在什么地方盯上我了。"

公子宸望着窗外的目光微一震，哼道："是吗？"

人家可不是盯着你了，是就在你眼皮底下晃悠着。

果真啊，你再有势力，要和其智若妖的大夏皇帝较量，总还差那么一星半点儿，何况他身边上如今还有一个玄唐长公主。

若非是现在还没拿到解药，他们岂会一直按着没有动手，雪域城还能这么平静。

"有人告诉他那些地方，一定是教内的人向他泄露了情报。"夏侯渊喃喃说道。

那都是冥王教多年以前就一直存在的主要分堂，因为教众刚刚聚集起来，要从那里另换地方就要耗费太多人力物力，他便没有下令另换据点。

本以为到了正式出兵交手就行了，却不想让大夏的人先一步找到那里，到底是失算了。

这样的事，若是放在夏侯彻身上，恐怕就不是这个样子了吧，那个人从来不会给敌人留一丝破绽，而他却出了这样的纰漏。

"嗯。"公子宸想了想，说道，"想来想去，我的嫌疑比较大，终归不是你们一路的。"

夏侯渊勾了勾唇角，道："你现在还没那本事，即便有也不可能把消息送去。"

更何况，那些地方设有分堂的事，他也从未向她提及过。

"你还真是太相信我了。"公子宸嘲弄地笑道。

夏侯渊眯着眼睛，摸到了她的手抓在手里，低声喃喃道："宸月，要是你能帮我该多好。"

以她的聪明，若是能真心帮他，他必然是如虎添翼。

公子宸好似听了极大的笑话，毫不客气地道："我被关在这鬼地方，还被废了一身武功，到头来我还要赔着笑脸谢谢你，说你做得太好了。"

她公子宸可没那么贱骨头，她承认自己对他是有些喜欢的心思，但也不可能因此而失了自己所有的原则和坚持。

大约，这一点她和凤婧衣是相似到了骨子里。

她们可以喜欢一个男人，甚至爱一个男人，但决不会因为那个男人而放弃原本坚持的自我，变成另一个人。

"等到这场仗结束了，普天之下，你想去哪里便去哪里。"夏侯渊说道。

只要，那个时候江山是他的江山。

"嗯，也是，你死了，我是可以想去哪里便去哪里。"公子宸点了点头，说道。

话音一落，被人抓着的手被捏紧，疼得她皱了皱眉头。

"你就这么时时刻刻地盼着我死？"夏侯渊刷地睁开眼睛，声音有些沉冷。

"不然咧？"公子宸低眉对上他有些冰冷的目光问道。

"你有时候真是讨人厌。"夏侯渊重新闭上眼睛哼道。

"你又不是今天才知道。"公子宸道。

她一向随心随性，从来没有去讨好人的心情，何况是对他。

半晌，夏侯渊没有再说话，似是睡着了。

公子宸垂下眼帘凝视着男人俊美又有些苍白的容颜，他不肯放下图谋天下的野心，凤婧衣和隐月楼也不会坐以待毙，这两者之间……她到底该如何抉择。

她不想去害死凤婧衣和青湮她们，可若是这个人死了，她这一生心上就会有一个永远流血的伤口，倾尽一生的时光也难以愈合。

这些，都是她可以预料和想见的。

有时候，多么希望，这雪域城的冰雪能将这里所有的一切就这样冰封，那样的话所有的一切就能停留在此刻幸福的样子。

此刻的雪域城，为情所苦的人，又何止她一个呢。

沐烟和星辰扮作雪域城的人在酒馆打杂，收拾完靠窗的桌子，一抬头又看到不远处站着的人不由得有些哭笑不得了。

"那老流氓什么意思？"

三天前九幽就来到了酒馆附近，原以为他是找他们接头的，结果他在外面一站就站了近一个时辰，然后又走了。

然后第二天又来了，还是没进来又走了，气得她险些骂娘。

以往看他那么不要脸，这会儿倒装起清高了，难不成那不是那老流氓，而是他双胞胎兄弟。

因为这个想法，沐烟还真向白笑离去问了，结果自然是被狠罚了一顿，不过也可以肯定姓白的跟那老流氓以前一定有点什么。

两人看了一会儿，想着他差不多时间又该走了，谁曾想一直观望的人竟举步朝着酒馆走过来了，只是那神情有如上刑场一般的僵硬，着实让沐烟惊奇和意外。

九幽神色间再没有了往日的不羁之色，整个人显得有些难言的沉重，默然不语地进了酒馆，上了二楼的窗户边坐下。

好在二楼没什么客人，沐烟望了望四周，道："你到底搞什么，昨天转一圈又走了，现在才过来。"

"一壶梨花白。"九幽答非所问。

"问你话呢。"沐烟不爽地叫嚣道。

"现在你可以闭嘴。"九幽望着窗外，沉声说道。

沐烟也听出了他有些怒意，于是便也不再多问了，下去给他取酒去了。

不知怎么的，今天这老流氓实在有点奇怪，看起来……好像有些难过。

九幽一个人坐在窗边，神色间满是怅然。

这是她以前喜欢坐的地方，沐烟她们在这里，便也表明……她就在雪域城，就在这家酒馆里藏身。

他近几日来了这里，却始终下不了那个决心走进这里，走进这个离她最近的地方。

不一会儿工夫，沐烟取了酒回来，没好气地重重地放到桌上，"你的酒。"

九幽沉默地自己斟了一杯酒，问道："你师傅也在这里？"

"废话。"沐烟道。

九幽端起酒杯一饮而尽，而后道："她……伤好了吗？"

"死不了。"沐烟道。

虽然对她那师傅谈不上有多少喜欢，可是知道了这老流氓当年做过的事，实在对他没什么好感了。

她不知道白笑离是怎么杀了那个男人，但一个女子被逼在自己的大婚之日，杀了自己将要嫁给的男人，心中的痛苦是常人所难以想象的。

难怪，这些年她性情一直那么怪异。

九幽点了点头，沉默了一阵说道："有没有什么我能帮忙的。"

"等的就是你这句话。"沐烟说着，将一页纸放到他面前，"这是我们在冥衣楼要找的东西，可是夏侯彻和公子宸他们都接近不了那个地方，你可能会容易些，能不能去将这件东西找到。"

只要解药到手了，他们就不必再这么躲躲藏藏的了。

九幽扫了一眼，将纸收回了袖中，"我尽力一试。"

"我师傅在后面酒窖，你要不要见？"沐烟笑嘻嘻地问道。

"不见。"九幽饮尽杯中的酒，起身逃也似地走开了。

他怎么敢见她，怎么还会有脸去见她。

沐烟看着落荒而逃的背影，哼道："喊，这点儿出息，还长老？"

虽然九幽没有去见白笑离，但自那之后，每天会来酒馆一趟，通常只是一个人要一壶梨花白，喝完了就走。

七日，一直关闭了一个多月的冥衣楼开了门，这天是闭关练功的冥衣出关之日。

入夜，冥衣楼附近一片寂静无声，九幽慢悠悠地走了过来，但刚一靠近便被守卫给拦了下来，"九幽大人，请回。"

九幽瞟了一眼拦路的人，运起内力出声，"冥衣，老朋友多年不见，见个面不用这么多规矩吧。"

过了不多一会儿，傅锦凰从冥衣楼里出来朝着侍卫挥了挥手，示意他们退下。

"九幽长老请。"

九幽慢步走了进去，一进门便闻到楼内若有若无的香气，但他知道这些香气都是冥衣楼内毒物所散发的气味。

若非内力深厚，或是食过解药的人进来，必会中毒身亡。

故而，也是一般人不出入冥衣楼的原因。

冥衣楼深处，碧玉珠帘静垂，隐约可见珠帘之后锦衣华服的女子身影，只是却看不清面容。

"二十多年不见，你也别来无恙。"帘后的人出声道。

九幽回雪域城的时候，她尚在闭关之中，只是听到夏侯渊说起，但并未见到他。

"托你的福，还过得去。"九幽自己找了椅子坐下，广袖一挥屋中隔着的帘子似是被无形的刀锋齐齐斩断，晶莹剔透的碧玉珠子落了一地，发出清脆悦耳的声音。

珠帘尽落，显现出里面戴着黄金雕花面具的人。

"你不该在我的地方放肆。"冥衣声音有些不悦。

九幽说着，起身在屋里一边转悠，一边说道："我没有对着空气说话的习惯。"

"你我之间有话说吗？要说你不是该去找她吗？"冥衣冷哼道。

她，自然指的是女神龙。

"托你的福，我二十多年都没找到她。"九幽背对着她，眼底掠过一丝无人可见的恨意。

当初自己一时鬼迷心窍听了她的话，最后害死了崇礼，也害了那个人。

"那怨不得我，人已经交给你了，他不在了，她不就是你的。"冥衣说道。

提到那个他字，语气不由沉重了几分。

"可是，她恨我。"九幽说道。

这世上最让人悲哀的事情，就是你所深爱的人，却深深恨你入骨。

而他这几十年来，日日夜夜就活在这样的悲哀之中，纵然他流落在塞外，一次一次麻木自己不要去想那些往事，可是每每夜深人静，当年的惨剧和她含恨的目光总会入梦而来。

冥衣望着他的背影，道："我能帮你的已经都帮了，其他的已经不是我所能左右的事情了。"

当年，她想任何人都会死，却没想到死的人会是他。

九幽一边说着话，一边不动声色地寻找着要找的东西，可是却还是一无所获。

"她现在已经不在雪域城了，你还回来干什么？"冥衣问道。

九幽转身，望向她，"我相信，她会再回来，崇礼的仇她不会不报。"

冥衣闻言冷冷一笑，有些可笑地望着他，"她若要报仇，你可别忘了，崇礼的死，你也有份。"

她知道她会回来的，而她也正等着她回来。

龙玄冰啊龙玄冰，当年你就不是我的对手，如今你孤身一人，又怎么斗得过我。

"我只要在这里等到她，把她带走，至于你们想干什么，与我无关。"九幽道。

他要的，只有一个她而已。

"你知道就好。"冥衣冷然道。

现在的冥王教已经是她的天下，很快这中原大地也就都是她的，仅凭她一个龙玄冰，又能奈她何。

九幽一撩衣袍在椅子上坐下，说道："从现在起，我住在这里。"

冥衣闻言扫了一眼傅锦凰，道："让人给他安排⋯⋯"

"我是要住在这冥衣楼里。"九幽强调道。

"这里？"冥衣面具后的眸子倏地一寒，"九幽，不要太过得寸进尺。"

"你那点心思，我知道得一清二楚。"九幽冷冷地向她，沉声道，"她若回来，你休想动她一根头发。"

"那你也不用住在这里。"冥衣冷然道。

"我信不过你的话，只有住在这里，我才知道你在干什么，才知道你是不是暗中在对付她。"九幽理直气壮地说道。

这是原因之一，二来也是方便留在这里继续寻找解药。

否则，频繁出入这里，很容易就会被人发现企图。

冥衣沉默了一阵，知道强赶也是赶不走他的，于是道："你可以住，但有些地方还是不要乱闯的好。"

龙玄冰的人头她是要定了，这个人插手只会让事情更复杂起来，但现在就算他们两个人联手，她也不会放在眼里了。

"我没兴趣闯你的闺房，怕见鬼。"九幽没好气地说罢，起身自己去寻房间去了。

冥衣恨恨地咬了咬牙，缓缓抬手抚上自己的黄金雕花面具，他是在讽刺她脸上的伤疤，不敢以真面目示人。

可是，她成这个样子，也是龙玄冰害的。

这笔账，她记着，等着向她讨回来。

"七杀！"

话音一落，一道黑影掠进屋内，黑色的斗笠遮着面容，出声道："什么事？"

"你这两天看着点九幽，还有让人注意些他们以前的老部下。"她说着，远远眺望着外面的雪域城，缓缓说道，"我想，我们的女神龙，也该回来了。"

虽然以前和九幽有过联手，但他是一心向着龙玄冰的，终究不是跟他们一路的人，须得提防着点才好。

"好。"七杀回道。

说罢，人已经没了踪影。

他就是这样，对于她的话，从来没有半句怀疑和追问就会照办。

冥衣楼，诡异的香气丝丝缕缕地飘散在空气中，但鲜少有人出入的原因，显得格外安静。

九幽虽然赖着住进来了，但冥衣在这楼里寸步不离，他便也无法明目张胆地寻找解药，只是状似无意地闲晃，寻找着解药的线索。

但是，他拿到的关于解药的描述有限，冥衣楼的毒和药有无数种，对于他这样一个对这些不甚了解的人，要在其中找到正确的解药又谈何容易。

"九幽长老在找什么？"傅锦凰从柜子后缓缓步出问道。

他从住进冥衣楼起就时不时地在药庐转悠，好像是在找什么东西。

"看看不行？"九幽挑了挑眉，理直气壮地说道。

"当然可以。"傅锦凰道。

他是高手，她自然不是他的对手，可是这个人虽然留在了雪域城内，但行迹确实有些可疑，还得小心提防着才是。

"那还废什么话。"九幽没好气地哼道。

傅锦凰背对着他一边收拾着柜子上的东西,一边道:"虽然长老功力非等常人,但冥衣楼的毒物也不是一般的,好些种都是新研制出来的,连解药都没有配制出来,若是长老不慎碰到了,到时候可别怪我们救不了你。"

"就你们这些东西,还入不得我的眼。"九幽不屑地冷哼道。

若论及拳脚上的实力,冥衣算是他们四个之中实力最差的,可她仗着这些毒物却又总是会占上风,加之还有一个唯她命是从的七杀。

七杀却又是他们四个之中,身手最盛的一个,便是他和玄冰也难从他手上胜几回。

归根究底,比起除了听从冥衣命令便专心钻研武艺的七杀,他和她都被世俗种种所牵绊,达不到七杀那样忘我的境界。

"是吗?可现在就连北汉皇帝也中了冥衣楼的奇毒只剩半条命了,即便北汉皇帝的身手不及长老这般,但也算是天下间屈指可数的了,所以长老还是小心为好。"傅锦凰状似关心地劝道。

九幽眼底掠过一丝深意,他要找的解药,好似就是给北汉皇帝找的。

"冥衣楼的毒不是一向都是让人中毒即刻毒发的,如今怎么这么没用了,竟然都毒不死人了。"

"这九幽长老就不懂了,有时候让一个人一下就死了才没意思,就要一天一天让他饱受毒发的折磨,让他和他身边的人都心力交瘁,最后却只能眼睁睁地看着他一天一天毒发身亡,这才是最致命的毒。"傅锦凰说着,声音都带着几分笑意。

"我看,毒的不是这冥衣楼的毒物,反倒是你们这些女人的心肠。"九幽扭头瞥了她一眼,哼道,"古人云,最毒妇人心,果然是不错的。"

"长老过奖了。"傅锦凰淡淡冷笑道。

虽然毒没有下到凤婧衣儿子身上,但中毒的人是萧昱,她一样也不好过。

"万物相生相克,这世上有毒,自然就有解,外面可还有一个金花谷,若是让他们解了你们下的毒,冥衣楼的招牌可就真要砸了。"九幽嘲弄地笑了笑,说道。

傅锦凰闻言深深地笑了笑,缓缓说道:"也许别的毒他可以解得了,但这种毒他这一辈子都休想解得了。"

"哦?"九幽饶有兴趣地听着,"说说看,怎么让人解不了了。"

"那是他自己研制的毒和冥衣楼的毒一起炼制而成的,若是中了毒他不解毒,中毒之人会死得更快,但若他能解了一半的毒,解药与另一半毒又会衍生出另一种毒,即便他再有本事解了这种新生的毒,又会变成另一种毒,这样的情况会一直持续下去,直到中毒之人的五脏六腑都衰竭而死。"傅锦凰颇有些得意地说道。

九幽面目平静地听完,道:"果真是阴毒至极,恐怕不只是金花谷,就连你们自己也制不出解药了。"

"九幽长老未免太小看冥衣楼了，既然制了毒，自然也会制出解药，这是冥衣楼的规矩。"傅锦凰说着，冷冷地笑了笑，"只要这里有解药，北汉皇室的人就一定会来这里。"

九幽听了有些好笑地看着她，道："我听说，你以前是大夏皇宫里的皇贵妃，后来被大夏皇帝逼得抄家，按理说你不是该恨那一个吗，怎么倒是对八竿子打不着的北汉皇室恨得这么咬牙切齿的。"

"因为，北汉皇室有比他更可恨的人。"傅锦凰说着，微微眯起的凤眸满是刀锋一般锐冷的杀意。

凤婧衣，顾微，不管你是谁，都要死在我的手里。

"恨的女人？"九幽挑眉道。

通常情况，一个女人恨得这么狠的人通常会是另一个女人，而一个女人恨一个男人的话会是带有矛盾的。

傅锦凰抬眼望了他一眼，一语不发地走开了。

九幽一个人站在原地，环顾着四周，看来解药这冥衣楼里还是有的，可是要怎么找出来才真正是个问题。

这毒既然是她们下的，他总不可能直接去要，那样不就明摆着告诉她们，自己已经是在帮他们，只怕解药还没到手，他就要被雪域城上下围攻了。

冥衣和这姓傅的，明显都有些开始怀疑是有人进雪域城了，再耽误下去只怕也藏不了多久，现在北汉和大夏的兵马都还未到雪域城附近，若是暴露了交起手来，就算他们能敌过七杀他们这些高手，又如何走出几万人的雪域城。

可是，这冥衣楼上下，毒药解药无数看得他眼都花了，他哪知道哪一种才是真正要的解药。

看来，只能想办法把那淳于越带进来，起码对这些他知道得比他要详细，不定过来闻个味儿都能知道解药藏在哪里。

傅锦凰出了门，扭头望了望屋内还在转悠的人，薄唇勾起一丝薄冷的笑意。

她想，凤婧衣大概已经找到雪域城来了，虽然现在她还不知道她在什么地方。

九幽这里进了冥衣楼也不顺利，公子宸几次试探着想要来冥衣楼，却都被夏侯渊给拒绝拦下了。

冥衣并不怎么喜欢她这个人，她若无端闯了进去，肯定少不了性命之忧。

于是，她出门去外面转了一圈到雪域城唯一的一座寺庙里，在跪过的蒲团之下放了一封信，回去路过酒馆的时候，向星辰他们打了暗号。

隔了一天，凤婧衣借着观光的由头，也到了寺庙成功地在蒲团下找到了信，但看完之后回到了住处还没交给夏侯彻就烧成了灰烬。

次日，公子宸闲来无事出了门，由于夏侯渊自己在雪域城了，知道她也没本事再跑出去，自然也就没派太多的人跟着她。

第六十章　生死之局

一个人拿着一块洒了辣椒面的烤鸡肉吃得满嘴流油，可是好死不死地一转过街角撞上了傅锦凰，油腻腻的肉洒了人家一身，辣椒面还沾到脸上去了。

"你……"傅锦凰眼睛火辣辣地疼，恨恨地看着罪魁祸首。

"撞坏了东西，总要赔吧。"公子宸冷着脸道。

"我眼睛都被你弄成这样了，你还要得寸进尺。"傅锦凰忍下怒火道。

傅家现在是寄人篱下，虽然她讨厌这个女人，可她现在到底是夏侯渊的人，她不想跟她起太大的冲突，可这个人却偏偏总是找她的麻烦。

"你眼睛又没瞎。"公子宸道。

"明明是你先撞上来的，还赖我了？"傅锦凰咬牙道。

"那你没长眼睛让路吗？"公子宸挑衅地哼道。

"你别以为你爬上了夏侯渊的床，就能在雪域城作威作福了，不过是个下贱玩意儿而已……"傅锦凰冷冷一笑，哼道。

可是，话还未完，公子宸扬手便是一记耳光过去。

可是，如今失了内力的她，还未打到对方脸上，便被她给制住了手。

"这世上还没有人敢朝我脸上下手，你也不例外。"傅锦凰紧紧制着她的手，力道之大仿佛是要捏碎她的骨头一般。

公子宸唇角冷冷地勾起笑，左手迅速地扬起狠狠掴在了对方脸上，"无比荣幸，我就是第一个。"

若是以往，她没那个闲心跟傅锦凰纠缠，可是今天她就是专门来找她麻烦的。

傅锦凰拂袖一挥，一阵诡异的香气飘过，公子宸头疼地皱了皱眉，等反应过来之时，对方却已经走远了。

"月夫人，月夫人，你没事吧。"随行的侍从担忧地问道。

公子宸摇了摇头，道："没事，回去吧。"

"刚才傅大人好像用了毒，你怎么样？有没有哪里感觉不对？"仆人焦急地问道。

夏侯渊命她们跟着出来服侍的，回去若有个三长两短，又岂会有他们的好。

"头有点疼。"公子宸抚了抚头道。

一人听了，连忙道："我先回去找大夫过去，你护送夫人尽快回去。"

傅大人一向心高气傲，这雪域城除了两位长老和教王，谁都得看她的脸色，如今却被月夫人顶撞了，自是咽不下这口气的。

可是，月夫人毕竟是教王留在雪域城的，她这样岂不是跟教王过不去吗。

"我有些走不了了。"公子宸一副虚软无力的样子说道。

留下的仆人一听，连忙叫住不远处巡城的守卫，拿出腰牌要对方安排马车。

公子宸远远看着手忙脚乱的守卫，慢条斯理地摸出袖内的一粒药丸放到嘴里嚼着，这是淳于越配出来的，和萧昱所中的毒是一模一样的，如果夏侯渊不想她死，定然会从冥衣楼拿解药来。

到时候，她只要把解药设法先送到淳于越手里，以他的医术应该用不了多久就能查出解药是需要些什么东西，到时候她和萧昱便也能都有救了。

可是，她也不能无缘无故地就中毒了，起码得有个合情合理的理由，否则很难让人信服。

于是，倒霉的就只有傅锦凰了，她是听命于冥衣楼的，对那里的毒物又是如指掌，且又是个心高气傲的性子，被她教训了肯定会还手的。

不一会儿工夫，安排好的马车过来了，她被人扶上了马车送回了住处。

夏侯渊有要事不在，仆人请来的大夫已经在等着了，她一进门便有人上来诊治。

她平静地忍受着毒发的痛楚，等待着夏侯渊回来，做的这一出戏无非是给他看的，要的就是他去拿到解药过来。

只是这辈子都没中过毒，头一回中毒了，还是自己吃下去的，真是够冤枉的。

过了大约一个时辰，她也不知道自己是副什么模样了，只是浑身发冷，仿佛全身的骨头都渗着寒意的冷。

夏侯渊回了园子，大约是听到了仆人的禀报，快步流星地进了内室，"宸月！"

公子宸抬起有些沉重的眼皮扫了他一眼，又垂了下去，至于诊治的大夫再向他说了什么，也没什么心情仔细去听了。

她唯一要做的，就是等着解药送过来，设法把那颗解药留下来，送到淳于越那里去。

她这才毒发一个多时辰就已经快扛不住了，真不知道萧昱那么多日子到底是怎么挺过来的，那是要何等的意志力才能做到的。

隐隐约约间，她听到夏侯渊在说，"好好照顾月夫人，我去拿解药。"

公子宸艰难地抬眼看了看出门的人，苍白的唇勾起一丝微不可见的笑意，有些怅然而苦涩。

她不是没有骗过人，却是第一次觉得骗人有些难过。

果真，过了不多时，夏侯渊带着解药回来了，坐在榻边扶着她喂下了解药，她没有吞下去而是含在了嘴里。

而后，在躺下的时候借着被子的遮挡吐出了药丸，又摸出了枕下备好的另一颗压制毒性的药丸。

所有的一切，都如意料中的一样顺利，接下来就是将药丸送到淳于越手里。

她这边是惊险重重，凤婧衣那边也是望眼欲穿了，估摸着解药应该已经到公子宸手里了，接下来就是下一步接头拿解药的事情了。

两日后，公子宸身体休养好了不少，借着到外面散步的由头，将解药留在了约定的地方。

星辰在她走之后，也成功地将解药取到手了。

第六十章　生死之局

可是，解药送到凤婧衣面前的时候，似乎并没有让她有多少高兴。

"现在解药到手了，我们就该尽快离开雪域城与大军会合，再图平叛大计。"夏侯彻说道。

这个地方终究不是久留之地，虽然不知那公子宸是以什么手段骗到解药的，不过总归了却了他们心头的大事。

凤婧衣点了点头，道："你明天先带着解药去跟他们会合，我去寺里要见一见公子宸，还有件事要与她商量一下。"

夏侯彻皱了皱眉，道："朕跟你一起去。"

"时刻都有人盯着咱们，一起过去太引人注意了，我半个时辰后就过去找你们。"凤婧衣笑了笑，说道。

"就半个时辰？"夏侯彻拧眉道。

"嗯，就半个时辰。"凤婧衣微笑说道。

"你最好说话算话，别忘了你答应过朕的。"夏侯彻道。

"行了，你说得我耳朵都起茧子了，现在解药已经到手了，我只是跟她商议一下后面我们要进攻雪域城的计划，完事我们就能出城了。"她含笑说道。

可是，只有她自己知道，明天要赴的根本就是一场生死之局。

第六十一章
双王齐聚

　　为了能顺利出城，星辰当日先去了酒馆安排，只等着明日会合了一起离开雪域城。
　　凤婧衣和夏侯彻留在了住处休息，相对而坐却彼此都沉默着。
　　夏侯彻又一次抬头，发现她正盯着自己，于是皱了皱眉道："你到底在朕身上看什么？"
　　"没看你。"凤婧衣低眉凝视着手中转动的茶杯，淡淡地说道。
　　夏侯彻咬了咬牙，这他都五次抬头看到她那傻样了，还说没看他，就算承认是在看他了，他还能吃了她不成。
　　"不是看朕，那你是在看什么？"他刨根问底起来。
　　凤婧衣一时语塞，想了想说道："看你脸上的疤，留着好难看。"
　　"也不知道是被谁害的。"夏侯彻一听，没好气地哼道。
　　她以为他想留这么一道在脸上，当初要不是掉下玉霞关，他至于落那一身伤，脸上还挂这么一道？
　　"那你在我脸上划一道，给你还回去？"她道。
　　"行了，就你那张脸，划不划也没区别。"夏侯彻哼道。
　　"你什么意思？"凤婧衣秀眉一挑质问道。
　　夏侯彻抬眼瞅着她，数落道："本来这张脸就不怎么样，再加一道疤，真是没人看得下去了。"
　　他恨不得把她所有的伤，都扛在他身上，又哪里会舍得在她脸上划一刀。
　　"看不下去，你找年轻漂亮的去啊，对了，你那美丽无比的皇贵妃还在这雪域城里呢，你找她再好不过了。"凤婧衣没好气地说道。

女人，最介意的莫过于容貌和身材了，何况还是从自己喜欢的男人口中听到嫌弃的话。

夏侯彻抿着薄唇失笑，懒得再跟她争论下去了，不过心情却不错。

明天就要离开雪域城了，可他却又有些不想离开了。

因为离开了这里，可能她对他就不再是这个样子了。

不过，出去的事还是出去再说吧，再留在这里，总归是不安全的，他们这一次来的目的只是为了拿到解药而已。

真要对付雪域城，还要等大批兵马前来才是。

天色渐暗，仆人送了晚膳过来，夏侯彻看到伸到自己碗里的筷子，不由得奇怪地抬眼看了看坐在对面的人，"今儿个太阳打西边出来了，你一向只顾吃自己的，给我夹过几回。"

大约，正是因为出去了以后要面对另一番局面，她才会如此吧。

凤婧衣没有说话，只是沉默地用着膳，神色却显得有些沉重的样子。

夏侯彻只以为是因为要回去面对萧昱的事情，而他又不想听到关于那个人的事，自然也没有向她多问什么。

于是，两个人都默契地没有提及出去以后的事，只是静静地相处着。

他想知道她出去以后会怎么办，可是却又没有能力去开口问她，他怕听到会让自己难过的答案。

因着第二天要走，自然也是关键的时候，两人早早便歇下了，可是躺在床上却是各有心事，谁也睡不着。

"婧衣，等冥王教的事情过后，去盛京看看瑞儿和熙儿好吗？"夏侯彻满怀企盼地问道。

凤婧衣沉默了良久，终究难敌心中对两个孩子的牵挂和想念，回道："好。"

她知道，要做到会很难，可是她真的很想再见到他们，尤其是离开了她已经很久的熙熙。

夏侯彻唇角无声地勾起温柔的弧度，在黑暗中抓住了她的手握住，低声道："你不许食言。"

"不会。"她道。

夏侯彻没有再去追问别的什么，虽然还有很多是他想问、想知道的，但他不想再让那些问题破坏此刻相处的寂静和安宁。

"明天若是不方便到酒馆，我就到出城的地方跟你们碰面。"凤婧衣说道。

夏侯彻直觉有些不安，"怎么了？"

"我们一下那么多人在酒馆出现，很容易暴露，在出城的地方会合要安全一点。"她解释道。

夏侯彻想想也有道理，于是道："好。"

"不早了，睡吧，明天还有很多事。"她低声说道。

"嗯。"夏侯彻应声，阖上了眼帘。

黑暗，她却是了无睡意，只是借着微弱的光亮一动不动地打量着近在咫尺的男人，他的眉眼，他的鼻梁，他的轮廓……从未如此仔细地看着他。

她抬手抚上他脸上浅浅的疤痕，却被还未睡着的人捉住了手，夏侯彻低笑道："不是说了睡觉，你在乱摸什么？"

她任他握着手，轻声问道："我是不是很可恨？"

明明承诺不了他什么，也给不了他什么，却还拉着他不放。

"有时候是挺可恨的。"夏侯彻眯着眼睛说道。

这一夜平静而安宁的时光让他心生喜悦，可这份喜悦却又透着几分莫名的不安，他自己也不知道到底是在不安什么。

"夏侯彻，我骗过你很多事，可有一件事，我没有骗你。"她低声诉说道。

"什么？"他笑问。

"我真的做了那个梦，梦到我嫁给了你，你很爱我，我也很爱你，我们一辈子在一起。"她低声说道。

不知是震惊还是喜悦，夏侯彻沉默了许久，才说道："朕知道。"

大约，这是她第一次承认对他的感情。

"可是，许多人都说梦境都是反的。"她微微叹息着说道。

梦里越温馨，现实就越残酷，这便是他们的写照。

"总有一天，它会和现实一样的。"夏侯彻坚定地说道。

他不要什么梦，他要的是她真真切切地与他在一起，与他们的孩子在一起。

凤婧衣没有再说话，似是睡着了。

第二天，两人都起得很早，因为头天晚上的一番交谈，夏侯彻的神色和心情明显是雀跃飞扬的。

一整个早上都直盯着她瞧，可凤婧衣却还是一副淡定如风的模样，仿佛昨天夜里说的都只是梦话而已，这又着实让他窝了一肚子火。

午膳过后，趁着夏侯彻在准备，她起身去了隔壁星辰所在的房间，什么也没说只是坐下提笔写了两封信。

星辰看着她的样子，总感觉有些不对劲。

"这封信是给你和青湮的，到了交给她。"凤婧衣将第一封信递给了她，郑重说道。

"你不是……"她不是要过去跟他们会合吗，还留什么信？

"收着。"凤婧衣沉声道。

星辰看了看她，还是将信接了过去收起来。

凤婧衣低眉看着自己手里的第二封信，迟疑了很久才递了过去。

"这封信，等出了雪域城，交给夏侯彻。"

星辰一听，立即反应过来了，"你不走？"

凤婧衣点了点头，道："我还有事，不能走。"

可是，如果她跟夏侯彻直说了，只怕他也是不肯走的。

"可是你再留在这里很危险，解药都已经拿到了，你为什么还不走。"星辰有些焦急地劝道。

她若留下落到别人手里，那后果可是不堪设想的。

凤婧衣面色平静，主意已定，"你照我说的做就是了。"

"真要有人留下的话，我留。"星辰道。

她一个人无牵无挂，就算死在这里也不打紧，可她不一样，生死系着两国君王，还有两个孩子。

"这不是你留下能解决的事，仔细按着我说的办。"凤婧衣沉声道。

星辰见她一脸决绝，虽不知她是想干什么，但明显已经是她劝不住的了。

"你不说出个原因来，我这就去隔壁告诉夏侯彻。"

她劝不住，那个人总能制住她。

"星辰，你当真要我求你才肯应吗？"凤婧衣道。

星辰震了震，咬了咬牙，沉默地将信接了过去。

夏侯彻和星辰先一个时辰出发了酒馆见青湮他们，凤婧衣直到一个时辰之后才动身前往与公子宸碰面的寺庙，还是仆人带她过去的。

过去的时候，庙里没什么人，她谢绝了仆人的跟随，自己一个人进了庙内。

她在偏殿等了没多久，公子宸也过来了，没有让跟着的人一起进来，独自一人进了偏殿来见她。

"东西拿到了吗？"

"已经拿到了，你不跟我们走吗？"凤婧衣问道。

"我……"公子宸欲言又止，神色踌躇。

"只要你想走，我们一起想办法，总能出去的。"凤婧衣焦急地说道。

公子宸沉默了好久，起身背对着她说道："我能帮你们的已经帮了，你自己走吧。"

话音一落，门外突地传来一阵冷笑，一人缓缓踱步而出，"恐怕，你今天是走不了了，长公主。"

来的人，正是已贵为冥王教教王的夏侯渊。

凤婧衣望向公子宸，"是你？"

"我没有，我没有叫他来。"公子宸满面惊骇地解释道。

夏侯渊举步进门，站在她边上望着退在几步之外的凤婧衣，说道："本王真是没想到，你们在我眼皮底下晃了两回了，竟然没想到会是你们。"

他也不肯定公子宸会来这里见什么，直到跟到了这里，才肯定是玄唐长公主，凤婧衣。

凤婧衣知道瞒不过去了，撕开了脸上薄如蝉翼的易容面具，"你怎么会找到这里来？"

"你们当真以为，那点小把戏，就能骗到解药？"夏侯渊冷然一笑说道。

她们太急于求成了，竟然使出这样的把戏来，可是傅锦凤就算跟宸月再合不来，也犯不着在她身上下那样的毒。

所以，她中毒这件事，必是另有图谋的。

"那颗解药？"公子宸倏地扭头望向他，一脸惊骇之色。

"那颗解药当然是假的。"夏侯渊笑了笑，说道，"就算你拿回去，也救不了他的命。"

"连我也被你骗了。"公子宸嘲弄地冷笑道。

夏侯渊闻声望着她，略有些失望地说道："宸月，是你先帮着他们骗我的。"

"说吧，你现在想怎么办？"公子宸懒得跟他再废话下去。

"当然，只能请玄唐长公主暂时留在雪域城了。"夏侯渊笑意深冷，望向她说道，"你既来了这里，想必另一位就是本王的好皇兄了。"

自己到底是大意了，竟然见过他们都没能认出来，若非是出了宸月中毒拿解药这件事，他也不会怀疑到他们头上。

中一样的毒，需要一样的解药，这很难让他不往他们身上想。

此时此刻，雪域城出城的方向，夏侯彻几人已经在酒馆老板的安排下准备出去了，可是已经过了约定的时辰，凤婧衣却迟迟没有赶来，这让夏侯彻坐立难安。

星辰扭头望了望后面的青湮，她神色也满是担忧，夏侯彻不知道她是干什么去了，可是她俩看过留下的信却都是一清二楚的。

眼看着出城的队伍快到他们了，她却还是没有回来，夏侯彻有些等不住了。

"在那里。"星辰指了指后面，青湮他们第二拨出城的人。

夏侯彻顺着她指的方向看了看，那斗篷正是她之前出门之时穿在身上的，这会儿正站着跟顾清颜几人说话。

"这里不方便，我们先出去再说吧。"星辰催促道。

约定的时辰快到了，他们再不出去，夏侯渊的人就会开始封城抓人了，那个人去本就是为了拖延时间让他们先脱身的。

夏侯彻回头远远地看了一眼，跟着酒馆出城的马车先出城去了，在约定的地方等着第二拨出城的人过来会合。

过了好一会儿，青湮一行人也从城内出来了。

夏侯彻迫不及待地迎了上去，责备道："怎么耽误了那么久？"

可是，站在面前的人缓缓拿下盖在头上的风帽，却根本是另一张陌生的面容。

他心猛地一沉，一抬头望向远处雪域城的方向，那里的吊桥已经开始收起来了。

他目光沉冷地望向青湮，质问道："她人呢？"

"还在里面。"青湮平静地说道。

这是她自己的安排，便自有她自己的道理。

"这个地方不能久留了，城里的人很快就会追上来。"酒馆的老板说道。

夏侯彻目光冷厉地盯着身旁的每一个人，这不是巧合，这根本就是她联合她们演的一出戏。

这个该死的女人，她又一次骗了他。

他早该察觉到的，她昨夜举止说话都那么反常，可他却以为是因为萧昱。

那个时候，她早就已经打定了主意不跟他们出城的。

"我们拿到的解药，是假的。"星辰上前，低声说道。

她留下，是为了拿到真正的解药。

夏侯彻愤怒地望着雪域城，又是因为萧昱，因为他，她连命都不要了留在那里。

她怎么就不想一想，她要是死在了那里，要他怎么办，要他们的孩子怎么办？

星辰咬了咬牙，从袖中取出信递过去说道："这是她留给你的。"

夏侯彻冷冷地望了她一眼，将信夺了过去，快速地拆开。

这封信很简单，只有娟秀灵气的字写给他的一句话：我相信，你会救我出来的。

一切都是她和公子宸合计好的，那样露出破绽的计划，夏侯渊不会不怀疑，定然拿出来的也不会是真的解药，只有当他们的人暴露了，他放松警惕了，才会拿出真的解药救公子宸。

这第二颗解药，才是他们真正的目的。

可是如果暴露的人是夏侯彻，夏侯渊是会千方百计地杀了他的，而她即便能逃出去，也不可能有十足的把握救回他。

可若留下的是她，顶多只是会被人当作人质，可能会吃点苦头，但却不会有性命之忧。

所以，她选择了让自己留下。

寒风凛冽如刀，夏侯彻站在冰天雪地里遥遥看着雪域城缓缓收起的吊桥，狠狠攥紧了手中的信纸，整个人显得深深地挫败和无力。

她相信他能救她出来，可是这一刻，他自己都不相信自己了啊。

从来心无畏惧，心无牵挂，故能百战百胜。

可是，现在她在那里，他不知道要怎么做才能不伤她，而尽歼全敌。

"该走了，城内的人发现我们不见了，很快会派人来追的，再不走就走不了了。"酒馆的掌柜又一次催促道。

夏侯彻依旧站在那里没有动，仿佛没有听到她的话。

青湮走近，沉声说道："淳于越和师傅都还在城里，还有九幽长老，他们会设法保护她的，现在我们有更重要的事情要做。"

她知道，那是从大局考虑，最可行的对策。

他们藏身于雪域城的事已经引人怀疑了，如果再拿不到解药，他们都会陷在里面走不了。

于是，她和公子宸暗中约定好做了这一出戏，可是无缘无故中了和萧昱一样的毒，以夏侯渊的多疑定然是不会相信的。

这个时候，需要有人暴露出来让夏侯渊发现，他知道抓住了她，自然就会放松警惕，拿真正的解药去救公子宸。

可是，暴露的人换作是她以外的任何一个人，落在夏侯渊手里都会是必死的下场，她知道自己对于他们有足够的利用价值，即便落到他们手里，也不会有性命之忧。

大夏和北汉的兵马都在对付冥王教，她的生死牵动着两国君王的心，夏侯渊不是傻子，自然不会放过利用这么好的一步棋。

夏侯彻目光沉冷地望着雪域城，寒风如刀割在他的身上，亦割在他的心上。

他最爱的女人还在那里面，让他怎么舍得走。

"她把性命交给你了，如果要救她，我们就不能在这里耽误下去了。"青湮说道。

夏侯渊很快就会发现他们逃出城了，如果再不走，城内的人便极有可能带人追上来，这里有数万的冥衣教众，他们即便是身手过人，又如何敌得过万人围攻，更何况还有两个身手莫测的冥衣和七杀。

如今，只有先离开这里与大夏兵马和隐月楼的人会合，再图救人之计。

夏侯彻痛苦地转身，大步流星地翻身上了马，喝道："走。"

她说得对，再留在这里，他也是救不了她的。

现在唯一能做的，就是先离开这里集结人马再回来。

他一马当先走在最前，青湮和沐烟等人随之跟了上去，一行人冒着风雪在极北之地策马壮奔。

"喂，姓白的和淳于越留在里面，靠不靠得住。"沐烟一路有些不放心地问道。

"师傅对雪域城比我们了解，她知道藏在什么地方最安全，淳于越要留在那里等到解药，研制出解药的配方，不能走。"青湮一边赶路，一边说道。

最危险的地方就是最安全的地方，师傅留在雪域城，才能在关键的时候帮他们打开雪域城的大门，这是必不可少的一步。

而这一切，凤婧衣早在交给她们的信中就已安排妥当。

雪域城内，冷清的寺庙内，夏侯渊扫了一眼凤婧衣的神色，又道："宸月，你可看到了，你为隐月楼出生入死多年，该怀疑你的时候，她一样怀疑你。"

公子宸没有说话，只是目光复杂地看着她，自嘲地笑了笑道："原来，这么多年朋友，也不过这点信任。"

这些话，自然都是说给夏侯渊听的。

如果没有信任和默契她们两个人就不会冒险做出这些事，现在只是要他以为，她与凤婧衣和隐月楼之间生出了嫌隙，要他以为自己已经偏向他了，从而才不会处处防备她。

只有取得了他的信任，她才能在关键的时候帮到他们，让她活着离开雪域城。

论及揣度人心，逢场作戏，她们两个人都已是到了炉火纯青的地步，又岂会骗不过你一个夏侯渊。

"事已至此，说这些又有何用？"凤婧衣说着，冷冷望向夏侯渊，道，"想来我也是逃不出去了，要杀要剐悉听尊便。"

夏侯渊淡笑拨动着手中的佛珠，平静说道："只要你还在雪域城，夏侯彻和萧昱就一定还会来，你说本王怎么舍得杀了你。"

大夏皇帝夏侯彻一直对她念念不忘，北汉皇帝又与她夫妻情深，玄唐的小皇帝又是她的亲弟弟，这样的人在手里，何愁三国君王不对他俯首称臣。

"想拿我威胁人？"凤婧衣冷然一笑，有嘲弄的意味，"若真有本事，大可与他们真刀真枪地交手，要这些上不了台面的招数，莫说他们看不起你，便是我这样的女人也看不起。"

"本王只注重结果，过程如何并不重要。"夏侯渊道。

如果能有更省力的办法除去对手，又何必去跟对方拼死拼活呢。

他很清楚，如果是正面交战，他即便有两位长老相助，与夏侯彻和萧昱交手的话，必然还是一场旷日持久的争斗。

何况，冥王教和大夏、北汉不同，他们的粮草和兵力储备不适合长期作战，所以必然是要一局定胜负。

在军队战斗力悬殊的情况下，他只能以别的办法取胜，比如这枚已经落于他手里的棋子，好好利用的话，会有让人意想不到的效果。

"但有时候，过程也会决定成败。"凤婧衣道。

夏侯渊是个有野心的人，但他却不是一个适合坐拥天下的皇帝，这样的人即便一时能占上风，但总有一天也会从高位下摔下来。

"那也只是有时候，本王不是夏侯彻，你可以将他骗得团团转，可骗不过本王。"夏侯渊笑意深冷地说道。

"你当然不是他，同样你也不可能成为他。"凤婧衣淡笑说道。

虽然，夏侯彻也是与他一样的多疑而满腹心机，但骨子里有些东西与他还是不同的，这个人渴望权力和野心，而夏侯彻的内心是渴望温暖和家园。

夏侯渊笑了笑，道："以后的事，谁说得准呢。"

正说着，一位堂主快步从寺外进来，禀报道："教王，那个假的西戎王子，还有那家酒馆的人，都已经出了雪域城了，其他人已经带人去追了。"

"走了？"夏侯渊踱步到门外，望了望山下雪域城外的方向，喃喃道，"看来，皇兄是留下你，自己先走了。"

"不走，难道留在这里等着被你抓？"凤婧衣冷笑道。

好在，他们是成功出去了，她便也放下心了。

他们都是不会因莽撞冲动而误大局的人。

只要夏侯彻出了雪域城，他就一定会走，若是没有出去，他一定还会不遗余力地回来救她，这些她都是可以料想到的，所以才让人以那样的方式，骗了他出城去。

"这一次走了，他总还会回来的。"夏侯渊说着，微一抬手下令道，"把北汉皇后娘娘带回去，交给七杀长老看管。"

人在冥王教第一高手的手里，他就要看夏侯彻和萧昱来了有什么通天的本事，能将人活着救出去。

公子宸眼底掠过一丝隐忧，但还是忍着没有出面干涉，眼睁睁看着凤婧衣被一行人押送走了。

她不能阻拦，一来是她即便出面了，夏侯渊也不会听她的话，反而会适得其反，二来她才刚刚取得一点点的信任，一旦出面为凤婧衣说话，所有的一切就又都白费了。

"现在你满意了。"她看着几步之外的人，只觉得有股彻心的寒意。

夏侯渊目光寒凉地看着她，问道："你早就知道他们是夏侯彻和凤婧衣，却还瞒着我，帮着他们想骗取解药，宸月，你真让我失望。"

"你拿了假药骗了我，扯平了。"公子宸说罢，举步出了偏殿，一个人走在了前面。

夏侯渊拨动着手中的佛珠，不紧不慢地走在她后面，满心思量的却是要如何应对接下来大夏和北汉的围攻。

他从不怀疑，那两个人对于凤婧衣的痴狂，他若是将这棋用得好便是可以对付他们的好棋，若是用得不好，便会被那两个人毁灭。

这件事，他需要好好计划一番了。

夏侯彻逃出去了，很快就会带着他的兵马卷土重来，他的时间也不多了。

公子宸回了住处，谢绝了仆人的伺候，一个人坐在空荡荡的屋子里，从午后到天黑，都那么一动不动地坐在那里。

虽然知道夏侯渊暂时不会杀她，可是她被关在七杀堂，免不了会受些苦头的，可是她万万不曾想到，她在那里将承受的是远远超乎她想象的。

第六十一章　双王齐聚

如果她料到事情会到那样无可挽回的地步，她决不会与她合谋设想这样危险的计划。

所有的一切，都是照着她们所计划的那样发展着，可是每一步，她都是走得心惊胆战，如履薄冰。

天黑了，仆人进来掌了灯，看到她一个人坐着不说话，掌完灯又都赶紧离开了，生怕惹到了她一样。

夏侯渊直到夜深才回来，看见她一语不发地坐在那里，便自己倒了杯茶，然后将一枚药丸递过去，"吃了它。"

公子宸怔怔地看着他手心里的药丸，她知道，这才是真正的解药。

她们就是为了这一粒小小的药丸，在以命相搏。

半晌，她没有伸手去接，沉默地移开了目光。

夏侯渊望了她一阵，起身绕过桌子走到她旁边，不由分说地钳制住她的下颌骨，迫使她张开嘴，将药丸塞了进去，然后端起水给她灌了下去。

公子宸甩开他的手呛得直咳嗽，但却还是小心地留下了那颗真正的解药。

"你不吃解药，不出三天就又会毒发，本王可是会心疼的。"夏侯渊说着，从袖中取出帕子，状似温柔地擦着她脸上的水渍。

公子宸挥开他的手，起身退开，"不用你在这儿假惺惺。"

夏侯渊倒也没和她争执，回到了原来的地方坐下，"对于一个根本不信任你的人，你何必与我闹到这个地步。"

"你想用她威胁夏侯彻他们可以，但若你要伤了她性命，我也不会放过你。"公子宸冷声道。

这个计划一开始是她找她设想的，若是因此让她在这里出事了，她便就是凶手。

"我要的是夏侯彻和萧昱的命，不是她的。"夏侯渊道。

"你最好说到做到。"公子宸道。

但愿，在夏侯彻他们来救她之前，她在这里是没有性命之忧的。

夏侯渊也没有再待下去的心情，起身一边朝外走，一边道："最近我有事，你自己好好待着吧，但我劝你最好不要打去救人的主意，七杀堂的人可不是我这么好说话的。"

说罢，头也不回地离开了。

公子宸紧紧攥着手里的药丸，她要想办法尽快将东西送到淳于越手里，让他三天之内研制出解药。

否则，她再有毒发，夏侯渊就会发现她们的计划。

此时此刻，夏侯彻和青湮在雪域城追兵的一路围追堵截下，马不停蹄地朝着冥王教的边境狂奔，他们没有时间恋战，现在要做的只能是尽快回去集结兵马进攻雪域城。

夏侯彻一路都没有说话，一人一马跑在最前面，谁也猜不透他在想些什么。

一连三天三夜，一行人马不停蹄地赶路，终于离开了冥王教的势力范围。

然后，刚出了边境线，远方一行人马正朝着他们过来，直到人渐渐近了，沐烟头疼地捂上了眼睛。

这里已经一团乱了，萧昱竟然这么快又找到了这里，这到底是要怎样？

萧昱带着人快马而至，见出来的是他们，连忙勒马停了下来，快速地扫了一眼，下马问道："阿婧呢？"

沐烟望了望星辰，星辰望了望青湮，青湮望向夏侯彻，谁都没有说话。

萧昱一脸病容的面色有些吓人，看她们都沉默着没有说话，直觉不是什么好事，沉声质问道："夏侯彻，你把她带到哪里去了？"

为什么，他们都出来了，她却没在这里？

青湮抿唇沉默了一阵，下了马走近说道："她还在雪域城。"

萧昱似是不信，又看了遍所有的人，可他们沉默的神色却又在告诉他，她说的是真的。

"你们就把她一个人丢在了那里？"他颤声问道。

没有人说话，所有人都只是沉默着。

萧昱走到夏侯彻马前，伸手将他从马上拉了下来，"你不是口口声声地说要将她从朕身边夺走，现在你却将她留在那样的地方？"

"你以为朕想吗？一切都是因为你，因为要给你拿回救命的解药，她才骗了我们所有人，一个人留在了雪域城里。"夏侯彻怒然道。

萧昱狠狠一拳打在了他的脸上，怒然道："夏侯彻你给朕听着，若是她回来少了一根头发，朕必与你，永世为敌。"

"你我本来就是如此，又何必说这话唬人。"夏侯彻抬手摸了摸唇角的血迹，并没还手。

他知道，这是他欠他的。

自己确实将她留在了那个地方，而他之所以身中奇毒，也是为他的儿子挡了一劫。

"还有，凤婧衣这一辈子永远，永远都只会是北汉的皇后，不会再入你大夏的王庭。"萧昱咬牙切齿，一字一句地警告道。

情敌相见，分外眼红。

沐烟看着一脸凶狠都恨不得宰了对方的两个男人，不得不又一次暗叹，凤婧衣真是个祸水，瞧瞧都把好端端的两个人祸害成什么样了。

怎么就没男人，这么为了她来拼个你死我活呢。

还有，夏侯彻傻了吗，被人打了都不还手。

对于萧昱的愤怒和警告，夏侯彻没有太大的反应，只是道："朕现在没心情跟你争这些。"

他现在唯一想着的，是怎么尽快将她救出来，如此而已。

至于后面的事，他没有那个心力去多想了。

他只要她活着，从雪域城活着出来……

萧昱松开他的衣襟，也让自己从愤怒中冷静下来，纵是他与这个人有天大的恩怨，但现在当务之急是怎么救她出来，他也没时间再浪费在跟这个人的争斗上。

"你我之间的恩怨，朕也不想此刻再争论下去，现在我们要做的都一样。"

他从没想过，有一天自己会和这个人联手。

可若是能尽快尽早将她安全救出来，他愿意做任何事。

他也知道，仅凭现在重病在身的自己，是不可能一个人救回她的。

所以，他们之间的敌对和仇恨此刻都不再重要，重要的是怎么救她回来。

夏侯彻望了望他，似乎有些讶异于他所说的话。

这一刻，他不得不承认，这个人对她的爱，并不比自己少。

也难怪，她始终狠不下心肠背弃他，纵然不是男女之情，也有着她割舍不下的情分。

"你知道就好。"他冷声道。

萧昱望了望雪域城的方向，说道："现在有什么打算？"

关于雪域里面的情况，自己知道的远没有他那么多，所以营救的计划，必须是以他为主，自己从旁协助。

毕竟，他现在的身体状况，和对里面一切的了解，都没有十足的把握去救人。

夏侯彻瞥了他一眼，道："先去就近的甘州。"

萧昱没有再多问什么，转身上了马。

一行人立即起程前往最近的大夏甘州城，沐烟打马跟在后面，啧啧叹道："刚才还一副恨不得吃了对方的样子，这一转眼竟然还能友好地一起赶路了，两人脑子都不正常了。"

"沐烟！"青湮轻声斥道。

那两个人不是不怨恨敌对，只是在这样的关头，他们都知道最重要的事情是什么，为了那个人，他们愿意放下彼此的敌对，一切以她为重。

他们两个，谁都不希望她死，而他们若在这里争论对错，耽误的只会是身陷在雪域城的凤婧衣。

她能得这样两个男人的真心以待，是她的幸运，却也是她的不幸。

爱情的世界，从来只有两个人，如何容得下第三个人的插足。

夏侯彻痛恨萧昱的存在，萧昱又何尝不恨他横刀夺爱，可是在这样的时候，他们都放下了这些。

一行人奔赴甘州城，等在那里接应的方湛等人看到随行而来的人，个个都随之警觉起来了，怎么也想不通，皇帝怎么会把北汉皇帝也给带过来了。

夏侯彻一进门，便下令道："方湛，你带一万兵马到雪域附近的各个入口的方向，但凡是冥王教向雪域城集结的兵马，格杀勿论。"

夏侯渊知道他们会卷土重去，一定会下令让冥王教各分堂的兵马回去备战，与其等到那些人去壮大他们的兵力，不如半路就将他们截杀更安全些。

方湛怔了怔，拱手道："是。"

"林将军，陈将军，但凡周围各地有冥王教人的线索，一律出兵，投降者收押，冥顽不化者就地正法。"夏侯彻一边朝里面走，一边朝见驾的将领下旨。

在进攻雪域城之前，他必须切断他们所有的外援，让雪域城成为一座与世隔绝的孤城，到时候夏侯渊就守着那一城，看他还能有翻了天的本事么？！

"是。"两位将领接令离开。

夏侯彻带着他们一行人进了行馆正殿，道："将甘州附近的地图拿出来。"

话音一落，便有人将地图迅速地铺到了案桌上。

夏侯彻往主位一站，望了一眼站在一边的萧昱，说道："从甘州到雪域城这一路，有冥王教的四个关口，相信现在已经在增派兵马了。"

他说着，指了指四个地方的位置。

因为他们出来得快，所以沿路几个地方的人都没反应过来，虽然也有交手，但仓促之间，对方也没占到多大便宜。

"但是，这些都是易守难攻的地方。"夏侯彻面色有些沉重地说道。

萧昱听着，眉眼微微拧起，"继续说。"

不管什么龙潭虎穴，总要将她从里面救出来。

"这第一道关口，是在一片冰湖对面，如果对方将冰湖炸碎，我们就不能从冰面上走，可是一般的船只在满是碎冰的湖面也很难过去，而且那是数十丈宽的湖面，水里还有凶悍水兽，人游过去就更不可能了。"夏侯彻面色沉重地说道。

虽然这一切还没发生，但他也可以预想，对方为了防备他们进攻，会做出些什么。

"只有这一条过去的路吗？"萧昱问道。

"湖的两岸都是结冰的山石，根本难以攀爬。"夏侯彻道。

也就是因为这样易守难攻，所以冥王教的总坛才会设在这雪域城之内。

"那就没有办法过去了吗？"萧昱道。

夏侯彻沉默了一阵，道："起码，暂时还没有好的办法过去。"

这一关一关闯过去，都要费好些时间，要再进到雪域城，不知要到何时了。

萧昱沉吟了一阵，说道："那就现在出兵，趁着他们还反应不及之时，冲过一关是一关，总比将来被挡在外面过不去要好。"

对方要炸碎冰湖，也需要时间，现在带兵杀回去，应该还来得及。

夏侯彻赞同地点了点头，只是现在甘州的兵马有限，其他调来的兵马还在来的路上，因而现在也唯有他说的办法了。

"我去。"沐烟说道。

她最近早就手痒了，这样的时候怎么能不去活动活动。

青湮也跟着站出来道："我和沐烟一起带兵去，你们随后过来就是。"

他们还需要调兵遣将，不可能就为了那么一个关口，就让他们亲自出马。

夏侯彻点了点头，朝一旁的副将使了个眼色，"你带她们下去安排。"

沐烟一听兴奋地摩拳擦掌，跟着出去了。

夏侯彻凝视着地图好一阵，又下令道："传旨容弈，要他连夜到甘州来。"

边上一名将领一听，上前道："皇上，凤阳那边……"

凤阳是大夏与玄唐的重要关卡，玄唐皇帝最近一直图谋出兵，以报当年亡国之恨，但因为有容军师在那里，他也不敢贸然出手。

若是这个时候容大人来了甘州，他趁机出兵，那里可就要生出大乱子了。

萧昱也知道那人说的是何意思，道："此事不必担心，朕随后便修书与他。"

凤景若知道她现在被困在雪域城，定然也会过来相助救人。

论及关心她的生死，他并不比他们差。

那将领却还是执意看着夏侯彻，劝道："皇上……"

夏侯彻面色无波地下令道："去吧。"

他自己知道，心急之下自己必然可能做出失策之事，当局者迷，旁观者清，他需要容弈那样冷静而心思敏锐的人相助。

其他的事都安排好了，他继续向萧昱讲述着通往雪域城的重重关卡，以及雪域城内的情况。

虽然自己也不想与这个人联手，可是现在也顾不上那么多了，仅凭他自己也是很难有把握将人救出来的，多一个人总多一分胜算。

第六十二章
含恨求死

雪域城内。

凤婧衣已经被关进七杀堂三天了,一个戴着斗笠的黑衣人抱剑站在门外,除却吃饭或偶尔有事走开的时候,他都是那样一动不动地跟个石雕一样地站在那里。

她所在的屋子里,安静得只有她自己呼吸的声音。

她也尝试过向七杀说话,但那个人根本就像个石头人一样,根本听不进别人说的话,想来这世上除了冥衣的话,他是谁说的也听不进去的。

于是,她放弃了跟他交流。

直到,第三天傅锦凰到来,打破了这里诡异的寂静。

凤婧衣对于她的到来,一点也不讶异,她很了解她的禀性,知道她成了阶下囚,她一定会来看看,从而愉悦一下自己的心情。

"凤婧衣,想当年,你在宫里何等的得意,怎么也有今天了。"傅锦凰站在门口,嘲讽地笑道。

凤婧衣静坐在那里,抬眼瞟了她一眼,还以颜色道:"当年皇贵妃在宫里不也是宠冠六宫,怎么如今也落到流离失所的地步了。"

若非有冥王教的插手,她以为她今天还能活着站在这里跟她说话吗?

傅锦凰眸光一寒,举步进门道:"那还不是拜你所赐。"

事到如今,她若还想不到当年傅家的事是她搞的鬼,她可就真的白活了。

"难道你今天是来谢我的?"凤婧衣笑匠

"我是该好好谢谢你,若不是当年我尽早离开了大夏,今日又怎么能看到你这般下场呢。"傅锦凰冷笑道。

"那你慢慢看吧。"凤婧衣说罢，闭上眼睛，懒得再跟她废话了。

她知道这个人恨她恨得要死，但起码现在她还没有那个权力和本事来取她的性命，不过是来看看笑话罢了。

傅锦凰站在她的对面，看着一派悠闲自在地坐着的人，目光阴冷如毒蛇一般，"凤婧衣，你别得意，你现在是死不了，可是，我有的是办法，让你生不如死。"

"是吗？"凤婧衣眼也未抬道。

"今天，不过是来和你打个招呼，你等着吧。"傅锦凰说罢，转身离开了。

凤婧衣听到脚步声出门，抬眼看着她的背影，心中忍不住生出一阵寒意。

虽然过了这么多年，但这个人带给她的感觉，总是不怎么好啊。

傅锦凰从七杀堂离开，直接回了冥衣楼。

冥衣正在珠帘之后静静打坐，听到进来的脚步声，道："去哪儿了？"

"七杀堂，去看了看北汉皇后。"傅锦凰如实说道。

冥衣闻言掀起眼帘，冷冷地笑了笑，说道："看来，你还真是恨她入骨。"

她之所以将这个女子收在身边，便是觉得，她骨子里有些与自己相似的地方，一样的想要的一定要得到，一样的阴狠，而且很聪明。

她恨凤婧衣，就像她恨龙玄冰一样。

"只要我还活着一天，一定会让她死在我的手里。"傅锦凰咬牙切齿地说道。

"可是现在她还不能死，你暂且忍着吧。"冥衣道。

现在他们还要用她威胁大夏和北汉，杀了只会激起对方的仇恨和报复，那不是他们的目的。

"我知道。"傅锦凰道。

"知道就好。"冥衣说罢，又闭上了眼睛继续打坐，"等事情完了，我就将她交给你，到时候你要杀要剐，随你的便，可你现在是不能动她的。"

"长老，仅仅用她去威胁大夏皇帝和北汉皇帝，总归是有点不妥，若是侥幸被他们将人救回去了呢？"傅锦凰眸底掠过一丝深沉的寒意，缓缓说道。

"想从七杀的手里救回去，这世上还没有人有那本事吧。"冥衣冷哼道。

莫说是那两个小毛孩子，就算是龙玄冰和九幽两个人，恐怕也难以做到。

"可是，不怕一万，就怕万一，若真是被他们侥幸救去了，可不就功亏一篑了。"傅锦凰循循善诱道。

冥衣缓缓睁开眼睛，似笑非笑地说道："说吧，你又有什么主意了。"

她说出这番话，必然是有目的的。

傅锦凰掀起帘子走进里面，一字一句地说道："锦凰记得，冥衣楼里有一卷毒经记载，有一种蛊毒若是种到活人身上，可以控制人心智，让她做什么，她就做什么。"

冥衣听了，点了点头，"是有这么件东西。"

傅锦凰见她并无反对的意思，于是继续说道："我们可以用在她的身上，既不会伤及她性命，若是她被他们救了回去，我们以毒物控制，让她杀了夏侯彻和萧昱，不都是轻而易举的事。"

"可是，这种毒物要养在身上，需得一个月的时间，只怕还不到那个时候，大夏和北汉的兵马已经兵临城外了。"冥衣道。

而且，毒物若是用在意志力薄弱的人身上可以很容易，可若是用在一些意志力强大的人身上，可不是那么容易的事。

虽然不清楚那玄唐长公主是何等人物，但凭她这些年的所作所为也可以想到，定然也是个意志力非同一般的人，要想以那样的毒物控制她，自然也不是那么容易做到的事。

"事在人为，凭冥衣楼的经验，要完成应该不是难事。"傅锦凰道。

冥衣听了，沉默思量了一阵，随后轻轻点了点头，"就照你说的去办吧，但我还是那句话，别让她死了，起码，别让她在大夏皇帝和北汉皇帝来之前就死了。"

傅锦凰知道她是答应了，于是微笑颔首道："是。"

凤婧衣啊凤婧衣，如果有一天，你亲手杀了你所爱的男人，该是何等的心痛至死啊。

雪域境内的第一关口，沐烟和青湮带兵赶去的时候，冥王教的人果真是准备炸碎湖面，不过好在她们先一步赶上了。

经过一个时辰的交战，第一道关口终是被她们拿下了。

只是，原本一片雪白的冰湖之上，已然是血流成河，流淌在结冰的湖面，显得格外刺目。

"青姑娘，沐姑娘，第二道关口已经关闭了。"前去打探消息的斥候回来禀报道。

青湮望向雪域深处，叹了叹气道："知道了。"

原本已经尽力以最快的时间拿下这里，以为可以有机会赶到第二道关口，终究还是晚了一步。

"管它关没关，杀过去再说。"沐烟斗志昂扬地道。

"你难道忘了，那是要上到数十丈高的悬崖上面去，只怕还没上去，先被上面的人乱石砸死吧。"青湮面无表情地说道。

沐烟一听也确实是这个道理，于是骂道："建这雪域城的人真不是个东西。"

每一道关口都是天险，守的人容易，攻的人难。

"现在也只有一步一步来了。"青湮想到雪域城内如今已落入敌手的人，心情不由得一阵沉重。

"我在这里看着，你先回甘州城吧，别回头那两个再打起来了。"沐烟道。

青湮望了望周围，安顿好了事情，独自一人先回了甘州。

第六十二章　含恨求死

回去的时候，萧昱已经着况青传令集结了各方五万兵马，三日内赶到甘州边境。

"第一道关口已经拿下了，只是那悬崖上的守军已经发现了，咱们要再想上去，恐怕没那么容易了。"青湮进门向夏侯彻和萧昱两人禀报道。

一般，都是那悬崖上面的机关放下吊篮人才能上去，如今他们知道有敌人来犯，自然会在上面严加防守。

莫说那悬崖峭壁不易爬上去，即便上去了，上面的人也能轻而易举出手将人打下来。

"你们已经尽力了，后面只有一步一步来了。"夏侯彻道。

她们那样仓促带人前去，还能将第一道关口拿下，已经是很不容易的事了。

萧昱坐在一旁，以拳抵着唇咳了一阵，青湮看他面色比之前还差了，于是上前劝道："你先去休息吧，空青应该快要赶过来了。"

他现在这样重病在身，本就不适宜在外奔波，如今又忧心雪域城的人，身体自是负担更重了。

萧昱轻轻摇了摇头，道："无碍。"

虽然现在身体欠佳，但不想在营救她的事情上缺席，亦不想在夏侯彻的面前示弱。

青湮大约也猜到他的心态，想了想说道："不然你先带人到沐烟那里，随后在那里会合也行。"

哪个男人，愿意在自己的情敌面前示弱呢，可是他现在的身体状况实在让人忧心，加之后面还要交战，要他退出也肯定是不可能的。

所以，能让他休养一时是一时，否则后面再出了什么事，可就枉费了她那么千辛万苦地拿到解药。

萧昱想着去了那里，可以去一下第二道关口，亲自观察一下地形，看有无可能尽快拿下那里接近雪域城，于是点了点头道："好吧。"

反正，这里该商议的地方已经商议完了，再留在这里也与夏侯彻没什么话说的。

他扶着椅子扶手起身，带着几个亲信离开了。

夏侯彻淡淡地抬头看了一眼，一句话也没有说。

纵使，他们都看彼此不顺眼，但终究还是一样忧心着雪域城里的她。

萧昱离开甘州就直接去了雪域城的第一道关口，沐烟远远看到他带着人过来了，便迎了上来，"你上这来干什么？"

他现在这病恹恹的样子，一阵风都能把人吹跑了的样子，这里风大雪大的，可别再吹出个好歹来，等不及凤婧衣的解药送回来就一命呜呼了，那可就麻烦大了。

"带朕去下一道关口看看。"萧昱马都没下，说道。

沐烟知道他是想尽快赶到雪域城救人，便上了马带着他前往下一道关口的方向，但显然她跟这样的大人物都是没什么话可说的，带到了悬崖下方的地方说道："就是这里了，要想往雪域城去，只有这悬崖上面放下的吊篮能把人载上去。"

萧昱勒马停下，四下仔细打量了一番，"只有这一条路上去吗？"

"这就是冥王教人的奸诈之处，沿路这样的天险之地比比皆是，外面的人要攻进去，根本是九死一生。"沐烟愤然道。

萧昱抬头望向高不见顶的悬崖，喃喃说道："当年有人能上去建了这样的机关，我们必定也能不用他的机关上去。"

沐烟听了仔细一想，也确实如此，这机关建成之前，建机关的人又是怎么上去的。

"我带人到周围看看。"

这些挨千刀的，等她爬上去了，一定要一泄心头之恨不可。

"有劳。"萧昱浅笑，由衷谢道。

虽然他更想自己亲自去，但也自知现在的身体状况不允许，他需要暂时休养一下，以备后面到达雪域城救人。

沐烟带着几个人先走了，到周围去找是否有上山的路。

萧昱打马在周围细细观察了一遍，方才带人返回到第一道关口的地方，过去的时候空青已经赶过来了。

空青看到下马之人面色有异，便先上前把了脉，神色沉重地道："先进屋吧。"

原本他只能静养的，最近却一直奔波在外，即便到夜里该休息的时候，也是处理着丰都送来的加急奏折，整个人一直在急剧消瘦。

萧昱沉默地进了屋内，由着空青忙活着诊脉施针，突地问道："你有没有办法，让朕一天之内功力能恢复到七八成？"

若是到了雪域城，以他现在的样子，莫说是去救她了，便是自保都成问题。

"你是不想活了？"空青面色一沉道。

原本毒性就不断在蔓延，身体每况愈下，竟然还提这样的要求。

"别的你不用管，你只告诉我，有没有办法就是了。"萧昱道。

他当然怕死，可他更怕死的人会是她。

她孤身犯险去为他寻取解药，他总不能什么都不做，眼看着夏侯彻一个人去救她。

"没有。"空青道。

强行提升人功力的药物，同样都是有毒之物，对身体损耗极大的，一般人尚且承受不住，何况他现在这个只有半条命的人。

萧昱目光沉沉地望同说话的人，道："朕知道，你有办法的。"

若真是没办法，他方才说话不是那样的口气。

"你自己的身体现在是什么状况，你自己清楚，再用那样的药，即便拿到解药解了毒，你也好不到哪里去。"空青口气不善地说道。

他也知道他是急于救人，可是总要量力而行，身为医者，自己的病人却一再地不要命，让他一直的救治也不见成效，实在是件让人恼火的事。

"若是不能救了她出来，朕即便长命百岁了，又有何用。"萧昱道。

他从来不曾想过，自己的生命中缺失了她，会成为什么样子。

"这么多人都会救她，就算你不去，也一定会把他救回来。"空青耐着性子劝说道。

萧昱笑了笑，望着他缓缓说道："难道，朕的妻子，却要指望着夏侯彻去救她吗？"

北汉的皇后却要指着大夏的皇帝去救回来，这对他是何等的耻辱。

更重要的是，他不能再在她的心里输给他了，再输他就真的一无所有了。

空青看着满是恳求的目光，深深地沉默了下去。

这世上任何一个男人都不会希望自己所爱的女人，是由自己的情敌救回来的，更何况是他这样的人。

凤婧衣与夏侯彻已经育有两个孩子，如今虽然有着北汉皇后的身份，但对于夏侯彻还有着很深的牵绊，若是这一次的事再让两个人纠缠下去，恐怕……

这也难怪，他会如此紧张，如此不惜一切也要自己去救人。

"我最多能让你撑三个时辰，过了这个时间，你身体会吃不消的。"他郑重道。

萧昱敛目想了想，点了点头说道："应该够了。"

三个时辰，应该已经是他最大的退让了。

"但是，在那之前，你必须得好好休养，否则到时候药效过了，身体损耗太大，你能不能清醒着都是问题。"空青说道。

萧昱想了想，点头道："可以。"

虽然这几道关口不好过，但总还是有办法的。

第三日，北汉接到圣旨赶来甘州附近的兵马已经陆续到了，各军的将领纷纷到了雪域边境面见了萧昱，最后一天跟着况青而来的，还有连夜从玄唐赶过来的凤景。

沐烟带人去寻找上山的路到天快黑的时候才回来，远远看到一行人过来便停了下来，直到对方走近了些才看清是况青和凤景。

可是，后面雪地里一条庞然大物跟着刷刷地前行，着实吓得她跳下马就跑，一边跑一边骂道："凤景你个臭小子，干吗把它带过来。"

也不知怎么的，她那个"小师叔"跟凤景格外的亲，除了白笑离，就最听他的话。

那绿蟒大约是听到了她的声音，迅速地就追了过来，刷地一下在雪地里滑了过来挡住了她的去路，庞大的身体打到了一棵树，树上的积雪登时盖了沐烟一身。

她哭丧着脸道："小师叔，你不是不喜欢冬天的吗，去找暖和的地方啊，别到这里来。"

她不喜欢和它相处啊，一看到它就忍不住汗毛直竖，平时都是能躲多远，就躲多远的，它现在竟然跑到了这个地方来。

现在，那么绿油油的一大条在雪地里，实在太过刺眼了。

况青看着一向天不怕地不怕的人被一条大蛇吓得哭笑不得的样子，不由得一阵好笑，但也顾不上太多，便对边上的凤景道："我们先进去吧。"

凤景跟着下了马，朝着里面的房屋走去，一进门看着坐在炉火边满是病容的萧昱，便道："萧大哥。"

萧昱扭头看了看来人，并没有太大的意外，之前阿婧离开丰都之事，凤景也是一直在打听消息，如今知道她陷在雪域城，自然也不会袖手旁观地等着了。

"你来了。"

凤景连一身雪也没顾上掸去，便追问道："皇姐她怎么样了？"

虽然当年因为孩子的事，皇姐与她决裂，但他在这世上最亲的人，却依旧是她。

"坐下再说吧。"萧昱勾起一丝苍白的笑意，温声道。

凤景解下披风，在炉火边坐了下来，等着他开口说话。

"她现在在雪域城，不过对方暂时应该不会伤及她性命，我们都在尽力准备救她出来。"萧昱镇定地说道。

"那有多大的把握？"凤景紧张地问道。

虽然对雪域城的情况不怎么了解，但也知道冥王教是不好对付的。

"不是多没少把握的事，是一定会救她回来。"萧昱笑着说道。

凤景低头沉默了一阵，问道："我能帮上什么？"

他知道，也许现在皇姐都还在生他的气，可是她现在身陷险境，他终究还是不能不管的。

"先一起在这边等着吧，我们在想办法上那边山上，可是现在那里只有悬崖上的机关放下吊篮才能上去。"萧昱如实说道。

"让我试试看能不能上去。"凤景连忙道。

他在青城山的山林里，什么悬崖峭壁不曾攀爬过，若是能先上去启动机关，兴许就能让下面的人上去了。

"可是现在上面的守卫严密，贸然上去很难。"萧昱道。

人在半空之中，对方放箭，放山石，都能轻易逼退他们。

凤景拧眉思量了一阵，望向空青道："你的雪鹰能上去是不是？"

空青想了想，点头道："可以。"

"如果让雪鹰将金花谷的毒物放上去，到时候上面一片混乱，我趁乱上去应该就轻而易举了。"凤景望了望两人，说道。

萧昱想了想，却还是有些担心，"那里的悬崖很陡峭，且这里风雪很大，不比其他地方。"

虽然他急于救人，可也不能因此不顾他的生死。

"我会小心的，现在救皇姐重要。"凤景道。

她在里面多待一天，就多一天危险，他们总不能一直在这里干等着。

萧昱沉默了许久，说道："等到明天再说吧，你一路赶过来，也需要休息。"

这不失为一个可行的对策，但既然与那个人说定了要一起救人，所以此事还是也要让他知道为好。

凤景想了想，也知道现在天已经黑了，不便上山去，于是道："好吧。"

因着连夜赶路，与萧昱谈过话之后，他便早早睡了。

次日，天刚刚亮，便听到外面传来嘈杂的声音，他披衣下床起来，刚从房内出去便看到一身黑羽氅的男人带着一行人过来。

一瞬间，仇恨的血液都滚烫起来，他拔剑便快步冲了过去，"夏、侯、彻！"

夏侯彻何等身手的人，当即便反应过来，制住了他闪电般劈来的一剑。

沐烟紧跟着萧昱一起出来，一看到外面已经交上手的两人，不由头疼地抚住眼睛，这都是些什么人。

情敌，仇人，全都凑在这里了，一个看不住都能杀得你死我活啊。

凤景眼底满是血色的锋芒，恨不得将眼前的人千刀万剐以泄心头之恨。

萧昱快步赶上前按住他的手，劝道："凤景，现在不是意气用事的时候。"

他知道凤景恨夏侯彻，可是现在不是追究那些事的时候。

凤景怔怔地望向他，"为什么他会在这里？"

萧昱沉默了一会儿，说道："他会跟我们一起到雪域城救人。"

他很清楚凤景对于这个人的敌视，可是现在大敌当前，他们只能都暂时放下个人恩怨。

"他？"凤景剑指着夏侯彻，痛声问道，"玄唐的长公主，北汉的皇后，竟要指着他大夏皇帝去救吗？"

萧昱苍白的唇勾起苦涩的笑，却是劝道："现在不是说这些的时候，先救你皇姐出来要紧。"

他何尝想到这个地步，可是现在自己重病在身，冥王教内又高手如云，但凡能多一点救出她的机会，他都不想放弃。

即便那个机会，来自他最痛恨的人。

"如果这样救了她出来，她到头来要是和那个人在一起，我宁愿……宁愿她就死在雪域城里！"凤景愤怒地以剑指着夏侯彻，痛苦地说道。

原本接到消息说皇姐和夏侯彻一起离开了，他还不曾相信。

可是这一刻，看到他出现在这里，他想他所害怕的一切，终究还是发生了。

"凤景！"萧昱眉眼一沉，唤道。

"这天下只有身为玄唐长公主的凤婧衣，只有身为北汉皇后的凤婧衣，没有勾结敌国的凤婧衣！"凤景决然说道。

她就那样爱上夏侯彻，并和他生下了两个孩子，若是最终还要和他在一起——

那他们这么多年的苦算什么，素素和老丞相的死又算什么？

夏侯彻面目平静地站在原地，对于凤景的话没有发表任何意见，他恨他是应该的，只是没想到他竟恨他如此之深。

也在这一刻，他渐渐理解到，她面对自己一再表示的情感，只能沉默的理由。

她唯一的亲人如此痛恨他，玄唐与大夏那样敌对，与她十年相伴的萧昱如此敌对他，她怎么敢和他在一起，怎么敢说出一句爱他的话语。

"凤景，她是你阿姐。"萧昱痛心地劝道。

"她已经不是以前的阿姐了。"凤景说着，瞬时红了眼眶。

青湮是跟在夏侯彻后面一起过来的，看到这一幕也只能暗自叹气，凤景对大夏的敌意太深了。

其实他原本不是这样的，只是他喜欢的女子因为夏侯彻而死，他好不容易让自己强大起来想要保护自己唯一的亲人，可是他的皇姐又被他以另一种方式夺走了。

这让他如何不对夏侯彻和大夏心生恨意。

夏侯彻淡淡地望了望对自己一脸愤恨的人，虽然现在不想与他这么水火不容，但终究也不是什么善于讨好别人的人，毕竟自己是真的曾经杀过他，又岂是现在三言两语的话就能化干戈为玉帛的。

索性，也懒得多说什么了，带了自己的人先进了里面的正堂。

沐烟一看不远处盘着的"小师叔"赶紧缩回了屋内，不敢再去多逗留，生怕再被它给找上了。

青湮走近凤景和萧昱身旁，道："他说他上峰顶上去。"

她说的他，自然指的是夏侯彻。

"不需要他。"凤景沉声道。

青湮叹了叹气，劝道："凤景，不要意气用事，现在多耽误一天，公主在雪域城就多一天危险，陛下重病在身，现在先救人要紧，不管什么样的恩怨，也请暂时搁下好吗？"

凤景恨恨地咬了咬牙，终究还是无言地沉默了下去。

"别再说什么气话了，难道你还真希望你阿姐死在雪域城不成？"萧昱拍了拍他肩膀，叹道。

凤景别开头，不愿说话，他怎么会希望他唯一的阿姐死呢？

他只是不希望她跟夏侯彻走在一起，可不知道怎么的，她就是一步一步地还是跟那个人走近了。

萧昱闷声咳嗽了一阵，道："那我们先进去了。"

"嗯。"凤景应了应声，便自己走开了。

萧昱与青湮一同进了正堂，高坐在正位上的夏侯彻看到两人进来，便直接道："今日朕先上峰顶。"

第六十二章 含恨求死

虽然有些难度，但他们没有时间再拖延了。

"凤景应该也要上去。"萧昱说道。

虽然他也想自己走一趟，可现在的身体状况，只能安心休养几日，以准备雪域城内的一战。

夏侯彻薄唇微抿，沉默了一阵道："不必，人多麻烦。"

"我跟你们一起上去。"青湮说道。

峰顶之上有多少人，是什么情况都不知道，多一个人上去也好互相照应。

现在，他们之中有能力上去的人，也只有他们几个了。

说完，望了望一旁的沐烟，"你也去。"

沐烟一听直摇头，"我不干，山石那么硬，指甲都给刮断了。"

青湮冷冷瞥了她一眼，也不做强求。

空青出声道："等你们快到峰顶之时，放下东西为信号，我就让雪鹰将装有毒物的罐子放下去，趁着上面一片混乱，你们上到顶上能更顺利一些。"

青湮点了点头，道："如此更好。"

"事不宜迟，现在就走。"夏侯彻起身道。

这一道关口过了，后面还有两道关口，要进到雪域城内也不是那么容易的事，他已经一刻都等不了了。

青湮跟在他身后出了门，萧昱等人紧随其后，一边走一边吩咐了将领集结兵马，到悬崖下方备战。

凤景一路走在青湮之后，神色颇是沉重，虽然不愿与夏侯彻同行，可现在皇姐被困在雪域城，生死不知，他只能先以救人为重了。

三人策马到达悬崖下方，夏侯彻下了马，什么也没说便徒手先攀爬而上，青湮望了望凤景，道："走吧。"

两人紧随其后，跟着上去了。

沐烟在不远处被大青蛇追着上蹿下跳，一咬牙也跟着他们一起上了路。

悬崖峭壁，几人没有任何绳索借力，只能徒手攀爬而上，渐渐越去越高，下方的人都看不见人影了。

凤景不甘落于其后，奋力追在夏侯彻之后，却因为太过心急，一手抓在了结了冰的岩石上，冰触手微微融化霎时滑了手向下坠去，这一掉下去便定然是个粉身碎骨的下场了。

电光石火之间，一人抓住了他稳住了他下坠的身形。

他抬头一看，救下自己的竟然是他最憎恨的夏侯彻，一时间又是痛恨自己，又是羞耻难当。

青湮在下面伸手托住了他的脚，出声道："还能走吗？不行你先下去等着。"

凤景稳住心神，一手抓住岩石，夏侯彻也随之松开了他，转头什么也没说，一人在前继续攀爬而上。

青湮抬头望了望最上方的人，不得不承认这个人因为凤婧衣，确实改变了很多地方。

若非是因为不想凤景死在这里会伤了她的心，以他禀性绝不会出手去救一个不相干之人，更何况这个人曾经还险些害死了他的孩子。

过了好一阵，最上方的夏侯彻停了下来，冲着他们伸了伸手做出停下的手势，几人停下来便隐约听到上方传来了人声。

他们知道，快要到峰顶了。

青湮将绑着红布的短刀掷了下去，不一会儿下方萧昱等人便接到了信号。

空青抚了抚蹲在马背上的雪鹰，然后将装着毒物的小木盒子放到了手心，雪鹰振翅而飞，盘旋了两圈俯冲下来，爪子抓起了他手里的东西便飞往峰顶之上了。

夏侯彻几人贴在悬崖的山石上，过了一会儿听到上面此起彼伏的惨叫声，便知是空青让雪鹰将毒物放上去了，于是三人趁机加快速度上了峰顶。

上面的人正因为一个接一个的人离奇中毒而陷入恐慌，哪里料到这个时候会有人从下面爬了上来。

几人与敌人交上手，夏侯彻和青湮便先去了启动吊篮的机关处，将峰顶运人的几个大吊篮一起放了下去，好让下面的人上来。

虽然峰顶有不少教众守卫，他们几人并不急于和对方拼杀，而是只守着放置机关的地方，以确保下面的人都能安全上来。

随着上到峰顶的兵马越来越多，一场混战在一个时辰之后终于结束，大多数击杀在此，一小部分往雪域城的方向退了。

夏侯彻没有下令穷追猛打，却是在最快的速度里与自己几名亲卫换上了冥王教众人的衣服，戴上了一样的面具，很快跟上了那些人。

沐烟目瞪口呆地看着远处追上去混入敌营的人，叹道："这也太不是东西了吧。"

她本以为拿下了第二个关口，会歇上一天两天的再图谋第三个关口，他竟然这就先带人冲上去了，气都不带喘一口的。

萧昱快速安排好这里的事，就带人一路跟了过去。

如果夏侯彻他们成功混进第三道关口，他们就能接着拿下那里，离雪域城就更近了。

事情果真如他所料，他们接着拿下了第三道关口，全歼了守关的冥王教人。

可是最后一道关口却将他们难住了，于是只得暂时停下，休整兵马再作打算。

他们这里是血雨腥风，雪域城内的凤婧衣却亦是生死攸关，她从一开始被关在了屋子里，现在成了被人绑在木架上。

傅锦凰成了这间牢房里的常客，每天早晚都要过来"探望"她一下。

她说是探望，其实是来取她的血饲养蛊虫，她不清楚那是什么，但预感不会是什么好的东西。

只是从傅锦凰的口中得知，那是冥衣楼传下来的老蛊，因为许久没用了，所以需要新鲜的人血喂活过来。

论起折磨人，傅锦凰一向是个中高手。

每天早晚过来是要取她一杯血，可她会放她一碗血，再慢悠悠地给她伤口止血，而且每次取血都不在一个地方，今天左手一刀，明天右手一刀。

她想，要是再晚些天出去，自己这双手可就真要废在她手里了。

天刚刚黑，傅锦凰又掐着时辰过来了，手里已经端着每天会拿过来的那个玉罐子，可她从来不会给她看里面是装着什么东西。

不过，今天她似乎看起来格外的开心，眉眼间的笑意有些让她心生寒意。

傅锦凰放下东西，走近到她面前，笑着说道："不用太担心，今天是最后一次取你的血了。"

"你会那么好心？"凤婧冷然笑道。

"当然不会。"傅锦凰说着，手中的小刀划开她手上的血脉，看着殷红的血流到杯子里，缓缓说道，"因为一会儿过后，就会让你有新的事儿做了。"

凤婧衣目光移向不远处放着的玉罐子，心中陡然生出一股寒意。

傅锦凰取了血走到桌边，将血倒入了玉罐子里面，然后端着走到了她的面前，笑着说道："你知道这是什么东西吗？"

凤婧衣看着玉罐子里的东西，呼吸一阵颤抖。

一开始看不见是什么东西，但里面的血却渐渐地减少，好像被什么东西渐渐吸干了，最后玉罐之中只剩下了一条细小的血色的小虫子。

难以想象，那样小的一条虫子，每天竟会把两杯血都吸干了。

"这是冥衣楼里很宝贝的一件东西，我们叫它子母傀儡蛊。"她说着含笑一瞬不瞬地盯着她，说道，"这就是子蛊。"

"你想干什么？"凤婧衣道。

"教王有令，现在还不能杀你，我自然也不能杀你。"她一边说着，一边拿着竹夹子将罐子内的血色小虫夹出来，缓缓放到了她还流着血的伤口处，"不过，我却有的是办法，要你生不如死。"

凤婧衣瞪大了眼睛，看着血色的小虫接近自己的伤口之时兴奋舞动的样子，咬牙想要挣开被绑着的手，却被傅锦凰一把按住了，只能眼睁睁地看着那不知来路的血色虫子钻进了她的伤口处，随即一股彻骨的寒意袭遍全身。

傅锦凰扔掉手中的玉罐子，慢慢地解开了她身上的绳索，看着她坐在地上极力想要把毒虫逼出来的样子不禁有些好笑。

"你死心吧，它出不来的，除非到你身上的血，化为一具白骨的时候。"

"你……"凤婧衣咬牙切齿地瞪向她，没想到她竟会使出如此阴毒的手段。

傅锦凰取出袖中的一截短笛，说道："从今天开始，你就会慢慢被笛子的笛声所控制，让你干什么，你就会干什么。"

凤婧衣望向她手中的东西，才发现那截短笛不是一般的笛子，而是一截人骨所制的骨笛。

傅锦凰把玩着手中的骨笛，微微倾身，缓缓说道："到时候，要你杀了谁，你就会去杀了谁，无论……他是夏侯彻，还是萧昱，还是……你的亲生骨肉。"

短短几日，夏侯彻一行人已经逼近到了第四道关口。

可也就是第四道关口，生生将他们阻隔在了雪域城之外，不仅有天险阻隔，还有教内第一高手七杀的到来，也让冥王教众士气大振，严严实实守住了第四道关口，虽然勇猛如夏侯彻，却也被生生拦下了去路。

青湮一清早起来，一开门便看到远处眺望着关口的夏侯彻，黑色的斗篷上已经积了厚厚的一层雪，从昨天夜里就看到他在那里，恐怕是站了一夜了。

她知道他心急如焚，他们都想尽快赶到雪域城内，可是昨日与七杀的一番交手，她和沐烟，加上他和凤景，四人联手都只勉强和对方战个平手。

这个对手，远比他们预想的还要难以对付。

可是，一天不能战胜七杀，他们就一天不能进到雪域城里，这个人风雪中独立一夜，另一个又何尝安眠了。

他们已经被阻在这里三天了，雪域城内也不知是何情形了。

自凤阳赶来的容弈，安顿好军中将士，走近前去道："目前来看，我们很难取胜了。"

一个七杀，就让他们几个人疲于应对，更何况守关的还有七杀堂下的众多高手，这一仗他们是真遇到对手了。

虽然他更想他能就此放弃，可是以这个人对凤婧衣的痴狂，又岂会轻易放弃。

"朕没有退路。"夏侯彻决然道。

他当然知道这一次的敌人非比寻常，可是她将她的生死托付于他，他又怎么可以放弃。

她还在雪域城内等着他，他又怎么能止步于此。

"我知道你非救她不可，可也不能不管不顾，那两个孩子毕竟还小。"容弈平静地说道。

这个时候，说这样的话，本是不合适，可是为了救一个人，把自己的性命也搭进去，让两个孩子以后无依无靠，这实在不是什么明智之举。

他是个臣子，只知为大夏朝堂大局考虑，理解不了他跟那个人之间的爱恨纠葛。

"朕知道。"夏侯彻有些烦躁地打断他的话。

难道他想自己的孩子成为无父无母的孤儿吗？

他说过要和她一起活着回去的，如今又怎么能丢下她一个人在那样的地方。

"可是现在这样耗下去，也不是办法。"容弈冷静地说道。

前日赶到这里时，他被聚集在这里的人给震惊了，这样一堆曾经个个都杀得你死我活的人，现在竟然能站到了一起，简直让他难以置信。

而这一切的原因，只是因为要救一个人，一个对他们而言都很重要的人。

青湮站在不远处，听着两人的谈话，走近道："再等两天，空青已经放雪鹰通知淳于越他们了，如果我师傅能赶过来相助，我们就能赢了七杀。"

凭他们五个是很难从七杀手上胜出的，但如果师傅或是九幽能赶来相助，情势就会彻底逆转了。

七杀的难以对付超乎他们的预料，而雪域城内凤婧衣正经受的一切，更是所有人都不曾想象到的。

夜色中的雪域城，渐渐安静了下来。

公子宸成功地将解药送到了淳于越的手里，淳于越也在短短的几天内找出了解药的配方，加之赖在冥衣楼内九幽相助拿到需要的药物，解药也成功配制出来了。

一粒交给了她解毒，一粒留着准备送出雪域城给萧昱。

解药配制出来，这也让她一直紧绷的神经放松了几分，可是关于凤婧衣的消息，却一直打听不到。

只是听人说，七杀出了雪域城，她交由了冥衣楼看管。

天一黑，城内的人都急色匆匆地赶路回家，她回去的路上被人撞到了好几回，不由开始纳闷儿起来了，这城里以前一到夜里还是热闹的，最近是怎么了，一入夜一个个都跟鬼似的了。

"夫人，咱们快些回去吧。"侍从一边左顾右盼，一边紧张地催促道。

"这不是走着吗？"公子宸道。

侍从听了也不好再催，于是道："天黑了，安全起见还是让侍卫护送回去吧。"

公子宸不耐烦地停下脚步，道："你吞吞吐吐到底要说什么？"

直觉告诉她，这城里的气氛总有些怪怪的。

那侍从站在她跟前，四下望了望，开口的声音都有些颤抖，"听说这城里最近死了好多人，一到夜里就有个杀人魔出来行凶。"

"杀人魔？"公子宸冷然嗤笑。

这雪域城里，还有人敢杀人，真是笑话。

"夫人，这是真的，前些天死了三个，还有一家五口人。"那侍从压低着声音说道，一边说一边打量着四周，生怕那个杀人凶手会出来一样。

"行了，走吧。"公子宸懒得再追问，可想着却也觉得蹊跷，雪域城内一向禁止内斗，怎么平白冒出来杀人的事，而且还是夜夜作案。

若是一天也就罢了，可是事情频发，夏侯渊那里竟然没有说追查凶手的消息，好似还是在放任，这就未免让她不明白了。

按理说，自己的教众接连被害，怎么也该把凶手抓起来。

一路回了住处直到深夜，她也没能想明白其中到底怎么回事。

大约是因为雪域城外面守卫森严了，夏侯渊也没再让派人处处跟着她了，就连她出门只要不是出城，他都不再过问了。

夜静更深，万籁俱寂之时，外面突地传来隐隐约约的笛声，可那笛声却又与一般的笛音不同，不是轻灵悦耳，更像是低哑的悲鸣，透着一股子邪气。

她起身到了院子里，想要听得更清楚一些，候在偏房的侍从一听到响动，赶紧跟了出来，"夫人。"

"这是哪来的声音？"公子宸一边循着声音往外走，一边问道。

"夫人……"侍从拉住她，战战战兢兢地劝道，"这个时辰了，千万别出去，最近就是夜里有这样的笛声，那个杀人魔才出现的……"

她这要是跑出去，有个三长两短，她和侍卫们回头怎么向教王交代去。

公子宸站在原地，听着夜色之中隐隐约约的诡异笛声，越听越有些不安，道："我出去看看。"

"夫人，夫人……"侍从小跑着跟在她后面，拉着她一再劝道，"夫人，你若真要出去，还是先让人禀报教王大人吧。"

虽然她对那个杀人魔的事知道得并不是很多，但最近听人说每天都是在笛声响起之后，城中便有人被杀了。

近些日来，城里都人心惶惶的，天一黑都没有人敢出去。

"我的事，要他管。"公子宸甩开她的手，快步出了门。

侍从急得直跺脚，虽然她也不想这个时候出去，可是月夫人要是遇了险，她也难逃罪责，于是赶紧找了就近的守卫带着人一起出去护卫。

夜深人静的雪域城，因着最近频频死了人，夜里没有人敢出来走动，大街小巷安静得就像一座死城一样。

公子宸趁着月色，循着那断断续续的诡异笛声而去，直觉告诉她应该去探个究竟。

声音越来越近，越来越近，她却看到不远处一处房屋火光滔天。

一个人从着火的房屋里提着刀缓缓走了出来，沾着血迹的刀在月光下泛着慑人寒光，等到那人渐渐走近了，她看清了面容，瞬间如遭雷击。

近日城里传得沸沸扬扬，人人为之忌惮的杀人魔怎么会是……凤婧衣？

她是她的模样，可又好像不是她，她的眼中死寂一片，与其说她是个人，不如说她是具行尸走肉，那根本不是她所认识的凤婧衣。

"阿婧……"她轻声唤道。

渐渐走近的人闻声停下了脚步，可是手中还在滴血的刀转瞬便毫不留情地劈了过来，招招直取要害，她虽然极力避过了，却还是受了几处轻伤。

"凤婧衣，你醒一醒！"她一边闪避，一边喝道。

可是，她却丝毫听不进她的话，手中的刀快如流光直刺向她咽喉，若非赶来的侍卫及时拉开了她，那一刀就真的要了她的命了。

她看着手起刀落，杀人不眨眼的人，想冲上去拦住她，却被后面的人一把拉住了。

"别过去。"

公子宸扭头望向夏侯渊，眼中满是愤怒与恨意，"你干什么？"

夏侯渊面色平静，沉默地望着不远处与人混战的凤婧衣。

公子宸一把揪住他的衣襟，愤怒地质问道："你到底对她做了什么，让她变成了这个样子？"

凤婧衣不是没有杀过人，可她不会这样无缘无故地杀人。

"起码，她不会死。"夏侯渊淡淡说道。

"她这样，比死了还痛苦！"公子宸怒然道。

她从不是嗜杀之人，让她造这么多杀孽，若是她清醒过来知道了，又岂会好受。

夏侯渊目光淡淡地看着，说实话他也不想把那样一个人变成现在这个样子，可是冥衣楼这样做了，他也不能说不。

渐渐地，夜色中诡异的笛声停了下来，凤婧衣似乎也渐渐回复了几分理智，四下环顾一地的死尸，胸腔阵阵血气翻涌，腿一软跪在了地上。

"阿婧！"公子宸快步跑了过去，眼中泪光闪动。

凤婧衣怔怔地看着自己沾血的手，渐渐忆起了自己又干了什么……

公子宸跪在她的面前，不争气地落了泪，"这不是你的错，不是你要杀他们。"

"可就是我杀了他们。"凤婧衣看着自己满手的鲜血，说道。

她也不知道那个时候自己在做什么，可就是身体都不听自己使唤了，明明不该那样做，握刀的手却控制不住。

就好像，自己的身体里还有另一个自己，住进了一个恶魔一般。

一开始，傅锦凰跟她说起那毒物之时，她以为自己不会受她控制的，一开始她也确实做到了。

可是渐渐地，她清醒的时候一天比一天少了，不知道自己在做什么，可一旦清醒过来之时，自己都是这样一身的血迹。

她不知道她杀了人，却会从傅锦凰的口中知道，自己做过了什么。

她知道，她没有那么坚不可摧，自己终究是越来越控制不住自己了，只要傅锦凰一吹起骨笛，她就会跟着拿起刀去杀人，不管那些人该不该死，不管那些人是什么人，她都会毫不犹豫地杀掉他们。

"宸月。"她抬起满是泪光的眼睛，低声乞求，"求你帮帮我，在我犯下大错之前，让白笑离和九幽……杀了我。"

"不，不，还有办法的，一定还有办法的。"公子宸泣声摇头道。

她得有多绝望，才这样地求她杀了她。

"答应我，求你答应我，我不想再杀人了。"她低着声音，乞求道，"我不想有朝一日，自己亲手杀了我所爱的人和爱我的人，不要再让我酿成大错。"

她知道，傅锦凰已经得逞了，她已经成了她手中的杀人工具。

"不行，不行，我们去找淳于越，他肯定有办法救你的。"公子宸抓着她的手，激动地说道。

这么多人想尽办法救她，要她活命，她此时却在向她求死。

"宸月，答应我！"她绝望而无助地恳求道。

她不是没有试过自尽，可是一旦她产生这样的念头，傅锦凰的笛声就会响起，她又会变成另一个人。

一开始，她还希望着他们来救她，可是现在她希望他们永远都不要来了。

公子宸含恨咬牙，痛苦地点了点头算是答应了她的请求，以让她放心。

她不得不说，冥衣楼的这一手真的太高明阴毒，让她变成了这个样子，即便夏侯彻他们能过关斩将杀到雪域城来救人，可最终他们却会死在这个他们要救的人手里。

他们为她而来，自然不会防备她，而她一旦出手，却定是百分百地置人于死地。

这也正是她所担心会发生的惨剧，故而才会这般向她求人杀了她，在她被人控制着向夏侯彻他们下手之前，杀了她阻止铸成大错。

可是，这要她如何下得了手啊。

笛声又起，凤婧衣恍若游魂一般提着刀消失在了夜色之中。

公子宸怔怔地瘫坐在原地，痛苦地号啕大哭，如果不是她的迟疑不决，如果她早一点向她们吐露关于夏侯渊的秘密，也许事情就不会像今天这个样子。

她向她求死，可最该死的人，是她啊。

第六十三章
傀儡婧衣

  公子宸不记得自己是怎么从外面回到住的地方的,醒来的时候天已经大亮了。
  夏侯渊坐在床边,瞧见床上已经醒来的人,便欲伸手扶她起来,却被她怒然拂开了手。
  公子宸自己坐起了身,大约是长时间失去了内力,整个人最近也变得越来越疲惫,竟然还破天荒地晕倒在了外面,自己何时竟变得这么柔弱了。
  夏侯渊伸手接过侍从端来的药,盛起一勺吹了吹,喂到了她唇边,"把药喝了。"
  公子宸咬牙望着他,毫不客气地打翻在地,"够了!"
  她没想到,自己竟然有一天,也会跟个普通女人一般以这样的方式跟一个男人无理取闹。
  可是她没有办法了,她不是他的对手,又不能去救那个人,只能以这样幼稚的方式向他表示自己的愤怒和敌意。
  夏侯渊接过帕子擦了擦手上的药汁,平静地吩咐道:"再煎一碗来。"
  公子宸不愿再对着这个人,一掀被子便准备下床去,却被他一手按着不能动了。
  "怎么?我现在连下床走几步,都不能了?"
  夏侯渊微微笑了笑,重新给她盖上了被子,说道:"你现在不一样,需要静养。"
  "我还没柔弱到那个地步,也不需要你的假惺惺。"公子宸并不领情地拒绝道。
  如果不是自己有了不该有的奢望,就不会让凤婧衣落到那样的地步。
  她已经变成了那个样子,她还有什么脸面,再去奢望她可笑的爱情。
  "你现在不是一个人,还有我们的孩子,需要好好静养一段时间……"夏侯渊说话时，面上带着几分为人父的喜悦。

"什么孩子？"公子宸刷地一下望向他问道。

夏侯渊淡笑着拉着她的手，放到她的腹部，说道："这里，有我们的孩子了。"

公子宸怔怔地低头看着自己的手，不可置信地摇头，"不，不可能……"

"大夫已经来看过了，有些动了胎气，所以最好卧床静养一段日子。"夏侯渊浅然笑语道。

不可否认，得知自己将为人父之时，他是心生喜悦的。

公子宸咬牙紧紧抓住锦被，老天爷到底在跟她开什么样的玩笑，怎么能让她在这个时候有他的孩子。

"我知道你现在对我心中有怨，但不管什么事，也没有这个孩子重要。"夏侯渊说话的神情语气，不可谓不温柔，"最近需要吃一段时间的安胎药，可能还会吃饭也没什么胃口，你且忍忍，等孩子过了三个月就会好转了。"

公子宸痛恨交加地看着坐在面前的男人，咬牙切齿道："你以为，我就一定会生下你的孩子吗？"

夏侯渊闻言眼底瞬时掠过一丝寒意，却还是耐着性子道："宸月，不管你与凤婧衣和那些人有什么样的过去，但你是你，总不能一辈子为别人而活，为什么不能为这个孩子多想一想？"

他就不信，她就真的不顾这个孩子，一直偏帮着那些人来置他于死地。

"如果，孩子出生以后却有一个大奸大恶，冷血无情的父亲，我宁愿他永远都不要出生。"公子宸针锋相对道。

夏侯渊面上的笑缓缓消失，定定地望着语出无情的她，"哪个开国君王，不是谋朝篡位来的，凭什么他们都名垂青史了，我做了却就是你眼中的大奸大恶，冷血无情了？！"

"你为什么就非要去争这个天下？"公子宸质问道。

"我受够了被人踩在脚下的日子，皇帝他们做得，我又为何做不得？"夏侯渊反问道。

事情到了这一步，他已经没有退路了。

要么继续往下走，要么死。

公子宸低头咬了咬唇，跪坐在床上，请求道："我们离开这里，去很远的地方，去谁也找不到我们的地方，就我们和我们的孩子在一起。"

她不想再这样争下去了，到头来死的要么是他，要么是凤婧衣他们，这都不是她想看到的结果。

"你以为，现在我罢手了，夏侯彻他们会放过我？"夏侯渊沉声道。

凤婧衣已经成了那个样子，他们看到了，还会放他一条生路吗？

况且，现在他还是占上风的，他为什么要放弃。

第六十三章 傀儡婧衣

公子宸抓住他的手，激动地说道："淳于越一定能想到办法救凤婧衣的，只要我向她开口，她一定有办法让我们走的。"

夏侯渊冷然失笑，道："我需要那么低声下气地求人吗？"

"你到底要怎么样才肯罢手？"公子宸泪流满面地问道。

夏侯渊抬手拭去她脸上的泪痕，一字一句说道："宸月，如果不能站在我这边，但也最好不要站在我的对立面，如果你心中有我，就不该这样要求我放弃我一直追求的东西。"

为了走到今天，他筹划了太久，等待了太久，要他就这样放弃，如何甘心。

公子宸怔然地看着他，眼底满是泪水的痕迹，却无言以对。

"好好休息，我晚些再过来看你。"他说罢，倾身在她唇上印上一吻，起身头也不回地离开了。

有人说他是个心性薄凉之人，他想大约是的。

他对于她有喜爱，但永远不会像夏侯彻对凤婧衣那般痴狂得不知自己在做什么的地步，他可以喜爱她，却不可能因为她而放弃自己原本想要的一切。

也许是心性薄凉，也许不是喜爱得那么深，总归她要他做到的，他是无法让自己去做到的。

出了门，侍从刚刚煎好第二碗药过来，冲他见礼道："教王大人。"

"好好照顾着夫人，安胎药要她按时喝了，厨房里的膳食都给我上点心好好做。"夏侯渊简单叮嘱道。

"是。"侍从回道。

夏侯渊离开了，她方才端着药进了屋，"夫人，该喝药了。"

公子宸一动不动地坐在床上，神色透着几分悲凄和矛盾。

她要想办法让淳于越知道这件事，尽快寻找解毒之法才行，先前他们都只顾着解药的事，以为她身为人质，不会有性命之忧的，却不想这一疏忽竟酿成如此大祸。

按时间推算，夏侯彻他们应该已经快到雪域城了，只怕路上是被七杀带人给拦下了。

因为夏侯彻带人混入第三关口的事情之后，夏侯渊已经下令关闭了雪域城，任何人不得再进出，白笑离的人也无法打探到外面的消息了。

只是现在一直未见动静，只怕双方都还僵持着。

可是时间拖得越久，凤婧衣能自己清醒的时间就越来越短，最后完全被控制变成另一个人。

"夫人，该用药了。"侍从端着药坐到床边，一边吹着一边劝道，"就算你跟教王大人置气，也不能不顾着自己的身子和肚子里的孩子，昨天夜里你晕倒在雪地里，大人带你回来之时，可是把他吓坏了。"

公子宸嘲弄地笑了笑，还是接过了药碗，在以前她从没想过自己也有一天会有孩子，虽然这个孩子来得不是时候，但她却无法舍弃他。

"夫人早膳想吃什么？"侍从等她喝完了药，一边收拾，一边询问道。

半晌没听见床上的人出声，一扭头竟看到她掀开被子下床了。

"夫人，你现在不能下床走动了，大夫一早叮嘱了的。"

"我出门去庙里上个香，祈求孩子能平安。"公子宸随口扯了理由说道。

侍从听了，说道："可是教王大人已经下了令，让你近日不得外出，留在园子里好好养胎。"

一早大夫诊了脉，教王就已经给园子上下的人下了命令，他们哪里敢再放她出去。

"他这是要把我关在这里不成。"公子宸怒然道。

"夫人想多了，教王大人是担心夫人出去会不安全，外面下着雪路又滑，加上人来人往的，夫人最近又动了胎气，若是出去有个好歹，夫人和孩子都要受罪了。"侍从极力劝说道。

公子宸走近窗边，果真看到园外加派了人手，这样即便她出去，只怕也出不了这个园子。

"夫人若是真想去，等下午教王大人过来了，让他陪您一起去。"侍从笑着劝道。

公子宸只觉小腹有些微微坠痛感，皱了皱眉抚着腹部回了床上坐下。

"夫人是不是不舒服，我叫大夫过来。"

"不用了，我躺一会儿就好。"公子宸摆了摆手，自己躺到了床上，可是半晌却是了无睡意。

夏侯彻他们被阻在外，得想办法让白笑离或是九幽赶过去相助才行，让他们早一点进了城，也许凤婧衣就能早一点获救。

她只能寄希望于淳于越能找到办法，解了她身上的傀儡蛊毒。

冥衣楼，九幽又何尝不是急得团团转，他也曾偷偷试过点了凤婧衣的穴道，以为她身体不能动，也许就不会受骨笛声控制。

哪知，笛声一响，穴道就自动解了一般，她整个人又跟幽灵一样地动起来了。

这可让他头疼了，便是他有本事将她带出冥衣楼，只要笛声一响起，她就还是会回来。

于是，他只能开始打起那支骨笛的主意。

可那姓傅的太过谨慎小心，骨笛从来不会自己带在身边，用完了就交给冥衣保管，就连吹骨笛的时候，也是在冥衣身边，让他根本无从下手。

"看来，你这个什么傀儡蛊还真像那么回事。"九幽望了望冥衣手里的骨笛哼道。

"冥衣楼的东西自然是不会错的，莫说一个北汉皇后，就算是她龙玄冰中了子母傀儡蛊，也一样会受骨笛控制，你若是想要，我也可以给你。"冥衣冷笑着说道。

九幽闻言冷哼，说道："我可没你那样不择手段的爱好。"

"是吗？"冥衣冷然一笑，道，"那你当年还不是跟我联手了？"

"龙玄冰就算再回来，她也不会跟了你，索性我给你子母傀儡蛊，只要你想她在你身边，她这一辈子至死也都会在你身边，这样又何尝不好？"冥衣道。

"你当年不也在崇礼身上动手脚，到头来，你一样也没得到他，结果还赔上了自己的脸。"九幽笑意嘲弄地回道。

当年崇礼和龙玄冰即将成婚，她心有不甘之下，竟下了蛊毒控制崇礼，就算把自己所爱之人变得面目全非，也要留在自己身边，最后把那人逼上死路。

这样的惨剧，他已经看过一次，不想再经历第二回了。

冥衣听了一阵深冷的大笑，笑意一收，说道："难道你没发现，渊儿很像他吗？尤其他的眼睛，像极了他。"

九幽闻言大骇，原本看着那什么新教王就有几分眼熟，可从来没有往崇礼身上想过。

恐怕，也正是因为此事，当年崇礼才那样一心求死了。

"即便如此，他最终，宁死也不愿再留在你身边了。"九幽道。

"那也是拜龙玄冰所赐，若不是她的出现，他这一辈子都会在我身边。"冥衣愤恨不已地说道。

"那样行尸走肉一个人，你也要留在身边？"九幽冷笑问道。

"那也总比看着他娶了龙玄冰要好。"冥衣道。

"你真是个疯子。"九幽冷然道。

他知道，她现在恨玄冰恨得要死，所以他才不得不留在这里，以防她下手。

她当年以毒物控制了一个人，逼得他们在大婚之日自相残杀。

如今，又有一对夫妻上演着当年的惨剧，他怎么也找不出办法阻止这一切发生。

"说实话，七杀……也是被你毒物所控制的吧。"

冥衣淡然而笑，道："那是他自愿的。"

他确实也被她的毒物所控制，可是那是他心甘情愿为她试毒的，不是她逼他做的。

不过，她也以毒物相辅，让他成为纵横天下的第一高手。

不知是因为有孕，还是如今的情势，公子宸成了重点保护和监视对象，根本连大门都出不了。

可是，现在雪域城门紧闭，如果不能设法开城，白笑离和九幽可能都无法出去相助他们进入第四道关口。

她所住的院落，除了外面的重重守卫，每天夏侯渊中午和晚上必然是在她这里，根本让她无法与任何人联系。

夏侯渊正午回来的时候，侍从们正准备好了午膳，看着他回来连忙都去见了礼。

"夫人这几日饮食可还好？"

"不像特别有胃口的样子，昨日说是想去庙里为孩子祈福的，不过教王大人吩咐了夫人现在不能出去，所以没有让她出去。"侍从如实道。

"祈福？"夏侯渊微微拧了拧眉，他不记得她是那么信佛的人。

"一般都有怀孕的夫人到庙里祈福，希望孩子能平安出生长大，可夫人昨日状况实在不太好，小的们也不敢让她出去，若是教王大人得空，亲自陪夫人去一趟就更好了。"侍从笑语说道。

夏侯渊听了点了点头，道："我知道了。"

公子宸听到进门的脚步声，没有去看，也没有说话。

仆人们在忙着摆膳，忙完了都一语不发地退了出去。

公子宸从不是矫情的性子，膳食送来了，也不等他说话，便自己坐下来先吃了。

夏侯渊看着她，说道："用完午膳，一起去庙里上香。"

"你就这么信我只是去上香？"公子宸冷哼道。

"现在你和孩子为大。"夏侯渊道。

大夫说，要尽量让孕妇心情愉快，所以他还是尽量不给她添堵。

午膳过后，夏侯渊看着换成一身男装打扮的人，不由得皱起了眉头，"你要穿成这样出去？"

"我一向穿成这样。"公子宸理直气壮地说道。

"换了。"夏侯渊道。

"穿在我身上，关你什么事。"公子宸没好气地反驳道。

"你好歹把自己当个女人，行吗？"夏侯渊道。

她穿成这样，跟他一块儿走出去，到底像怎么回事。

先前这里留的只有女装，她只能选择穿和不穿，最近没怎么注意了，她又整回了这一身男不男女不女的装束。

"我是不是女的，你睡过你不知道。"公子宸调整了下帽子，说道。

她只是觉得，自己越来越不像自己了，想要这样慢慢找回原来属于隐月楼的公子宸，如此而已。

夏侯渊揉了揉发疼的眉心，念在她是孕妇的分上还是妥协了，"罢了，你爱怎么穿怎么穿。"

公子宸瞥了他一眼，自己先一步出了门，全然不理会跟在后面的人。

夏侯渊几步追上她拉住，道："慢点走！"

原本动了胎气，就不该让她出来的，不过是想让她心情能好一点，才把她放出来，她竟丝毫不顾忌自己现在是有孕之身。

公子宸抽回自己的手，平静说道："我不是三岁孩子，不需要人牵着。"

夏侯渊也不强求了，不紧不慢地跟在后面保持着两步的距离，不动声色地打量着周围，看有无出现什么可疑的人物。

毕竟，以他对她的了解，她不可能无缘无故地要求出来。

恐怕，城里除了她和凤婧衣，还有别的人埋伏在暗处，而她出来只怕就是与那些人接头的。

他知道她是打什么主意，她自然也猜中了他跟着出来的目的，可是现在除了跟他一起出来，她没有别的办法再一个人从里面出来了。

公子宸一路在街上左瞧瞧右看看，最后才到了寺庙，可是寺中来来往往也只有他们两个香客，想来也是出自她身后之人的手笔。

毕竟，人多眼杂，她跟什么人接头了，他也盯不过来。

公子宸在寺里走了一阵，肚子便有些不适，寻了地方先坐下休息了。

一来是真的需要休息，二来是等淳于越和白笑离能过来。

她到这里来，之前没有任何风声，他们不可能提前埋伏，只能寄希望于他们后面暗中跟过来了，看能否设法与她接上头。

夏侯渊坐在边上，瞧着她面色有异，忧心道："不舒服的话，我们回去。"

"我再歇会儿。"公子宸道。

夏侯渊也没有再催促，打量着空荡荡的寺庙，不由得想是不是自己太过多疑了。

公子宸看到不远处缓缓走近的僧侣，其中一人朝她这里望了一眼，细微的动作指了指见面的地方，而后不动声色地走开了。

过了一会儿，她扶着桌子站起身，道："上完香就回去吧。"

夏侯渊扶着她下了台阶，到了观音殿内祈福上香，所有的一切都让他看不出任何破绽来。

公子宸求了签，拿到解签处的和尚那里解了签。

夏侯渊站在她身后，也并未听到两人多余的交谈，渐渐便也放下了戒心。

可是，背对着他的公子宸，正动着唇无声地以唇语告诉着对方计划，而坐在她对面的僧人正是淳于越所扮。

她在告诉他，让青湮他们造出声势白笑离来了，只要冥衣得知了这个消息，一定会按捺不住出城去第四道关口，只要雪域城的城门开了，他们就能有机会赶过去援手。

如今，能下令开雪域城的，除了夏侯渊，就只有冥衣。

虽然对白笑离他们那段恩怨不甚了解，但她清楚地记得有一次撞上冥衣之时，她说起龙玄冰三个字之时深切的恨意。

如果让她知道白笑离与夏侯彻他们一起来了，她一定亲自去一趟，她去了，九幽自然也会去，只要他们带人出城，白笑离和淳于越就能混出城。

虽然这样会给他们又增加对手，但这也是唯一一个能让九幽和白笑离都能尽快赶过去的办法。

淳于越只是看着她的唇语,并没有回答她什么。

她这样的办法,倒也不失为一条出路。

若是冥衣离开了冥衣楼,也许他能想办法潜入冥衣楼里,看能否找到解除凤婧衣身上傀儡蛊的办法。

毕竟,再耽误下去,可就真的没法救了。

公子宸解了签离开,没有多加逗留,出了观音殿便皱眉捂着肚子。

夏侯渊有些紧张地走近,"怎么了?"

"肚子有些不舒服。"公子宸道。

夏侯渊扶住她往外走,说道:"让人备了马车在外面,出了寺门就好了。"

公子宸低眉走着,她不是肚子不舒服,只是不想他再去多看庙里的人,怕他发现了淳于越在其中,要把他尽快带离这个地方而已。

上了马车,夏侯渊把了把脉搏,道:"这个月之内,不许再出来走动了。"

"那你把我关笼子里更好点。"

"要能关,我就真关了。"

回了住处,公子宸被勒令卧床休息,下床走动不得超过三个时辰,虽然不情愿,但她也还是照做了。

毕竟外面的事,她能做的,都已经安排了。

次日夜里,夏侯渊正在这边陪着她用晚膳,一人从外面急急过来,禀报道:"教王大人,冥衣大人出城去了。"

夏侯渊拧眉,问道:"何事出城?"

"听说是……女神龙回来了。"那人战战兢兢地说道。

冥衣,七杀,九幽三人都接连回来了,如今消失了几十年的女神龙也现身了,昔日教中的四大护法高手,这若是交了手,惨烈程度可想而知。

夏侯渊闻言沉默地望了望对面用膳的人,女神龙早不回来晚不回来,偏偏在这个时候现身,实在有些怪异。

女神龙就是顾清颜他们的师傅,且与冥衣和七杀有着血海深仇,可她却最后一个才来到雪域城,这之间总感觉是坐在他对面的人脱不了干系的。

公子宸不动声色地用着膳,丝毫没有因为这个消息而有任何意外之色。

毕竟,这是她早已经预料到的结果。

然而,这个决定却有可能让她对面的这个人,她腹中孩子的父亲陷入到艰难的境地。

一旦九幽和白笑离都赶到了第四关口助战,夏侯彻他们杀到雪域城恐怕也是必然的事情,那个时候……面对那么多的人,他又该怎么办?

之前,她一心想着如何尽快让凤婧衣脱险,却不曾认真思量过这个问题,可现在真正考虑起来，将他推到危险境地的人，却也是自己。

"教王，现在怎么办？"送信的人问道。

夏侯渊沉默了一阵，挥了挥手道："我知道了，再有消息即刻来报。"

封城之令是他下的，可那个人要出去，便是他也难以拦得住的，索性便也懒得再管了。

"是。"禀报的人退了下去。

屋内灯火融融，两个人却都沉默着没有说话。

"宸月，说实话，你很希望我死在他们手里吗？"夏侯渊率先打破了沉默问道。

公子宸微垂着眼帘，没有回答他的话。

"女神龙出现的事，你我都心知肚明。"夏侯渊望着她，一字一句地说道，"那天，给你解签的那个和尚，有问题吧。"

当时，她接触到的也只有那人最久，只是当时她说肚子不舒服，他没顾上再折回去追查。

公子宸沉默了许久，说道："你现在收手还来得及。"

"宸月，为什么是要我为你放弃一切，而不是你为我放弃？"夏侯渊沉声质问道。

他们两个人，各自有各自的坚持，谁也不肯退让。

他总以为，相处得久了，她会有所改变的，原来他还有他们的孩子，终究也不敌她与那些人的所谓友情义气。

"如果是你放弃，就可以免除一场生死争斗，而我为你放弃，却是要害了无数人，于你我而言，谁都没有为彼此放弃一切的价值。"公子宸说着，嘲弄地笑了笑。

大约也只在这时候，她才真正理解到凤婧衣当年的心境，在错误的时间，却爱上了一个人，是何等的痛苦和绝望。

"好，你对，你全都对。"夏侯渊说罢，起身离去。

公子宸震惊抬头，却只看到他出门的背影。

她理解他等了这么久，筹谋了这么久想要一统天下的野心，可是因为他一个人，而要血流成河，生灵涂炭，那不是她想看到的。

只要他愿意放下，便是拼尽一切，她也愿将他活着带出去，可是他却有着他的坚执，不肯听她一句劝。

天快亮的时候，她刚刚醒，房门被人推开了。

这雪域城内，不敲门就直闯她房间的人，自然只有他。

公子宸披衣下床，撩开帘子出去，果真看到他一个人坐在桌边，神色有些沉冷，可见余怒未消。

她到他对面坐下，问道："这时候过来，什么事？"

夏侯渊定定地看着她，问道："如果不是我把你留在这里，你会愿意留在这里吗？"

公子宸沉默，这个问题她没有想过。

一开始，她并不愿留在这个地方，否则也不会千方百计地要逃出去，可是渐渐地，她又舍不下他，尤其到如今腹中还有他们的孩子。

夏侯渊见她不回答，嘲弄地笑了笑，"你不用说了，我知道了。"

"我……"公子宸想要解释，却又不知自己该说什么合适。

夏侯渊起身，将放在自己面前的一碗药端起，放到了她面前，"你要走，就干干净净地走。"

"这是什么？"公子宸闻着有些刺鼻的药味，问道。

"落胎药。"夏侯渊道。

"你不要这个孩子？"公子宸声音有些微颤，眼眶瞬间红了。

"原本他就不该来，就像你我，原本就不该喜欢，我不能答应你的所求，你也不愿应我的所求，既是如此，我也不必再把你强留在身边。"夏侯渊缓缓转过身，背对着她继续道，"喝了这碗落胎药，从此你我断得干干净净，你走你的路，我走我的路，互不相干。"

"你非要如此逼我？"公子宸道。

"不是我逼你，是你逼我。"夏侯渊深深吸了口气，说道，"你走吧，我可不想大敌来临之时，不是死在敌人手上，却是被背后暗算一刀。"

有些东西，他原本就不该奢望的。

他说完，头也不回地离开了。

公子宸怔怔地坐在空荡荡的屋内，带着浓重红花气息的药味熏得她眼睛疼，疼得直想哭……

直到夜幕降临，夏侯渊才回到公子宸所居的园子，看着里面的灯火停下了脚步，半晌也没有举步进门。

不可否认，他是希望推门进去时，她还是在里面的。

许久，他伸手推开门走了进去，屋内已经空无一人，他环顾一圈目光落在了桌上的药碗，碗里的药汁已经没了。

他走近到桌边，缓缓伸手拿起药碗，紧紧地端在手里，咬牙道："你果真够狠！"

他说着，狠狠将碗摔了出去，随着碎裂的声音，碎瓷片溅了一地。

"教王大人！"侍从们惊声唤道。

夏侯渊沉默了良久，问道："夫人什么时候走的？"

"正午。"侍从战战兢兢回话道。

"可留了什么话？"夏侯渊追问道。

"不曾留下话。"

夏侯渊扶着桌子坐下，自嘲地笑了笑，自己到底还在期待着什么。

原本就不是能走到一路的人，如今这样断了干净也好，横竖他也没有那份心思再操心她了。

可是，心头却总有种如刀在割一般的感觉，挥之不去。

冥衣楼外，公子宸和淳于越都不约而同来了这里，一开始因在夜里都没有认出易过容的彼此，还险些交上手了。

"你怎么跑出来了？"淳于越打量了她一眼，有些难以相信。

她被夏侯渊关着的事，他们都是知道的。

"说正事，你能在冥衣楼找到傀儡蛊的解法吗？"公子宸望着灯火通明的冥衣楼，问道。

"你以为是上药铺抓药，我想要什么就有什么？"淳于越哼道。

关键，他对傀儡蛊这个东西，都了解不多，又岂能随便去解。

"那你来干什么？"公子宸道。

原是想着，冥衣出了城，这里守卫就能放松了，他们潜进去设法把凤婧衣带走，或是偷到那支控制她的骨笛也好。

"不帮忙，就回你的地方去，别帮不上还添乱。"淳于越说着，便准备往冥衣楼里去。

公子宸紧随其后，一边走，一边小声说道："你去找解毒的办法，我去偷骨笛。"

"就凭你现在？"淳于越不相信地说道。

公子宸一边观察着周围，一边低声道："多亏了你帮忙，我功力已经恢复几成了。"

淳于越闻言侧头打量了一眼，道："恢复了，还脸色白得跟鬼似的？"

"你管太多了。"公子宸说罢，快步与他分头走开了。

两人分头而行，因着冥衣平日都是自己在楼里，也不喜生人走动，故而冥衣楼里并未有多少守卫，这也让他们潜进去更为方便了。

淳于越直接找到了冥衣楼的药庐查阅关于蛊毒的卷宗，以及各种毒物。

公子宸则四处寻找着傅锦凰的踪迹，对方以骨笛控制凤婧衣，只要夺去了骨笛，虽然一时间还不能解除她身上的蛊毒，但起码能让她不再受她控制。

突地，听到一扇门后传出细微的响动。

她扭头望去，屏气凝神一步一步小心地靠了过去，她伸出手正准备推开门，却有人从里面直接一剑劈开了门，她踉跄地退了几步看清破门而出的人。

一身黑衣执剑的人眸光泛着妖异的红光，正是被冥衣楼所控制的凤婧衣。

她就那么站在那里，好像一具绝无灵魂的提线木偶。

"傅锦凰，我知道你在这里。"公子宸咬牙道。

傅锦凰从凤婧衣背后的屋内，缓缓走了出来，冷声道："杀了她。"

说罢，手中的骨笛放到了唇边，诡异的笛声霎时间萦绕在冥衣楼内。

笛声一起，凤婧衣便执剑朝她劈了过去，也不管自己对付的是曾经并肩作战的友人。

公子宸功力本就没恢复几成，加之最近又有孕在身动了胎气，自然不是对手，渐渐便有些不敌。

淳于越听到笛声，便知是坏事了，连忙丢下了手头的事循着笛声赶过来。

公子宸被逼得险些从楼梯滚下去，幸好淳于越及时赶来施以援手拉住了她，望向出手伤人的人，不由得深深拧了拧眉。

白笑离临走前也跟她说子母傀儡蛊非同小可，如今看来确实是不好解的，凤婧衣那样的人也不是心智不坚的人，可就那么短短几天工夫就被控制成了这个样子，足可见其可怕之处。

"先走。"

"先把骨笛抢回来。"公子宸站稳了，催促道。

"先保你的命。"淳于越说着，拉上她趁着凤婧衣还未追过来离开了冥衣楼。

两人一口气跑了好远，公子宸支撑不住扶住墙停了下来，拧眉捂着有些坠痛的小腹，面色禁不住阵阵煞白。

淳于越以为她是受了内伤，顺手把了脉，顿时愣在了那里，"你……"

公子宸抽回手，沉声道："先走吧。"

淳于越见她自己不愿提，便也懒得再问，只是道："白笑离和九幽他们都去了，相信夏侯彻他们也快来了。"

"我们要想办法让他们进城才行。"公子宸道。

而且，还要提醒他们要小心凤婧衣的突袭。

毕竟，他们谁也不会想到，他们最大的敌人不是夏侯渊也不是冥衣他们，反而是他们一心要救的人。

"你……真没问题？"淳于越瞅着她道。

虽然他并不喜欢跟她和凤婧衣两个人打交道，但现在总是一条船上的人，也不能不管她们的死活。

这一个比一个不要命，真不知道那些看上她们的男人，都怎么想的。

"先找地方落脚，想想怎么帮他们进城吧。"公子宸对他的问话避而不谈。

淳于越见她还是不愿说，便也不再打听了，一边走一边说道："我还以为，像你这样都长成了半个男人的，一辈子都是孤独终老的命呢。"

"你才是孤独终老的命。"公子宸毫不客气地还以颜色。

两人回了暂时的落脚点，计划着等夏侯彻他们来雪域城的时候，他们如何以最快的办法给他们放下吊桥，而不被夏侯渊发现。

出于道义，淳于越还是好心地给她送了一碗药过去。

他们潜入冥衣楼偷骨笛计划失败，已经无法再去下手干第二回了，夏侯渊知道了也会有所提防，只能寄希望于夏侯彻他们能尽快赶到雪域城来。

否则，他们两个在这城里也不可能一直藏下去。

另一边，冥衣得知了女神龙到达第四道关口的消息，便一刻也坐不住地赶过去了，可是询问后才知，七杀根本没有与对方交上手。

九幽一直沉默地跟着她，他已经感觉到跟在后方的人，可是对方一直没有现身，他便也没有说破。

天明之时，夏侯彻一行人也准备着再一次的殊死搏斗，可是面对那样强悍的对手，谁都有些心里打鼓。

青湮率先看到第四道关口之上，与七杀一同站着的戴着黄金面具的人，有些沉重地说道："冥衣也来了。"

一个七杀已经将他们死死拦在这里，再加上一个用毒高手的冥衣，他们还能不能活着到达雪域城都是个问题了。

现在也不知道师傅和九幽有没有赶过来，若是没有他们相助，他们一行人都会丧命在这里，这是完全可以想见的结果。

沐烟打着呵欠抬头看了看，对冥衣的面具品评道："那面具雕得还不如公子宸那一个呢。"

"师叔，现在不是说这个的时候。"星辰瞥了她一眼道。

"本来就是不如她那一个嘛。"沐烟坚持己见道。

可是她是真的有点怕的，毕竟已经领教过七杀的本事，如今再来一个长老级别的，他们肯定是有些吃不消的。

从拜入青城山门下，她从未像此刻这样想念她那师傅能快点出现啊。

"现在怎么办？"青湮望了望夏侯彻，又望了望萧昱，问道。

明显的，他们胜算更小了，再交手明显都是去送死的。

"没时间了。"夏侯彻道。

他总有点不安的感觉，在这里一刻也等不下去了。

青湮沉默地拧了拧眉，淳于越让雪鹰传回信说已经设法让九幽和白笑离来了，虽然并没有说城内是何情况，但她隐隐感觉只怕是出了事了。

夏侯彻和萧昱两人打马先行上去了，青湮几人相互望了望，随后跟了上去。

冥衣打量着关外的一行人，并未看到有女神龙的踪迹，于是沉声下令道："把他们都杀了，我就不信她不出来。"

"你冷血无情，还是一如当年。"九幽站在不远处，沉声说道，"你想干什么，我不管，但你若想杀她，也休怪我不念同门之谊。"

冥衣知道瞒不过他，便坦然道："就凭你？当年就不是我们对手，你以为你现在可以？"

"当年是当年，如今可说不定了。"九幽冷然一笑道。

"莫说是你，就算龙玄冰来了，你们又有多大胜算？"冥衣冷笑嘲弄道。

话音一落，不知何处发出声音，"一别多年，你目中无人的样子，还和当年一样惹人厌。"

冥衣一听声音顿时怒上心头，愤然道："龙玄冰，既然来了，就给我出来。"

比之愤怒的她，九幽显得有些紧张，紧张得脸上都变了颜色。

虽然早就知道免不了要跟她见面，也一直让自己做着心理准备，但对于真的要和她碰上面的这一刻，他发现自己仍旧是没有做好准备的。

白笑离从后方慢步走出，揭去了易容的头发和面具，露出一头的白发，冷笑看着对面戴着黄金面具的人，"看来，你这张脸还真是好不了了。"

她定定地望着冥衣，并未去打量站在一旁的九幽。

"你终于是出来了。"冥衣咬牙切齿地道。

"你这么想见我，我不出来，岂不是太对不起你了。"白笑离一步一步地走近，围在周围的教众纷纷亮出兵刃，却没有一个人敢贸然上前。

即便好多人不曾见过四大护法长老，但四人在教内的威名却是一直在的，都是教内一等一的高手，又岂是他们所能对付的。

"这么多年，你躲得真够严实嘛。"冥衣冷笑道。

"彼此彼此。"白笑离说道。

今日，再碰上面了，她们之间就必然要是个你死我活的地步。

冥衣广袖一挥，手指成爪便攻近前来，白笑离足尖一点飘下了关下雪原，一直跟在沐烟后面的大青蟒一见她出来了，欢快地蹿了过去，却被冥衣内力震伤。

白笑离扫了一眼，对着后面的夏侯彻和青湮等人道："快去雪域城，凤婧衣出事了。"

其他的话还未说话，冥衣便又一次逼近前来了，"你还是先顾好你自己吧。"

她们这里刚交上手，七杀一见夏侯彻等人要闯关，身形一动便也从关上跃了下来，他一动，不远处的九幽也跟着动了。

"今天你的对手是我。"

冥衣和七杀都被人缠住了，夏侯彻早在听到白笑离那句话之时已经心急如焚，一人一马杀在最前面，遇神杀神，遇佛杀佛，势不可挡破关而入。

萧昱和凤景也紧随在其后，一行人快马如风驰向雪域城的方向。

第四道关口到雪域城还有一段距离，一行人赶到的时候已近黄昏，青湮放了信号烟告诉城内的淳于越等人，他们已经赶过来了。

公子宸与淳于越为了给他们顺利开门，早就易容混到了守城的教众之中，但让他们意外的是，以夏侯渊的心思，竟然明知夏侯彻他们会来，都没有加派防守的人马。

第六十三章　傀儡婧衣

两人看到彩色的焰火，先后靠近了控制吊桥的机关，等到夏侯彻等人到达雪域城对面的悬崖时，便击杀了守着机关的守卫，启动了机关放下了吊桥。

　　可是，随着吊桥放下，远远的便有熟悉而诡异的骨笛声响起，两人相互望了望暗道不好，想要出去叫他们小心，可是周围却已经被冥王教众团团围住了。

　　夏侯彻勒马看着缓缓放下的吊桥，心都提到了嗓子眼儿，白笑离只说她出事了，到底出了什么事也没有说，他猜想了千百种，也不知到底是个什么结果。

　　吊桥缓缓放了下来，夏侯彻一拉缰绳策马上了吊桥，紧闭的城门也随之打开了，从城内走出的不是别人，正是他一直牵挂的人。

　　他勒马停下，翻身下马，快步如风地迎上前去，"婧衣……"

　　凤婧衣面无表情地缓缓走了出去，快如闪电地拔剑，迅雷不及掩耳之势一剑刺进迎面走来的人身体……

第六十四章
情义两难

那一剑太快，快得都让他几乎没感觉到痛，就已经刺穿了他的身体。

紧随他而来的萧昱和凤景两人也被这突如其来的一幕给震住了，直到她拔出血淋淋的剑才反应过来。

夏侯彻捂着流血不止的伤缓缓半跪在地里，伸手想要去拉住她的手，她缓缓地低眉看了一眼，剑锋一转便朝他脖颈处刺来，好在萧昱及时出手将剑挡下了。

虽然他也希望这个人死，可他不该以这样的方式死在她的手里。

青湮快步赶了过来扶起夏侯彻，凤景跟着萧昱抵挡着凤婧衣的连番攻击，两人都不忍出手伤了她，于是只能被动地防备。

"阿姐，我是凤景啊。"凤景一边退，一边唤道。

凤婧衣什么也听不到，机械性地挥剑，一招比一招狠厉。

公子宸和淳于越冲出重围，看到交手的三人，再一看已经受伤的夏侯彻，快步跑近道："先走，她现在被人控制了，认不出任何人，也听不到任何人说话。"

夏侯彻拂开扶着他的青湮，想要再上前去，却被淳于戟拦下了，"先离开这里再说，劝不了她的，我们都险些死在她手里。"

夏侯彻拧眉望向不远处还在与萧昱等人拼死搏杀的人，眼中满是痛心，那个时候他不该粗心将她一个人留在雪域城，如果那时候她没有留在雪域城，就不会变成现在这个样子。

萧昱一剑险些伤到她，反射性地一收剑，凤婧衣却趁机一剑刺了过来，好在凤景及时举剑挡下，否则他也难逃那一剑。

夏侯彻一手按着伤口处，望向面前的雪域城，眸光沉暗慑人。

夏侯渊，你敢将她害成这般模样，朕定要你，以命来偿。

他第一个转身折回了原路，血沿着他走的脚步滴了一路，他心心念念来到这里，她近在咫尺，他却不得不转身而去。

青湮和萧昱他们也都先后退回到了雪域城对面的悬崖上，雪域城门口的凤婧衣并没有离去，而是执剑一动不动地站在雪地里，好像是为了守卫雪域城一样。

公子宸望了望对面的雪域城，难怪他不加派人守卫城门，因为一个凤婧衣足以帮他挡下所有来雪域城进攻的敌人。

一行人在悬崖上的客栈落脚，淳于越给了夏侯彻最好的伤药，等他自己上完药出来，上前诊了诊脉，道："一个月之内，最好不要动用内力。"

"不行。"夏侯彻道。

"随便，反正身上烂了个窟窿的人是你又不是我。"淳于越道。

夏侯渊真是打得一手如意算盘，就靠那么一个人轻轻松松替他守住了雪域城，也就那么一个人就能将夏侯彻重伤，即便不能要了他性命，也会让他大失元气。

那一剑虽不致人性命，但再动用内力就是自寻死路了。

"她为什么会变成那样？"夏侯彻懒得多问自己的伤势，一心只念着她为何会变成了这般模样。

淳于越沉吟了片刻，坦言道："她被冥衣楼的子母傀儡蛊控制，她现在根本不知道自己在干什么，就算意识里是知道的，但也无法控制自己，所以，就算我们怎么劝她，她也是听不到的。"

"没有办法解吗？"萧昱追问道。

淳于越叹了叹气，如实说道："起码现在还没有，据说当年的冥王教老教王就是被这种蛊毒控制，最后死在了女神龙的手里，一个那样的高手尚且如此，何况是她。"

一番话出，所有人都不由自主地沉默了下去。

"我们先想办法把皇姐救回来，解毒之事再从长计议。"凤景提议道。

公子宸从外面进来，站在门口说道："没用的，就算把她带走了，只要控制她的骨笛声响起，就算点了她的穴，她也能冲破穴道离开，九幽已经试过了。"

既然连九幽那样的高手点穴都无法制住她，又何况是他们。

"那就算是把她绑住也好，总不能再留在那地方，被人当杀人工具使了。"沐烟愤恨地说道。

淳于越摇了摇头，说道："那只会让她毒发作更痛苦，甚至于致命，那种毒发的痛苦不是你所能想象的。"

公子宸眼眶微红，叹息说道："她清醒之时，对我说的最后一句话……是求我杀了她。"

可是，那样的要求，让她如何下得了手。

夏侯彻紧抿着薄唇，眼底隐现泪光，双手紧紧地攥成拳头，却无声地沉默着。

"她甚至……试过自己了断，但没有成功。"公子宸哽咽地说道。

她脖颈上的伤痕，已经说明了她是险些自尽的，只是未能成功而已。

想来也正是因为无法自己了断，她才会那样地求她。

"控制她的骨笛在谁手里？"萧昱问道。

公子宸望了望夏侯彻，说道："傅锦凰，我有试过去偷回来，可是她控制了她使她攻击我，没能到手。"

而他们要想去夺骨笛就必须要过凤婧衣这一关，才进得到城内，这无疑给他们出了一个天大的难题。

而且，她一察觉到危险就会以笛声将她召过去，让她成为自己的挡箭牌，加之城内还有数万的冥王教众，他们很难得手。

"傅锦凰。"夏侯彻寒意森然地重复着这三个字。

凤景望了望淳于越，问道："那现在要怎么办，只看着皇姐一个人留在那里吗？"

"我从冥衣楼里撕下了关于子母傀儡蛊的记载，在找出解毒方法之前，我们也只能按兵不动了。"淳于越望了望几人说道。

夏侯彻沉默着没有说话，似是默许了。

萧昱恳求道："请你尽快。"

淳于越取出带出来的药丸交给他，道："这是你的解药，险些赔上几个人的性命，但总算是找到了。"

萧昱接在手里，却半晌也没有服下。

就是为了这么一粒解药，她才千里迢迢寻来雪域城，变成了如今被人控制的傀儡。

若知道要让她付出如此代价才能得到这颗解药，他真的宁愿不要。

"我先去师傅那边看看，你们在这里守着吧。"青湮起身道。

师傅和冥衣他们交手，现在也不知胜负如何了，这里现在也不能贸然行动，她还是先赶过去看看，有没有能帮忙的。

沐烟一见她走，便也跟着道："我也去。"

虽然不怎么待见那师傅，但总归还是教了她本事的，总不至于在她生死关头，自己不闻不问。

她们俩一走，屋子里便安静了下来，凤景一个人出了门，遥遥望着对面雪域城外，独立在寒风中一动不动的人，鼻子忍不住一酸，眼中涌现泪光。

他的阿姐，真的受了太多苦了。

淳于越也离开前去研究子母傀儡蛊的记载，想要从其中找到解除的办法。

公子宸捂着有些微疼的小腹，扶着椅子坐了下来，望了望边上都沉默着不说话的两个人，凤婧衣成了现在这个样子，如果那个人落在他们两个手里，他们一定不会让他活命吧。

她知道，于他们而言，那个人确实该死。

可是，就算他再怎么十恶不赦，于她而言，他只是她所喜欢的男人，是她腹中孩子的父亲。

只是，眼下的局面，她到底该怎么做，才能保全了凤婧衣，又不让他死呢。

就算他们所有人想他死，她也想他能够活着，活着看到他们的孩子出生，长大……

过了许久，萧昱方才将手中的药丸放入口里，咽下。

每一个动作都缓慢而小心，小心得如同对待世间绝无仅有的珍宝。

半晌，他望向一动不动坐着的人，嘲弄地笑了笑说道。

"夏侯彻，你我真是枉为君主，到头来却谁都无法保护她。"

坐拥江山，兵马无数，却连一个女人都保护不了，这样的皇帝……真是无用至极。

夏侯彻没有说话，一手捂着伤口处，就那样一动不动地坐在椅子里，始终没有让自己出去看还站在对面的人，他怕自己看到了，会再忍不住冲过去抱住她。

可是他不能，明明她现在离他那么近，他却无法靠近。

婧衣，我们说好的，要一起活着回去，谁也不能食言。

容弈站在窗口，打量着周围的状况，听到说话的声音回头望了望屋内相对而坐的两个人，这么多年斗得你死我活的两个人，能这样平静地面对面坐着，还真是难得。

曾经让他们斗得你死我活的是那个女人，如今让他们这样并肩作战的还是那个女人，情之一字，当真是让人难解。

直到夜色深沉，凤婧衣转身木然地进了雪域城内，城门砰然关闭。

她一个人走在空无一人的街巷，回到了冥衣楼里，木然地站在死寂的正厅内，傅锦凰拿着一只鼻烟壶在她鼻间晃了晃。

凤婧衣手中的剑颓然落地，整个人的神思渐渐回复，缓缓抬手看着手上的血迹，模糊而混沌的记忆渐渐清晰起来……

她缓缓将目光转向脚边染血的剑，脚下一软瘫坐在了地上，眼泪瞬间夺眶而出。

这是……这是他的血。

她痛苦地抱住头，脑海里自己一剑刺进他身体的画面却一遍又一遍地回放，震得脑袋都要裂开了一样。

"不……不是真的，我没有……"她喃喃自语，不愿相信脑海中的画面，不愿相信真的那样做了。

可是，她手上的血迹却又真真切切地告诉她，那一切都是真的发生了。

傅锦凰低眉看着瘫坐在地上，恐惧得发抖的人，冷笑道："现在想起来了？"

凤婧衣抬头，目眦欲裂地望向说话的人，愤恨之情溢于言表。

"啧啧，真是可惜，那一剑要是再偏上半寸，兴许就能要了他的命了。"傅锦凰笑着道。

她在城内暗处一直看着，原以为她那一剑能直接要了他的命的，没想到竟然只是伤了他，而第二剑竟然又被人挡下来了，否则现在城外的夏侯彻已经是一具死尸了。

"你到底想干什么？"凤婧衣咬牙道。

"你说我想干什么？"傅锦凰微微倾身，冷冷地望着她道，"这么多年了，但凡一点像你的人，我都让她们死了，终于现在你也落在我手里了，你上辈子死在我手里，这辈子又要死在我手里，大约这就是人所说的宿命吧。"

"你真是可笑又可悲。"凤婧衣道。

这么多年，就算到了这里转变了身份和一切，还一样揪着她不放。

"现在，可悲的是你而不是我，今天你没有杀他，我们还会有机会的。"傅锦凰冷冷地笑了笑，继续道，"下一个对谁下手好呢？你弟弟？还是北汉皇帝萧昱？还是再去给夏侯彻补一剑……"

凤婧衣咬牙一把抓住剑，闪电般挥了过来，傅锦凰虽极力避让，脸上却还是被剑锋划了一道，虽然伤口不深，却渗出血来了。

她吹响骨笛，凤婧衣刺在她身前的剑瞬间便再也无法刺进一寸，她捂住耳朵想要自己不要听到笛声，可是那声音却仿佛在四面八方地回响，一丝一丝地钻进她的耳朵，钻进她的骨子里。

她极力想保持清醒，可是七筋八脉都一寸一寸地疼，她倒在地上捂着耳朵蜷缩成一团，口中却还是蔓延起血腥的味道。

她看到不远处地上的剑，一想到今日自己的所作所为顿时心生决绝，只要自己还活着，就会一直受她的控制，就有可能再去害了他们。

她趁着还有一丝理智，扑过去想要以剑自刎，却被傅锦凰看穿了意图，一脚将剑踢远了，笛声更尖锐，她痛苦地嘶叫，最后倒在地上完全沉寂了。

半晌，她缓缓地站起了身，眼睛闪现着妖异的红光，整个人又像是木偶一具。

傅锦凰放下骨笛，抬手摸了摸自己脸上的伤口，一步一步走近站在她面前，冷笑哼道："现在才刚开始呢，我们有的是时间慢慢玩。"

当初安排让夏侯彻杀亲子，却被夏侯渊把孩子带走了，到头来孩子却又被夏侯彻给救回去了。

不过，现在她却有了机会，让她自己亲手去杀掉所有的亲人。

死没什么可怕，可怕的是生不如死。

青湮和沐烟两人赶到第四道关口之时，天已经快黑了。

雪原上尸横遍野，雪地被血染红，冥王教众被大夏和北汉的兵马平定，雪原只有四个人还在交战得难舍难分。

沐烟勒马停下，看着一个个交手快捷的身手皱了皱眉，"我们要上去帮忙吗？"

第六十四章 情义两难

虽然不想承认，但这样的高手，她们上去只有挨揍的份啊。

不过，看来她还是没有拜错师啊，虽然入了青城山好些年，但甚少看到白笑离显露身手，这一回可算是开了眼界了。

她以前回回把她气成那个样，她没把自己灭了，她真是太好命了。

"看看再说。"青湮道。

现在双方尚且还是平手，他们上去了反而添乱。

"看不出，那老流氓也有几分本事嘛。"沐烟看着与七杀战得不分高下的九幽喃喃说道。

他们先前几个人，都跟七杀打成平手，他竟然一个人就扛住了。

青湮沉默地看着，虽然九幽能挡住七杀，但只能战成平手，难占上风，时间一长他也还是会渐渐处于下风。

另一边，与冥衣交手的白笑离却苦于对方连连使用毒物，也难以占上风。

沐烟皱着眉看了一阵，有些不耐烦道："帮忙吧，早点打完早点回去。"

他们这么打下去，几天几夜也没个玩，那她就要一直在这冰天雪地里等着，多折磨人啊。

"别添乱。"青湮道。

"一起先打戴面具的。"沐烟说着，拔刀跳下马便准备加入战斗。

青湮转瞬一想，七杀是听冥衣号令的，如果他们围攻她一个，七杀必然分心，如此胜算倒也大了，于是也默认了她的做法。

沐烟瞅了瞅不远处的大青蟒，叫上它一起，它本就是剧毒之物，自然不怕冥衣那些毒物，起码可以关键时候帮她们挡一挡。

她刚一冲进去，便被白笑离愤怒地喝道："我们的恩怨，不需要你们来插手。"

沐烟懒得理会她的怒火，一刀横卷劈向冥衣脸上的黄金面具，"不想我们插手，你倒是快点把她收拾了啊，我们早饭都没吃跑过来，没心情再等你们磨蹭下去。"

"滚一边去。"白笑离恼火地道。

沐烟显然没有将她的话听进去，反是叫道："小师叔，抽她。"

然后，大青蟒跟着一个扫尾过去，逼得冥衣退了数丈。

青湮也跟着加入进来，一个个全把白笑离的话当作耳旁风。

冥衣原本功力不太高，只是倚仗用毒，如今被师徒三个，外加一条大青蟒围攻，自然是占不上多少便宜。

沐烟一门心思地要劈掉她脸上的面具，几番交战之后，在青湮的配合下成功地一刀劈开冥衣脸上的黄金面具，看到一半狰狞的面容映入眼帘，顿时大叫，"我的娘啊，吓死我了。"

冥衣退出几步，捂着半边脸，愤恨不已地瞪着她们师徒几人。

沐烟打量了一下另一边脸,想来若是没有毁容,也是个绝色。

"姓白的,你也够毒的。"

女子最在意的莫过于容貌,她竟然毁了人家的脸,难怪对方把她恨得这么咬牙切齿的。

于是,她扯着嗓子喊道:"喂,要不要我帮你把那边脸也补上几刀,这样就对称了。"

"沐烟!"青湮低声斥道,她这不是存心激怒对方吗?

七杀与九幽交手之间也看到了这边冥衣被人围攻的一幕,忧心之下便有些应对不及了,自己也知道再这样下去,他们两个很可能处境艰难。

于是,心下一横,退到冥衣附近,一刀携着力,劈在雪地上,地上的积雪顿时弹起数丈挡着了青湮等人的视线,当雪落尽,他已然带着冥衣消失无踪。

"有种继续打,跑什么跑?"沐烟冲着雪原骂道。

"好了,先去跟他们会合再做打算。"青湮拉住她道。

现在,当务之急是要先设法给凤婧衣解了子母傀儡蛊才是,也不知道淳于越现在有没有找出办法来。

九幽站在不远处,看着一头白发飞舞的人眼中满是悔恨之意,当年她在雪域城走火入魔青丝寸寸成雪的一幕又再次浮现在眼前。

白笑离没有去看他,举步朝着雪域城的方向走,青湮紧跟了上去。

沐烟望了望不远处一个人站着的九幽,道:"老流氓,你还不走。"

九幽闻言,刚跟上来了两步,走在前面的白笑离骤然停下脚步,声音冷漠如冰,"邱九幽,我说过的,你至死都不要再出现在我眼前,滚!"

九幽顿步,默然地站在了原地,没有再上前一步。

沐烟一听,便有些打抱不平,道:"好歹刚才也帮了你,不然你在那两个的围攻下早死了。"

虽然对九幽印象不好,但后面要对付那两个,还是要靠他帮忙的,她这样要是把人气走了怎么行。

"你有你的事,我也有我要跟他们了断的恩怨,办完事我会彻彻底底消失,不会再让你看到我一眼。"九幽说道。

他知道她定是要跟冥衣和七杀争个你死我活的,他只是留下帮助她完成这一心愿而已。

毕竟,那两个人的身手他是知道的,凭她一个人是无法胜出的。

"若不是你,我不会落到这个地步,崇礼也不会死,你每出现在我眼前一次,当年的事就在我脑海里重演一次,趁我现在还不想动手杀你,你最好走远点。"白笑离背对着他,冷声说道。

若非他和冥衣联手陷害崇礼，不会逼得她最后亲手杀了他，而这么多年，她每天夜里一闭上眼睛，都是那一幕痛心的画面。

"你一个人，根本不是他们的对手。"九幽说道。

原本，他将玄机剑阵传给了夏侯彻和凤婧衣两人，是希望他们成为她的助力，可是凤婧衣现在被冥衣楼所控制，玄机剑阵肯定是帮不了她的。

"那也与你无关。"白笑离冷漠地拒绝道。

九幽沉默地看着她的背影，终究是无言以对。

白笑离举步，一人走在最前离开，青湮回头看了看后面的两人，随后跟了上去。

沐烟侧头看了看他，道："那你自己保重吧，谁让你当初脑子进水了呢。"

说罢，小跑着跟上前面的人。

这会儿，白笑离是真动了肝火了，她可不想找死。

九幽一个人站在原地，看着渐去渐远的一行人，没有再跟上去，但也没有就此离开。

夜色深沉，雪域城外突地掠过一阵强风，只见一抹影子从桥上掠过，夏侯彻等人从屋里察觉追出来，只看到掠进对面城内的影子。

"看清是什么人没有？"萧昱朝着守卫询问道。

"陛下，没看清。"况青回道。

夏侯彻站在门口瞧了瞧，道："是七杀和冥衣。"

这进城之中的人，除了他们两个人，还有谁能有如此快的身手。

可是，他们两人这样回来了，也不知九幽他们是胜是败。

"方湛，去看看，第四道关口那里是什么情况。"

"是。"方湛应完声，便带着几人上马离去。

一个时辰后，方湛与青湮一行人一同归来，只有九幽没有跟着回来。

夏侯彻正要询问，青湮避着白笑离低声向他说了九幽的状况，毕竟那也算他半个师傅，他自然是有些担忧的。

沐烟直接去了淳于越那里，一进门看到面色惨白的公子宸坐在那里，神色忧郁的样子，不由得道："你怎么半死不活的样子？"

公子宸收敛起思绪，还嘴道："你才半死不活。"

沐烟搬着椅子坐到她面前，好奇地问道："说说看，你怎么从里面逃出来的。"

"走出来的。"公子宸道。

"喊！夏侯渊舍得放你出来？"沐烟一脸的不相信。

"你管得太宽了。"公子宸不耐烦地说道。

青湮跟着过来，先去里屋见淳于越，"解药的事怎么样了？"

"哪有那么快。"淳于越愁眉苦脸地说道。

青湮皱了皱眉，却也不好再催促，他的医术是众所周知的，连他都这般棘手，可见这子母傀儡蛊确实是难解。

淳于越低头研究着卷宗，低声说道："你看着点外面那个。"

"公子怎么了？"青湮问道。

好像面色是不怎么好，难不成是受了伤了？

淳于越抬眼看了看她，低声道："有孕了。"

青湮一听愣了愣，不用想也该知道这个孩子是谁的，现在他们这么多人聚集在这里，都是冲着夏侯渊去的，而她现在怀着的却是他的孩子。

"夏侯渊知道吗？"

若是知道了，怎么还会让她回来。

"你问她去，我怎么知道？"淳于越说着，又低头看着卷宗上的记载，可这是古籍，好些文字都不是他所熟识的，实在难懂至极。

青湮出了内室，看到面色沉郁的公子宸想要询问孩子的事，却又有些不好开口。

"沐烟，你去看看九幽是不是在这附近。"

"我去看他做什么，要是我被劫了色，你负责吗？"沐烟不高兴地说道。

"你怎么那么多废话。"青湮道。

孩子的事，沐烟要是知道了，以她的性子非得打破沙锅问到底，显然公子宸并不愿多说的样子。

沐烟不情愿地起身离去，房间里也随之安静了下来。

青湮坐下沉默了良久，方才开口询问道："你身体，还好吧。"

"没事。"公子宸平静而笑道。

以淳于越的性子，她有孕的事十有八九是跟她说了，不然她也不会支开沐烟来问她了。

"他放你出来的？"青湮道。

一直以来她都没能逃出来，这个时候却出来了，如果没有夏侯渊的默许，她不可能走得出来。

公子宸侧头望着窗外对面的雪域城，平静说道："给了我一碗落胎药，让我出来的。"

"以后，你打算怎么办？"青湮问道。

现在这样的情势，夏侯彻和萧昱他们是决计不会放过那个人的。

"我又能怎么办呢。"公子宸苦涩一笑道。

他不愿罢手，凤婧衣成了那般模样，夏侯彻他们又一心置他于死地，凭她一个人又能改变什么呢。

青湮沉默地叹了叹气，自入隐月楼以来，她还是第一次看到这个人这般束手无策。

第六十四章　情义两难

她相信，凤婧衣出事之时，她尽力去阻止了，可是凭她一个人又如何拦得下冥衣楼。

虽然她现在也认为夏侯渊该死，但站在公子宸的角度，她却也愿意放那个人一马的，若是凤婧衣在这里，相信她也会一样。

可是，现在一切已经不是她一个人的力量所能阻止的了。

夏侯渊要她那样离开，看来也是决计不会罢手的，这一仗可能就真的要到你死我活的地步，而不管是谁胜谁败，都不是这个人愿看到的结果。

公子宸起身到了内室，也没理会淳于越异样的目光，取了笔墨到了一旁的桌边坐下，提笔勾画着什么，过了许久才将画好的东西交给青湮，说道："这是雪域城内，以及一些我去过的地方的地图，你们兴许能用得上。"

现在最要紧的，还是先将凤婧衣救出来，她要想保那个人一命，这普天之下能帮到她的，也只有凤婧衣。

若是她向那两个人开口放他一条生路，想来还是有可能的。

这已经，是她唯一能想到的办法了。

青湮将东西收了起来，看到她疲惫不堪的样子，劝道："你脸色不太好，先休息吧。"

公子宸却是一语不发地出了门，朝着对面的吊桥走去。

"你干什么？"青湮追出去道。

"我回城里去，也能帮到你们一些，他应该不至于杀了我。"公子宸淡笑说完，转身踏上吊桥走向了对面的雪域城。

城门的守兵看到走近的人，一人打开门上小窗，"月夫人请回。"

若是别的人，他们就放箭当场射杀了，可这月夫人又曾是教王一直留在城内的，他们又不敢贸然出手，可她又是从对面敌营过来的，也不能贸然再放进城内。

"烦请你们派人去向教王大人通报一声，我要见他。"公子宸说着，忍不住在寒风里打了个寒战。

守城的首领犹豫了一阵，下令道："你们看好了，我去禀报。"

这样的人放进城来，显然就是敌营的奸细，可这又不是他们能做主的事，只得先去禀报了教王，让他自己决断。

夏侯渊正跟各大堂主商议完应对敌军的计策，一出来便看到等在外面守城的首领，不由面色一沉，"何事？"

首领等到边上经过的人都走了，方才低声回道："是月夫人，她在城门外，说要来见你。"

夏侯渊拧着眉，没有说话。

"她是从敌营过来的，小的也不敢贸然放她进来。"首领小心翼翼地打量着他的神色说道。

"既是敌营来的人，不必放进来。"夏侯渊说罢，面无表情地负手离去。

她要回来，回来也不过是做他们的内应而已。

过了许久，城门上的小窗打开，一人探头道："月夫人请回。"

说完，关上了小窗。

公子宸站在原地，却并没有离开的意思。

他们这么久才来回话，想必是已经禀报给他了，不让她进城，想必也是他的意思了。

青湮站在桥的另一边，看她一直站在雪域城外，想到她如今的身体状况于是过桥赶了过去。

"先回去吧，你现在的身体哪里能在这风口上站着。"

"你先回去吧，你何时见我吹个风都扛不住的。"公子宸笑了笑，劝道。

"公子宸……"青湮看着她固执的神色，不知该如何相劝。

确实，如果有她进城做内应，他们行事是要方便得多，可是现在夏侯渊不放她进城，她就要一直在这里等吗？

她现在那样的身子，这样一直站在冰天雪地里，有个好歹可怎么办？

"你先回去吧。"公子宸道。

她必须回到雪域城里去，可现在的她没有飞天遁地的本事，只能以这样连她自己都鄙夷的苦肉计相求，赌一回自己在他心里到底是何分量。

虽然，他们相识的日子也不短，甚至于都有了肌肤之亲，若说爱却又不到为对方生死相许的地步，若说不爱却又怎么都放不下。

她不知道自己在他心中到底是什么样的位置，但她可以肯定的是，他在她心中已经占有了很重要的位置。

青湮劝不住她，便将身上的斗篷解下给了她，回了桥对面，却还是不放心一直观望着。

风雪飘摇，公子宸一直站在雪域城外，不知不觉便回想起与他相识之后的点点滴滴，其实仔细想来并没有多少惊天动地的风雨，唯一舍不下的，大约也是那份苍凉人世间相依的一丝温暖罢了。

舍不得离开，却又无法在一起，或许爱情历来就是如此矛盾，痛苦却又甜蜜，喜爱却又不能爱。

沐烟总是笑话她们，聪明的人通常过得不快乐，这也印证了他们很多人，譬如她，譬如凤婧衣，譬如白笑离。

他们牵绊太多，顾忌太多，即便面对爱情也是瞻前顾后，永远没有不顾一切去爱一个人的勇气，也没有敢爱敢恨的决然。

心里装了一个人，他却不能在身边，而在身边的那一个，即便是千万般的好，却也走不进心里去。

突然地，她微微动了动，定定地望着紧闭的雪域城城门。

城门内，守城门的首领看到不知何时走近来的人不由得怔了怔，上前低声道："教王大人？"

他不是说不放人进来，怎么这会儿又自己跟着过来了。

夏侯渊没有说话，只是沉默地走到了城门后，透过门缝看着站在外面的人，连他自己都弄不清怎么会鬼使神差地走到这里来了。

一门之隔，只要他一句话就能让她进来，他却始终不肯开这个口，任她在外面风雪中独立。

公子宸知道他在门后，她没有看到他，但就是莫名的直觉告诉她，是他来了。

许久许久，门外的人没有走，门后的人也没有离开。

直到，门外传来扑通一声，似是有什么倒地的声音，他沉寂的眸光一沉，"开门。"守卫愣了愣，连忙启了杠，打开了城门，原本站在外面的人已经倒在了雪地里，嘴唇冻得有些发紫。

夏侯渊咬了咬牙，终究是狠不下心来不管不顾，躬身将人抱进了城，城门在他身后轰然阖上。

青泂远远看着，一直悬着的心也稍稍放下了几分，夏侯渊肯带她进去，说明多半还是有些难舍的情谊，倒也不枉公子宸那一番心意。

半晌，公子宸迷迷糊糊睁开眼睛，才发现自己是被他抱着的，看着近在咫尺的容颜，眼角瞬间滚落了泪珠。

"不是不放我进来吗？"

夏侯渊垂下眼帘看了她一眼，"倒是你，走了又回来，还想干什么？"

公子宸闭上眼睛没有再说话，静静地靠在他的怀里，听着他一脚一脚踩在雪上的声音，真希望这条路永远都没有尽头。

夏侯渊将人带进了先前的园子安置，吩咐人去煮了驱寒的汤药过来，进门将她放下，顺手沏了热茶递过去，"你最好别跟我玩什么花样。"

公子宸接过杯子喝了口热茶，唇上渐渐恢复了些血色，沉默地看着坐在对面的人，两个人都没有再说话，也没有再提及孩子的事。

夏侯渊坐在她对面，一下一下地拨动着手中的佛珠，始终没有开口说话。

过了一会儿，仆人端着汤药过来，送到她手里，一如既往地叫道："月夫人。"

公子宸搁下杯子，捧着碗慢慢地喝尽了，然后说道："现在你还要把我赶出去吗？"

夏侯渊拧了拧眉，"你什么时候学会这么死皮赖脸了？"

这若是搁在以前的隐月楼主身上，绝不会在大雪里等着，早带着人直接破门了。

可是，他也很清楚，她是从夏侯彻他们的阵营过来的，而来这里的目的他也一清二楚，可是一听到她倒在雪地里的声音,他的心也跟着一颤,什么也顾不上想就将人带进城了。

当发觉自己所作所为之时,已经晚了。

"从来都会。"公子宸搁下空的药碗,说道。

夏侯渊起身准备离去,背对着说道:"你自己最好安分点。"

有些事,他能容忍一次,但不可能一再退让。

"你我已经到这个地步,连看到我都不愿看到了吗?"公子宸凄然一笑道。

夏侯渊没有回看她,却也没有举步离开,"当初你不是千方百计地要走,如今放你走了,你又何必回来?"

"那时候的我,又岂能与今日的我同日而语。"公子宸坦言道。

那个时候,她又怎么知道,今天的自己会这么舍不下他。

夏侯渊拨动佛珠的手停了下来,这样的话听着是顺耳,可到底是出自她真心说出来的,还是别有目的地说出来的,他不知道。

他想问问孩子的事,可是一想到那碗空了的落胎药,却又无法开口了。

药是他给的,孩子也是他让她打掉的,这个时候又能去怪谁呢。

公子宸看着他的背影,咬了咬牙说道:"我可以帮你,但我只有一个要求。"

夏侯渊怔了怔,问道:"什么要求?"

"事成之后,我要凤婧衣蛊毒的解药。"公子宸道。

当初是她定下计划让她留在城里为人质的,如今她成了这样子,也是她的责任,她无法视而不见。

"你果然是为了帮他们而来的。"夏侯渊冷笑地嘲弄道。

"我只想救她一个人而已,这是我欠了她的,当初没有她施以援手,也不会有今日的我,至于你和大夏,和别的人的恩怨,那与我无关。"公子宸平静地说道。

她确实欠凤婧衣一条命,虽然这些年她帮着她建立隐月楼,也做了很多事,但她也从来不曾亏待于她。

"一个玄唐长公主引得三国皇帝前来,连你个女人也百般心思地要救她,真是让我想不到。"夏侯渊道。

不可否认,他也是欣赏凤婧衣的,但欣赏归欣赏,大局归大局。

那个人不能收为己用,再优秀也只会是他的敌人。

"我欠她一条命,总归是要还的,若是还了,我与隐月楼便也两清了。"公子宸道。

"她现在是我手里的筹码,在所有一切尘埃落定之前,不可能放了她。"夏侯渊如实说道。

莫说他不会放,便是他想放,冥衣楼也不会放,毕竟解药还是在冥衣楼手里,而非在他这里。

"那你要怎样,才肯给我解药?"公子宸直言道。

第六十四章 情义两难

淳于越那里进展不大，若能设法从这里得到解药也好，毕竟凤婧衣现在的状况，实在不宜再拖延下去了。

"除非，我亲手拿下夏侯彻和萧昱的项上人头，否则是不可能的。"夏侯渊道。

只有这两个心腹大患除了，他才算是真正的没有敌手了。

但是，那个时候就算给凤婧衣解了毒，只怕她也会不遗余力地要为他们报仇，置他于死地。

"两个人，有点困难。"公子宸似有所思，沉吟了一阵，说道，"萧昱现在已经解了毒了，不好对付，夏侯彻受了重伤，倒是容易下手一点。"

夏侯渊闻言扭头望向说话的人，"你是真要帮我？"

公子宸定定地望着他，说道："我不希望，我的孩子生下来就没有父亲。"

夏侯渊震了震，眼底瞬间一亮，三步并作两步奔近前来，"你说……孩子还在？那碗药你明明……"

公子宸指了指一旁的窗户，说道："倒那里了，我可做不来你那等绝情之事。"

夏侯渊惊喜交加，一想到她之前又在外面的雪里站了那么久，不放心地连忙又自己把了脉，确实胎儿的脉象还在，一向少有笑意的脸上满是喜悦。

"我还以为……"

"别人我管不着，但是凤婧衣不能死，起码不能死在你的手里。"公子宸又说回原来的话题道。

夏侯渊缓缓沉下笑意，道："你说，你要给她换解药。"

"我可以帮你除去夏侯彻。"公子宸定定地望着他说道。

夏侯渊在她边上坐下，深深地笑了笑，而后道："宸月，你这个时候回来，又提这样的要求，我很难信你。"

"不是我杀她，我也杀不了他。"公子宸笑了笑，继续说道："不过我可以将他引出来，你大可让傅锦凰再操控凤婧衣下手，对于她，他一向不怎么防备。"

夏侯渊望了她许久，似是想从她眼底看到别的心思，却在冷沉而镇定的目光中，什么也没有发现，而后道："若是成了，我给你拿出一半的解药，待到所有的事情完成之后，再给她另一半解药。"

公子宸想了想，点头道："好。"

夏侯渊伸手抚了抚她耳边的发丝，动作温柔，语声却清冷，"宸月，最好不要帮着他们跟我玩什么花样，即便是你，我也不会一再容忍。"

"若我真帮他们害你，那你大可杀了我。"公子宸道。

夏侯渊意味深长地笑了笑，道："若真到那个时候，我舍不得，也不会留你的。"

公子宸淡然一笑，起身道："那我该回那边去了。"

夏侯渊伸手给她理了理身上的斗篷，盖上风帽方才下令道："送月夫人出城。"

第六十五章
你在骗我

从雪域城出来,天已经快亮了。

傅锦凰看着由夏侯渊亲信送出城的人,她不知道她跟夏侯渊到底在打什么主意,但她明显是偏向于夏侯彻他们一派,不得不提防。

青湮一直不放心,故而一直注意着城门口的方向,看到她从里面出来便立即迎了上去。

"你怎么样?"

"回去再说吧。"公子宸淡笑道。

两人回了屋内,不知是早起,还是都一夜没睡,夏侯彻等人都安静地坐在屋内。

公子宸坐了下来,望向青湮问道:"淳于越解药有线索了没有?"

青湮没有说话,只是默然地摇了摇头,淳于越也是一直都在想办法,可是这子母傀儡蛊实在棘手。

公子宸望了望几人,最后目光落在夏侯彻身上,"我需要你的配合,可能会有点危险,但可以换回一半解药。"

她那样向夏侯渊说是做交易,可是她又怎么真的做得出以夏侯彻的人头去换解药的事,莫说夏侯彻自己不会愿意,即便他愿意了,这样救了凤婧衣,她也会恨死了她。

"说。"夏侯彻没有片刻犹豫。

"用你的人头,给她换一半解药回来。"公子宸道。

"皇上……"夏侯彻还没有说话,方湛一行将领已经变了脸色。

夏侯彻面色平静,只是道:"要朕做什么?"

这个人敢跟他这样说，自然不会是真的要取他项上人头，但不管是什么样的交易，能尽快拿到解药的话，他都愿意一试。

若是能拿到那一半的解药交给淳于越，那他就能有半分把握配制出完整的解药，比起这样一直等待，这是最快拿到解药的办法了。

"皇上，若是她与夏侯渊勾结设了圈套……"方湛着急地打断两人的谈话道。

夏侯彻冷冷扫了一眼过去，沉声道："你们先出去守卫吧。"

他知道他们的顾忌，但这个人是她曾经深为倚重的人，纵然可能与雪域城有牵连，但他相信她还是真心想救她的。

"我会带她见你，但你必须自己依照周围的有利地势，自己设法脱身并让他们相信你已经死了，否则他们就会真的要她杀了你，取你项上人头。"公子宸郑重说道。

"可以。"夏侯彻应道。

青湮看了看两人，却有些忧心，虽然是这样商量了，但真到了那一步，也是凶险万分的。

他们都想救那个人，若真是因为救她，而让夏侯彻丢了性命，相信也不是那个人想看到的。

"朕也去。"萧昱出声，说道，"目前而言，朕比他容易脱身。"

"正是因为你容易脱身，才会让人起疑。"公子宸道。

夏侯彻重伤在身，加之是与凤婧衣交上手，最后"丢了性命"也是顺理成章的事，而一个已经解了毒恢复功力的萧昱，轻易败在了她手上，难免会让人难以相信，甚至追根究底。

萧昱望了望夏侯彻，虽然不想走在最前的总是他，可是眼下的情势，也容不得他再争论。

"那朕需要做些什么？"

"若是拿到了那一半解药，后面的事，我不会再插手了。"公子宸望了望青湮道。

她不可能真的一直帮着他们去对付她腹中孩子的父亲。

如今，一是她必须要救凤婧衣，二是要化解这场危机，必须要靠凤婧衣，否则凭她自己跟这两个人说再多，也是徒劳的。

"你确定，不会有别的意外吗？"青湮不放心地道。

一来，夏侯彻现在那样的身体状况，不可能与七杀和冥衣那样的人交手，而且还要选在合适的地方，合适的时机脱身，让他们相信他是死了，这并不是一件容易的事。

总不能因为要救那个人，真的拿他的命去换。

公子宸摇了摇头，说道："看他自己了。"

一来，见面的地方，见面会发生什么，都不是她所能控制的，想要动手脚就更不可能二来，她实在没有心力再去操心太多了。

"什么时候？"夏侯彻直接问道。

"今天之内，该做什么准备，你自己看着办吧。"公子宸有些疲惫地说着，望向夏侯彻又叮咛道，"真到那一步，我可能也帮不上你什么，你自己想清楚。"

要么是成功了换回那半粒解药，要么就是真死了拿到那一半解药，但到了那一步到底发生什么，已经不是她所能控制的。

夏侯彻没有再说话，起身一个人出去了。

方湛等候在外面的将领一见他出来，连忙围了上来，"皇上，你真要答应那个人的要求？"

"你们在这里等着就行了。"夏侯彻面色沉冷道。

与其坐在这里干等，他宁愿去冒一次险，赢回那一半的解药，早日将她救出来。

"皇上……"方湛一行人齐齐跪下请命。

他本就不主张他来救北汉皇后的，奈何他是君，他是臣，不能越矩，可现在竟然要去冒这样的险，实在是不值得的。

夏侯彻望了望对面的雪域城，转身到了旁边的房间去找淳于越，他现在有伤在身，想要事情办得顺利，还是要借用他的医术。

公子宸还是坐在原来的地方，有些疲惫地靠着椅子，她不想凤婧衣死，也不想那个人死，唯一能做的只有尽快救治好她，求她相助了。

午后，夏侯彻过来说可以动身了，公子宸没有多问什么，便带着他去了雪域城，因着手上有夏侯渊给的通关令牌，两人轻易就进了城内。

一进了城内，夏侯彻便察觉出了周围盯着的眼睛，但只是埋头跟在她身后走着，却也不知是要被她带往什么地方。

渐渐地偏离了闹市区，地方越走越偏，到了雪域城的后山，悬崖下的寒风席卷而上，吹在身上刺骨地冷。

果真，过了不一会儿，夏侯渊和冥衣楼的人接连赶过来了。

"你们要的人，我带过来了。"公子宸平静地说道。

说罢，她举步朝着对面的人走了过去。

"你说带我来见她的？"夏侯彻怒然质问道。

虽然是串通好了的，但在这些人面前总还要做一番戏。

夏侯渊冷冷地笑了笑，瞥了一眼傅锦凰，道："想见她还不容易？"

傅锦凰取出骨笛，缓缓吹出笛声，不一会儿路的尽头一人缓缓走了过来，神情空洞而麻木。

夏侯彻心头一紧，明明知道她现在是看不到自己的，还是不由自主地快步迎了上去，

第六十五章　你在骗我

"婧衣。"

傅锦凰笛声突地尖锐起来，凤婧衣眼底红光大盛，拔剑便冲着对面的人刺去，好在夏侯彻闪避及时，才没又被她伤一剑。

可是，笛声越来越诡异，凤婧衣的招式也越来越狠厉，夏侯彻本就有伤在身，又不愿出手伤了她，只能被迫一直退让。

一直退到了崖边，侧身一避间，凤婧衣收剑不及整个人往崖下坠去，夏侯彻惊慌之下一把将她拉着救了回来。

可是，刚刚将她拉上了崖，却被她猝不及防地一掌击在身上，整个人倒下了悬崖之下。

公子宸神色一紧，也不知道他这一落下去，自己能不能够化险为夷，可是她若不是安排在这个地方，他们这些人定是非要斩掉他的项上人头才会罢休。

相比之下，起码落下这万丈悬崖，他还有机会为自己求得一线生机，这已经是她能争取到的最大的胜算了。

凤婧衣站在悬崖边上，空洞的眼睛看着坠落云雾深处的人，心口莫名地隐隐作痛，此刻却想不清楚为何而痛。

公子宸沉吟了一阵，说道："现在，可以给解药了吗？"

夏侯渊望向一直站在不远处的冥衣，道："可以给她了吗？"

冥衣自袖中摸出一粒药丸，道："不要耍什么花样，子母傀儡蛊解药需要三道关，这只是第一道。"

公子宸心微微一沉，却还是过去拿到了解药，缓步走近到凤婧衣的身旁，道："你们控制她，无非是为了对付夏侯彻和萧昱，现在已经除掉其中一个，你们不会无用到连除去一个北汉皇帝也要靠她吧。"

"能除去一个夏侯彻，已经再好不过了。"夏侯渊冷然一笑，说道。

公子宸暗中将药丸掐成两半，一半给她服了下去，一半藏在了自己手里。

不管子母傀儡蛊需要解几道，但她相信只要这一半的药到了淳于越的手里，他定能尽快找出线索来，总归不会白费力气。

现在唯一担忧的就是掉下悬崖的那个人，有没有成功自救，再回到雪域城里藏身。

可是不管情形如何，她不能再插手太多了。

凤婧衣服下了解药，整个人脚一软跪到了地上，一把抓住她的手道："我……我是不是又做错了什么？"

她已经无法记清楚方才发生了什么，但却有一种揪心的感觉告诉她，有什么重要的人离她而去了。

"没有。"公子宸笑着摇了摇头，不忍去告诉她残酷的事实。

她好意相瞒，一旁看着的傅锦凰可没有那么好心，冷笑着说道："这么快就忘了，就在刚才，你可是亲手把大夏皇帝夏侯彻打落到了万丈悬崖之下。"

凤婧衣惊恐万状地望向公子宸，看到她闪避的目光，她扑到了悬崖边上却只看到深不见底的深渊，哪里还有那人的踪迹。

"夏侯彻，夏侯彻，夏侯彻……"她冲着崖下嘶哑着声音叫道。

可是，除了呼啸的寒风，没有回答她的话。

公子宸死死抱住她，以免她冲动之下跟着下了崖，现在那个人是生是死尚且不知，若是她再这样跟着下去了，这一番谋划可就真的得不偿失了。

傅锦凰踱步崖边，朝下望了望，"啧啧，真是可惜，原本掉下去的该是你呢，他非要救你回来，结果却被你给推下去了，上次没能杀了他，你这次总算是杀了他了。"

凤婧衣本就中毒未解，气急攻心之下阵阵血腥之气在胸腔翻涌，她紧紧揪着衣襟呕出一摊暗红的血。

"阿婧，阿婧……"公子宸惊恐地唤道。

可是这个时候，这么多人在周围，她又不能告诉她，那个人可能还活着，这一切都是他们计划好的。

于是，也只能眼睁睁地看着她，绝望痛哭。

半晌，凤婧衣似是想起了什么，扭头望向她道："是你把他带过来的？"

雪域城现在封城，他不可能孤身一个人进来，来到这个地方，模糊的记忆告诉她，是她将夏侯彻带到这里来的。

公子宸沉默以对。

"你明知道我怕什么，为什么要这样做？"凤婧衣哽咽地质问道。

如果他没有来这里，他们就不会操控她亲手杀他。

他说了要他们一起活着回去的，她却在这里亲手杀了他。

公子宸被她揪着衣襟，又被狠狠一把推开，夏侯渊快步走近扶住她，才免于她被推得倒在地上，她现在有孕在身，哪里禁得起这些折腾。

夏侯渊扶着公子宸，朝边上几人道："你们在这里守着，等到明天天亮再回来禀报。"

说实话，他不相信那个人就这么死在了下面，不过重伤在身，又挨了那一掌，他就不信他还能活着在这悬崖下面等一天一夜再爬上来。

公子宸咬了咬牙，却没有显露声色，但愿那个人还活着，并且真能撑到那个时候。

凤婧衣不肯离去，夏侯渊瞥了一眼傅锦凰，道："带她回去。"

傅锦凰取出骨笛，虽然她吃了一道解药，但现在还是摆脱不了笛声控制的。

凤婧衣看着深不见底的崖下，与其再活着沦为他们手中的杀人工具，不如就此随他而去，也算还了他一片情意。

她这么想着，一咬牙便纵身朝着悬崖之下跃去，冥衣却长鞭一卷缠在她的身上，将她

第六十五章　你在骗我

拖了回来，直到她再度被笛声所控制，方才松开了鞭子。

公子宸瞥了一眼悬崖边上，那个人就那样掉了下去，如今是死是活，她也不知道了。

她希望他不要死，否则等到凤婧衣真正解了毒，回忆起这一切，定然恨她入骨，还会说生不如死。

雪域城一直没有消息出来，外面的人也不知道进去的人是死是活。

公子宸也不知道凤婧衣被带回冥衣楼是什么样子，现在第一步已经完成了，第二步就是如何将这半颗解药交到淳于越手里。

可是，现在她要再出城，就太过惹人怀疑了。

夏侯渊一早办完事回来，看到她站在窗边发呆，走近前去揽着她的肩问道："想什么这么出神，连我进来都没察觉。"

公子宸迅速敛去眼底的异样，叹息道："她在恨我。"

她，自然指的是凤婧衣。

"人生在世，谁没被人恨过。"夏侯渊扶着她回到榻上坐下，道，"起码，你救了她。"

"可是我却害死了她最不想死的一个人。"公子宸有些自责地叹了叹气。

"宸月，人一辈子几十年，与其操心别人的事，你还不如好好将心思放在咱们的孩子身上。"夏侯渊淡笑道。

她说她欠凤婧衣一条命，如今也该还过了。

公子宸抿唇笑了笑，没有言语。

可是他为什么就是不懂，她现在真正操心的是他的命，他的生死。

或许，若是到他败的那一天，知道她所做的一切，还是会恨他吧。

夏侯渊坐下，握着她的手道："雪域终究不是久留之地，咱们孩子一定会在盛京出生。"

公子宸微微垂下眼睫，他终究是不肯放弃取代夏侯彻独霸天下的野心，这世上之事真是奇怪，有的人在那皇权之巅，一心想要摆脱那一切，而有的人却又千方百计地爬上去。

此时此刻，雪域城后山的悬崖之上，留在这里继续守的两个人在崖边转了一圈，冻得直哆嗦。

"时间差不多了，我们回去回话吧。"其中一人道。

"还有一个多时辰呢，再看看。"另一人道。

"这都等一晚上了，那么高的悬崖，又受了重伤，除非他是生了翅膀了，否则他还能从下面爬上来？"一个一边呵气搓着冻僵的手，一边说道。

这都看了一晚上也没动静，还差这一个半个时辰的。

"那个大夏皇帝非同一般，咱们还是谨慎些好。"另一人道。

"你看这大雪天的，就算他有天大的本事，没摔下去摔死，也快冻死了，走走走咱们到山下的酒馆喝点，再去向大人回话。"那人说着，拉着另一人往山下的方向走去了。

过了不一会儿，一只血肉模糊的手伸了上来，有人扒着岩石从下面爬了上来，看到上面已经空无一人了，才敢现身上了崖。

这正是昨日被打落悬崖的夏侯彻，上了崖上便开始在崖边的雪地里摸索，找到了公子宸埋在雪里的一个小纸包，打开看到里面的一半药丸，整个人长长舒了口气，总算没有白费功夫。

原也以为自己那么掉下去会死，好在及时抓好横生的树干才没让自己坠落到谷底去，爬上来的时候，也好几次险些又掉了下去，好在最终还是上来了，也拿到了这一半解药。

稍稍歇了口气，他便开始回忆起先前青湮拿给他看过的雪域城地图，思量着有什么地方能够利于藏身，再设法将这一半解药送到淳于越那里。

既然都当他死了，那他暂时就不能再露面，但等到最后的时机，一定得以报今日之仇。

他是自己爬上来了没死，可是没有人知道这一切，城外更是一点消息都没有。

青湮更是忧心得一夜没有安眠，淳于越见她灯还亮着，就往外走去瞧了几回，一时间很是不高兴，"喂，我在这里忙得几个晚上都没睡觉，也没见你操心成什么样，人家死了活了，你倒是关心得很了。"

青湮瞥了他一眼，懒得搭理他的无理取闹。

"祸害遗千年，夏侯彻那样的祸害，哪那么容易死。"淳于越哼道。

只要他自己不想死，他一定有办法活着回来。

"事到如今，不管最后是何结果，都没有人好过。"青湮低语叹道。

尤其是那两个人，公子宸不管帮着哪边，都不是她想看到的结果，而凤婧衣若是得到了解药，恢复如常了，又要如何去面对那两个深爱她的男人。

原以为公子宸是他们所有人之中过得最潇洒的一个，到头来却也没有逃过情感的牵绊。

屋外，萧昱一人站在雪地里，静静地望着对面的雪域城，已经整整数个时辰。

他不知道里面发生了什么，也不知道他与她又是怎么样在见面，但他恍然感觉到她已经在离他越来越远，可他却怎么也挽回不了。

这种感觉，就像是心在一点一点地被人掏空。

雪域城内，天近黄昏。

夏侯渊得到守在后山的两人回报，崖下并未有什么异常，于是便也安下心来了。

公子宸看着外室正与属下商量事情的人，思量着是否该进行下一步计划了。

她默然一个人回了房中，倒了一杯茶，取出藏在身上的一枚小药丸服了下去，等着药力的发作。

这是淳于越配的药，会改变人的脉象，如果城内的人束手无策，就只有将淳于越带进城来救治，那么就能把那一半解药送到他的手里。

但愿，夏侯彻现在已经脱险，若是他真出了意外，也只有让淳于越自己想办法去一趟后山，拿那半粒解药了。

夏侯渊谈完了事，再进到内室看到坐在榻上的人捂着腹部，头上已经满是冷汗。

"宸月。"

"我……孩子……"公子宸有气无力地出声道。

"来人，快叫大夫进来。"夏侯渊急声朝着外面的侍从吼道。

不一会儿工夫，大夫提着药箱跑了过来，诊了脉却跪在地上道："教王大人，小的医术浅薄，无能为力了。"

"还没治，就说这样的话，到底脉象如何？"夏侯渊怒然道。

"胎息时有时无，怕是……怕是会保不住。"大夫战战兢兢回道。

夏侯渊眉头一紧，沉声道："换人来。"

可是短短半个时辰，一连换了数个大夫，却个个说辞都如出一辙，这也让他有些慌了手脚。

这些请来的，也都是雪域城里医术顶尖的大夫了，却没有一个人敢下药医治，难道就这样眼睁睁地看着这个孩子，还未出世就离开人世吗？

公子宸蜷缩在床上，脸上早已没了一丝血色，不知是因为痛的，还是看着眼前的人着急的样子，一时间湿润了眼眶。

夏侯渊咬了咬牙，起身出了内室，召来了亲信道："出城，请对面的淳于越过来，只许他一个人。"

纵然他不想去有求于那边的人，可是现在雪域城有可能医治的人，怕也只有淳于越一人了，总不能为了一时意气，而不顾他们母子性命。

"教王大人！"亲信听到他的话，难以置信。

现在雪域城与崖对面的人正是敌对之时，他们却要去上门有求于人。

"快去！"夏侯渊沉声令道。

两人被震慑住，不好再追问什么，连忙起了身离去，拿着他的令牌离开了园子。

青湮等人看到雪域城的城门又一次开启，一时都警觉了几分，看到两个人带着一行人过了桥，却很快被方湛等人给拦了下来。

"请问哪位是淳于大夫？"

话音一落，沐烟等人的目光，都望向站在青湮旁边的人。

淳于越慢悠悠地走上前，道："谁要死了？"

公子宸的药是他给的，这个时候雪域城里的人来找他，自然就是她已经用了药了。

"请淳于大夫跟我们走一趟，我们教王大人要见你。"来人说道。

淳于越抱臂一副不情愿的样子，"他要见我，我就要去见他吗？"

那两个相互望了望，知道他脾气古怪，可是事情紧急，若是不能将人请回城内去，他们也交不了差，于是低下头来道："还请淳于大夫走一趟。"

"我从来不白救人的。"淳于越道。

"淳于大夫有什么要求，届时尽管向教王大人提，想来你要是办成了事，他也没有不答应的道理。"一人连忙道。

淳于越回头望了望青湮，也知道时间不能再耽误，于是道："好，我便随你们走一趟。"

他进去的目的，无非是拿到那一半的解药。

"淳于大夫请。"两人让路道。

淳于越负手跟着两人进了雪域城，一边走一边打量着周围，原是计划好了的，若是夏侯彻没死，应该露一下面把解药给他的。

可这走了好远了，也不见有人找来，难不成真死了？

他正想着，拐角一个醉醺醺的醉汉撞了过来，快速地往他手里塞了件东西。

他也顿时心领神会将东西收了起来，因着要赶回去复命，那两人也没有多做纠缠，便带他先去向夏侯渊复命。

淳于越攥着手里的东西，唇角勾起一丝微不可见的笑意，就说他祸害遗千年死不了嘛。

他被领进了一座别致的庄园，进了门便看到站了一屋子提着药箱的人，想来也是这些人束手无策了才想到去找他的。

他用的药要是那么容易就让别人治好了，那金花谷的招牌早就给砸掉了。

"要我干什么？"他明知故问道。

夏侯渊耐着性子，道："请你给她医治。"

"金花谷没有给人白白治病的。"淳于越瞥了一眼床上的人，慢悠悠地跟对方谈着条件。

"你要什么？"夏侯渊虽然态度平静，神色却难掩着急。

淳于越想了想，道："子母傀儡蛊的解药。"

他就赌一赌，看公子宸肚子里的这个孩子到底有多大的价值。

"不可能。"夏侯渊道。

"那就没得谈了。"淳于越道。

"除了这个，别的条件，你可以提。"夏侯渊道。

这不是不答应，而是解药根本不在他的手上，这不是他一个人能做得了主的。

"我只要这个，若是谈不成的话，那恕不久留了。"淳于越说着，作势欲走。

反正他已经拿到了要拿的东西，如果能拿到剩下的更好，拿不到也没什么，大不了多费些心神罢了。

"我可以给你第二粒。"夏侯渊急声道。

这已经是他最大的让步了，反正现在夏侯彻已经死了，就算凤婧衣解了毒，一时也还是难以脱离冥衣楼的控制。

况且，现在夏侯彻已经死了，已经不需要再利用她去对付别人，萧昱以他们和冥衣楼的力量也可以应付了，这第二粒解药给了他也没什么。

"好。"淳于越一口应下，举步走近到床边一边把脉，一边道，"去取东西吧，一手拿解药，一手给药方。"

夏侯渊沉默了阵，吩咐了亲信前去冥衣楼传话。

"还有别想耍什么花样，我会先给你第一道药方，要想保住她腹中这个孩子也还需要第二道药方，如果我不能出了雪域城，第二道药方也不会给你。"

他现在答应把解药给他，可这毕竟是他的地盘，若是在他出城的路上，他让人再把解药给抢回去，他一个人又哪里应付得了满城数万的人。

他有心眼儿，他也不是傻子，哪能白白让人给算计了。

夏侯渊似是被人说破了心中所想，沉吟了一阵，"好。"

"还有，不要拿假东西糊弄我，我没那么好哄。"淳于越背对着外面，一边给床上的人施针医治，一边说道。

"你最好也能把人给治好了，否则也休想活着出雪域城。"夏侯渊说着，举步出了门。

要拿到真正的解药，还是得他自己亲自去一趟冥衣楼才行。

虽然不想把真的解药给他，可是现在还是先保住这个孩子重要，反正现在已经大局在握，不差这一小步。

夏侯渊一离开，装作忙活的淳于越便在床边坐了下来，其实要解除公子宸身上的药性根本不用那么麻烦，他自己用的药自然知道轻重，不可能真的有伤腹中胎儿。

但是，跟夏侯渊那样的人打交道，他不得不又做戏，又多防着一手。

半个时辰之后，夏侯渊取了东西回来，进屋看到床上的人已经恢复了几分血色，知道大约他的医术已经有了作用了。

"这是你要的东西。"

淳于越起身接了过去，打开查验了一遍，其中几味药也正是他从卷宗里寻找到的线索，应该不是假的。

他将药收起，将药方递过去道："这是第一道药方，三碗水煎成一碗，告辞。"

说罢，大摇大摆地出了门。

有了手上的两颗解药，他再要配制出第三颗解药，解除凤婧衣身上的子母傀儡蛊，也就是易如反掌的事了。

自淳于越离开，夏侯渊便一直坐在床边再没有说话，只是一直握着她的手。

"对不起。"公子宸道。

夏侯渊回过神来，淡然道："没事，你和孩子平安就好。"

虽然不甘心拿解药交换，可是事到临头也没有办法了。

公子宸沉默地闭上眼睛，却没有开口告诉他，这一句对不起真正的意思，不是因为让他损失了一粒解药，而是为她的欺瞒。

"现在好些了吗？"夏侯渊问道。

"好多了。"公子宸低声回道。

淳于越拿到了第二颗药，相信不出三天的工夫他就会配制出全部解除凤婧衣身上蛊毒的解药，到了那个时候，只怕也是双方生死决战之际了。

若是最后，夏侯渊知道是她和他们联合一气，致使他落败，恐怕也是要恨她的。

另一边，淳于越出了雪域城，夏侯彻却易容改扮留在了城内，虽然迫不及待地想把她从冥衣楼里救出来，可是现在她身上的毒蛊未解，加之冥衣和七杀两大高手都在楼内，他也不敢贸然行动。

只得一边暗中养伤，一边静等着淳于越尽快将解药配制出来，然后再彻底反击。

他们唯一按兵不动的原因，无非就是因为她在他们手里，只要将她救出去了，他定要挥军踏平雪域，以泄此恨。

淳于越出城，带出了大夏皇帝尚还在人世的消息，让大夏的一众将领都跟着松了口气。

"解药出来要多少时间？"青湮直接问到最关键的问题。

"尽量三天以内。"淳于越一边说着，一边已经在桌边开始忙活起来了。

已经拿到了两粒解药，只差最后一颗了，若是到了这个地步，他还配不出解药，那他这一身的医术可就真的白学了。

青湮没有再多问，只希望还在雪域城内的几个人能平安度过这三天。

萧昱听到消息一直沉默着没有说话，那个人没有死在她手里固然好，可是他还活着，就永远是横在他们夫妻之间的一道坎。

他不甘心，可是却发现自己怎么做都有些无能为力。

"你在担心，皇姐会和那个人在一起吗？"凤景站在边上，低声说道。

"不是。"萧昱淡笑道。

凤景没有去拆穿他的心思，哪个男人会轻易出口承认担心自己的妻子会投向另一个男人的怀抱呢。

可是，他也知道，那是他们两个人都担心的事情。

第六十五章 你在骗我

"一切等你阿姐回来再说吧。"萧昱叹息道。

他相信阿婧不是会背弃他的人，可是她的心却早已经偏向那个人了，即便她从来不说，可是他已经感觉到了。

"嗯。"凤景应声，现在一切以救人为重，至于其他的恩怨还是等离开了这里再做了断。

"时间不多了，我们也该早做准备了，这一仗定然是不好打的。"萧昱道。

雪域城占尽地利之便，他们这一方对这里各种不熟悉，固然是会吃亏的。

"如果这一次皇姐回去了，就不要让她再跟大夏的任何人和事见面了。"凤景道。

他有预感，再这样下去，她终究会为了夏侯彻而离他们而去。

萧昱淡笑没有言语，转身回了屋内，召集北汉的将领，准备三日之后的攻城事宜。

虽说三天一晃而过，但对于他们却是经过了漫长的等待。

终于在第三天的早晨，淳于越顶着血丝遍布的眼眶出来，说道："解药配好了。"

青湮伸手拿了过去，道："确定没有问题吗？"

"难道还要我吃给你看。"淳于越没好气地道。

他辛苦了三天她也没问一句，解药出来了也没见关心他一下的。

青湮将药收起，道："有劳你了。"

淳于越见她一副准备带人攻城的样子，拉着脸不情愿道："忙了三天，我没精神了，我不去，睡觉。"

"好。"青湮没有反对。

毕竟，为了这解药的事，他已经好几天都没有合眼了。

淳于越咬了咬牙，转身回房，砰的一声关上了房门。

清晨的雪域城显得很静寂，于是大夏和北汉的兵马骤然而起的攻城喊杀声也显得格外响彻云霄，这让城中很多人都惊惶起来。

藏身于城中的夏侯彻知道，他们下令攻城了便代表已经制出了解药。

他先行赶往了城门，趁着夏侯渊还没下令派兵前来支援，先从里面帮忙打开了城门，放外面的人进来。

青湮跟着冲进了城内，寻到了他道："解药在这里。"

夏侯彻伸手接了过去，妥善收好了，便转身折往冥衣楼的方向。

白笑离也随之跟了过去，一边走一边朝萧昱和凤景等人道："城里的兵马就交给你们了，冥衣楼那边由我们去。"

萧昱拧了拧眉，但还是道："有劳。"

虽然他也想亲自前去救人，但现在各有分工，这里的攻城战不能没有人指挥，他们都跟着去了冥衣楼，这里就会乱成一团，甚至落败。

那样的话，就算他们从冥衣楼救出了人，也没有出路离开。

第六十五章 你在骗我

一直隐匿在雪域城附近的九幽，听到攻城的响动，也随之赶了过来。

因着她说了不想看到她，故而这些日子他虽然都在附近，却也没有现身露面，但现在他们要去跟冥衣和七杀两人交手了，他就不得不去了。

攻城的响动，很快便惊动了冥衣楼，傅锦凰站在高台之上看了看城门之处已经交战的兵马，便知雪域城的大势已去。

这些人敢下令攻城，恐怕傀儡蛊的解药已经配制出来了，相信用不了多久萧昱他们就会来救人了。

许是因为吃了第一颗解药，现在骨笛也不好控制凤婧衣了，若是再让人把解药给了她，所有的功夫可就白费了。

这么一想，她转身快步进了冥衣楼内，既然已经不能利用她去对付他们，不如早些送了她上路，让他们拼尽一切来救到的，也不过一具死尸而已。

"傅大人，这是要干什么？"跟在后面的人，见她神色间满是杀气，紧张地问道。

"杀人！"傅锦凰咬牙切齿地道。

随从看她去的方向是地牢，便知是冲着北汉皇后去的，便道："可是楼主和教王都没有下令要取她性命，咱们这样是否不妥？"

"难道还要等着他们来了把人救走了才甘心？"傅锦凰冷然哼道，一边说着，一边加快了脚步快速奔下了楼梯。

几名随从紧跟其后，下到了地牢之中。

凤婧衣冷然抬起眼看向来人，咬牙道："你又想玩什么花样？"

这些日子里，她想法以笛声再控制她，但大约是因为那解药的问题，加之后山之事的刺激，她已经没有那么容易受她控制了。

"自然是送你上路了。"傅锦凰冷然一笑，出口的话锐冷慑人，"还不动手杀了她。"

几名随从也知道敌军开始攻城，很快就会有人来救这个人，若是再晚了，可就真的会被人救出去了。

于是，纷纷听从了傅锦凰的命令将地牢中央的人团团围住。

凤婧衣握住身边的剑柄，缓缓站起了身，他们这么急着杀了她，想必是外面已经出了变故，这样的时候她又怎能容许自己死在这里，死在她的手里。

虽然在后山悬崖之下，悲痛之下起了自尽的念头，可这几天冷静了下来，起码也该出去查清楚，他到底是生是死。

数十人持刀而上围攻，好在她先前在九幽那里学有所得，如今应付起这么多的人，倒也没有那么费力。

傅锦凰眼见自己的人半晌还未得手，不由有点着急了，若是再拖延下去，等救她的人赶来了，他们可就再难得手了。

她取出骨笛吹响，笛声虽然不能再像以前那样控制她，但也能扰乱她的行动，让围攻她的人尽快得手。

夏侯彻一行人刚刚到达冥衣楼附近，便听到了那诡异的笛声，知道她肯定又出事了。

"你们去找人，这里交给我。"白笑离扫了一眼夏侯彻和沐烟两人道。

只要她在这里牵制住七杀和冥衣两人，他们两个人闯进去救人，应该不成问题。

"有劳。"夏侯彻说罢，提剑快步冲向了冥衣楼的入口，一路循着笛声的方向而去，可是冥衣楼蜂拥而出的教众却很快阻断了他们的去路。

沐烟不停地挥着手中的刀，一边砍一边骂道："这么多，要累死老娘啊。"

她这么说着，一转眼原本在跟前的夏侯彻已经冲出去了好远，所过之处一片血路。

地牢之中，凤婧衣在笛声的影响下，脑子一阵清醒，一阵模糊，招式也再难像之前那般自如，虽然一再让自己清醒，可也难敌体内毒发的痛楚。

寒光冽冽的光锋逼近，她慌乱闪避虽然堪堪避过了，却还是受了伤。

笛声越来越尖锐，她眼前的影像也开始模糊起来，一剑刺过去竟刺了个空。

围攻的冥王教众见状纷纷使尽全力齐齐而上，凤婧衣看着一片刀锋，却只能仓皇闪避，身上连挨数刀。

傅锦凰放下笛子，沉冷地令道："快杀了她。"

围攻的数十人得令，蜂拥而上冲了过去，可剑锋还未近到她身，不知从哪起了一道狂风，最近前的三个人被骤然而现的剑锋割喉毙命。

傅锦凰一见挡在凤婧衣身前的黑衣男人，手中的骨笛一滑掉在了地上，他不是掉下后山死了吗？

为什么会在这里？

她心思快速地一转，他是被那个公子宸带进城来的，恐怕连夏侯渊也被骗了，他们根本就是计划好演了一出戏给他们看，为的就是骗到解药。

夏侯彻扶住一身血迹斑驳的人，快速将带来的解药喂给了她，"快吃了。"

凤婧衣迷迷糊糊听到他的声音，以为是自己的幻听，抬眼看着眼前模糊的影子，也顾不上还身处险境，一把将他整个人抱住了，似是生怕他再消失掉一样。

"你没有死是不是？我没有真的杀了你……"哽咽的声音伴随着夺眶而出的泪水，让他瞬间为之柔肠百折。

"朕哪那么容易死？"夏侯彻轻抚着她的后背，声音嘶哑道。

傅锦凰眼看大势已去，悄然地后退准备离开，刚刚到达出口却被随之赶来的沐烟拦住了去路。

"去哪儿呢？我送你啊。"

傅锦凰转身后退，自另一扇门离开，沐烟却在后面紧追不放。

地牢之中，随着夏侯彻的骤然而至，围攻凤婧衣的剩下几人看着倒在地上的三个人，不由得一阵胆寒。

一招之内杀了三个人，面对这样身手的人，他们又岂是对手。

只是夏侯彻，顾着所救之人的伤势，并没有立即动手解决他们。

凤婧衣渐渐在解药的作用下恢复了过来，松开了手看着近在咫尺的人，激动又紧张地问道："你……"

夏侯彻无奈地笑了笑，"朕还没死，不信你摸，都还是热的。"

说着，拉着她的手摸了摸自己脸上。

凤婧衣喜极而泣，喃喃道："我没杀你，我没有……"

夏侯彻叹了叹气，扶住她道："现在不是说这些时候，先出去再说。"

白笑离一个人要挡住冥衣和七杀两个，还不一定能撑多久，他们得尽快赶过去相助才是。

凤婧衣连忙让自己冷静了下来，道："好，先出去。"

夏侯彻冷冷地扫了一眼几步之外的几人，面色缓缓变得冷冽如冰，"不过得先解决了他们。"

他说着，扶着她站稳了方才松开手。

数名冥衣教众，眼看着他提刀逼近前来，却只能一动不动地眼看着，连要出招的招式都忘得一干二净。

这是害怕，这是面对非一般强者，自然而生的恐惧。

夏侯彻如一道黑色旋风卷过，数人连一点声音都未来得及发出，便接连倒在了地上，霎时间没了声息。

外面传来打斗之声，他拉上她道："走！"

凤婧衣一边走，一边想起自己先前在雪域城外刺他那一剑，连忙紧张问道："你的伤……"

仔细想想，那一剑刺得不轻。

"放心吧，没事。"他拉着她飞快地离开地牢，出了冥衣楼看到外面已经交手的冥王教三大长老。

白笑离一人在七杀和冥衣两人的夹击之下，明显是处于下风的，眼见七杀快如流光的一剑刺过来，还制着冥衣那边的她，已经来不及出手去挡。

夏侯彻两人看到，一时间也难以赶过去援手，一时间心都提到了嗓子眼儿。

电光石火之间，九幽飘然而至，徒手夹住了刺向她的剑刃，嘲笑道："两个对一个，你们两个未免太无耻了一点。"

白笑离听到声音，面色也瞬时沉冷了下去，"滚开，不用你插手。"

九幽没有跟她搭话，望向赶过来的夏侯彻两人，道："教你们的剑阵，还使得出来不，傻愣着干什么？"

冥王教历年以来，只有初代教主夫妇练成了玄机剑阵，难得这世间还有除他们以外的人得以练成。

凤婧衣侧头望了望夏侯彻，她担心的是他现在的伤势，还适不适合再与人交手。

那一剑毕竟是她刺出的，会将人伤得多重，她是知道的。

夏侯彻只是淡然笑了笑，示意她安心，虽然有伤在身，但跟那两个人也该算算账了。

"你竟然没死？"戴着黄金面具的冥衣，看到与凤婧衣一同出现的人冷然道。

傅锦凰没有出来，骨笛声刚才也止去了，恐怕这个人已经解去了子母傀儡蛊了。

"朕是没死，不过你们离死不远了。"夏侯彻眼底杀气腾腾地说道。

一直以来就在追查冥王教，要将这股子势力早日连根拔起，却不想这些人阴毒至极，一次又一次暗害他的儿子和他心爱的女人，这个仇早该算一算了。

冥衣冷然一哼，道："就凭你们，还嫩了点。"

白笑离一向不喜欢跟人耍嘴皮子功夫，当即便出招攻了过去，与冥衣先交手起来。

七杀也知，这样下去冥衣不会是对手，所以便一直小心注意着交手的两人，好在关键之时能出手相助。

"你还是顾好你自己吧。"夏侯彻说着，玄铁剑携着杀气，已经快如闪电地劈了过去。

凤婧衣和九幽也随之跟了上去，三个人与七杀缠斗在了一起。

若论实力，冥衣是比不过白笑离的，真正难对付的是七杀，只要除掉了他，冥衣便不足为惧。

只是，到底是冥王教第一高手，在他们三人联手合攻之下也没有处于下风。

因着惦念夏侯彻有伤在身，凤婧衣几番都走了神，反而还被他所救了。

"用点心。"九幽冲她道。

凤婧衣拧了拧眉，不得不让自己专心起来，若是再走神遇了险，又得他来出手相助，那就不是什么好事。

夏侯彻没有说话，只是一直紧抿着微微苍白的薄唇，一招一式都未露丝毫破绽。

然而，七杀也知他有伤在身，所以三个人之中，一心只攻击他一个人，这让凤婧衣不得不打起十二分的精神应对，他那样的伤势在身，若是再被七杀所伤，那可就真的性命难保了。

这边是生死相搏，夏侯渊那边亦是天翻地覆。

大夏和北汉兵马攻城的消息很快传了过来，夏侯渊没有惊慌失措，反是镇定自如地安排着援兵应对，仍旧一副胜券在握的样子。

公子宸一个人坐在桌边，桌上的早膳冒着热气，她却无一丝胃口。

她很清楚，他是会败的。

"教王大人！"有冥衣楼的人匆匆赶了过来禀报。

夏侯渊吩咐完几位堂主，方才向来人问道："何事？"

来人抬头望向他，说道："大夏皇帝，没有死。"

"没死？"他的声音一下沉冷如冰，连神情也跟着冷冽了下去。

"是，而且还给北汉皇后解了子母傀儡蛊，现在神龙长老和九幽长老，还有北汉皇后和大夏皇帝已经在冥衣楼附近跟冥衣大人和七杀大人交上手了。"来人紧张地回话道。

夏侯渊半晌没有说话，微一抬手道："你先下去吧。"

公子宸静静地看着他的背影，以他的心思，现在应该已经都猜到了。

半晌，他缓缓转过身来，目光冷然如冰，"宸月，你在骗我？"

公子宸沉默地看着他，无言以对，也不愿辩驳。

夏侯渊走近桌边，不可置信地望着那双平静无波的眼睛，她的沉默已经让他所猜疑到的一切都得到了印证。

她根本就是一直都偏帮着夏侯彻他们的，所有的一切就是想帮着骗到解药，救凤婧衣而已。

而他，竟傻得相信了她是真的因为孩子想回到他的身边。

"你竟然以我们的孩子来骗我？"

公子宸坦然承认道："我是骗了你，而且三天前孩子出事，也是我跟淳于越计划好的。"

反正已经隐瞒不住了，她索性摊开了说明白。

"你就那么想我死吗？"夏侯渊愤怒地瞪视着她喝道。

公子宸神色有些凄然，她当然不想他死，也正是因为不想他死，她才不得不帮着去救凤婧衣。

"我以为，你我之前纵然不到生死相许的地步，起码这个份上，你也不会出卖我，看来我终究是想错了。"夏侯渊冷嘲地笑，却难掩眸光深处的伤痛。

公子宸扶着桌子站起身，走至他的面前拉住他的手道："我们走吧，现在就走，去哪里都好。"

也许夏侯彻和萧昱不会放过他，但她相信青湮知道她的意思，也定会将她的用意转告给那个人，只要他们现在趁乱走了，也许就能逃出生天了。

"宸月，收起你那份假情假义的嘴脸，我不会再信你的话，永远不会。"夏侯渊狠狠地甩开她的手，大步扬长而去。

公子宸被他推得一个趔趄，扶着桌子站稳，追至门口之时，外面已经空无一人，只有迎面的寒风吹得人刺骨地冷。

她折回屋内，取了斗篷匆匆系上，便随之跟了出去，可是城中兵荒马乱，她一时之间也根本找不到他的人了。

第六十六章
等我回来

雪域城，城门口。

萧昱虽然带着人进了城内，可是在城中狭小的街道内与敌交战，显然是对北汉以骑兵著称的兵马不利的，加之冥王教众大多都是江湖中人，聚集在城中的更是身手过人的，还有城中各处暗设的机关，这让他们的行进极其艰难。

也不知现在冥衣楼那边如何了，她所中的子母傀儡蛊到底解了没有。

"萧大哥，这样下去我很难取胜。"凤景带着人青蟒穿过刀光剑影的战场，接近到他身边道。

冥王教众都是单人的武力过人，但大夏和北汉的军队是擅长阵法团体作战，可在雪域城这样的街道巷子却是很难施展开来的。

"把这附近房子都踏平了。"萧昱沉声令道。

凤景一听，侧头望向跟在边上的大青蟒带着它最先冲了上去，大青蟒身躯庞大，蛇尾几扫几座房屋便已经被它打得支离破碎。

冥王教的人对上这样的庞然大物，自是个个心生惧意，连连往城中败退。

大夏和北汉的兵马便跟着节节逼近，眼见快要逼近到冥衣楼附近，却突地冲出来一队兵马，当前一人几乎就是徒手一掌，就将大青蟒给逼退，不敢再上前造次。

萧昱看着突然出现在面前的神秘高手，"楚王爷，别来无恙。"

不仅是他，就连跟他一同的星辰也有些诧异，虽然隐月楼也与楚王府有来往，但从未见过那个病恹恹的楚王施展过什么过人的身手，看来他才是深藏不露的高手。

大青蟒虽然不是身怀绝技，但在青城山经过师尊的多年驯养，已经非一般之物，他就这样轻轻松松一掌就将它给震住，可见着实不一般了。

"北汉王免了这些客套话吧，今日在这雪域城里，活着出去的要么是你们，要么是我。"夏侯渊冷然道。

"朕也正有此意。"萧昱说罢，接过了一旁副将递来的缨枪，低声道，"其他的人交给你们，朕来应付他。"

就凭刚刚使出的那一掌，也知这个人的身手已经不在他与夏侯彻之下。

"北汉王若是想动手的话，我们择地再战。"夏侯渊说罢，掉转头先行。

萧昱打马跟了上去，这里战场混乱，确实也不适合他们交手。

夏侯渊所去的方向却是冥衣楼，萧昱随之跟来便看到附近已经交战在一起的人。

然而，最让他震惊的莫过于此时联手合璧的两个人，他亦是深谙武学之道的人，岂会看不出其中玄妙，若非心有灵犀的默契，又岂会做到那样的攻守相合，天衣无缝。

那是他的妻子，此刻却是和别的男人双剑合璧。

凤婧衣不经意一眼，也看到了赶过来的萧昱，一时间便分了心，几乎也在这顷刻之间原在他们的联手攻击之下落于下风的七杀，立即抓住时机反击了。

好在九幽和夏侯彻两人都反应快，才免于一起受伤。

九幽看了看边上，便还是沉着脸道："什么时候了，还顾上那么多。"

玄机剑阵最忌分心，一分心必迟疑，一迟疑必然就慢下招式给了敌人可乘之机。

萧昱也知道了夏侯渊把他领到这里来交手的用意，恐怕也是想挑拨他们三个人之间关系的，虽然他的目的也确实达到了，但他也知道再这样下去，对他们而言都不是好事。

于是，红缨长银枪一亮，道："王爷还是顾好你自己吧。"

说罢，提起内劲枪头迅捷如风刺向了对方，夏侯渊一直心有提防，自然也就避了过去。

整个冥衣楼附近被划分成了三大块，他与夏侯渊交战一处，夏侯彻和凤婧衣还有九幽一起对付七杀一处，白笑离与冥衣交手一处。

也直到真正交起手来，萧昱才知夏侯渊的身手是远远出于他的意料的，且他的功夫稍显邪气，整个人神情也显示狠厉冰冷，全然不似以往温润病弱的样子。

并且，功力是随着交手越来越有些高深莫测，这有些让人胆寒了。

那样子，就像她那个时候被人控制了一般。

这两边还是胜负难分，白笑离已经将冥衣逼得无路可退，一剑抵住她死穴道："今天，就是你的死期了。"

冥衣不甘地望向指剑之人，却也不敢轻举妄动。

七杀也注意到了这边，也不顾自己周围还有三个强敌，连忙赶了过来援手，可是这一慌乱，却也给了凤婧衣三人可乘之机。

九幽迅速使尽全力出手，七杀终于赶至冥衣身旁，却也被九幽凝聚全力的一掌震得口吐鲜血。

白笑离没有直接杀了冥衣，却是挑断了她的筋脉，让她再不能动。

"我现在不杀你，但要杀你的时候，还是会要你死。"

死是再简单不过的事，她做了那么多恶事，害了崇礼和她一辈子，岂能让她就这么简单地就死了。

七杀虽然重伤在身，但还是护着了她，冲着白笑离道："女神龙，我知道你是想为崇礼教王报仇，她现在已经废了，你若是真的要杀人泄恨，便冲我来吧。"

九幽看着到了这个地步，还护着冥衣的人，不由得叹了叹气。

"真是搞不懂了，她到底有什么，值得你这般豁出了命跟着她。"

在以前，他们同为教中四大长老，他一向很敬佩这个人的，可是让他很难以理解的是，这个人为何要被冥衣那样心肠歹毒的人驱使。

不管她的决定是好的，还是不好的，他都会依言照作。

冥衣作恶多端，却得了这么一个男人一直守在她身边，真不知道是她几辈子积来的福缘。

"害人的主谋是她，既然害了人，如今付出代价，也是理所应当的。"白笑离说着，冷冷望着冥衣道，"放心，我不会让你那么容易死，我会把你用在别人身上的毒药，也一一让你尝尝滋味儿。"

冥衣咬牙瞪着她，奈何现在手脚筋脉尽断，无法反击。

"七杀，给我杀了她。"

七杀沉吟了片刻，道："事到如今，还是算了吧。"

"算了？"冥衣冷然而笑，望向他道："你别忘了，你欠我的。"

七杀咬了咬牙，以剑支撑着站起身，似是真的要依她所言出手对付白笑离。

凤婧衣伸手打掉了他手中的剑，道："够了，戚少城，你欠她的，都已经还过了。"

七杀闻言猛地抬头望向她，眼中难掩惊讶，显然没料到这么多年以后还会有人认出他是戚家的人。

凤婧衣取出身上带着的古玉，道："这个东西，相信你也有吧。"

这是戚家的东西，她在冥衣楼之时曾在他身上见过与这一模一样的东西。

许多年前，戚氏一家在丰都也是门庭显赫，戚家长子武艺过人，女儿才情绝世，后来戚家的女儿入了宫廷为妃，也就是萧昱的生母。

而戚家的儿子，却从丰都失踪了。

如今的七杀，就是当年失踪的戚少城。

她也只从萧昱口中听说过，戚家的女儿和戚少城的未婚妻被敌军掳去，戚少城先救了自己的妹妹，而他的未婚妻陷入敌营遭人凌辱了。

也自那一战之后，戚少城离开了戚家，谁也不知道他到底去了哪里，一起消失的还有被他从敌营救出来的未婚妻。

冥衣那一句他欠她的，想来她就是那个女子吧。

七杀这么多年对她的话言听计从，就是在为当年的事而赎罪，所以不管冥衣做的事是对是错，他都会为她照办。

可是，即便什么样的错，这么多年，他该还的也已经还尽了。

之所以还留在她身边，这般生死相护，无非还是因为爱她吧，即便他所爱的人已经变得那样丑恶，那样罪恶滔天。

七杀看着她手中的古玉，沉默了许久，道："戚家，现在还好吗？"

"戚家早在多年之前就已经被抄家了，只有北汉王是你妹妹的亲生骨肉。"凤婧衣坦言道。

他放弃大程，放弃家族亲人，一直这样人不人鬼不鬼地跟在她身边，若真要赎罪，早已经赎了。

"戚家不在了？"七杀有些不可置信地追问道。

离家多年，他全然没想到再次听到戚家这个名字，竟是这样了。

当年为了戚家，为了妹妹，他放弃了救她。后来为了她，离开戚家，一转眼，亲人早已经化为白骨，他却一无所知。

"你离开北汉几年后，戚家就出事了，这已经是十多年前的事了。"凤婧衣叹息说道。

他虽然跟着冥衣犯下很多错事，可终归也是个有情有义之人，因为戚家而害了她，这么多年也不过是想弥补一下当初的放手所酿成的大错而已。

没有人会无缘无故变得那么心理扭曲，冥衣之所以变成如今这样，也是因为当初所爱之人在关键之时放弃了自己，所以即便这么多年七杀在她身边，为她做了无数的事，她也无法再回头相信他。

"后悔了？"冥衣冷然失笑道。

七杀淡然道："我从来没有后悔。"

冥衣望向白笑离，道："反正我现在已经不是你的对手了，你要杀便杀吧。"

她恨她，却也该死地羡慕她，羡慕崇礼对她的好，羡慕他对她的无微不至，不惜一切。

所以，她千方百计地想要取代她，想要成为他心上的那个人，也得到他那样的呵护，可是他对她也好，却总是在客气的范畴，从来没有逾越过男女之情。

即便，到最后她不惜以蛊毒控制他，他却宁愿死也不愿有负于那个人。

如果没有龙玄冰该有多好，也许她就可以成为他心上的那个人。

"你真是太不知好歹了。"九幽道。

纵然七杀以前有对不住她的地方，但这些年为了她出生入死，她却盯上了别人的心上人，处心积虑去拆散对方。

"邱九幽，说我不知好歹，你又能干净多少？"冥衣冷笑哼道。

九幽眸光一暗，没有再辩驳什么。

"当年的毒，可是你帮着下的，崇礼的死也是你一手造成的。"冥衣说着，看着白笑离与九幽两人的神色，心中不由得一阵痛快。

她想要和崇礼在一起，他不也想得到龙玄冰，否则当年又怎么会帮她向崇礼下毒。

这边的沉默，被另一方交手的战况打破，萧昱渐渐不敌功力诡异倍增的夏侯渊，被其一掌击中，撞上冥衣楼的柱子，伤势颇重。

冥衣看着那边的人，得意地笑了笑，"你们能制住我们，现在可还有本事制住他？"

现在的冥王教，若说真正的高手，根本不是七杀，而是夏侯渊。

九幽等人望向不远处，那已经不是他们先前所见的那个夏侯渊了，那种浑身透着诡异邪佞，有股让人不寒而栗的气势。

"他已经走火入魔了，得想办法尽快制住他。"九幽道。

凤婧衣快步赶了过去，扶起重伤的萧昱，"你怎么样？"

她也没想到，一向不怎么动武的楚王，竟是暗藏着如此高深的身手。

萧昱抬手拭去嘴角的血迹，道："他现在功力非同一般，小心点。"

他是料到这个人实力不一般，可是没想到会变得这么诡异莫测。

夏侯彻站在数步之外，看着匆匆而去的人，眼底掠过一丝痛意。

虽然，刚刚他们还在一起与人生死相搏，默契无间，可是回到现实，她终究还是北汉的皇后，还有一个自称为她丈夫的人。

九幽和白笑离瞥了一眼已经重伤的冥衣和七杀，知道他们已经不足为惧了，可是却没料到会突然冒出这么一个人来，而且还是非同一般的高手。

"他常年服用冥衣楼的药物，功力提升起来之后，你们都不是对手，我杀不了你白笑离，但你也会死在他手里。"冥衣得意地冷笑道。

九幽闻言，扭头道："你真是疯了……"

那不是崇礼的孩子吗？

她竟然也下这样的独毒，难怪一直以来看着那夏侯渊，面色总有些异于常人，原来是因为常年服用不当的药物。

可是那样的东西，总归是有毒的，不定最后还会要了人性命。

夏侯渊眸子有些妖异的红，只是那眼神比凤婧衣受控制之时还要狰狞骇人，冷冷地扫视着冥衣楼周围的人。

"这雪域城，不是谁想来就来，想走就能走得了的。"

白笑离几人不得不纷纷警觉起来，围向说话的人，面对这样一个莫测的高手，论及单打独斗，他们已经很难有胜算了。

第六十六章　等我回来

凤婧衣扶着萧昱，退到了安全一点的地方，道："你先在这儿休息吧。"

他内伤严重，已经不适宜再动武了。

若是沐烟她们能尽快过来，就好带他找淳于越医治了，可是他们现在又一个大敌当前，一时间又难以脱身离开。

萧昱支着站起身，想要跟他们一同帮忙，可是胸腔阵阵的痛楚告诉他，自己受的这一掌确实不轻。

"你先在这边等着，若是沐烟她们过来了，就先跟她们出城找淳于越治伤。"凤婧衣叮嘱道。

萧昱想了想，自己现在的伤势状况若是加入交战，只会拖累了所有人，这样在一旁等着倒也好，眼下也不是他能逞强的时候。

凤婧衣安顿好他，方才跟着夏侯彻他们一行人，准备应对夏侯渊。

对方骤然之间提升了数倍的功力，这是他们谁也不曾想到的，现在他身手到底到了什么地步，也没有个底。

白笑离侧头瞥了一眼不远处冷笑着看着自己的冥衣，身形一转第一个先出手了，九幽也随之跟了上去。

凤婧衣和夏侯彻相互对视了一眼，也随之加入了四人联手的交战，若论实力他们四个也都是不差的，可是现在四个人对上一个都还是平手，这着实出乎她的意料。

夏侯渊看出夏侯彻有伤在身，加之刚刚与七杀交手了一番，一直都在强撑，于是出手便针对他而去，凤婧衣只得频频出手帮他格挡，岂知对方招式一转攻向了她，手法快得让她反应不及。

夏侯彻自然不惜一切出手去挡，夏侯渊也早料到他们二人会如此，于是攻向凤婧衣的那一掌虚晃一下，却携着浑厚的力气击向了夏侯彻。

夏侯彻中招踉跄退了数步，以剑支撑着站立，咽下口中的血腥之气道："无碍。"

"你还是先到一边吧。"凤婧衣劝道。

他本就有伤在身，再中了这一招，现在伤到何种程度，也不得而知。

"没什么。"夏侯彻道。

玄机剑阵是两人联手才能发挥其威力，若是他先退下了，剩下他们三个人，会更加难以应付。

"这个时候了，你别逞强行不行？"凤婧衣望了眼不远处还在交手的三人，焦急地说道。

"放心吧，朕没那么容易死。"夏侯彻说着，已经又冲了上去。

萧昱在不远处捂着伤处，看着双剑合璧的两人，突然有些发觉自己的悲哀，那是他的妻子，现在却是由着另一个男人在保护。

他不是不想去帮忙，而是如今一掌伤及心脉，再用内力必然是不毙命，也半死了。

这边，是不死不休的搏斗。

另一边，公子宸正在混乱的城内寻找夏侯渊的踪影，一直找到了冥衣楼附近，听到打斗的声音方才赶了过来。

看到与凤婧衣几人交手的人，不由得面色大骇，怎么也想不到不过短短几个时辰的工夫，他已经变成了这番模样。

若再这般下去，双方便真的到了你死我活的地步。

她也顾不上许多，冲了上去想要阻止双方，可是多人的混战之中，又都是身手在她之上的高手，又岂是她一人所能拦得住的。

她好不容易抓住了他，哽咽劝道："你收手吧！"

夏侯渊冷冷地扫了她一眼，将她点了穴推了出去，朝着周围的几个堂主道："把她给我赶出雪域城！"

"夏侯渊！"公子宸惊声叫道。

可是，随之而来的几个人已经押住了她，不由分说地便依着夏侯渊的命令将她带离了冥衣楼。

她含泪扭头望向凤婧衣，乞求道："凤婧衣，答应我，不要让他死，求你答应我。"

凤婧衣瞥了一眼她，有些震惊。

公子宸在她们的眼前总是意气风发的，风流洒脱的，何时到这般求人的地步，虽然不甚清楚她与夏侯渊之间的纠葛，不过总归这两个人的关系，非同一般了。

可是，现在不是他们不放过夏侯渊，而是夏侯渊不放过他们。

她有心想帮她，可是现在在这里交手的也不止她一个，她不一定能救得了她想保住的那个人啊。

公子宸一路挣扎，却一路被人送往了雪域城的门口，不承想到这便是他们之间最后的告别了。

白笑离出手狠厉，也全不顾自己安危，好几次若非九幽及时出手，只怕也跟着重伤了。

"你不要命了！"九幽痛声斥道。

白笑离对于他的话一向是充耳不闻，她等了这么多年，今日进了雪域城，原就没打算再活着回去，就算拼了这条性命，她也要杀了这帮害了崇礼和她的人。

夏侯渊一招将白笑离中伤，本以为能逼退她，却不想她竟是不怕死的，也迅速出手反击于他，九幽见状也跟着出手，二人合力反而将他中伤逼退，他踉跄地后退，半跪在地捂着血气翻涌的胸口。

凤婧衣见已经将其中伤，正要相劝留他一命，白笑离迅速又是一掌，将夏侯渊震得吐血倒地。

"现在，你还有几分本事尽管再使出来？"她喘息不及地道。

第六十六章 等我回来

夏侯渊一口鲜血喷出，不甘地望向对面的几人，仅是片刻之后便又一跃而起冲了上来，虽然九幽及时出手阻止，白笑离还是又被他的掌力所震伤。

他们只顾着交战，却谁也没注意到，不远处看着这一幕幕的冥衣，没有为任何人担心的神色，而是眼底弥漫着冰冷诡谲的笑意。

而边上的七杀，眼中却满是复杂与歉意。

几番之后，双方各人也均是一身伤，白笑离却还是豁出了性命地搏杀，直到终于一掌将其狠狠中伤，再无还手之力，才冷笑道："冥衣楼那些下三滥的东西，终究是不顶用的。"

故而，这么多年，她所练的也都是硬功夫。

毒术再好，也终究没有一身过硬的实力可靠。

"是吗？"冥衣在不远处冷笑嘲弄道。

"你不用急，等解决了他们，我会亲自送你上路。"白笑离说着，也不顾一旁凤婧衣的阻拦，夺过夏侯彻手中的玄铁剑，便一剑刺了过去。

虽是刺在对方死穴之上，却也不是一剑致命。

"这种剑伤，不会立即致命，但心脏会渐渐失血而亡，这种等死的滋味，你们也该尝尝。"白笑离咬牙切齿地恨道。

"哈哈哈哈哈……"当她一剑刺下，冥衣也跟着仰头大笑出声。

白笑离厌恶地扭头，"你笑什么？"

冥衣半晌收住笑意，道："龙玄冰，你就没发现，他长得像一个人吗？"

白笑离打量了夏侯渊一阵，瞳孔微缩，却没有说话。

"他是不是很像崇礼？"冥衣冷笑地提醒道。

"他到底……是谁的孩子？"白笑离愤然质问道。

冥衣冷然狂笑，只是看着她和她脚边快死的夏侯渊，半晌也没有说话。

"他是崇礼的孩子。"九幽坦言道。

白笑离望着那人，与记忆中的人有些相似的眉眼，难忍心中阵阵刺痛。

冥衣冷笑着看着她，说道："白笑离，多年之前你离开冥王教之后，不是生下了一个孩子，在他的后背上，还有一块火云胎记，恰好……他身上就有。"

她说罢，又是一阵大笑出声。

九幽闻言不可置信地望向说话的人，当初她说那是崇礼的孩子，他一直以为是那崇礼被控制之后，与她有了肌肤之亲从而有了这个孩子，却没想到……

难怪，她们母子难以亲近，难怪她竟能狠下心让他常年服用冥衣楼的药物。

原来，就是为了这一天，为了让这对母子……自相残杀。

白笑离怔怔地转头看向脚边血流不止的人，上前颤抖地伸手扒开了他的衣服，看到后背那块火云胎记，顿时瞪大了眼睛。

当年，她走火入魔离开了冥王教，却又有了崇礼的孩子，只是那时候伤势太重，藏在教内一个亲信的分舵里，孩子出生那日分舵遭人袭击。

她重伤在身，只恍惚听到接生的稳婆说孩子背上有块火云胎记，连是男是女，孩子是何模样都未来得及看清楚，便在混乱中与孩子失散了。

之后多年以来，她行走各地，看到与孩子出身差不多年纪的孩子都会去看身上是否有胎记。

凤婧衣微震，她记得青城山的很多人，身上都有一块胎记，原来……竟是白笑离一直在找着自己的亲生孩子。

她不知道自己的孩子在哪里，也不知道长什么样，只有将有那样胎记的孩子都收养到了青城山，大约就是希望自己的亲生骨肉也是在其中的。

可是，又如何想到，冥衣竟带走了那个孩子，在身边养大了，到了今日设计让他们母子自相残杀。

而她一直苦苦寻觅的亲生骨肉，就死在了自己的手里。

这样的结果，是所有人都没有料想到的。

一个人怎么可以疯狂成这样，这样处心积虑地让他们母子为敌，直到最后互相置对方于死地，才告诉他们真相。

白笑离不敢相信冥衣说的一切，可是看到冥衣身边的七杀，那带着些许愧色的神情，又醒司到这一切都是如那个人所言的。

多年之前，她亲手杀了她所深爱的男人，多年之后的今天，她又亲手杀了他们的孩子。

她到底，都做了些什么？

白笑离悲恸地敛目，明明都是她想爱护的人，结果却都死在了她的手上。

冥衣看着她痛苦的样子，眼底泛起疯狂的冷笑，"龙玄冰，你没死在我手里，可是这生不如死的滋味儿，又如何？"

白笑离扭头望向说话的人，愤恨之下整个人都有些发抖，可是却连说话的力气都没有了。

夏侯渊听完，目光冰冷地望向冥衣，他很小的时候以为，宫里那个不受宠的妃嫔是他母亲，后来那个女人死了，这个人说她是他的母亲，说了他的身世，他便信了。

到头来，他不过成了她手里报复他亲生母亲的工具，为的就是在今天要他们互相残杀，痛不欲生。

难怪，这么多年无论他怎么做，都难讨她的欢喜，难怪她也从来不许他叫自己母亲，因为她根本就不是。

可是他的亲生母亲，就在刚刚还给了他致命的一剑。

他挣扎着站起身来，捂着伤口的手很快便被血染红了，白笑离伸手想要去扶他，手还未扶到他，便被避如蛇蝎地甩开了。

"不用那么看着我，既然我这条命是你给的，现在你要把它拿去，也是应当的。"他嘲弄地冷笑道。

白笑离红着眼眶摇头，道："不，不是这样，我……"

她心中有千言万语，却也无从解释，这么多年她一直在找他，也不知道有没有找到他，若知道这是她和崇礼的孩子，她又如何会对他下手。

夏侯渊跟跄朝着冥衣走去，站在她的面前沉声道："你养了我这么多年，就是为了今天吗？"

枉他自作聪明一世，结果不过是别人手中一件工具而已。

冥衣冷冷望着对方，道："当然，这一天，我已经等得太久了。"

她知道，龙玄冰总有一天会回来找她报仇，而就算她死，她也要最后让她生不如死。

当年她杀了崇礼，如今又杀了自己的亲生骨肉，这么残酷的一生，连她都不禁有些心生同情了呢。

夏侯渊突地出手，使出最后一分力气掐住了冥衣的脖子，几乎就在电光石火之间捏碎了她的咽喉，让在最近的七杀都难以及时出手相救。

半晌，他颓然松开手，整个人跟跄地退了两步，倒在了雪地里。

白笑离惊惶地扑了过去，想要帮他输入内力稳定伤势，可是一切都已经晚了。

这一剑是她自己所伤，最后会是什么结果，她也比任何人都清楚。

夏侯渊倒在雪地里，望着浩渺的天空，有些自嘲地道，"我到底是谁啊？"

大夏的楚王？

他不是。

冥衣的儿子？

他也不是。

龙玄冰的儿子？

可是以前他从来都没有见过她，而今她还杀了他。

最终，一个名字缓缓冒上了心头，辰珏。

曾经有个人，给了他这么一个名字。

争了这么多年，不甘心了这么多年，直到生命即将走到尽头的这一刻，他才发现他最宝贵的人和事。

可惜，他知道得太晚了，已经回不了头了，不能再去找她了。

"不要闭眼，不要死，不要……"白笑离疯狂地给他输着内力，可是他却缓缓阖上了眼睛，再也没有睁开。

九幽揪心地拉开她，制止了她疯狂的行径，"他已经死了！"

"还有救！还有救的！"白笑离咬牙将雪地里的人抱起来，跌跌撞撞地离开，想要去

第六十六章　等我回来

找淳于越医治。

九幽不放心地随之跟了上去，因为他们几番交战而破败不堪的冥衣楼附近，彻底地安静了下来。

七杀也随之带着已经断了气的冥衣离去，不是走出城的方向，却是往雪域城深处去了，没有人知道他到底要去什么地方。

凤婧衣望了望周围，正要说该走了，站在她边上的夏侯彻却突然一下倒了下去。

"夏侯彻！"

她这才看到，他身上已经满是血迹，一条腿的腿骨已经折了，可即便如此，他却还是咬牙强撑着到了现在。

如今，大敌已去，他自是再撑不住了。

她想试着帮他接骨，可是这伤是被夏侯渊所伤，她又怕自己贸然出手，会接错了，反而误了伤势，只得选择放弃等回去找淳于越帮忙。

这一方，他们是已经风波过去，另一边沐烟还火大地追击着傅锦凰，奈何对方对雪域城了若指掌，总是七拐八拐地将她给甩掉。

于是，她开始想念大青蟒小师叔在的时候，要是它在这里，将这里一片房子夷为平地，看她还往哪里躲。

正烦着傅锦凰躲到哪里去了，整座雪域城一阵猛烈的摇晃，好像有什么东西爆炸了，整座城有点摇摇欲坠。

她扶着墙站稳，哪知边上的房屋一会儿便跟着散了架，坍塌一片。

天生的直觉告诉她，这地方不能多待了，至于傅锦凰的事，还是先保住小命再找她算账吧。

这么一想，她赶紧往雪域城的城门口赶去，那边同样感受到这种异样震动的青湮她们，也开始下令将兵马撤出城。

"凤婧衣他们呢？"沐烟担忧地道。

"刚才看到师傅他们已经出来了，白笑离说都没事，应该在后面快出来了。"青湮说道。

她这么说着，便叫上剩下的人撤出城。

"先出去想办法保住那座桥，不然一会儿断了可就叫天天不应了。"沐烟一边走，一边说道。

青湮和凤景也觉得有理，连忙亲自带了人去稳固外面的吊桥，好让后面的人出来的时候，不至于无路可走。

吊桥对面的淳于越正在补充这几天缺下的睡眠，被白笑离粗暴地从床上给拖了起来，将一身是血的夏侯渊扔到他床上，"救活他！"

淳于越揉了揉眼睛看清楚人，又抬头望了望站在床边的两人，"你俩没毛病吧？"

莫名其妙地让他救夏侯渊这个敌人，这个人可是千方百计地算计他们呢。

"叫你治就治。"白笑离焦急地道。

淳于越看在她是青湮的师傅分上，虽然万分的不情愿，却还是伸手去把了脉，刚一摸上脉搏便刷地缩回手。

"人都死了，还救什么？"

这个人常年以有毒的药物提升功力，就算不是今日这般受伤而死，他日也会是毒发攻心而亡，只是死得早晚而已。

"死了也要救！"白笑离沉声道。

淳于越跃过床上的死人跳下床，披上外袍道："很多人是叫我神医，可我也是人，不是神，做不来起死回生的法术。"

这才半天的工夫，城内都乱成什么样了，竟然把这样的人带来让他救，让他救也就算了，还是一个已经断了气的死人。

"我不管你用什么办法，给我把他救活过来。"白笑离一把揪住他的衣襟，激动地道。

淳于越有些微恼地皱了皱眉，道："这种事，你该去找阎王爷说，跟我说也没用。"

九幽在一旁，看着白笑离紧张又焦急的样子，却也不敢擅自插话打乱。

毕竟，酿成如今惨剧的凶手，他也是其中之一。

沐烟和星辰等人听到争吵声赶了过来，看着白笑离强逼着淳于越救人，可是一看床上要救的人，顿时都傻愣在了那里。

"怎么是这个家伙？"

"我怎么知道？"星辰低声道。

"刚才看她带了个人出来，我还寻思是不是带的夏侯彻呢，奇怪这女魔头怎么会变得这么温柔善良，可这带出来的这一个，比带出夏侯彻还让人难以相信。"沐烟低声嘀咕道。

要不是夏侯渊，他们也不会现在来这雪域城跟他们决一死战，她现在却是为了这么个人，一再地相求淳于越施救。

"你说，难不成她看上人美色了？"沐烟低声对星辰道。

可是要说美色，那在场的要论美色也是夏侯彻和萧昱先啊，怎么也轮不上这一个啊，难不成因为那两个都有主了，她就瞧上了这一个？

星辰皱了皱眉，没有再跟她搭话，只是师尊的样子确实太过奇怪了。

两人正说着，背后传来一阵急促的脚步声，公子宸不知从何处冒了出来，抓住她们便紧张地问道："人呢？人在哪里？"

"什么人？"沐烟不解道。

"夏侯渊在哪里？"公子宸上气不接下气地问道。

沐烟伸手指了指里面，却又有些不忍开口说出真实的情况。

公子宸喜出望外地冲进门，却看到床上一身血淋淋一动不动的人，顿时停下了脚步不敢再上前一步。

虽然迫切想要见到他，可却开始希望那床上的人并不是他。

于是，她就那么僵硬地站在了原地，不肯走，却也不敢上前去看床上的那个人。

沐烟先虽有些玩笑，可是现在却也收敛起了玩笑之色，看到那样沉默的公子宸，不由得暗自叹了叹气。

白笑离还在不住地要求淳于越救人，逼得他实在是火大了，"人死不能复生，你让我怎么救？"

公子宸听到话，整个人一个颤抖，有些不敢相信地望向说话的淳于越，"什么叫……人死不能复生？"

她刚刚走的时候，他还是好好的，怎么可能一转眼就变成了这样？！

一定不是他，一定不是他……

"你们再不愿相信也好，他死了就是死了。"淳于越望了望屋内的几人，郑重地说道。

他就想不通了，夏侯渊那么一个人，他们这一个个到底是为他紧张些什么。

公子宸恍恍惚惚地走到了床边，定定地看着床上躺着的那个人，却怎么也无法将他和夏侯渊联系在一起。

沐烟和星辰不放心地跟了过去，劝道："节哀。"

虽然不是什么好人，但总归也是跟她有那么一段孽缘的人。

可是，公子宸一直站在床边，却许久连眼泪也没有流下一滴，最后有些神情恍惚地转身往外走……

"喂，你要去哪儿？"沐烟追出门问道。

"找他。"公子宸一边走，一边说道。

她不愿相信那个人就是他，他一定去了她所不知道的地方。

"他不是……"沐烟想要说人就在里面，却被星辰给拉住了。

"她现在不愿信，就由她去吧，反正也不是什么坏事。"

只是，她没有想到，自这以后，她和隐月楼上下却再没有见过隐月楼主公子宸了。

城内接连地剧烈震动，凤婧衣带着两个身负重伤的人，简直是举步维艰。

萧昱心脉受损，走得太快会加重伤势，夏侯彻原本就有伤在身，如今一下放松下来，整个人身体也完全负荷不了。

"你走吧。"

"你走吧。"

夏侯彻和萧昱异口同声说道。

现在这样的情形，她一个人带着他们两个，很难走得出去，若再晚了只怕一个都出不

去了。

凤婧衣扶着夏侯彻到了一个安全一些的地方，道："等我。"

说罢，转身扶着萧昱先走了，可是脚下的土地都仿佛在颤动，周围的房屋也跟着在一座一座地倒塌，她费了好一番功夫才把他带到了城门。

"快过来，桥要断了。"青湮在对面高声叫道。

凤婧衣咬了咬牙，扶着萧昱过了已经快要断裂的桥，转身准备折回去找人，却被他一把拉住了手，"阿婧，来不及了。"

这个时候，再回去，肯定是出不来了。

"萧昱，这么多年来，我一向都清楚该做什么，该走什么样的路，可都由别人做了主，但是这一次，这唯一的一次，让我为自己做一次决定。"凤婧衣说道。

不为玄唐，不为任何人，只为她自己。

"你去了，会出不来的。"萧昱紧张地抓着她的手劝道。

"我不能把他一个人留在那里。"凤婧衣说罢，大力抽回自己的手，转身快步跑上了已经快要断裂的吊桥。

萧昱起身要去追，吊桥却已经开始断了，"阿婧！"

"阿姐！"

吊桥一断，她也险些掉下深谷，好在及时抓住了吊桥上的绳子，然后小心地攀爬了过去到达了雪域城的城门口，扭头望了望对面的人，转头跑进了已经快要塌陷的城池。

大约，这是她第一次，有这样的勇气敢于这样奔向他，奔向她心中真正思念牵挂的人。

第六十七章
绝世之痛

　　整个雪域城都在剧烈地摇晃，凤婧衣刚刚跑进城内，城门也开始接着坍塌，而对面悬崖上的萧昱却只能眼睁睁地看着她消失在对面的城池，无能为力去阻止。

　　那是他的妻子，他的皇后，却在这样的生死关头，与另一个男人生死相依，而他却只能远远看着，什么都做不了。

　　凤景扶着有些摇摇欲坠的人，看着对面渐渐陷落的城池，心痛却又愤怒。

　　他心疼阿姐此刻的处境，却又愤怒她竟这般不顾生死，为救夏侯彻而回去。

　　自大夏回来之后，她也从来不向任何人提起大夏的一切，更不曾提及夏侯彻的名字，可是现在想来，其实早在那个时候，那个人就早已经藏在了她的心里。

　　可是，一直以来她都是处处以大局为重，知道什么是错什么是对的人，可是为什么这一刻，她却什么都不顾了，甚至连命都不顾了。

　　他不懂，怎么也不懂，那样的一个人为什么会让她变成了这个样子，甚至不惜背弃这样一心为她的萧大哥，还对那个人动了心。

　　他的阿姐，以前不是这样的人。

　　为什么就在短短的三年被那个人变成了这样。

　　雪域城内，凤婧衣穿行在不断倒塌的房屋周围，去往与夏侯彻约定的地方，可是前路被倒塌的房屋所阻，她只能从旁绕行。

　　好不容易找到了约定好的地方，可是眼前的一幕却是她怎么也不愿意相信的，夏侯彻所在的地方都已经倒塌了。

　　她慌乱地奔近，却哪里还找得到人，他重伤在身，脚又不能走……

这么一想，她疯狂地在废墟翻找着，想找到一点关于他的东西，却又怕会在这里找到他。

可是，周围的房屋都在摇摇欲坠地倒塌，她却怎么也找不到他。

"夏侯彻！"

"夏侯彻！"

她使尽了力气地叫着他的名字，可是周围的声音却轻易就将她的声音给淹没了。

突地，看到一处有一截布料，她快步奔了过去，飞快地扒开才发现是夏侯彻身上的斗篷，整个人一震更加不顾一切地朝着废墟下面寻找，眼眶却不争气地涌起泪光。

他一个人留在这里，又行动不便，若是房屋倒塌的时候没走开，岂不是……

她不敢想他是不是被埋在废墟里，却又只能在这里继续找下去，她从来没有如此害怕过，怕到连整颗心都在发抖。

突地，背后有人出声道："你在那找什么？"

她闻声扭头，却看到要找的人拄着根木棍正站在不远处，微拧着眉头瞧着她。

凤婧衣愣了一阵，抬袖拭了拭眼角的泪，清楚地一看他还是在那里，于是起身飞快地奔了过去，惊惶未定地站在他面前，"你到底去哪里了？"

夏侯彻薄唇微勾，一把将她拉入怀中紧紧拥着，"我以为，你不会回来了。"

她一次又一次因为玄唐和北汉的种种而拒他于千里之外，这样的关头回来就意味着跟他一起送死，也许就算她想来，也会被人拦下。

其实，他倒也真希望她不要再回来，毕竟现在这里已经是险地。

凤婧衣被他按在怀中动弹不得，半晌之后说道："城外的吊桥断了，我们走不了了。"

"走吧，这里不能久留了，再找找有没有别的路。"夏侯彻松开她，镇定地说道。

他不想死，也不想她跟着一起死在这里，就算没有出路，也得想尽办法回去才是，否则两个孩子可就再无人照顾了。

虽然他之前看过公子宸画下的地图，可是对于现在已经面目全非的雪域城，连他也很难分得清哪里是哪里了。

直到天黑，雪域城已经化为一片死寂的废墟，两个人也不得不先暂时找地方歇下来。

凤婧衣忙碌着找东西生了火，从废墟之中翻找出了还能用的食物，用火烤熟了充饥。

万籁俱寂，静得仿佛全世界只剩下他们两个人。

"你伤还好吗？"凤婧衣问道。

"无碍。"夏侯彻道。

凤婧衣沉默了好一阵，望着面前跳跃的火光道："对不起，我没有能先送你出去。"

如果先送出去的是他，也许就不会到这个地步。

"要先送走的是朕，朕才会恨你。"夏侯彻道。

如果是他先出去，她一样会跑回来救那个人，如今这样在这里的人就会是他和她，而他却只能在对面干着急。

"可是，我们有可能，再也出不去了。"她叹息说道。

夏侯彻伸手拉住他，坚定地说道："一定会出去。"

他不能死在这里，更不能让她跟着他死在这里，他不要什么死生相随，只要好好活着在一起，死了可就什么都没有了，更何况还都放不下他们的儿子。

她笑了笑，应道："嗯。"

夏侯彻靠着断壁，伸手拉着她坐在自己边上，道："看到你们一起走了，朕是真的害怕了，怕你这一去再也不会回来。"

"对不起。"凤婧衣有些自责地道。

她欠了萧昱太多，不能拿他的命再冒险，可那个时候她却是已经打定了主意要再回来找他的，不管会一起面对什么，这个念头是坚定的。

他们之间的心思，也每每只有在绝境之下才会显露出来，大约也只有在这样的情况下，才会真正袒露自己的心事。

"婧衣，你我之间，当真要这样一辈子都只能相思相望吗？"夏侯彻有些痛心地问道。

他知道，以他们两个的身份，要再走到一起，无疑是很难的，可是只要她自己点头了，再大的困难也都不是困难了。

"我不知道，但是那一步，我走不出去，也不能走出去。"凤婧衣道。

她当然知道他的情意，可是这世上的东西，不是想拥有就一定能拥有的。

夏侯彻深深地沉默了下去，这样的话题再继续下去，他们势必又会演变成争吵的局面。

这样难得的相依时刻，他不想浪费在争吵上。

雪域城内，一夜死寂。

雪域城外，对面悬崖上的人却也没有一个能安眠的，白笑离带着夏侯渊的遗体离开了，九幽也随之走了。

青湮和沐烟带着人寻找着雪域城的另外入口，虽然不知道里面的人现在是死是活，但总要找进去看看。

萧昱重伤在身，虽然得了淳于越医治，但短期之内也不能再奔波，可是站在窗口就那么看着对面的雪域城从天亮到天黑，天黑到天亮，时间都漫长得像用尽了一生。

阿婧，你怎么可以如此残忍，就那样义无反顾地去到了他的身边。

你到底要我怎么做，到底要我怎么做才肯重新回到从前，回到只有你我的时候。

"萧大哥，你的药。"凤景端着药过来，看他还是一动不动地站在窗边，凝视着雪域城的方向。

他永远都忘不掉，这个人看着阿姐决然而去的背影之时，眼中刻骨钻心的痛楚和落寞。

萧昱回过神来，接过了他递来的药碗，问道："派出去找路的人，有消息回来吗？"

"还没有，附近都找了，除了那断掉的吊桥，再没有第二条路过去。"凤景道。

"继续找吧。"萧昱道。

活要见人，死要见尸，无论如何也不能将她留在那样的地方，和那个人在一起。

"你留在这里好好养伤，我带人去找。"凤景道。

"你一直留在这里，玄唐的朝事怎么办？"萧昱道。

他初登基没多久，大权未稳，他这样一直逗留在外，总不是好事。

"墨嫣姐会照应着，不会有什么大事，先找回阿姐要紧。"凤景道。

萧昱想来他也是放心不下，玄唐有墨嫣照应，她一向做事稳重，应该没什么太大的问题，便也不再多劝了。

"萧大哥，你留在这里养伤，我再带人去找路。"凤景说着，披上斗篷准备离开。

"好。"

凤景带着况青和几个玄唐亲信出门，直到走到了荒无人迹的悬崖边上，他定定地看着对面的雪域城良久。

"况将军，几位大人，这几日你们都各自带人寻找进雪域城的路。"

"是。"几人齐声回道。

"不管是谁，找到进城的路，请先通知朕。"凤景沉声道。

"这是自然。"况青说道。

凤景转过身，望向况青郑重叮嘱道："朕是说，找到了路，只通知朕一个人。"

况青怔了怔，他很清楚地看到这个玄唐小皇帝眼底一闪而逝的森冷杀意。

这样的杀意，自然不会是针对皇后娘娘，恐怕是因大夏皇帝而起的。

如今大夏皇帝重伤在身，身边又没有人，正是下手的好机会，虽然这也是对北汉有利的事，但想想这样乘人之危，却又总觉得有些不太光彩。

"唐皇，这样……是不是不太好？"

"有什么不好？"凤景遥遥望向一片废墟的雪域城，语声森凉，"只有他死了，才是永绝后患。"

只有他死了，皇姐才会彻底断了念想，才不会再想离开玄唐，离开北汉。

纵然阿姐可能会恨他，但他也绝对不会放过那个人。

况青没有说话，但也没有再表示反对，只是依言各自带着人寻找雪域城入口去了。

凤景吩咐了其他的人跟着青湮和沐烟带出去的人，让他们有消息及时回报。

原本也没有想过要在这样的时候找到他们下手，可是阿姐那样的做法，却让他生出了这样的想法，那个人一定不能再留在世上。

也许，当初对那两个孩子，他就不该手下留情只是送走的。

黎明的雪域城，寂静而寒冷。

火堆柴火已经燃尽了，凤婧衣睁开眼睛，听到边上的人呼吸有些异常，探手抚了抚他额头，滚烫的温度让她不由得皱了眉头。

他本就重伤在身有些虚弱，加之又在这样的冰天雪地里，就是那铁打的人也非病倒了不可。

她起身给他盖好了斗篷，快步离开去城里，看能不能找到能用的药和食物收集起来，他们要想活着出去，没有这些东西是不可能撑到出去的时候的。

可是遍地狼藉，能找到的东西也寥寥无几。

夏侯彻迷迷糊糊醒来，边上已经空无一人，他有些怔然地坐在那里，茫然地看着四周，一时间竟有些分不清，她回来找他到底是真实的，还是梦里的。

他记得她是回来了的，可是这周围却又没有一丝她来过的痕迹，他分不清哪些是梦境，哪些是现实。

可是看不到她，却又有些恍然她是在的。

他撑着站起身，环视着周围的一片废墟，直到看到空无一人的长街尽头，一人缓缓走了过来，灰寂的眸子渐渐泛滥起明亮的笑意，也不顾一身的伤势，便拄着棍子朝着那人走了过去。

凤婧衣正在一边走一边看着包袱里的东西，以防自己再有什么没想到的，结果一抬头便看到已经走到自己面前的人。

"你……"

脚不是有伤，怎么倒自己走了。

由于走得太急，人险些摔倒，好在她快步上前扶住了，"还有伤，你走这么快干什么？"

"你去哪儿了？"夏侯彻急声问道。

"去找些吃的和伤药，你不是发烧了？"凤婧衣一边说着，一边在包袱里翻找着可以用的药。

"那你不说一声？"夏侯彻吼道。

"你不是睡着了？"凤婧衣看着他怪异的样子，颇是不能理解他一副气冲冲的样子是什么意思。

"那你不叫醒朕？"

凤婧衣没好气地倒出药丸，塞进他嘴里，"吃药！"

夏侯彻咽了下去，想再说什么却又忍了回去，虽然气她一声不吭就先走了，可到底是因为他出去找药了。

凤婧衣收拾好能用的东西，回头瞥了他一眼，"还不走？"

"走不了。"夏侯彻道。

"看你刚才跑挺快的，自己走。"凤婧衣没好气地道。

她翻了小半座城才找到这些东西，回来还被他一通教训。

"走不了，你扶我。"夏侯彻站在原地道。

凤婧衣将掉在一边的棍子捡起，塞到他手里道："拄着走。"

说罢，一个人先走在了前面。

可走了几步，又有些不放心地回头去看，看到后面的人走了几步，便在坑坑洼洼的地面险些摔倒，又快步折了回去扶住。

夏侯彻没有说话，只是薄唇牵起了一丝得逞的笑意。

又是一天过去了，两人走出了雪域城，却还是没有找到出去的路。

"走那边。"夏侯彻指了指不远处一条小径。

他记得，先前从地图上看过，这里是有一条路的，但具体会通到什么地方，却也不清楚。

凤婧衣扶着他踏着崎岖不平的小路走着，遇到有挡路的东西，还得先一步上前去清理了，才去扶他走。

夏侯彻看着她满是伤口的手，心疼想要帮忙，却又被她以伤重在身为由，严词拒绝。

其实，到如今他才发觉，自己一直那么想要从她口中去证实一句她爱他，是多么的愚蠢。

她没有说过，可是在很多时候，她却已经告诉他了。

玉霞关他伤重，她暗中托人为他治伤；她生下他们的孩子，对其极其疼爱；错杀熙熙之时，宁肯自己承受丧子之痛，也未向他吐露真相；雪域城毁，她抛下一切追随而来……

这一切的一切，早已经有了答案，只是他一直没有看清，不过他却是已经感受到了，也因为感受到了，所以才一直难舍。

一直以来，他不得所爱固然不好过，可难的终究还是她呀。

什么都只能一个人放在心底，不能对任何人说，也不敢对别人说。

凤婧衣清理完前面的道路，一抬头看到又怔怔望着自己的人道："看什么？"

"想看。"对她的兴趣和好感，他从来不加掩饰。

凤婧衣走近扶住他道："走吧，天快黑了，要先找地方落脚了。"

夏侯彻却是拉着她的手，心疼地擦去她一手的泥沙，看到手指头划破的伤口道："小心点。"

"你自己脚争气点，我用得着吗？"凤婧衣收回手扶住他，催促道，"快走。"

夏侯彻叹了叹气，由她扶着一步一步地走，抱怨道："你这说话的口气，越来越不像话了啊。"

"瘸子，你走不走？"凤婧衣没耐心地道。

他倒是什么也不用操心，眼看着天快黑了，要尽快找到能落脚的地方，起码能挡风，而且还要生火取暖，还要照顾他这一身伤，他还一点都不让人省心。

"你说谁瘸子？"夏侯彻挑眉道。

"谁瘸说谁。"凤婧衣道。

夏侯彻一甩手，站原地道："走不动，不走了。"

她那嫌弃的口气，实在让人不舒坦得很。

凤婧衣咬了咬牙，若不是看在他现在有伤在身，有时候真想直接踹他两脚才解气。

"你想在这里吹一晚上冷风吗？"

若不是顾及他现在的身体状况，她至于这么忙着赶路吗？

"凉快！"夏侯彻固执地说道。

"那你慢慢凉快吧。"凤婧衣说罢，自己一人走在了前面，不一会就拐了弯消失不见了。

"婧衣！"夏侯彻叫了一声。

没有人回应。

"凤婧衣！！"他加大声音又叫了一遍。

可是，依旧没有人回话，也没有人回来。

"还真走？"夏侯彻一边抱怨着，一边拄着木棍艰难地移动着，所幸路上的障碍都已经被她清理过了，走起来也没有那么费劲儿。

他一路追着拐过了弯，却还是没见人，于是有些急了。

"凤婧衣！"

凤婧衣从不远处的石洞里走出来，道："这里有些东西。"

夏侯彻也不再追究之前争吵的事了，跟着她进了石洞之中，洞中是一些壁画雕像，但仔细敲了敲山石，却又发现有回音的，说明后面是空的。

只是他们一时之间，也没找到能打开的机关。

"先在这里落脚再说吧。"凤婧衣放下包袱，开始出去找生火取暖的干柴，这冰天雪地里，没有火是很难熬的。

夏侯彻不方便走动，便在山洞里徘徊着寻找着机关，大约那地图上指的地方，应该就是这里了。

过了好一会儿，凤婧衣寻了东西回来，看到他一个人在那里东瞧西看，便就先忙着生火了。

哪知，背后的人在雕像跟前转了几圈，盯上了雕像手里的一柄剑，虽然有些年月了，可确实是难得的神兵利器。

他伸手拿下雕像手里生了锈的剑，谁知那雕像发出隆隆的声音，随即他脚下的石板瞬间裂开，他整个人无力地往下坠去。

凤婧衣听到响动，一回头看情形不对，又知他现在腿脚不便，扑上去想拉人，却发现已经晚了，结果自己也跟着掉了下去。

只感觉自己在一直下坠，可周围一片黑暗，只能听到耳朵旁有不断流过的风声。

终于，上方有了一丝光亮，两人直直坠落到下方的寒潭之中。

她从水里一冒出来，便赶紧四下张望夏侯彻有没有出来，没有看到他浮上水面赶紧憋了一口气潜下水去，寻觅了半响才将他从水里拉了上来游到了岸边。

一爬出冰冷刺骨的寒潭，两个人都禁不住一阵哆嗦。

凤婧衣抹了一把脸上的水，望了望边上的人问道："你还好吧？"

"没死。"夏侯彻咳了咳，才说道。

他哪想到，那把剑就是机关，一拿了就会掉了这么深。

凤婧衣仰头望了望黑漆漆的上方，也不知道他们这么掉下来是掉到了哪里，但现在当务之急还是要先离开这里，找地方生堆火烘干衣裳，否则难免再病了。

寒潭周围镶满了夜明珠，照得有如白昼。

两人哆哆嗦嗦地离开，穿过长长的密道，终于走了出去，才发现已然身处在一片无人的山谷，谷中竟是桃花烂漫，鸟语花香，俨然一处世外桃源。

茫茫的雪域境内，竟然还藏有这么一处地方，满是春天的气息。

"走吧。"夏侯彻苍白着面色道。

凤婧衣回过神来，扶着他穿过花林，看到花林深处的一处精致小屋，加快了脚步赶了过去，两人进了屋便先翻找能换的衣服，所幸还是让他们找到了。

虽然，有些旧，但勉强还能穿。

凤婧衣拿了衣服给他，自己先找地方换了身上的衣服，就赶紧去找可以用的药和可以饮用的水，他们那样掉下寒潭，十有八九都会生病。

虽然不知道怎么会有这么处地方，但现在还是先住下再说，总比一直露宿在荒郊野外要好，说不定这个地方有其他的出口，能让他们出去也不一定。

可是，这地方似乎已经空置了很久了，很多东西都已经很陈旧了，且也没有一点食物和药物，她简单找了些能用的东西，便去了隔壁朝夏侯彻道："我们的食物和药都还留在那上面没带下来，你在这里等着，我去找找看有没有上去的机关，不行就在周围找找看有没有能用的药草。"

"朕跟你一起去。"夏侯彻道。

"行了，你跟着反而麻烦。"凤婧衣说罢，一个人便先走了。

现在，主要是夏侯彻有伤在身，不能再生病，虽然这两天他都没有异样，可是她自己也知道，他是在强撑着。

夏侯彻站在门口还没来得及抗议，人却已经走远了，着实让他肚子里窝了一股火，她

第六十七章 绝世之痛

就这么嫌他现在瘸了？

凤婧衣一人回到他们掉下的寒潭附近，却怎么也没有找到再上去的入口或者机关，可是这山谷里的树和屋子也定然是冥王教人来建的，既然是以前有人来过的，总该有来的路。

一直没有办法上去拿到先前准备的药物和食物，她只有另寻办法，在谷中寻找有用的药草和可以充饥的食物，可是天已经渐渐黑了，她便只能把池子边上的夜明珠撬了两颗回来，顺路摘了些谷中还能吃的果子。

夏侯彻自她走后就一直站在门口等着，远远看到夜色中有光亮过来，便知是她回来了。

凤婧衣回来，一边进门一边说道："没找到上去的路，谷中也没有其他吃的，只有这些了。"她说着，拿着摘回来的野果，去了有水的地方清洗。

夏侯彻跟了过来，看着她挽着袖子忙碌的样子，突然有种再也不想离开这里的感觉。

这个地方，没有别人，只有他们。

可是，这样的念头终究也只是那么一瞬，就算不顾及别人，但总不能弃两个孩子于不顾，还是得尽早想办法离开这里才是。

凤婧衣洗完了东西，一回头又撞上他那样专注而温柔的目光，将东西端到他面前道："吃吧。"

他伸手拿了一个，笑了笑说道："这有点让朕想起百鬼密林的时候。"

那个时候，她没有现在这么倔强而固执，偶有小任性，但还是柔情似水的小女子。

可也真是奇怪，他明明喜欢的是她那个时候的样子，她现在变了个人似的，他却是更加喜欢得难以自拔。

"夏侯彻，我永远不可能再变成以前那个样子了，那也根本不是我。"凤婧衣说着，与他擦肩而过出了门。

"不过，朕还是更喜欢现在的你。"夏侯彻跟在后面，满面笑意地说道。

虽然有时候很气人，但让他感觉到真实，那个时候的"素素"固然温柔，但与他总隔着什么，不像如今的他们。

"你一个大男人整天喜欢喜欢的挂在嘴边，不嫌烦？"凤婧衣没好气地扭头道。

"朕对着自己喜欢的女人说喜欢，天经地义。"夏侯彻理直气壮地说道。

凤婧衣懒得跟他争辩身份差别的问题，就是说了，他也听不进去的，最后指不定吵起来的还是她。

可是，她却不得不承认，这样的甜言蜜语听在耳中，又是隐隐让人心动的。

她进了门将能住的地方收拾了一下，便道："不早了，早点睡。"

"只有一张床，你还要睡哪儿去？"夏侯彻瞅着准备走的人问道。

"不用你管。"凤婧衣道。

夏侯彻一把拉住她，道："莫说朕不喜欢强迫女人，就以朕现在这副德行，能把你怎么着了？"

她本就也是身子弱的，今天也一起掉水里了，这还能让她去打地铺睡地上么。

凤婧衣看了他一阵，倒也真倒床去睡了，但还是小心地睡到了最里侧。

夏侯彻慢悠悠地宽衣，然后在外侧躺了下来，长臂一伸自然地将里面的人搂住了，她挣了几下没挣开，便也放弃了。

夜明珠发出柔和的光，床上的两人静静地相拥着，却是谁也了无睡意。

"你为什么要嫁给那个人？"夏侯彻在她背后，低声问道。

凤婧衣沉默了良久，方才开口说道："他喜欢我，爱护我，我也喜欢他，我嫁给他也是自然而然的事。"

以前，她也一直以为，自己对萧昱那种依赖感，就是爱情。

直到遇到了他，她才真正知道何为动心，何为爱。

夏侯彻默然不语，他怪不了任何人，怪只怪他们之间的身份对立，怪只怪他比那个人晚见到她。

"我有些想儿子了。"他道。

凤婧衣沉默，她又何尝不想。

"这会儿，他们都该会叫人了，瑞儿老是夜里哭着找你的毛病，也不知道现在好了没有。"夏侯彻喃喃出声道。

那臭小子哪里都好，就是一到夜里不肯睡觉要找她，哭得谁也哄不住。

熙熙倒是乖巧听话，也不知冬日里有没有生病，他这一走也是许久了，唯恐心中挂念，一次也没有让人送消息来。

"慢慢总会好的。"凤婧衣道。

"你不知道，他们兄弟两个有多可爱，瑞儿是弟弟，可有时候却总像个哥哥，什么东西都知道让给熙儿。"夏侯彻说着，眉眼间都溢满了已为人父的笑意。

凤婧衣没有说话，可嘴角也悄悄牵了起来。

自得知熙熙生还的消息，至今也没有看到他一眼，这个孩子在她身边的时间本就少，她也是格外心疼的，只可惜总是聚少离多。

如今想起来，便也格外想念得多。

对于这两个孩子，他们都亏欠太多了。

"婧衣，朕想你能回盛京，两个孩子也需要你回去，若是你怕因此再起了战事，只要他们不紧逼于朕，朕也绝不动他们便是了。"夏侯彻说道。

一统天下是他多年的夙愿，如今他愿意退让，只要她能回到他和孩子的身边。

"夏侯彻，我能做到的都做到了，请你不要再逼我了。"凤婧衣沉重地叹息道。

她已经辜负萧昱太多，如何能再做出那等背弃之事，让他再受尽天下人的耻笑。

对于身后这个人，她能给的，也都给了。

第六十七章 绝世之痛

夏侯彻敛目深深呼吸，良久之后沉声问道："是不是永远，他在你心目中都要胜过朕和咱们的孩子？"

他知道他们之间相识多年，他也知道那个人不肯放手，可是要他一天一天眼睁睁看着自己心爱的女人，却在别的男人身边，这种感觉快要把他逼疯了。

次日，天一亮凤婧衣便醒了，也没有叫醒他就自己一个人收拾着周围能用上的东西。

这里虽是个好地方，但没有药没有食物，终究不是能久留之地，还是要及早找到出路才是正事。

她收拾好东西再回到房间，夏侯彻已经起了，大约是因为昨天夜里一番小的争执，两人相互看了一眼，都没有说话。

"你先在这里等着吧，我出去到周围看看。"

她一个人倒是快些，带上他反而诸多不便，也不利于他身上的伤势恢复，索性让他一个人留在这里养伤，她自己出去找出口，等找到了再来带他走。

"朕还没有无用到那个地步，一起去。"夏侯彻道。

"行了，就你现在这样，带着你还麻烦。"凤婧衣不加掩饰地道。

她一个人走得快些，也许能尽快找到，他这两日本就有些发烧，若是再跟着她一起，伤势恶化了，又没有好的药医治，若是等不到出去那可如何是好。

可是这人偏偏就是这么不知好歹，就是不愿理会她的一片苦心。

夏侯彻不说话，却自己挂着木棍先她一步出了门等着，要他在这里等，那是不可能的事儿。

凤婧衣看着他，不耐烦地道："你能不能安分儿点，少给我来点麻烦？"

"朕只是受伤，又没死，怎么就不能去了？"夏侯彻固执道。

她争执不过，便也不再管了，"你自己爱跟不跟，出事了我可不管。"

虽是这么说着，却又还是一边走，一边小心注意着后面的人，生怕有个什么意外。

凤婧衣走在前面，自动将路面上的障碍除去，以免后面的人走得不方便。

夏侯彻看在眼里，没有说话，眼底却溢满了笑意。

两个人在谷中转了一天，最终也未能在四面峭壁的山谷寻到其他的出路，于是不得不再回到他们落下的寒潭附近，寻找看有没有能再回到上面的机关。

其他的人一定还会想方设法地找他们，他们若是一直困在这里，恐怕就是他们能进到雪域城内，也难以再找到他们。

"看看那些夜明珠，有没有有问题的。"夏侯彻道。

凤婧衣闻言去一一查看寒潭边的夜明珠，发现了一颗竟是可以转动的，随即一道石壁便开了一道门，隐约可见有向上的阶梯，两人顿时喜出望外。

"走。"她扶上夏侯彻进了石门，沿着石阶向上。

可是，他那有伤的腿，加之内伤也不轻，实在不适宜走这样耗费体力的路，一步没站稳还险些滚了下去。

凤婧衣见他面色都惨白了几分，便扶他停了下来，"你还好吧！"

"没事。"夏侯彻道。

她担忧地叹了叹气，扶着他先坐了下来，"你等等，我上去看看。"

夏侯彻点了点头，额头都有些冷汗涔涔。

凤婧衣一个人先沿着石阶往上走，可是这楼梯却跟没个尽头似的，走不到尽头，也看不到尽头，这是夏侯彻现在的身体完全无法负荷的。

可是，不往上走，他们也没有办法再有第二条路出去了。

她折了回去，道："上面还有很长的路要走，你撑不撑得住？"

"不就那么几步路，走吧。"夏侯彻道。

刀山火海都闯过来了，还能被这么一段路给难住了？

凤婧衣扶着他一边走，一边叮嘱道："要是走不了了就说话。"

夏侯彻没有说话，只是咬紧了牙关扶着她的手，一步一步地沿着石阶往上走。

一路他倒是没怎么说累，倒是她一直不放心，走一段又强制要求歇一会儿再继续，但是他身体却确实有些撑不住了。

一路只有夜明珠的光亮，他们也不知道是白天还是黑夜，也不知道这样走了多少日子，直到带着的食物和药物都用光了，两个人都渐渐没了体力，才爬完了漫长的梯子。

只是，夏侯彻已经开始发起了高烧，虽然一直强撑着，但却是着实不容乐观。

石室冰冷，只有他们带着的夜明珠有着光亮，却也一直找不到出去的出口，没有食物，没有水，没有药，他们的体力也快到了极限。

就好像被关进了一个巨大的黑匣子，他们找不到出口的地方，一直在黑暗中徘徊寻觅，从谷中爬到这里，夏侯彻已经耗尽了全部的体力，人又一直高烧不退，已经渐渐陷入了昏迷。

她将他留在原地，放了夜明珠在他跟前留作记号，一个人去周围寻找出口或是能用的东西，可是，周围都是空荡荡的，什么也没有，她只得选择折回去。

"夏侯彻，你怎么样？"她跪坐在边上问道。

闭着眼睛靠着石壁的人没有出声，也没有睁开眼睛。

凤婧衣伸手探了探他的额头，烫手得吓人。

她也记不得他们有几天滴水未进了，她自己都已经快要撑不住了，何况是一直重伤在身的他，可是这周围没有水，没有食物，什么都没有。

她咬了咬牙，拿随身的短刀将自己手上划开一道口子，将血滴进了他的口中，大约是出于生存的本能，他感觉到唇上的湿润的东西便微微张开口咽了下去，只是太病重没有发觉那是血而不是水。

半晌，她自己包扎好伤口，起身继续去找出口，可最终也是无功而返。

夏侯彻状况愈来愈不好，起先她有时候还能叫醒他，渐渐地能叫醒他的次数越来越少，他的呼吸也越来越弱了。

"夏侯彻，你说了我们要一起活着回去的，我们说好的，你不能说话不算话。"她声音沙哑而哽咽，透着无尽的恐惧与害怕。

她不知道该怎么办了，她不想让他死在这里，可是她怎么也找不到出去的路。

半晌，夏侯彻虚弱地掀了掀眼帘，有气无力地出声，"朕还没死，哭什么哭？"

凤婧衣抹了抹眼角，看到他清醒了笑了笑，"你怎么样？"

"陪朕说说话，说说话就不会再睡着了。"他握紧了她的手，声音低得几乎听不见。

"你要我说什么？"她道。

夏侯彻凝视着她，低语道："这么多年，朕一直想知道，离开大夏之后，你可曾有过念头回来找朕？"

凤婧衣垂下眼帘，半晌没有言语。

"当真就一次都没有想过？"他见她不说话，继续问道。

"我想过。"凤婧衣哽咽出声，道，"可是我不能。"

在得知有了孩子的时候，她有想过去找他，在孩子出生之后被送走她想过向他求救，甚至在她成亲之前也都想过，可是她又很清楚地知道，她不能那样做。

夏侯彻苦笑，"朕就知道。"

她这个人，从来心里想的与嘴上说的都是拧的。

"孩子出生以后，我就常常在想，若是你看到他们，当是多么高兴。"凤婧衣幽幽诉说着这些年从来不敢轻易对他人言的心事。

"可是你那么狠心，一直不肯让朕知道。"夏侯彻说着，手上的力道紧了几分，却也是没有几分力气。

她对别人都宽容，独独对他对她自己，总是一次又一次狠下心肠。

"便是你再怪我，这些年的事再重来一次，都还是一样的结果。"她笑了笑，说道。

性情使然，他们都是不敢轻易去放下防备的人，爱上一个人很难，与之相守却更难。

夏侯彻长长地叹了叹气，道："确实。"

最初的最初，谁又曾想到自己会爱上一直恨之入骨的仇敌呢？

身份的对立，国仇家恨的对立，注定他们难以走到一起。

不过，她今日对他吐露这番心事，也是难得了。

"要是我们出不去了，死在了这里，怎么办？"她有些惶然不安地问道。

"不会的，一定还会有出路。"他坚定地说道。

若是没有两个孩子，便真是与她死在了这里，他也是甘愿的，可是两个孩子还在盛京，他们不能不顾他们。

凤婧衣稍稍定下几分心神，问道："你还能走吗？"

他们不能一直在这里等着，就算找不到也还是要去找，总不能一直在这里等死。

夏侯彻深深吸了口气，咬了咬牙道："扶朕起来。"

他也不知道自己是昏睡了多久，但可见是真把她吓坏了。

凤婧衣起身，扶着他起了身，又担忧道："你真能走吗？"

"走吧。"夏侯彻道。

虽然腿像灌了铅一样，但也总不能一直在这里坐以待毙，他们两个人谁也不能就这么死在这里。

"要是实在走不了，还是别勉强了。"凤婧衣见他走得艰难，心疼地劝道。

"朕不想死在这里，朕还要回去等着你再回到盛京，等着咱们的孩子长大，不能死在这里。"夏侯彻一边走，一边咬着牙低声说道。

他绝对，绝对不能让他们的儿子成为无父无母的孤儿。

凤婧衣鼻尖一酸，却又强忍着没有说话，只是扶着他一步一步地在黑暗里行走着。

突地，他停了下来，道："等一下。"

两人停了下来，这才发现不知什么方向，竟有着丝丝奇怪的声音。

仔细听过之后，两人相互望了望，"是风声。"

那是风吹进来发出的声音。

"走。"夏侯彻催促道。

凤婧衣扶着他走走停停，循着声音的方向，终于在走了好一段路后感觉到了阵阵的凉意，也顺利寻到了那条发出声音的细小缝隙。

她扒开缝隙，感觉到自外面吹进来的寒风，虽然寒意凛然却止不住心中的喜悦，"附近一定有机关，快找找。"

两人借着夜明珠的光芒，在附近寻找着可以开启的机关，虽然费了好一番功夫，但总算还是被他们找到了。

夏侯彻转动着机关，随之便有轰隆隆的声音响起，那缝隙缓缓开大成了一道口子，呼啸的寒风从外面涌了进来，吹得两人都不禁打了个寒战，却又相互望着对方止不住地笑了。

外面天刚蒙蒙亮，她扶他走出了石门，在雪地里深一脚浅一脚地走着，虽然不知是在什么地方，但也隐约感觉是出了雪域城了。

相较于她眉眼间的喜悦，夏侯彻却多了几分忧虑，他自然希望他们能活着出来，可他却又怕再回去了，一切又变成了原来的样子，她最终又会回到该死的北汉。

朝阳初升，照耀在冰天雪地的世界。

她扶着他到了避风的地方休息，取了冰焐化成水了给他，道："要不你在这里等着，我先去找人来。"

他现在这个样子，她实在担心会走不出去。

"你是想扔下朕跑了？"夏侯彻虚弱地斜了她一眼。

"行了，算我没说。"凤婧衣懒得再与他争辩，休息了一会便又扶着他上了路。

一路走了好远，两人听到了马蹄声，循着声音望去看到一行人正策马而来，她连忙用尽了力气出声呼救。

过来的是凤景，带着一行人听到了声音便勒马停下了，看到远处雪地里的两人，侧头向边上的亲卫吩咐了几句，便带着人过去了。

"阿姐！"

凤景一马当先寻了过来，看到被她扶着的人，眼底掠过一丝无人可见的深冷，却并没有多说什么下了马赶了过来。

"你们怎么找到这里来了？"凤婧衣喜出望外地问道。

凤景吩咐了人帮忙扶住夏侯彻，方才说道："一直找不到进雪域城里的路，这几天大家都带着人从别的地方绕路，看到不能绕进去，我们这才找到这里来。"

天知道，这一连多日他们都快把雪域城周围翻了个底朝天了。

"外面情况怎么样？"凤婧衣并未放心将夏侯彻交给其他人，还是自己跟着扶着的。

"白前辈和九幽都已经走了，公子宸也走了，也没说是去了什么地方。"凤景打量了一下她的神色，又道，"这些日萧大哥一直放心不下在找你，身体状况也不是很好。"

凤婧衣闻言微微抿了抿唇，却没有说话。

她也很清楚，这话凤景是说给她听的，也是说给夏侯彻听的。

"现在怎么样了？"半晌，她还是出声问道。

"原本淳于越要他留下休息的，可是一直没有你的消息，他坐不住就自己也带人出来找了，他从那边分开走的，不知道现在怎么样了。"凤景一边说着，一边打量着边上夏侯彻越来越黑沉的面色。

"先找地方休息吧，我们需要食物和水。"凤婧衣强打着精神道。

凤景看她面色不好，这才注意到她包着的手，"阿姐，你的手？"

他这一问，夏侯彻也随之望了过去，看到她拿破布包着的血迹斑驳的手，目光瞬时一紧，"哪弄的？"

这几日自己烧得迷迷糊糊的，加之里面又是黑暗一片，并未注意到她手伤成这样，起码他还记得在谷里还是没有的。

"小伤而已，不用大惊小怪的。"凤婧衣一边扶着他走，一边说道。

她自是不可能告诉他，伤口是因为近日划开让他喝了血的。

只是，因着先前被困在雪域城遭傅锦凰连日取血，手上筋脉早有损伤，加之最近又伤了，这双手如今已经渐渐有些难以活动了。

不过，所幸他们已经逃出来了，一切都还是值得的。

"前面不远有个小木屋，可以暂时落脚，从这里要走回去还得两天的路程。"凤景跟着一边走一边说道。

可是，看着走在一边的夏侯彻，却总是怎么看怎么碍眼的。

"先去那边吧。"凤婧衣道。

他们两个人能撑到现在已经是不容易了，若是再不能休息，恐怕是真的走不了一天了。

一行人走了没多远到了凤景所说的木屋，侍卫去寻了木柴进来生了火，她要了食物和水，也顾不上一旁不高兴的凤景先拿给了夏侯彻，他却没有伸手去接。

"你想饿死吗？"凤婧衣道。

她让他喝自己的血保命到现在，可不是要他在这个时候逞什么英雄的。

至于凤景，自那两个孩子的事情之后，纵然是亲弟弟也总是让她难以安心的，可是到底是血脉亲人，又总不能冷漠相对。

夏侯彻瞥了她一眼，伸手接了过去，心里却是暗自揣度着她到底又会做什么样的选择。

其实，也不用猜测，以她的心性会做出什么样的选择已经是完全可以预料的。

"阿姐，你们先在这里休息吧，我去通知萧大哥和青湮姐他们。"凤景扶剑说道。

"嗯。"凤婧衣点了点头，知道他再留在这里对着夏侯彻也是尴尬。

凤景出了木屋，带上了两名亲卫，走了好一段路才出声道："事情办妥了吗？"

"回皇上，已经办好了，只等时机了。"那人说着，扭头望了望不远处的木屋。

凤景眉眼沉冷地点了点头，道："朕先走了，稍后该怎么做，你自己知道。"

"是。"那人低头拱手回话道。

凤景望了望不远处的木屋，一拉缰绳打马离开。

木屋里的两人简单用了些食物，凤婧衣把了下夏侯彻的脉搏，道："今天先好好休息，明天再赶路回去。"

相信有淳于越帮忙医治的话，应该还是没有问题的。

"你又要回北汉？"夏侯彻没有去看她，开口的声音有些压抑的愤怒。

凤婧衣沉默地望着跳跃的火苗，尽量以平静的口气说道："夏侯彻，你我之间，是没有相守的可能的。"

"你明明心里是有朕的，为什么……为什么还要留在那个人的身边，他能给你的什么么，朕不能给？"夏侯彻扭头，血丝遍布的眼睛望着她的侧脸，沉痛地质问道。

她明明就已经承认了，她心中的人是他，可却还是固执地要回到那个人的身边。

"那你到底要我怎样？"她含泪侧头望向他，道，"要我背弃玄唐，背弃他到大夏，让全天下的人都知道玄唐长公主背家弃国，红杏出墙爱上了敌国的皇帝？"

"你我之事，关天下人何干？"夏侯彻愤然道。

难道，就为了畏惧别人的指点，他就要永远放弃她。

"我欠了他太多，不能再对不起他。"凤婧衣道。

"那你又对得起朕？对得起我们的孩子？"夏侯彻沙哑着声音质问道。

她敢与他生死相随，却还是不敢与他相守一生。

凤婧衣别开头，泪无声涌出眼眶，"求你，别再逼我了。"

她不知道该如何回去面对萧昱，可是他一天不放她走，她也不可能背弃他的。

"你若真要让朕再眼睁睁地看着你跟他走，不如你就让朕死在这里了。"夏侯彻颓然道。

痛失所爱的滋味，他不想再承受了，更不想再承受一辈子。

"夏侯彻！"凤婧衣一侧头，看到他敛目压抑着的神情，却又不自觉软下了语气，"你连孩子都不顾了吗？"

"你都不要他们，朕顾着他们又有何用。"夏侯彻道。

两个人就此沉默了下去，再也没有说话。

直到天黑了，夏侯彻靠着墙壁闭目养神，突地觉得胸腔内阵阵血气翻涌，一手捂着嘴咳出一摊血来。

凤婧衣本就睡觉睡得浅，一听到声音顿时便惊醒了。

"怎么了？"她慌乱地走近，把了把他的脉搏，才发现脉息紊乱不堪，这分明是内伤发作的征兆。

可是，淳于越还没过来，这里也没有可以缓解的药物，再这样下去只怕凶多吉少了。

"来人！来人！"她冲着外面的人唤道。

"长公主，有何吩咐？"几名侍卫闻声赶了进来。

"淳于越现在在哪里？"凤婧衣扶住他问道。

一人想了想，说道："他是和青姑娘和北汉王一路的，离这里大约有一天的路程吧。"

凤婧衣想了想，扶着夏侯彻出门上了马，"我们去找他。"

一行侍卫护送他们起程去跟淳于越一行人会合，可是离开小木屋走了没多远，便遇到了路上的雪崩，马匹很难再通行过去。

"你怎么样？"她扶着他坐在雪地里担忧地问道。

夏侯彻摇了摇头，连说话也没了力气。

凤婧衣想了想，咬牙说道："你们带他在后面跟着，我先去找淳于越。"

若是派别的人过去，依淳于越那怪脾气还得耽误时间，她若是尽快找到他，赶过来与他们会合还能节省些时间。

"是。"几人回话道。

凤婧衣看了看坐在雪地里的人，道："你再撑着点儿，我很快回来。"

说罢，一个人上了马朝着所指的方向离开。

夏侯彻微微掀开眼帘，看着雪地里策马而去的人，眼前陷入越来越沉重的黑暗，但对于危险的直觉让他握住了身边唯一的兵刃，以防不测。

这内伤发作得蹊跷，她相信她弟弟不会使什么下作手段，他却是不信的。

一开始倒没有怀疑，可是就在刚才发现那几个侍卫有些诡异的神色，他便知那玄唐小皇帝怕是在给他设着圈套，要趁机送他去见阎王了。

她留在这里也是左右为难，索性还是让她先走了，由他自己跟那小子作个了结。

他坐在雪地里，一边注意着周围的动静，一边调理着内息，以便应付随时可能发生的状况。

果真，没一会儿工夫便有马蹄声过来了，凤景带着侍卫团团围住了盘坐在雪地里的人。

"夏侯彻，今天就是你的死期了。"

半晌，夏侯彻缓缓掀开眼帘，淡淡地扫了一眼周围的人，却并未有一丝身陷绝境的恐慌，反是那一副沉稳从容的王者风范，让人颇是意外。

"杀我？就凭你？"他冷然一笑道。

若非是因为她，就凭他当初害他儿子一事，他又岂会再留他到今日。

凤景高踞马背俯视着雪地里的人，平静道："以往的你，朕不敢说，但对付如今的你，绰绰有余了。"

若夏侯彻还是以往的夏侯彻，便是再有十个他也难是他对手，可是现在他重伤在身，性命岌岌可危，要杀他根本就是易如反掌的事。

只是之前皇姐一直在，他无法下手，如今她走了，就不会再有人护着他了。

"送来的食物和水里，你早动了手脚是吧。"夏侯彻道。

这个人想杀他，但不会当着她的面下手，才想方设法地将她支开好借机下手，终究也是让他达到目的了。

"皇姐对你心软，朕可不会。"凤景咬牙切齿地道。

如果他不在食物和水里动手脚把皇姐支开，等到他与他的那些将领会合了，他又哪里还有下手的机会。

"不过，你也只会使这些见不得人的小把戏。"夏侯彻冷笑哼道。

虽然看不过去，但总归他现在是栽在他手里了。

凤景下了马，杀气冽冽地一步一步逼近前去，"朕很清楚，自己不是你的对手，若不使这些手段，又如何能打败你？"

夏侯彻以剑撑着站起身，直视着几步开外的人，"都没动手较量，就那么肯定朕能败在你手上？"

虽然是这么说着，可是心里却也明白，这样的处境确实是对自己极其不利的。

凤景接过侍卫递来的兵刃，咬牙便劈过来了，却没想到面对已经重伤的夏侯彻，自己这一剑竟然还是劈了个空，但很快又反应过来连番攻击，不给对方一丝喘息之机。

他再怎么强大，现在也是强弩之末了，逞强逞不了多久的。

夏侯彻一边与他交着手，一边却是在往利于自己离开的方向撤退，他现在是一个人与他交手，一旦杀他不成，定会下令让人群起而围攻，他没有留下等死的道理。

但是，在他还没有抢到马匹之时，凤景却已经察觉到了他的意图，扬手一挥道："杀了他！"

夏侯彻咬牙爬上了马背，因为前路雪崩马匹跑不过去，只得调头往其他的方向走。

他现在不能跟他们硬碰硬，只要撑过一天她带人回来，相信方湛他们也会跟过来，到时候找不到他人，就一定会知道有什么变故，那时候他就可以脱身了。

说来也是可笑，自己以前一门心思地要把他们姐弟俩揪出来杀之而后快，如今他们一个一个地接连站在他眼前了，他却不杀他们了，反而被人追成这般模样。

凤景咬牙看着打马而去的人，愤恨地下令道："追！"

好不容易才等到今天，他岂会这样放过他。

夏侯彻本就有伤在身，加之又内伤发作，整个人趴在了马背上赶路，可是后面的人却一直紧追不放，加之又在这雪地里，他要想脱身掩去行踪，根本是不可能的事。

凤婧衣朝着侍卫所指的方向走，可这周围的路却不是她所熟悉的，到了岔路口一时间不知道该往哪边走了，后来仔细一想凤景不也是去找他们的，循着他的马蹄印走就行了。

可是，再往雪地里看，雪地里的印子却比来时的路要浅好多，好像只有往这边来的脚印，这不由得让她有些纳闷儿了，刚才走时还明明看到有的。

她想了想又折了回去，竟发现雪地里不远处有绕开折回来路方向的马蹄印，心中陡然生出一股强烈的不安。

凤景没有按所说的去找萧昱他们，反而是避着她折了回去，而那里只有夏侯彻了……

这么一想，她心下一沉，也顾不上再去找淳于越他们求救，赶紧朝着来时的路折了回去，可是原先的地方，哪里还有那个人的踪迹，只有雪地里隐约的血迹向她昭示着发生过什么。

她循着雪地里的马蹄印朝着他们离开的方向追踪，心却一直紧紧悬着，若是凤景真要趁着这个时候对他下手，以他现在的身体状况是很难逃过一劫的，她必须得尽快赶过去阻止才行。

她一路循着脚印追赶，可是那些脚印却好像没有了尽头，怎么追也追不上他们的人。

自己明明知道凤景对他心有仇恨，却还是疏忽大意了，哪里料到他会去而复返对付他，如今一想恐怕夏侯彻的内伤发作，也是他暗中动了手脚的。

她习惯于提防敌人，却总是放松了对自己人的警惕，当年孩子的事如此，如今亦是如此。

另一边，夏侯彻已经被一行人追到了断崖边，无路再走只得勒马停了下来。

断崖不高，下方却是深不见底的冰湖，他望了望，咬牙弃马而行，借着雪滑到了下面，准备从冰面上通过到冰湖对面去，怎么也没料到自己竟有一日会落到被人追得如此狼狈逃窜的地步。

"不能让他过去。"凤景带着人马，下马紧随而至。

夏侯彻本想过了湖，打碎湖面的冰，让后面的人再也无法过湖追上他，奈何一路奔波加之重伤在身，又哪里跑得过后面的人。

凤景随之在后，运足内力一剑劈向他脚下的冰面，顿时一阵嚓嚓的声响，脚下裂开一道缝隙，冰面下的湖水随之渗了上来，浸湿的脚只觉千万根冰针扎一样的疼。

夏侯彻在退，凤景所带的人也紧追不舍，不是直接与他交手，却都是以力力破坏他脚下的冰面，想要将他沉下湖里去。

凤婧衣一路快马赶回到断崖边，看到冰湖上交手的一行人，下了马慌乱之下，几乎整个人都是从上面滚下来的。

"凤景！凤景！"她嘶哑着声音，用尽力气地叫道。

凤景闻声回头，看到狂奔而来的人瞳孔一缩，全然没料到她会这么快折了回来，于是心下一横想要再下杀手。

凤婧衣看到他高高举起的剑瞪大了眼睛，沉声道："你敢再动他，你我姐弟情分就到此为尽了！"

凤景缓缓转过头望向说话的人，目光渐渐幽冷骇人，"阿姐，为了他，你要与我断绝姐弟情分？"

这个人，从他出现就夺走了他们所有人原本幸福的生活，萧大哥，素素，老丞相，他们所有人都因为这个人失去了原本拥有的生命和幸福，可是她竟要如此护着他。

凤婧衣定定地望着他，哽咽而颤抖地道："小景，阿姐求你了，别杀他。"

她感觉，他若死了，她也会死。

"为什么？"凤景眼中隐有泪光，有些疯狂的偏执，"阿姐你告诉我为什么，为什么我们十几年的姐弟，你与萧大哥十几年的情意，竟抵不过与这个人的短短几年？"

何况，还是一个曾经一心要置他们于死地的人。

凤婧衣泪眼望向被他们围攻在中央的人，却久久地沉默着没回答。

"既然没有非留他不可的理由，你可以忘了给素素和老丞相报仇，我不能忘。"凤景决然道。

凤婧衣看着凤景眼底升腾而起的杀意，惊声道："我爱他！"

凤景不可置信地看着她，似是不敢相信这句话是出自她的口中。

"我可以一辈子都不跟他在一起，一辈子不脱离玄唐和北汉，可是你不能让他死，他

第六十七章 绝世之痛

死了,我也会死的。"她颤抖而哽咽地说道。

他若死了,即便她人还活着,心也死如荒漠。

一边是家国亲人,一边是心中挚爱,可是这两边都是互不相容的仇敌,她一直在这二者之间努力平衡,努力去做自己能做到的一切,可根深蒂固的对立和仇恨又岂是她一个人所能化解的。

夏侯彻看着不远处的人,眼中缓缓现出温柔的光华,虽然是死到临头了,但亲耳听到她这一番肺腑之言倒也值了。

凤景不知是气还是恨,胸腔微微起伏着,握剑的手更紧了几分,一字一句沉冷地说道:"阿姐,便是你恨我,一辈子都不再认我这个弟弟,我也绝不会留他。"

这个人再留着,永远都是他们之间的一根刺。

也许,他死了,一切就会慢慢好起来。

"不!"凤婧衣跟跄地跪近,乞求道,"你不能杀他,你不能……"

凤景却先一步一剑劈碎了夏侯彻脚下所站的地方,夏侯彻整个人落入冰冷的湖水中,刺骨的寒意让他瞬间脸色便转为青白,奈何周围都围着人,他也无力再搏杀上岸。

凤婧衣跑了过来,却被凤景下令让人拦了下来,只能眼睁睁地看着他沉在冰冷的湖水里,她看到凤景再度扬起的兵刃,使尽了力气扑了过去跳进水里,挡在了夏侯彻的前面道:

"你若真容不下他,便先杀了我吧!"

不知是因为寒冷还是恐惧,她整个人都不住地发抖,连开口的声音都带着哆嗦。

凤景没有与她说话,只是下令道:"还不拉长公主上来!"

凤婧衣一听慌乱地伸手在水里紧紧地抓住了他的手,喃喃念说道,"我们说好要一起活着回去的,你说了不会让我们的儿子做无父无母的孤儿,我们说好的,都不能食言……"

夏侯彻看着因为自己而惶恐无助的她,一时心疼如刀割,一直以来她夹在他与家仇亲人之间,何曾有过一刻安宁。

也只有在此刻,他才真正明白,这些年她心里的苦与痛。

几名侍卫拉住她,用力地将她往上拖曳,她却始终紧紧攥着他的手,手上的伤口也随之崩裂,染了一手的血。

可是她一个人又怎么抵得过几个人的力气,她急得望向自己拉着的人,眼泪止不住地流,"不要死啊,只要你活着,我跟你走,我现在就跟你走,你不要死……"

她知道,这一劫是逃不过了,可却还是固执地想要听到他的承诺。

他是守信的,只要答应的,就一定会做到的。

此刻,她迫切地需要他给她一个肯定的回答,肯定告诉她,他不会死。

夏侯彻看到她满手的血,有些想要放开却是被她紧紧抓着,连骨头都被捏得有些疼。

凤婧衣被人拖着上了岸,手却还是紧紧抓着他的手,嘶哑着声音哭叫道:"你不准死，夏侯彻，你不准死……"

凤景见拉不开两人，瞥了眼夏侯彻的手臂，手起剑落便劈了过去。

凤婧衣看到剑光一闪，慌忙松开了手，只能眼睁睁看着冰冷的湖水哗一声将他淹了下去，他渐渐地沉下黑暗冰冷湖底，她连一丝影子都瞧不见了。

她瘫坐在冰面上，定定地看着深暗的湖底，似是在等待着什么奇迹发生，他能从里面再出来。

"阿姐，我们该走了。"凤景收了剑，面无表情地去扶她起来。

凤婧衣冷冷地甩开他的手，血丝交错的眼睛望向他，"凤景，现在你满意了。"

"阿姐，萧大哥在等你回去。"凤景道。

他知道，他的阿姐在恨他，可是那个人……非死不可。

凤婧衣拒绝了他的搀扶，自己摇摇晃晃地站起身来，缓缓说道："一直以来，伤我最深的人，不是我的仇人，不是要置我于死地的傅锦凰，是你，凤景，是我唯一的亲人一次又一次往我的心上扎刀子。"

凤景看到她眼底的决然，一时间有些难过。

"从今以后，你是你，我是我，玄唐与我也再无半分瓜葛。"她说着缓缓转过身去，一边跟跟跄跄走着，一边道，"我不想再看到你了，永远都不想。"

她从来没想过背弃玄唐，也从来没想过要弃他于不顾，可是现在她真的不知道，自己这么多年去守护的玄唐到底有什么意义。

她最亲的人杀了她最爱的人，她那么求他，他也不肯放过他。

"阿姐！"凤景看到她的背影，追了几步却怎么也叫不住她。

那个人，对她而言，就那么重要吗？

重要到让她这般不顾一切，舍弃一切，错的人到底是她，还是他？

凤婧衣走了没多远，脚下越来越软，眼前渐渐陷入无边的黑暗，而后倒在了白茫茫的冰湖上……

她一动不动地倒在冰面上，耳朵贴着冰想要听到湖里的声音，可是什么也听不到。

她缓缓阖上了眼帘，无边无际的黑暗中感觉自己也沉到了湖里，她在水里找他，却怎么也找不到他的踪迹……

她和他在一起的时候，却是不想和他在一起。

如今她想和他在一起，却再也没有机会了。

这是她最后一次在雪域见他，也是最痛心的一次诀别，在之后的许多年里，她再没有他的消息，不知他身在何方，不知他是生是死。

但她可以肯定，这一生至死，她再也无法像爱他一样，去爱上任何一个人。

纸包不住火。

第六十七章　绝世之痛

玄唐皇帝刺杀大夏皇帝之事很快便被大夏的将领所知,他们一方面派了人到冰湖打捞,一方面压抑仇恨之火已久的方湛带兵与玄唐和北汉交战,誓要为主报仇。

于是,原本之前一直同仇敌忾的三国兵马,在打败了冥王教之后就在雪域又重燃了战火,凤婧衣便是在三军混战的喊杀声中醒来的。

萧昱和凤景都不在,马车上只有青湮和沐烟两人,见她睁开眼睛都长长地松了一口气,询问道:"你怎么样了?"

"没事。"她沙哑着声音淡淡道。

"这亏得有淳于越这神医在这里,不然就你那样子只怕谁也治不好了。"沐烟道。

他们赶过去的时候,她浑身冰冷得连脉都若有若无,一开始淳于越想尽了办法,她却始终不愿醒来。

"醒来就好。"青湮道。

"什么嘛,淳于越那混蛋还说要是你不醒来,是你自己不想活了,不关他的事。"沐烟没好气地数落道。

"沐烟,人才刚醒,别扰了人休息。"青湮低声斥道。

"我们这是去哪里?"凤婧衣望了望车窗外,低声问道。

"回丰都啊,小凤景闯了大祸,这会儿姓方的带人追着打呢,你又有伤在身,萧昱就让况青和我们先护送你回丰都。"沐烟说道。

"夏侯彻呢?"凤婧衣定定地望向青湮问道。

青湮摇了摇头,道:"一开始听说没找到,之后大夏与玄唐和北汉就打起来了,我们也不方便再打探消息,那里兵荒马乱的,只好先带你走了。"

凤婧衣目光又黯淡了下去,沉默了半晌,道:"青湮,求你一件事。"

"行了,你还是先顾好你自己吧。"沐烟没好气地说着,瞥了一眼她包扎着的手道,"淳于越说你这手现在已经半残废了,起码一两年是动不了武也使不了多少力气了。"

她记得,她这一双巧手能同时执笔书写,一手字堪称绝妙,一套玄机剑法亦是绝世无双,就这样废了,连她都觉得可惜。

青湮瞥了一眼沐烟,问道:"你说。"

她既说了这个求字,自然是对她而言非常非常重要的事。

"你和淳于越去大夏吧,若是他们找到了他,请你们一定想办法救活他。"她说着,想起冰湖上的一幕幕,眼中不自觉地涌出泪来。

"可是你……"青湮看着她苍白如纸的面色,很是不放心。

她们也不知道冰湖那里发生了什么,只是他们接到消息赶过去的时候,她已经伤重昏迷,只是口中一直念叨着不要死不要死,现在人是醒过来了,可是说话也好,神色也好,总让人感觉到不放心。

"求你了。"凤婧衣神色凝重地恳求道。

他伤得很重，若万一能找到了，当世之间除了淳于越，没有谁的医术再有可能救他。

她现在有伤在身走不了，外面又有着北汉和玄唐的侍卫护送，加之如今的情势，就算她找去了，也会被方湛他们恨得杀之而后快。

青湮沉默了一阵，道："那好吧，你这里有空青，应该不成问题。"

"谢谢。"她木然地说道。

青湮望了一眼边上的沐烟，叮嘱道："你帮着好好照顾。"

"行了，走你的。"沐烟不耐烦地道。

青湮下了马车，找上了淳于越低声说了几句，两人便准备离开了。

"青姑娘，是皇后娘娘有事吗？"况青打马走近问道。

陛下吩咐要他们护送皇后娘娘回丰都，之前人一直是昏迷的，这会儿她从马车上下来，难不成是皇后娘娘伤势有变。

"不是。"青湮望了望马车，道，"她已经醒了，吩咐我们回去接应一下，你们先走吧。"

况青想了想，以为是皇后娘娘要他们接应陛下唐皇，便也没有再多问，于是道："那就有劳二位了。"

青湮点了点头，与淳于越两人又沿原路折了回去。

凤婧衣由沐烟扶着坐了起来，整个人面无表情地坐在那里，眼底沉寂如一汪死水。

沐烟一开始在说话，可渐渐感觉到了不对劲，叫了她几次也没将她叫回神来，不由得担忧地皱了皱眉头。

玄唐和大夏之间的恩怨本就是个解不开的结，她与那个人便也注定多受磨折，可是凤景这一回这样做，却也着实是伤了她的心了。

这么多年，她所做的一切不也是为了玄唐为了保护这个唯一的亲人，可最终这个唯一的亲人却给了她最狠的一刀，让她焉能不痛心绝望。

回丰都的一路，她开始反反复复地发高烧，人时而清醒几日，时而昏迷几日，便是醒来了也不与人说话。

沁芳看到回来已经清瘦不少的人眼眶都红了，送了吃的进去，问了半天也不见出一点声音。

"这好好的人出去了，怎么回来成了这样？"

沐烟抱臂倚门而立看着坐在榻上一动不动的人，她就那么坐着，好像是独自一个人在想着什么，却没有人看透她的心思。

"喂，你倒是想想办法？"她望向边上的空青道。

空青面无表情地说道："心病需心药，莫说是我，便是主人来了也没办法。"

她自己不想再面对周围的人，又岂是药物所能左右的。

"这样下去总不是办法。"沐烟叹了叹气道。

"慢慢来吧，她心里压的东西太多，让她这样自己静一静兴许也是好事。"空青平静地道。

这些年，这个人将太多的东西积压在心里，一个人的内心再强大也总有承受不住的一天，何况她经历的许多已然是常人所无法承受的东西。

"人治不好，那手总能治好吧。"沐烟没好气地道。

"谁手伤成那样是能一下就治好的？"空青瞥了她一眼，说道，"她手上筋脉损伤太大，没个一年两年恢复不过来的。"

那双手也不知遭了些什么罪，就差没给断了。

"一群庸医。"沐烟道。

空青知她不过是嘴上不饶人，便也懒得再与她辩驳，但是凤婧衣那双手要想恢复成以前的那般灵活有力，这辈子恐怕都难了。

以他在金花谷多年的医术，便是让主人来医治，也最多让她的手能活动而已，将来再想拿剑、提重物恐怕是不可能的。

"主子，你先吃点东西吧。"沁芳端着饭菜坐在凤婧衣边上哽咽着声音劝道。

她如今手有伤，连筷子都拿不稳了，吃饭喝药都得人侍候着才行。

凤婧衣望了望她，吃下了她喂到嘴边的饭菜，面无表情地咀嚼着，至于吃的是什么她自己都不知道。

最近她总是做很冷又很长的梦，一次又一次梦到自己在雪域的漫天冰雪地里找夏侯彻，可是她始终都没有找到他，于是每一次都从梦中惊醒。

沁芳看到她肯吃了，紧紧抿着唇忍着哽咽的声音，一口一口喂她吃下了饭菜，问道："主子，手还疼吗？疼的话叫空青过来。"

凤婧衣摇了摇头，她似乎已经忘了什么叫疼，连心都麻木了，又怎么能感觉到身体的痛。

沁芳问了她几句，半晌也不见她开口说话，便红着眼眶收拾东西先下去了。

这一连好几天都是这样子，问她什么也不说，好像谁的话都听不进去了，可每天夜里睡觉都面色惨白一脸冷汗地惊醒过来。

沐烟和空青也不知是发生了什么事让她变成了这样，陛下又一直未回丰都，可这人天天这个模样，着实让人瞧着揪心。

她依稀记得，这是第二次看到这样惶恐无助的玄唐长公主，第一次是在两个孩子出事的时候，第二次是现在。

以往那么多强敌环伺，生死关头她也都能很快地冷静下来，知道自己该干什么，唯有这两次让她看到了她并非无坚不摧。

沐烟不想在屋里看到她那要死不活的样子，索性坐在了外面，瞥了一眼空青问道："雪域那边到底怎么样了，他们到底谁打死了谁？"

萧昱一直没有回来，可见这回大夏那容军师和方湛可真是发了狠了，不然不会一直无法脱身回来。

"我怎么知道。"空青道。

"不是都说祸害遗千年的，夏侯彻那祸害不是真死了吧？"沐烟喃喃道。

事到如今，他们若再看不到凤婧衣心在何处便是傻子了，若是那个人真死了，她以后会变成了什么模样去。

"那也不是你能操心的事儿。"空青道。

沐烟瞪了他一眼，懒得再跟他争论，起身道："你看着吧，我回去补个觉去。"

凤婧衣这睡不好，折腾得他们一个个都提心吊胆地睡不好。

雪域那边的战况如何，凤凰台一无所知，直到半个月后的夜里，萧昱才风尘仆仆地回到了丰都，也没顾上回宫理政，直接便先来了凤凰台探望。

沁芳因着一直不放心凤婧衣，故而与宫人轮番在寝殿这边守着，听到外面传来响动连忙出了门，看到长廊灯影下疾步而归的人，一时间不知是喜还是忧。

"陛下！"她欠身请安道。

"皇后如何了？"萧昱停下脚步，站在门外问道。

"娘娘睡下了。"沁芳如实道。

萧昱沉吟了片刻，道："你们下去吧，朕进去看看她。"

原本是打算亲自送她回来的，奈何大夏的兵马穷追不舍，他和凤景根本脱不了身，这一仗一打便是半个多月才消停下来。

战事一过，他一心挂念她的伤势，便先一步赶回来了。

寝殿内只留了一盏照物灯，光线显得昏暗，他轻步掀帘而入到床边坐下，床上的人还静静睡着，只是眉头紧紧蹙着，可见梦里并不安稳。

他探手抚了抚她蹙着的眉头，喃喃低语道："阿婧，我到底做错了什么，你非要与我走到如此地步。"

他不明白，自己到底哪里错了，让她那么短短几年就一颗心落在了那个人身上，任凭他再怎么努力也敌不过那人在她心中的位置。

虽然这些日一直还在雪域打仗，但她的病情况青也都每日有回报给他，便是当年他的死讯也不曾打垮她，如今一个夏侯彻就让她变成了这般模样。

可是又要他如何甘心放手，眼睁睁看着他爱了这么多年，等了这么多年的女子投入别人怀抱。

他在床边静坐了一夜，床上的人醒来的时候看到他，也并未有丝毫的面色起伏，好像是看到了他，又好像是没有看到他。

"阿婧，我们不能再这样下去。"早膳之时，他向她说道。

凤婧衣缓缓将目光移向他，没有说话，只是望着他。

"我们说好的,要一个我们的孩子。"萧昱定定地望着她说道。

也许,他输给了那个人,就是因为他一味地退让和等待,他不想再等下去了。

凤婧衣面无波澜,好像完全没有听进去他的话,又默然转开了目光。

萧昱微不可闻地叹了叹气,也没有再继续这个话题,只是道:"宫里这几日还有许多事等着我处理,恐怕没多少时间回凤凰台,等天气暖和些了再接你回宫住。"

凤婧衣没有说话,只是静静地望着窗外被风吹动的树,不知是在想些什么。

早膳过后,萧昱叮嘱了沁芳好生照顾,一再交代了况青护卫凤凰台的安全,方才起驾回宫去了。

原本就冷清的凤凰台,因着主人的寡言少语显得更为沉寂。

每天,她只会问一句话,"青湮有没有消息回来。"

沐烟知道,问青湮的消息,也是在问夏侯彻的消息,可是青湮和淳于越却一直没有一点动静,这让她都有些坐不住了。

直到数日之后,沁芳自外面采买东西急匆匆地回到了凤凰台,也不敢去向凤婧衣说,便先去找了空青和沐烟询问。

"沐姑娘,空青,我在外面听到消息,大夏那里已经由皇长子夏侯懿登基为帝,丞相原泓和军师容弈共同辅政,这消息……可是真的?"

大夏让一个才一岁多点的孩子登基为帝了,岂不就是说夏侯彻已经……

沐烟和空青听着皱了皱眉头,一抬眼看到不知何时站在沁芳后面的人,顿时惊得失了言语。

"你们倒是说话啊?"沁芳急切地追问道。

沐烟两人没有说话,她背后却传来颤抖而沙哑的声音,"你刚刚……说什么?"

沁芳闻声回头,一看站在后面的人,"主子……"

这话原本就是要避着她的,这倒偏偏让她听到了。

"你到底在说什么?"凤婧衣走近,目光难得的清明。

沁芳咬了咬唇,知道瞒不过去,只得坦言道:"大夏皇长子夏侯懿登基为帝,年号光熙,由当朝丞相原泓和军师容弈共同摄政。"

"不,不……"凤婧衣闻言摇头,不愿相信她的说辞,她说熙熙登基为帝了,岂不就是说那个人已经不在了。

"主子……"沁芳看着她的样子,眼中满是泪光。

凤婧衣拂袖转身便朝着凤凰台外面去,她不信他会死,她要去大夏,她要去问个清楚……

然而,人还未出凤凰台便正撞上回到凤凰台的萧昱,看着她急匆匆的样子便也猜到了缘由,"阿婧,你要去哪儿?"

正是因为他也得知了大夏新帝登基的消息,他怕消息传到她耳中会出事,故而处理完宫里的事就赶着过来了，终究还是晚了一步让她知道了。

"我要去大夏。"凤婧衣直直望着他，不带一丝犹豫地说道。

一直以来，这样的话她心中有过，却从未说出来过，可是这一刻她什么也顾不上了。

她只想去大夏，去弄清楚他到底是死是活。

萧昱静静地望着她，面色平静无波，眼底却波澜暗起，"先回去再说吧。"

他说着，上前扶住了她往里走。

"我现在就要走。"凤婧衣固执地要求道。

"阿婧，我们回去再说。"萧昱耐着性子，强硬地扶着她往回去。

凤婧衣甩开他的手，退了几步道："我什么都不想说，我只要现在走。"

萧昱站在原地看着她，目光沉黯而痛楚，他的妻子，他的皇后现在告诉他，她要离开，她要去找另一个男人。

半晌，他扫了一眼周围的宫人，沉声道："你们先下去吧。"

沁芳和沐烟等人也是紧随凤婧衣而来，看到这场面一时间也不知道该如何是好。

"走吧。"沐烟看到萧昱让人退下，拉了拉沁芳劝道。

"可是主子……"

"行了，人家两口子的事儿，咱们就先别掺和了，难不成你还怕姓萧的能杀了她不成？"沐烟说着，拉着她离开了。

凤婧衣要去大夏，可她现在到底还是北汉皇后，这么往大夏去，实在不是件理智的事。

不过现在，她似乎早就已经没有了理智和冷静了，起码原来的凤婧衣是绝对不会做出这么疯狂的事情的。

周围的宫人都陆续离开，一时间偌大的园子只剩下他们两个人了。

"你要去大夏？"萧昱问道。

"是。"

"你要去找他？"他又问道。

"是。"凤婧衣决然道。

"阿婧，很多时候我不愿逼你，可你却一再让我无路可退。"萧昱沉重地叹了叹气，继续说道，"我一再等，等到的却是你离他越来越近，离我越来越远。"

凤婧衣固执地看着他，久久没有言语，脑子里却一门心思地思量着先前沁芳所说的话，为什么青湮一直没有消息回来，为什么会让才一岁多的熙熙登基了，他到底去了哪里？

"阿婧，你答应了不会走的。"萧昱走近，站在她面前说道。

"我不想再这样下去了。"凤婧衣有些疲惫地叹道。

她以为她真的可以做到一辈子不背弃他，不背弃玄唐，可是这一刻，她真的不想再想这些东西了，她只想去找到他。

"那你就想去找他？"萧昱激动之下，语气有些沉冷。

"我们继续这样下去，你觉得幸福吗？"凤婧衣质问道。

她也曾以为，随着时间他们之间可以像正常夫妻一样生活，可是她一次又一次地试过了，她真的做不到了。

"你不是我，你又怎么知道，这样的我不幸福？"萧昱声音更显冷锐。

难道，要他眼睁睁地看着她去找那个人，那就会是幸福吗？

"我知道我有负于你，可是我试过了，也努力过了，我忘不了他，也无法像爱他一样爱你。"凤婧衣也不知自己是哪里来的勇气，终于将一直压在心头的话倾诉出来，"难道，这样的我，这样的生活，就是你要的吗？"

"是，只要你还在，只要你不走，就是我要的。"萧昱决然道。

这么多年的期盼，要他就这么放手，他如何做得到。

"萧昱……"凤婧衣看着他，不知该如何再开口。

"阿婧，朕可以一退再退，但不可能退到成全你们的地步。"萧昱说道，声音带着几分难言的颤抖。

这世上有什么比自己一心所爱的女子，心中却是爱着别人，更让人悲哀无奈。

"你非要如此吗？"凤婧衣问道。

他们继续这样下去，真的能幸福吗？

"我也不想与你走到这样的地步，可是要我放你走，我做不到。"萧昱眼中隐有泪光，出口的话隐有锐冷的寒意，"除非北汉亡国，我驾崩入土的那一天。"

他说罢，拂袖转身离开。

"萧昱！"凤婧衣追了两步，那人却走得更快了。

他这是……要把她关在这里吗？

凤凰台外，况青见他这么快就出来，连忙迎了上去，"陛下！"

萧昱停在车辇边上，回头看了看凤凰台的宫门，沉声道："即刻起，加派人守卫凤凰台，无朕诏令不得放皇后踏出这里一步。"

况青闻言一震，不可置信地望向说话的人，他这言下之意是要将皇后软禁于此吗？

这才进去一会儿工夫，怎么就闹到了这样的地步。

"陛下，真要如此吗？"

萧昱并没有理会他的话，继续说道："带人进去请空青和沐烟离开这里。"

这两个人本事不小，再留在这里指不定就会帮她逃离凤凰台，沁芳只是一介弱女子不通武艺，再者她也需要沁芳的照顾。

况青看他一脸沉重的面色，沉吟了片刻带着几个人进了凤凰台，径自寻到了沐烟和空青所居的院落。

"沐姑娘，空青公子，陛下请你们离开凤凰台。"

沐烟听了眨了眨眼睛，道："什么意思？"

"沐姑娘还是去问陛下吧，属下只是遵旨而行。"况青如实道。

"他这是要赶我们走？"沐烟继续追问道。

况青没有回答，只是侧头抬手道："二位请。"

沐烟咬了咬牙，拿起自己的兵刃大步离开，出了凤凰台看到还停在外面的御辇，一掀帘子喝道："姓萧的，你什么意思？"

"这里已经没什么事了，你们可以离开了。"萧昱冷然道。

沐烟回头一看凤凰台在加派守卫，嘲弄地冷笑道："你这是要把我们赶走了，将她软禁在此？"

凤婧衣执意要去大夏，这个人劝不下，都到出此下策的地步了。

虽然也理解他的心情，可是这样的手段，未免太让人心寒了。

"阿婧需要静养一段时间，你们不便留在这里。"萧昱道。

"是我们不便留在这里，还是你怕我们把她劫走了？"沐烟有些火大地反问道。

"随你们怎么想吧。"萧昱敛目疲惫地叹息道。

"你要这样来留她，是不是太不上道了。"沐烟道。

"那你告诉我，我该怎么做，她才不会走？"萧昱望向她反问道。

若他还有别的办法可以留下她，他又何尝想做到如此地步。

沐烟被他问得无言以对，沉默了一阵道："难道，你想这样关她一辈子不成？她是人，是活生生的人，还是你所喜爱的女人，这样对她你自己就不心疼吗？"

谁也不曾想到，这个人会对她做出这样的事情来。

萧昱靠着马车，神色疲惫得不想再说话。

他不心痛吗？

他比任何人都心痛，十多年来对她的爱恋早已融入呼吸，深入骨髓，让她伤心难过的事，于他也是切肤锥心之痛。

可是谁又能告诉他，他到底该怎么做才能留下他所心爱的人，如当初答应的那样，一辈子与他相守到老。

"我也警告你，若是她在这里因为你有个三长两短，隐月楼上下也会让你北汉不得安宁。"沐烟说罢，甩下了车帘叫上空青离开。

凤婧衣那女人上辈子是作了什么孽，遇上夏侯彻没一天清净日子，如今在这姓萧的这里也没有一天安生日子，不是被这个关，就是被那个关的。

沁芳得知状况，原本想出来求情，却在门口被侍卫拦下了，她哭着跪在门口大声说着话，御辇上的人始终没有再下来，也没有再说一句话。

他原是那么心疼她的人，怎么会舍得如此待她。

况青将一切布置好，在御辇外面回了话，萧昱方才带着人离开凤凰台回宫去了。

第六十七章　绝世之痛

沁芳看着远去的圣驾仪仗跪在地上,再看着凤凰台外的重重守卫,怎么也不敢相信这一切是那个人下的旨意。

自这一日开始,凤凰台与世隔绝,她们从来不知道外面发生了什么,每隔几天宫里会送来需要用的生活物品,却从来不与她们说话。

她一开始的气愤也慢慢平静下来,尽心侍候着与她一同留在凤凰台的主子,不能帮她出去,起码得将她照顾好了。

只是,她的手一直没有多大的好转,吃饭连碗筷也拿不了,人也经常一连好几天都不说一句话。

华美无双的凤凰台,也在一天一天中成为一座死寂的宫殿,外面的人不进来,里面的人不出去。

第六十八章
凤台囚凰

不知不觉，已经到了春天，北汉丰都还是寒风凛凛，大夏盛京却已经开了春花。

后宫无人，但因着两个小皇子的存在，宫中一向不减热闹。

一下了早朝，一身墨色小龙袍的孩子就从皇极正殿跑了出来，孙平带着宫人在后面追着，"皇上，你慢着点儿。"

紫苏正在东暖阁，一听到外面的声音便知道某个小麻烦又回来了。

"饭饭！"一进门的小家伙就叫道。

原本这穿着龙袍上朝的，该是一旁坐在榻上吃饭的熙熙，结果当日诏书下出去了，登基那天给他换龙袍的时候，瑞瑞看着衣服漂亮，死活抱着不肯撒手，于是只能把衣服套在了他身上，把他给带去登基了。

自然，这些事是前朝大臣所不知的，反正他们也分不清兄弟两个哪一个是大的，哪一个是小的。

紫苏将他抱起放到榻上，把给他留的饭团子递了过去，小家伙抓着就往嘴里送。

不给他吃饭就让他早朝，难怪一下了朝就迫不及待地跑回来了。

原泓和容斗两人随后跟了过来，看看坐在榻上沾着一脸饭粒的兄弟两个，一个皱了皱眉，一个头疼地抚了抚额。

瑞瑞非要上朝玩，可是坐上龙椅了，又没有一刻规矩的时候，明明很严肃地讨论着政事，他给吼了一句："吃饭！"

原本也没想让这么小的孩子去登基为帝，可是那个人成了那般模样，朝中大事虽然他们可以暂时做主，但时日一长难免遭人非议，说是他们专权。

于是，只得把这才一岁多点的小家伙给扶上龙椅，借着摄政之名义代为处理朝政大事，稳定大局。

"给我。"原泓过去伸手讨吃的。

瑞瑞抱紧了一点都不给，熙熙倒是有些大方，伸着小拳头要给他东西，他兴冲冲地伸手接着，结果一看放到手心里的东西，顿时尖叫着躲到了容弈身后去。

"你个臭小子，谁让你抓这些东西的。"

他给他的不是吃的，是只肥蟑螂，他竟然一手吃饭，一手抓着这个东西。

容弈无语地退开了几步，奈何躲在他身后的那个人就是不肯走，于是嫌弃地道："我说，你能不能别像个女人一样，小孩子都不怕的东西，你怕？"

"谁说男人不能怕这个东西了。"原泓一边说着，一边左顾右盼生怕那虫子蹦到了自己身上，"孙平，快让人把那东西给捉了扔出去。"

谁知，一伸头竟是看到那蟑螂落在榻上，熙熙一伸小手便又抓住了，还得意扬扬地举着给他看，吓得他赶紧离开了。

大夏新帝不过一岁年纪，朝政大事自然便都落在了两位摄政大臣的手里，原泓在宫里一连待了好些天才从堆积如山的政事脱身，准备回府去大睡两天。

谁知，马车刚驶出皇城到了大街上，不速之客一声招呼也不打就钻进了他的马车。

"喂，夏侯彻那祸害到底死了没有？"沐烟一钻进来便直接问道。

正闭目养神的原泓不耐烦地睁开眼睛，"我说，你好歹一个女儿家，这么不矜持地往男人的马车里钻，要脸不要脸？"

"别废话，说正事，夏侯彻那祸害到底死了没有？"沐烟没好气地追问道。

她千里迢迢从北汉跑到盛京来，可不是听他这些废话的。

"你才死了呢。"原泓理了理衣襟哼道。

"青湮和淳于越在哪里，带我去看看。"沐烟毫不客气地坐下，催促道。

"下去，自己找去。"原泓说着便将她往马车外推。

沐烟咬了咬牙，威胁道："你到底带不带路？"

"不带。"原泓斩钉截铁地道。

他都几天没睡一个整觉了，好不容易有点空闲，才懒得又回宫里去。

"真不带？"沐烟道。

"不带。"原泓说着，一撩帘子就把人往外推。

沐烟却趁势一把扯开自己衣襟，露出肩膀冲着外面就叫，"来人啊，来人啊，丞相大人非礼良家妇女了，丞相大人非礼了……"

马车本就在闹市区，她这一叫，周围的人立即就围着望了过来，看着丞相府的马车帘子半开，一名妙龄女子被年轻的丞相压在马车里，衣服都给扒开了。

站在外面人群里的空青别开头，实在不忍去看这样的画面，原泓要跟那个人比没皮没脸，八辈子也比不上啊。

原泓恨恨地咬了咬牙，放下车帘低声道："带你去！"

"早答应不就好了。"沐烟一把推开他，坐起身拉好衣襟道，"非要逼得姑奶奶牺牲色相。"

原泓坐到离她最远的地方，朝外面的车夫道："调头，回宫。"

沐烟撩着帘子，冲着外面道："好了好了，都散了吧，我们闹着玩儿的。"

围观的人一听都扫兴地散了，空青这才走近了马车上去，跟着一起进宫里去。

"你们不是本事大吗，有本事自己进去啊？"原泓瞥了瞥两人哼道。

沐烟冷冷瞪了他一眼，道："你们现在把皇城里三层外三层发包着，我们去给人当箭靶子吗？"

她原本就是想和空青自己进去的，结果又是黑衣卫，又是箭机营，他们一看情形不对便也不敢去尝试了，于是直接等着他从宫里出来，找他带进宫去。

承天门守卫认得是刚刚出宫的相府马车，便近前问道："原大人，怎么又回来了？"

原泓半撩着帘子，道："有点事。"

守卫这才放了马车入宫，三人刚一下马车到皇极殿外，远远便看到两个孩子在走廊上追逐嬉闹，好不欢喜的样子。

沐烟快步赶了过去，仔细瞧了瞧两个小家伙，喃喃道："这才多久工夫，长了这么多，宫里到底是伙食好啊。"

紫苏从东暖阁过来，看到他们两人便走了过来，"沐烟姐，空青，你们怎么来了？"

不是说他们在北汉，怎么会跑到盛京来了。

"当然是有事了，青湮他们在哪儿？"沐烟一手抱起熙熙，朝着她问道。

紫苏听了没有说话，却是望了望原泓，似是在征求他的意见。

现在这宫里宫外都是他和容大人说了算，便是夏侯彻那里也是一般人不得出入的，他若不带他们去，她说了也没什么用。

"行了，来都来了，走吧。"原泓没好气地道。

瑞瑞一见哥哥被人抱着，跑到他跟前伸着小手要求道："抱！"

原泓不搭理，走了两步小家伙小跑着跟前来，不依不饶地伸着小手，加重了语气道："抱！！"

原泓咬了咬牙，还是躬身将他抱了起来，一边走一边数落道："小胖子，你能不能一天少吃点，这么重谁愿意再抱你？"

小家伙现在虽然话还不全，但也是能听懂话的年纪了，知道他在嫌他胖，于是气鼓鼓地瞪着他表示自己的不满。

紫苏走在边上瞧着，甚是哭笑不得。

现在两个孩子正是憨态可爱的年纪，可惜那两个人都没在他们身边看到。

原泓带他们去的，不是别的地方，正是先前凤婧衣在宫中所住的素雪园，只是周围已经由黑衣卫明里暗里布了好几重的守卫，一般人莫说进去，就算是靠近也不可能。

"嘿，搞这么大阵势，夏侯彻那祸害是真不成了？"沐烟虽然嘴上这么说着，心里却不由得悬了起来。

北汉那边的人水深火热，这边也是生死攸关，这事儿后面该怎么办，凤婧衣跟萧昱到底还是夫妻，他们这些个外人总不能去帮着她，让他们两口子再打到你死我活的地步。

原泓本是想回府休息两日，结果又被逼得跑回来，自是窝了一肚子火，懒得再搭理她，抱着瑞瑞走在前面进了屋。

一进了门，瑞瑞便叫唤道："下。"

原泓将他放到了地上，小家伙自己就朝着素雪园的寝阁跑去了。

青湮听到响动从里面出来，看到她和空青两人有些意外，"你们怎么来了？"

凤婧衣那里状况想来也不会很好，他们不在那里照顾却反而跑到大夏来了。

沐烟放下熙熙，道："夏侯彻现在到底怎么样了，你们也送个信回去，有人都快急疯了。"

"到盛京就让人传消息回去了，你们没收到？"青湮皱眉道。

沐烟一听，心头顿时蔓延上了几分寒意，北汉境内有本事截下隐月楼消息的，除了萧昱还能有谁呢。

"他人怎么样了？"

青湮摇头叹了叹气，领着她朝里面走，一进门扑面而来的浓重药味有些呛人。

沐烟掩着口鼻往里走，看到淳于越在床边忙活着，床榻上一动不动地躺着一个人，正是在凤凰台那人魂牵梦萦的男人。

只是，面上了无血色，就那么一动不动地躺在那里，也不知是死是活。

"他现在就这个样子，还有着一口气，说死却还有些脉息，说没死又跟个死人差不多。"青湮如实说道。

"没办法治好吗？"沐烟一脸凝重地问道。

青湮望了望淳于越，说道："能保他成这样，已经尽了所有努力了，其他的就只有听天由命了。"

那么重的伤，又在水里好长时间，现在还能救成这样，已经是个奇迹了。

至于能不能重新活过来，就真的要看天意了。

"那他会一直这样吗？"沐烟语气有些沉重地问道。

这样的场面，若是让那个人见了，得是多么痛心啊。

"不知道，可能会好起来，可能永远也好不了。"青湮叹息道。

也正是因为这样，原泓他们才不得不把才一岁大的孩子扶上皇位稳固朝政，因为他们真的不知道这个人什么时候才能好起来。

不知是因为这一幕看着太让人难过，还是这一屋子的药味让人压抑，沐烟待不住便转身朝外走，朝青湮道："你出来，我有事说。"

青湮跟着她出了寝阁，两个人到了僻静无人的湖边，方才问道："是她有什么事？"

"凤婧衣被软禁了。"沐烟如实道。

"软禁？"青湮讶然，追问道，"什么人？"

"放眼北汉，你说谁还有那个本事软禁她？"沐烟说着，恨恨地伸手折了树枝一截一截地在手里掰断，道，"我们没有接到你送回去的消息，她知道了大夏新帝登基之事，以为夏侯彻死了，于是要来大夏，然后被萧昱强留下来了。"

"这事，可是真的？"青湮还是不敢相信，萧昱会做出软禁那人的事情来。

"我和空青都被下令不得再留在凤凰台，又不知道这边情形如何，于是只有过来一趟了。"沐烟说着，烦躁地叹了叹气，"结果一边都没有让人省心的。"

于情来说，凤婧衣要来大夏是无可厚非的，可是于理来说，她终究还是北汉的皇后，这样的行为终是于礼不合的。

萧昱痴恋多年，又怎么肯轻易放手，但他们之间的感情纠葛，又不是他们这些外人所能插手的。

"她怎么说？"青湮问道。

沐烟叹了叹气，寻了处干净地方便坐了下来，"从回去了就好多天一句话也不说，那日要离开凤凰台与萧昱倒是说了话，只是当初我也不在场，不知道到底是闹到什么样了，随后萧昱就派人请了我和空青出来，下令加派了凤凰台的看守，不准我们再进去。"

虽然那个人心狠，可当时在凤凰台外看他的时候，亦是看到了他满眼伤痛。

两个男人都爱她入骨，只可惜这天下只有一个凤婧衣，谁也不肯放弃，便也都落得一身伤。

"那现在怎么办？"青湮也不由得跟着犯了愁。

"只能看他们自己了。"沐烟叹气说道。

她现在毕竟是北汉皇后，若是那个人不愿放手，她又如何能走得了。

若她们插手进去救她离开凤凰台，这传扬出去只会让天下人说北汉皇后为了投靠情夫，不惜舍弃丈夫，背家弃国。

这么多年，压在她身上的事儿已经太多了，这件事也只能靠她自己和萧昱之间解决了，她们帮不了什么。

"对了，你们找到公子宸了吗？"沐烟突地想起来，问道。

青湮摇了摇头，道："墨嫣也派了人在找，可一直没消息，她也没有再跟隐月楼的人联系，不知道去了哪里。"

沐烟一手撑着下巴，郁闷地说道："凤婧衣成了那样，公子宸也走了，隐月楼是要散伙了吗？"

还是好怀念，以前明里暗里一起跟夏侯彻斗个你死我活的时候，虽然危险重重，但没有这么冷清凄凉。

"你暂时留在盛京吧，一切看夏侯彻的病情有无好转再说。"青湮瞥了她一眼，说道。

"那我能去把隐月楼再开起来吗？"沐烟抬头瞅着她问道。

以前隐月楼每天都是大把地进银子，不开了怪可惜的。

青湮沉默了一阵，道："现在这大夏做主的是那两个大人物，你只要让原丞相和容大人点了头，你爱干吗干吗。"

沐烟点了点头，暗自开始打起了主意，她该去找原大人亲近一番了。

这么想着，跟着青湮回了素雪园，看到原泓准备离开，连忙跟了上去，"原大人要出宫啊？"

原泓瞅了她一眼，被她那一脸谄媚的笑容笑得有些心里发毛，退得离她远了点才道："你要来找他们，已经给你带进来了，从现在起离我远点。"

他可不想再被人误认为是登徒浪子，一世英名尽毁。

"我正好出宫有点事，咱们顺个路呗。"沐烟执着地跟了上去，笑容那叫一个温柔灿烂。

原泓快步走了一段，转身指着她警告道："你走你的，我走我的，离我远点。"

"别呀，认识又不是一天两天了，别这么见外。"沐烟说着，直接上前将他手臂一挽，整个人快贴到了他身上。

容弈正从皇极殿那边过来，看着迎面走来的两人不由得挑眉愣了愣，随即又别有深意地笑了笑。

"姓容的，你别乱想。"原泓一边把她往外推，一边解释道，"不是我找她的，是她自己贴上来的。"

沐烟笑眯眯地朝着容弈招了招手，"容大人好啊，今天气色不错，白里透红的。"

容弈嘴角一抽搐，加快脚步离开了，显然不想招惹她。

"你到底有完没完，哪个女子会这么不要脸地贴着男人？"原泓愤怒地数落道。

"那就想开点儿啊，我把你当好姐妹，你把我当好兄弟，大家互相照应嘛。"沐烟笑嘻嘻地说道。

原泓险些被气得倒地，却又怎么都抽不回被她挽着的胳膊，"你到底想怎么样？"

"没想怎么样啊，就是仰慕原大人才华横溢，想跟着你多熏陶熏陶。"沐烟道。

这个时候当然不能直接提自己的目的啊，反正先把他讨好了，总归是没有坏处的。

"我不想跟你熏陶。"原泓严词拒绝道。

"别这么没人情味儿嘛，我是真心想跟着你学点琴棋书画什么的，原大人年纪也不小了，赶明儿我给你介绍几个如花似玉的姑娘……"沐烟一边挽着他走，一边兴冲冲地说着。

"我不要如花似玉的姑娘。"原泓愤怒道。

"难道你喜欢清秀可人的美少年，虽然有点难度，我还是能办到的，你喜欢什么样的，温润如玉的，还是乖巧听话的……"沐烟不停地追问道。

原泓痛苦地望天，真有恨不得找柱子一头撞死的冲动，又实在想不通自己哪里招惹她了，她这么跟个狗皮膏药似的粘着自己不放。

"难不成你喜欢容大人那样的，刚才就觉得你们两个看对方的眼神有问题……"沐烟突地又道。

"你才有问题！"原泓喝道。

过往宫人看着挽臂而行的两人，纷纷伸着脖子看，这宫里都知道原大人一向是对女人敬而远之的，这会儿怎么跟个女人走得这么近了，莫不是好事将近了？

热衷于穿龙袍当皇帝的瑞瑞，不到几日工夫就厌烦了，于是每每在众大臣讨论朝政大事的时候，他直接躺在了宽大的龙椅上睡起了大觉。

一开始作为摄政大臣的原泓看不过去还会把他叫醒，可一醒了那起床气可是不小，又是哭又是闹的，他斗不过他只能由着他睡，直到议完事了再把他扛下朝。

这一个小的让人烦心也就够了，偏偏还有一个女的天天阴魂不散地跟着他，就差没有上茅厕跟着一起进去了。

关键是，那一双有些泛着绿光的眼睛就是盯着他看，看得他汗毛直竖，又不知道她到底是打什么主意。

一下了早朝，众臣子纷纷退出了皇极正殿，原泓却迟迟不肯走，自己不走也就罢了，把容弈也拉着不准走。

一直等到殿中朝臣都散了，才道："你到门口看看，那个疯女人是不是又在那里？"

容弈瞥了他一眼，慢步走到了殿外，道："好像又在等你。"

这一连好几天，那姓沐的姑娘都在这里等着原泓下朝，但凡他一出了皇极殿，整个人很快就会贴上来了，那亲热的画面让人都不忍目睹。

尤其，最近有朝臣撞见了，还不住地朝原泓恭喜，甚至都问到什么时候摆喜酒，着实是把他气得够呛。

"你想办法把她赶走啊。"原泓低声道。

"又不是来找我的。"容弈说着，便准备自己先走了，哪知刚迈出一步又被他一把拖进了殿中。

"好歹多年同僚的情分，顺个手帮一下会死啊。"原泓叉着腰，不满地质问道。

"其实那姑娘也没那么差，虽然行径有点……出人意料了，不过论及长相、武艺倒也是不错的，就是不够聪明，不过你以前不就说以后不能找聪明的，省得猜人心思累得慌，这一个不就正好。"容弈一本正经地说道，可眼中却分明是有些幸灾乐祸的。

原泓虽然一向自称为风流才子，可实际上却是对女人避之唯恐不及的，偏偏现在遇到了这么一个克星。

"好？那送给你啊。"原泓没好气地道。

那女人，一看就是个招蜂引蝶的，他哪里招架得住。

"可是人家姑娘瞧上的是你，不是我。"容弈状似一脸可惜地道。

原泓知道再这么扯下去，自己肯定是脱不了身了，于是放下身段抱拳请求道："容大人，容大哥，你救救我吧，想想办法把外面那个疯女人给我打发了吧。"

这些天，因为这个人他是天天吃不好，睡不好，就连睡觉都警觉着她会不会从哪里冒出来，爬到他床上。

容弈看着他一副可怜兮兮的样子，负手出了门，看到在白玉栏杆上晒太阳的人，主动打了招呼，"沐姑娘又来了。"

"容大人好啊。"沐烟笑嘻嘻地打了招呼，而后道，"姓原的让你来的？"

容弈也没有否认，道："嗯。"

"让你把我打发走？"沐烟道。

"对。"

"你要怎么打发？"沐烟笑着问道。

"沐姑娘为何要追着原丞相不放？"容弈道。

"我喜欢他啊。"沐烟笑语道。

好吧，只是觉得他这人逗着挺好玩的。

"是男女之间的喜欢？"容弈又问道。

"不是，只是他很好玩而已，我喜欢膀大腰圆的汉子，他又不是。"沐烟老实说道。

"那你还缠着他不放？"

"好玩啊。"沐烟道。

"说实话，你到底是有什么目的？"容弈定定地望着她的眼睛道。

虽然猜不到她是要图谋什么，但总归是有些企图的。

沐烟想了想，觉得也差不多是时候说实话了，"哦，想找原大人帮个小忙而已。"

"你说。"

"我说了你会答应？"沐烟瞟了他一眼道。

一直看着这个人冷冰冰的，以为不好说话，所以她才逮着容易下手的那一个去了，哪知道先来谈条件的那人是他。

"我想把隐月楼开起来，可那里不是给你们封了吗？"沐烟坦白道。

容弈想了想，然后道："这事儿你还是找他吧，这事儿归他管。"

说罢，面无表情地走了。

沐烟看着他走开的背影，又望了望皇极正殿的方向，没有寻过去反是先离开了。

半晌，原泓伸着脖子望了望，看见人真的走了，捂着心口长长地舒了口气，"总算是打发了。"

龙椅上刚睡醒的小皇帝揉了揉眼睛，看到在门口处的人，拍着扶手叫道："抱！"

椅子太高了，他爬不下去。

原泓折回去，将还打着呵欠的小家伙扛起，一边走一边念叨，"哪个皇帝跟你一样，天天上朝睡大觉的，你老子知道了还不得气醒了。"

小家伙还没睡醒，耷拉着眼皮趴在他的肩膀上，似乎还准备再睡个回笼觉。

两人刚转过走廊，沐烟从柱子后面走了出来，笑眯眯地打招呼，"原大人，今天下朝这么晚啊。"

原泓脚步一顿，顿时就有转身想跑的冲动，姓容的那家伙果然靠不住啊。

"你这么阴魂不散，到底想干什么？"

"其实很简单，只要原大人答应我一个小小的要求，我就不会再烦你了。"沐烟笑嘻嘻地说道。

原泓瞥了她一眼，道："就知道你没安好心，说吧。"

要是能早点甩掉她，只要不是杀人放火，他都会答应。

"把以前隐月楼那地盘划给我呗。"沐烟道。

"不可能。"原泓一口拒绝道。

那是当初夏侯彻亲自下旨查封的，他现在私自给了她，莫说夏侯彻将来醒来了会找他麻烦，就是满朝臣子也会非议。

朝政大事，岂可儿戏。

"就你一句话的事儿，有什么不可能？"沐烟有些火大地道。

"不可能就是不可能，那里是朝廷查封的，不是说给你就能给你的。"原泓一本正经地说道。

"那要怎么才有可能，要多少银子，还是要美色，凡事好商量，不要说得那么绝对嘛。"沐烟死皮赖脸地跟了上来。

隐月楼以前那可是每天揽金无数的地方，现在公子宸不回来开了，她要是接手得赚多少钱啊。

"没得商量。"原泓冷着脸快步走开。

沐烟咬牙切齿地看着走开的人，叉着腰道："行，我们看谁耗得过谁？姑奶奶有的是时间陪你玩儿。"

春去秋来，转眼便过了一年时光。

沐烟始终没能从原泓手里把隐月楼忽悠到手，夏侯彻也始终没有好起来，凤婧衣也始终没有关于大夏的任何消息。

这一年，对于很多人都是漫长而煎熬的一年。

唯一改变的只有两个不断长大的孩子，已经到了两岁多的年纪，原本抢着替哥哥当了皇帝的瑞瑞，渐渐越来越抵触皇帝这个工作。

因着知道每天孙平一宣下朝就可以散朝，于是每每刚一上朝坐上龙椅，大臣还没有说话，他就自己叫着下朝，完全不听任何人劝阻。

于是，原泓只得改为带熙熙上朝，可是这一个也是上朝几天就坐不住了，一会儿在龙椅上爬上爬下，完全没有一点皇帝的威仪。

最后，一到早上快上朝的时间，直接躲起来表示抗议了。

原泓无奈之下，每天早上只得逮着哪个就带哪个上朝，加之还有一个阴魂不散的沐烟跟着他，天天过得他一肚子怨念。

虽然夏侯彻一直没有醒来，但孙平和紫苏还是会每天带着两个孩子到素雪园去探望一下。

冬日里的盛京下了雪，一下了朝孙平便和宫人带着下朝的瑞瑞回了东暖阁，小家伙一看紫苏又给他们穿外袍，就知道又要去素雪园，于是不高兴地赖在榻上道："爹爹不好玩，不要去。"

熙熙一听，也跟着道："那里臭臭。"

小孩子很不喜欢那里的药味儿，可是每天却还要被他们带着过去。

紫苏看着坐在榻上不肯走的兄弟两个叹了叹气，诱哄道："今天去了，我们就去百兽园好不好？"

兄弟两个你望了望我，我望了望你，心不甘情不愿地道："好。"

紫苏给他们穿好了外套，和孙平一人牵了一个出门，见着雪地路滑要抱他们走，两人还不愿意，非要自己走。

结果两人在雪地里追着玩，摔了好几回还玩得起劲儿。

到了素雪园，淳于越刚刚施针完毕，见他们过来了便先出来吃早饭，两个小家伙进了寝阁趴在床边瞪着溜圆溜圆的眼睛盯着床上躺着的人。

"他睡得像猪一样。"瑞瑞说道。

"不能说像猪。"熙熙反驳道。

"原叔就说我像猪一样能睡，他比我还能睡，不就睡得像猪一样。"瑞瑞说道，有些话还咬字不清，听得站在门口的孙平好气又好笑。

"还是臭臭的。"熙熙皱了皱眉，说道。

"所以是臭爹爹。"瑞瑞说着，就趴在床边忍不住笑了起来。

孙平和宫人站在门口听得哭笑不得，好歹那也是他们的爹，怎就被他们嫌弃成这样哪知他就一个没看住，出去问了几句淳于越大夫皇上的病情，一转头回来就见两个小家伙就趴在床上正揪着床上人的脸，你揪一下，我揪一下，玩得不亦乐乎。

"哎哟，我的小祖宗，这可不是玩的。"

他赶紧上前，把两个小家伙抱开，虽然这人是没醒，可这万一给碰出个好歹来怎么办。

"可原叔就是揪我们脸叫我们起床的。"瑞瑞道。

"我们是叫臭爹爹起床。"熙熙理直气壮地辩解道。

孙平听了有些哑然，看来真的有必要好好跟原大人说说平日里说话做事的方式了，省得两个孩子尽被他给带到歪门邪道上去了。

"那样不好，不许再去揪你们爹爹脸了，再玩一会儿我们就走。"

"哦。"兄弟俩应声道。

孙平看到一边的药香炉，香料快燃尽了，连忙过去添了点。

瑞瑞俩围着床开始转着玩，转到夏侯彻脚边，看到他脚底扎着一根针于是都好奇地蹲在那里盯着，瞅了瞅孙平悄悄伸手去摸了摸，看着细细的银针动了动。

熙熙看着瑞瑞要去拔，小声道："这个不能拔的。"

"我就玩一下下。"瑞瑞小声道。

熙熙想了想，扭头看了看孙平，小声道："那就一下下。"

瑞瑞伸手把银针拔了，拿在手里看了看，戳了戳自己的手疼得倒抽一口气。

"怎么了？"孙平听到声音，扭头问道。

"没什么。"熙熙站起来，挡着后面的人说道。

瑞瑞怕被人发现，赶紧拿着针盯着人脚板心，找到先前的针眼，也不管轻重就一下扎了进去，谁知床上的人脚突地一颤，吓得他一屁股就坐到了地上。

孙平连忙快步赶了过去，将他抱起来，一抬头看到被掀开的被子一角，床上的人脚微微颤动着，愣了片刻就冲着外面道："来人啊，快来人……"

淳于越等人在外面，一听声音纷纷赶了进来。

"皇上脚动了，动了……"孙平喜出望外地道。

这一年来，就一直跟个活死人一样一动不动地躺着，这样的反应还是头一回。

淳于越将两个孩子拎开，蹲下身瞧了瞧扎在涌泉穴的银针，"谁动了银针的？"

他施针的时候扎了多深是清楚的，这分明是被人动过了。

两个小家伙以为是闯了大祸，熙熙低着头道："我们就拔出来看了一下下。"

"我又扎好了的。"瑞瑞委屈地说道。

淳于越拔掉脚针，绕到另一边探了探脉搏，脉息确实是有所变化了，但好在是好的变化。

孙平一听吓得脸色都白了，这东西又哪是能随便动的，连忙追问道："皇上怎么样?"

淳于越摸着脉息,瞅了眼低着头的两个小家伙,道:"扎死了,扎活了,都是你们的功劳了。"

"你好好说句话不成?"青湮瞧着两个孩子被吓得不轻,于是道。

"能动了总是好事,再等些日子看看能不能有别的反应。"淳于越道。

现在只是脉息有所变化,至于能不能醒来,他也不敢肯定。

涌泉穴是最痛的穴位,那小家伙那一针再刺深一点,可就当场要了他老子的命了。

不过现在能有些变化倒也是好的,要不这么一直活着个半死不活的人,他也快受不了了。

"最近先别带他们过来了。"青湮望了望孙平和紫苏叮嘱道。

小孩子什么都不懂,只知道好奇好玩,若是再碰了什么不该碰的,这可就真的要出人命了。

"好。"紫苏抱起熙熙,安抚地摸了摸他的头,"没事了,我们去百兽园玩。"

出了素雪园,熙熙问道:"苏姨,我们做错事了吗?"

"没有,不过以后来这里,床上的东西不能乱动,知道吗?"紫苏耐心地说道。

"好。"兄弟两个接连回应道。

"答应了就要说到做到,说到做到了才是小男子汉。"紫苏郑重地道。

"嗯。"兄弟俩齐齐点头,答应道。

紫苏笑了笑,看着两个孩子又是欣慰又是心疼,一转眼就这么大了,可是父亲生死不知,母亲又被幽禁在北汉,在他们最需要父母关爱的年纪,却都没在他们身边,也真是难为他们了。

自那日阴差阳错被自己儿子给捅了一针,夏侯彻虽然还是没有醒来,不过身体状况却是在逐渐地好转了。

这样的结果是所有人都没料到的,便是淳于越本就想着他一辈子也就这么个样子了,没想到还会恢复起来,于是无数次地感叹,祸害遗千年。

凤婧衣那女人也是,回回要死不死的,结果还是活蹦乱跳的。

冬天的日子过得极快,很快便近了年关,宫里张灯结彩,一片喜气洋洋的样子。

两个孩子到了该学东西的年纪,原泓两人又都忙于政务脱不开身教,于是孙平亲自去了趟苏家请了苏妙风入宫暂时教两个小家伙课业。

熙熙对学东西倒是很感兴趣,瑞瑞则是没什么兴致,一到课业的时间就直打瞌睡,让人哭笑不得。

到底紫苏了解他,千方百计地拿吃的玩的哄着他来,学会一样就给一个吃的,于是那聪明劲儿刷刷地就起来了。

苏妙风写了字，拿起来问道："这是昨天学的，是什么？"

瑞瑞瞟了一眼紫苏手里的食盒，小手一举，"灯笼！"

速度之快，连一向专心学习的熙熙都抢不过他。

孙平带着宫人在门外瞧着，不由得感叹道："这小皇子还真得哄着来，不仅那样子跟皇上越来越像了，连那脾性也都一样了。"

以前，不也还是钰娘娘哄着来，这有其父必有其子果真是不假。

大皇子倒是像钰娘娘的聪慧，但也偶尔会被那小的给带坏了。

"要不怎么是他儿子呢。"紫苏笑语道。

因着小孩子集中注意力的时间有限，所以每次课业时间也就小半个时辰，早上下午各一次，以免时间长了让他们反感不想学了。

"苏姨，苏姨，我的团子。"瑞瑞第一个蹦了出来，伸着小手道。

紫苏无奈笑了笑，从食盒里给他拿了新做的青团子。

"还要。"他伸着另一只手道。

"就两个，不能太贪心。"紫苏垮下脸道。

瑞瑞低头瞅了瞅两只手上的东西，转身跑回去给了苏妙风一个，另一个又给了熙熙，然后跑回来道："我没有了。"

紫苏看着笑了笑，又给他拿了一个，道："这个给你的。"

"今天要去素雪园吗？"熙熙问道。

"嗯。"紫苏点了点头。

虽然淳于越说了让孩子少过去，但隔上几天还是会带他们过去一趟。

熙熙听了低头看了看自己手里的青团子，一直拿在手里也没有舍得吃，直到一起到了素雪园去看望还昏迷不醒的夏侯彻，趴在床边悄悄掀开被子，将自己的青团子放到了他手里，然后小声道："爹爹，你饿了的时候吃吧。"

瑞瑞见了，有些不好意思，望了望自己手里已经啃了一半的团子，还是狠下心也塞了过去，"这个也给你。"

然后两个人一起掩上了被角，趴在床边小声说着话。

"都说他是我们爹爹，爹爹是干吗用的？"瑞瑞不解地叹了叹气。

熙熙认真地想了想，道："我也不知道。"

"他就知道睡觉，又不说话，又不跟我们玩，为什么不能换个好玩的爹爹？"瑞瑞郁闷地说道。

"原叔不好，容叔冷冰冰的，那个淳于越叔也凶巴巴的，其实还是这个爹爹好。"熙熙分析道。

对于这个爹爹的记忆，也只是从苏姨和孙公公口里偶尔听到，然后会来这里看一看这个人，他们说这是他们的爹爹。

孙平站在后面，听着两个小家伙隐约地说话，眼眶都不由得有些泛酸，却也始终忍着没有说话。

一直以来，他们也不好向他们说起他们的母亲，若是说了，他们必定要问一大堆，于是便也都没有向他们提起。

久而久之，从开始记事起两个人也从来没有想过关于母亲的任何事，只知道有这么一个爹爹生了病，一直睡在素雪园。

因为上次的意外，孙平和紫苏不敢把他们留在这里太久，等到差不多时辰了，就到床边劝道："我们该回皇极殿了，明天要过年了，我们去试试看新衣服合不合身。"

兄弟两个这才从床边起来，乖巧地任他们牵着离开素雪园。

待到他们走了，淳于越进屋内把脉，一掀开被角看到夏侯彻手里放着的青团子，一个是好的，一个还被吃掉了一半，顿时嘴角抽搐了一阵。

"可能是刚才两个孩子放的。"青湮笑了笑，伸手拿了起来放到了一旁桌上。

她刚一拿走东西，淳于越便看到床上的人手指微微一颤抖，连忙伸手探向脉搏，许久之后喃喃，"你要死不了，最好给我快点醒来。"

这么磨了一年了，要不是青湮执意留在这里，他早就不想待了。

当然，病重昏迷了一年的人，也不可能因为他一句话就自己睁开眼睛了。

"怎么样了？"青湮紧张地问道。

"不出意外，该活了。"淳于越没好气地道。

他倒是快点睁眼，睁眼活过来了，他也懒得再待在这个鬼地方，天天盯着他这副鬼样子。

青湮没有再说话，但听到他这么说，却也暗自松了口气。

这一年的功夫总算没有白费，这个人醒了，他们也该打算一下怎么解决北汉那边的事了，丰都那边传来消息，萧昱虽有去过凤凰台几次，但凤凰台的守卫并未因此解除，可想而知那两个人的关系还是一直僵持着的。

次日是新年，苏妙风也没有再进宫来教两个孩子课业，两个小家伙早上睡了个懒觉，起来就都跑到雪地里玩去了。

因着宫中现在没什么人了，故而也未办什么宴饮之事，只是吩咐了御膳房准备了宴席，到晚上在素雪园，大家一起吃顿饭。

一来，淳于越他们毕竟在这里待了一年了。二来设在别处，也不方便照应病人。

天色渐暗，快到开宴的时辰，紫苏便带着两个孩子过去了，依例先带他们去见了还没醒的夏侯彻。

"熙熙，瑞瑞，给你们爹拜年，像刚才教你们的那样。"

两个小家伙到了床边跪下，像模像样地磕头行礼，"父皇，新年好。"

青湮跟着紫苏站在旁边，瞧着兄弟两个的样子有些欣慰又有些叹息，那人若是能看到这两个孩子这么大了，想必也是心中欢喜的。

熙熙扭头望了望紫苏，问道："苏姨，好了吗？"

"好了，起来吧。"

兄弟两个，这才慢吞吞地爬起来了。

"苏姨，可以吃饭了吗？"瑞瑞起来便问道。

"你们陪你们爹说说话，我去看看。"紫苏说着，朝青湮望了望，示意她看着两个孩子。

"我不想跟他说话，他又不跟我说。"瑞瑞不高兴地说道。

每次他们来了都跟他说话，他一回也不理他们。

"你们跟他说话，他就会醒了。"紫苏笑了笑说道。

瑞瑞还是一副不情愿的样子，但看到熙熙先到床边趴着了，便也跟了过去。

夜幕降临的时候，原泓和容弈也陆续过来了，沐烟自然也跟了过来，一伙谁也不愿搭理谁的人凑了一桌子吃年夜饭，场面着实是不怎么好。

淳于越一向懒得跟朝廷中人打交道，自然也懒得跟原泓等人说话，于是谁也懒得搭理谁，只有两个孩子吵闹着要吃这个吃那个的声音。

瑞瑞站在椅子上，小手指着桌子上道："那个，我要吃那个。"

坐在边上的原泓顺手夹了给他塞进嘴里，哼道："你是饿死鬼投胎来的吗？吃个饭就没一刻消停的时候。"

瑞瑞一听，包着一嘴的东西气鼓鼓地瞪着他。

原泓瞥了他一眼，夹了菜到他面前，"吃不吃？"

小家伙一看到吃的，赶紧咽下嘴里的东西，又张了嘴接受喂食，完全忘记了要生气的事。

一伙人都在外厅用膳，谁也没有注意到寝阁内床上的人在两个孩子的吵闹声中悄然睁开了眼睛，屋里的灯火很暗，夏侯彻怔怔地望着帐顶，沉重地抬起手抚了抚发疼的额头。

半晌，张了张嘴想叫人，嗓子又沙哑地发不出一丝声音来。

他咬牙试了几次，才终于撑着坐起了身，回想了好一阵才记起雪域城发生的事，再想起冰湖上的那一幕还是难忍心揪欲碎。

外室传来孩子说话的声音，他不由得愣了愣，他们……怎么都会说话了？

他想起身出去，可这一身却沉重得难以行动，好不容易才起身站了起来，脚却阵阵地麻木无力险些栽了一个跟头。

从床边到门口不过寥寥数步，他却走了好半天才走过去，最后脚步实在没有力气了，几乎是扑过去抱住了门框。

饭桌上，瑞瑞和原泓是坐在正对面的，原泓正给他夹着菜，边上拿着骨头啃的小家伙突地伸出油油的小手指着对面的门道，"爹爹！"

众人一惊，顺着他指的方向望去，这才看到扶着门快要站不稳的人。

淳于越第一个丢下了筷子起身，过去把了脉，没好气地道："你是嫌命太长了吧，这就自己下床了。"

一个人躺了一年，身体各处都不如以前灵活，起码也得休养好些日才能下床走动，他竟然敢直接自己走出来了。

夏侯彻望了他一眼，却嗓子干哑说不出话来。

"还不把人抬进去，难不成要我来？"淳于越扭头瞥了一眼周围的一伙人道。

孙平连忙带着宫人上前将人扶住，"皇上，您可算是醒了，先回里面躺着让淳于公子瞧过了再说。"

好不容易将人扶到床上坐着，宫人将室内的灯火都点亮了，屋内顿时亮如白昼。

瑞瑞手里还攥着没啃完的骨头，满脸油光地跟了进去站在熙熙边上，兄弟两个好奇地瞧着床上的人。

夏侯彻看着并肩站着的兄弟两个，眉头渐渐皱了起来，他记得走的时候连走路都还有些走不稳，怎么突然变这么大了？

瑞瑞盯着床上的人半天，见他不说话，扭头问道："我爹是个哑巴吗？他都不说话。"

原泓看着夏侯彻有些扭曲的表情，忍不住地偷笑，却又不敢笑得太过放肆，以免被他怀恨在心将来报复。

"能睁眼就不错了，说话等明天吧。"淳于越道。

瑞瑞没听懂，又好奇地问道："那他到底是不是个哑巴？"

说完，啃了啃自己手里的肉骨头。

夏侯彻看着两个长高了不少的孩子，还是有些难以相信他们就是熙熙和瑞瑞，可那眉眼之间却又是与他和她出奇地相似。

一想到凤婧衣，他眸光一沉，张了张嘴又半天发不出一点声音，不由得着急地皱了皱眉头。

"行了，急什么，一年都等过去了，还差这一天两天了，要说什么等明天再说。"淳于越一边施针，一边道。

一年？

夏侯彻愣了愣，不可置信地望了望周围的人，又望向两个孩子，他是说他已经睡了一年了？

难怪两个孩子都长了这么多，可是她没有在这里，这一年她又去了哪里？

一连串的疑问冒上心头，奈何自己现在又口不能言，脑子也还是一团乱。

不一会儿，宫人煎了药送过来，熙熙看着他在喝药，一个人转身出了内室到了外面爬上椅子，拿了甜糕点进来，跑到床边伸着小手递给他，"甜的。"

夏侯彻愣了愣，唇角微微勾起，伸手接了过去放进了嘴里，咽下去却是有些难受的。

淳于越看他皱起了眉头，道："一年只喝药不吃东西，噎不死你。"

"那你不早说。"原泓道。

"说了他还是会吃。"淳于越收了针，一个人先出去接着吃饭了。

瑞瑞见熙熙给了东西，低头看了看自己手里的东西，将自己没啃完的骨头也递了过去，"给你吃。"

原泓见状，上前拉住他道："行了，这东西你还是留着你自己啃吧，等过些日子再分给他。"

他长久未进食，突然吃这些东西，肠胃很难承受得住，这好不容易醒来了，再被两个儿子坑了有个好歹，那可就太冤枉了。

"那我自己吃喽。"小家伙望了望夏侯彻，见他点了头才又自己拿着啃。

"好了，你们先出去吃饭，原叔和容叔跟你爹说事儿。"原泓揉了揉他的头，望了一眼孙平。

孙平和宫人这才把兄弟两个牵了出去，顺手掩上了房门。

原泓搬了凳子自己坐下，瞅了瞅床上坐着的人，道："先说第一件事，你现在一定最想知道凤婧衣在哪里。"

"她在北汉。"容弈简单明了地说了，至于被软禁之事并没有向他提及。

以他对那个人的紧张，若是知道了，现在就会不要命地去北汉救人回来。

"别抢人话行不行？"原泓没好气地道。

"听说手伤得严重，不过应该也在渐渐恢复了，因为你回来昏迷了一年，大夏里里外外很多事情，还得照应两个孩子，我们没太多时间去打听北汉那边。"容弈说道。

夏侯彻听了，点了点头，这一年这么多事摊到他们头上，也难为他们还没让大夏给垮了。

"因为你一直半死不活的，太医还说可能一辈子也就那么个样子了，我们没办法只好先把你儿子给扶上皇位当了皇帝，稳固朝政。"原泓瞅了瞅他，又道，"不过这两个小家伙现在一到上朝不是躲着不去，就是去了打瞌睡，等你自己好了看着办吧，反正他们现在不是当皇帝的料。"

"你现在当务之急是养伤，别的事等恢复过来再做打算。"容弈道。

夏侯彻也渐渐让自己冷静了下来，因着无法开口，于是对着两人点了点头，表示同意他们说的话。

自己昏睡了一年，现在连走路都成问题，还能干什么呢？

只是，这一年，她怎么样了，他一无所知。

第六十九章
文昭皇后

  大年夜这样举世热闹的日子，凤凰台的亭台楼阁挂满了红灯笼，却也终究无法驱散往日的寂静和冷静。
  沁芳尽心准备了一顿年夜饭，虽然吃饭的人只有那一个人，东西都准备好了准备去暖阁传膳的，哪知里面又是空无一人。
  一想到最近凤婧衣的反常之举，连忙出了暖阁寻到后面的园子里，果真又是看到她在练剑，可她现在的手才刚刚恢复一点，筷子都只能勉强拿稳，哪里能干这些事儿。
  凤婧衣看着又一次掉在地上的剑，咬了咬牙弯腰去捡了起来，可光是握住剑柄，手上就是阵阵钻心的痛。
  一年了，她没有大夏的任何消息，无论她如何向他请求，他也始终不肯告诉她，那个人到底是死是活。
  她也试过离开凤凰台，可是严密的防守根本不是她一个人能出得去的，只可惜自己一双手筋脉受损，再也无法使剑。
  一连好些天了，从她能勉强拿稳筷子，她就开始试着再拿起剑，可每次也都拿不稳便掉了。
  可是，如果她的手再这样废下去，她就永远出不了凤凰台。
  她不想跟这个人闹到如此的地步，可是一想到雪域城那个人的一幕幕，她真的想去找到他。
  "主子，别再勉强了。"沁芳跑过来，拿掉她手里的剑劝道。
  她的手好不容易才恢复一点点，若再这么下去，只怕又要彻底废了。

凤婧衣看着自己微微发抖的手，恨恨地咬了咬牙。

"主子，先回去吧。"沁芳看着她额头都是冷汗，担忧地劝道。

凤婧衣没有说话，任她扶着回了冬之馆的暖阁，过去的时候看到正厅不知何时已经坐着的人，主仆二人都怔在了门口。

"陛下……"沁芳道。

萧昱看着她扶着的人，淡声道："去准备晚膳吧。"

沁芳看了看边上的人，这一年来陛下几乎每个月都会过来，但每一次与主子都是不欢而散，这好好的大年夜别又闹得像上次一般争吵起来。

"你去吧。"凤婧衣平静地道。

沁芳这才离开了，却又不放心地盼咐了宫人过来上茶，收拾桌子准备传膳，以免他们再跟以前一样争吵起来。

凤婧衣进门到离他最远的软榻坐下，语声淡冷，"又有什么事？"

"今天是除夕夜，我想过来陪你吃顿饭。"萧昱道。

他知道，她在恨他这样对她，可这是他唯一能想到将她留在自己身边的办法了。

即便她这样恨着他，也好过眼睁睁地看着她去大夏跟那个人双宿双飞。

"有那个必要吗？"凤婧衣道。

"阿婧，我们非要每一次见面，都要因为那个人吵得不可开交吗？"萧昱道。

他每一次都是想来与她好好相处，但每一次他们又因为夏侯彻陷入争吵，明明他们才是夫妻，明明是他们相识有婚约在先，可她总是让他觉得是他插足了她和那个人之间。

"萧昱，我们纠缠下去，你幸福吗？"凤婧衣道。

她知道是她有负于他，她也知道他的好，可是这样勉强凑在一起，他们两个人都是煎熬的。

"阿婧，将心比心，你放不下他，又如何能要我放得下你？"萧昱满心痛楚地说道。

她爱那个人，放不下那个人，一心想和他在一起，他爱她也是一样的心情，她都放不下，又如何来要求他成全他们呢。

凤婧衣无言以对，他说得对，她没有资格要求他成全。

当初答应了嫁给他的人是她自己，说要跟他一辈子在一起的人是她自己，如今她告诉他，自己爱上了别人，这样的事若是换作她和那个人之间，她也是难以接受的。

可是，他们就真的要这样一辈子耗下去吗？

沁芳带着宫人进来传膳，打破了一室压抑的沉默，因着凤婧衣还不能使筷子，所以给她备了轻巧的木头勺子，拿起来没有那么累。

"没什么事，你们下去吧。"萧昱道。

沁芳带着宫人退了出去，却又怕出事，所以不敢离开太远。

凤婧衣到桌边坐下，因着之前试着练剑，手还有些无力，便静静地坐着没有去拿勺子用膳。

萧昱一边给她布着菜，一边幽幽说道："从知道你在大夏，我就一步一步地退，想着等你回来我们还是可以像以前一样在一起的，你回来有了他的孩子，又想着只是孩子而已，你的心里终究还是有我的，可你又告诉我你对他动了心，我又想着只要我们还能在一起就好了，如今我们在一起了，你却又告诉我你忘不了他，你要和他在一起……"

他，真的无路可退了。

凤婧衣低眉紧抿着唇，叹息道："是我负了你。"

"阿婧，你心里还有他也罢，你们有两个孩子也罢，我不想再去追究了，我只要你在我身边，一辈子在我身边，如此而已。"萧昱说着，眼中满是不得所爱的痛楚。

"所以，你就非要以这样的方式，把我关在这里吗？"凤婧衣喃喃道。

萧昱夹菜的手一颤，定定地看着她，眼中满是伤痛，"你我相识数十年，你宁愿相信初识几年的他是真心爱你，却也不愿相信我的情意吗？"

凤婧衣默然，不忍去看他那双满是悲伤与痛楚的眸子。

他搁下筷子，目光灼灼地望着她，"我若真有心逼迫于你，你以为我会到现在都没有碰你，因为我不想我所心爱的女人恨我，所以我一直在等，等你放下他，放下过去，跟我重新开始，可我最终等到的，却是你要随他而去，阿婧，你太不公平了。"

明明是他们相识在先，明明是他们互许终身在先，可最终她心上的人，却不是他。

可是，爱情的事从来都是命中注定，而非先来后到，不是注定的人便是朝朝暮暮在一起也难以心动，若是注定的那一个，即便隔着仇恨的火海，也终将相遇倾心。

"那你要我怎么办？"凤婧衣沉重叹息道。

若有办法解决这一切的困境，她都愿意去做。

可是，爱情的世界从来只有两个人，容不下第三个人的存在。

这个人也是她生命中很重要的人，可是心里属于爱情的那个地方，只住着一个夏侯彻，别的人再好再优秀，终究也难再走进去。

有时候，连她自己都不明白，为何没有喜欢上这个相伴在自己身边数十年的人，却喜欢上了那样一个人，怎么都舍弃不下。

他无法放下她去爱上别的人，同样，她又如何能放下那个人，转头再爱上他呢。

"我要你在北汉，一辈子都在我的身边。"萧昱道。

他知道，也许这一辈子他都不能代替她心上的那个人，但是起码她的人是在他身边的。

一直以来，关于未来的种种都是关于她的，从来没有想过生命中缺失了她会变成什么模样。

这世间万物，他唯一舍弃不下的，唯她而已。

凤婧衣没有回答，眼中却满是泪水的痕迹。

她知道这是她欠他的，也是她该还他的，可是要她舍弃心中所爱的那个人，这一生都不再见他一面，每一时每一刻都是心如刀割的折磨。

可是，除此之外，她又还能给这个人什么呢。

"连这样，也无法答应我吗？"萧昱自嘲地笑了笑，笑意之后却满载深沉的痛楚。

这么多年，她曾将他们之间当作爱情，最后她发现那不是爱情，可深陷其中的他却早已当了真，难以自拔，几近成魔。

许久，一直沉默不语的凤婧衣起身，取下了墙上悬挂的剑，走近到桌边递向他道："萧昱，你救过我的命，我可以把命给你，可是……允许我自私一回，我的心无法爱你。"

这一点，她骗不了他，更骗不了自己。

萧昱定定地看着她，目光缓缓落到她手中捧着的剑，"凤婧衣，你真是够狠。"

她宁愿死，也不肯爱他，也不肯留在他的身边。

可是，这世间他便是自己死，也从未想过要她死啊。

"只要我还活着，我想我永远也不可能安分地留在北汉，留在你身边。"凤婧衣含泪望着他，一字一句地说道，"若是我死了，大约就能做到了，永远……永远都不会离开北汉。"

只要她还活着，她的心还跳动着，她都会想尽了办法离开这里去找那个人。

他想要的永远，也唯有她死了，她的尸骨埋葬在北汉，永远都不离开。

萧昱额际青筋隐现，不知是心痛还是愤怒，连呼吸都随之颤抖。

凤婧衣一动不动地捧着剑站在他的面前，决然道："是我负了你的情意，我愿以命相偿，却难以情相还。"

大约，她这一生终究是没有和那个人相守的缘分，可此生得以相遇，已是难得了。

她不能与他相守，又不愿背情弃爱再辜负他，唯有如此才能了结一切的话，她愿以命相抵亏欠萧昱的一切。

"谁要你死了？"萧昱痛恨地拿过她手中捧着的剑扔了出去，愤然站起身，"现在，就连留在我身边，看到我都能让你如此难以忍受了吗？"

为什么要变成这个样子？

在没有那个人出现的岁月，他们也幸福过，也欢笑过，为什么一转眼你就爱上了别人，任我怎么等，怎么求也不肯回眸一顾。

"找无法再成为你想要的那个凤婧衣。"她含泪哽咽，缓缓道，"我没想过自己会对他动心，会那样喜欢上他，喜欢到这辈子再也无法喜欢上除了他以外的任何人。"

她不想辜负这个人的，在明明对那个人动心之后，也曾一次又一次地想要忽略那份情感，好好与这个人相守一生。

可是她真的努力了，她忘不了那个人，放不下那个人，只要一想起，思念就如潮水一般地翻涌而来，占据了她所有的思想。

第六十九章　文昭皇后

"好！"萧昱一步一步地后退，悲痛而愤怒，"你真的好狠！"

他踉跄地出了门，不愿再去看到她那双盛满那个人影子的眼睛。

夏侯彻，你可以得到她的心，但这一辈子永远……永远也休想再得到她的人。

正月，大夏的皇宫随着夏侯彻病情的日渐好转，也渐渐热闹起来了。

过完了正月十五，他自素雪园搬回了皇极殿，派了容弈前去北汉打探凤婧衣的消息，自己开始处理政务。

由于不靠谱的小皇帝又一次在朝上打起瞌睡，朝臣们开始纷纷上奏，请其归政。

夏侯彻翻了翻新上奏的折子，望了望坐在地毯上玩耍的两个孩子，现在正是他们贪玩的年纪，让他们去参与朝政大事，也确实是不太合适。

可是，他这打拼了半生的大夏江山，终究是要交给他们，现在就这么抵触上朝也太不像话了。

"瑞儿，熙儿，过来。"

兄弟两个扭头看了看他，爬起来走到了桌边，眨巴着圆溜溜的眼睛看着他，等着他说话。

"瑞儿你上朝又睡着了？"夏侯彻盯着小的训道。

瑞瑞一听低着头玩着手指，嗫嚅道："一群老头说话，我一句也听不懂，听着就直想睡觉，我也不想睡的，可听他们说话就是想睡。"

夏侯彻无奈地叹了叹气，以后大夏的江山终究还是要交给他们的，一个个完全没有想当皇帝的意思，以后可怎么办？

"又不是我想去上朝，是哥哥跑了，原叔把我抓去的。"小家伙委屈地瘪着嘴咕哝道。

夏侯彻头疼地抚了抚额，瞥了一眼熙熙，这家伙鬼灵精似的，明明挂着名号的皇帝是他，他却每天早早就起来跑出去玩了，贪睡的瑞瑞就每次都被原泓逮着上朝去了。

小孩子现在又正是好动的年纪，让他们在朝上一坐一两个时辰，也确实是坐不住的。

可他还想着，好不容易后继有人了，自己可以清闲下来了，结果这两个家伙一个都不让人省心的。

"皇帝一点儿都不好玩，我不要玩了。"瑞瑞可怜兮兮地瞅着他说道。

"我也不要。"熙熙跟着说道。

夏侯彻看着两个儿子一脸委屈的样子，又不忍再责备下去，伸手摸了摸他们的头道："好了，明天开始你不用去早朝。"

他们现在到底还小，确实不适合现在就将皇位交给他们，还是等他们长大些再说吧。

再者，他现在要设法把她再接回来，也需要手握实权，否则下旨发兵总归名不正言不顺。

"真的吗？"两个小家伙一听，惊喜不已地问道。

"真的。"夏侯彻薄唇微勾，笑语道。

兄弟两个一人抱住他一条腿，兴奋地叫道："父皇你真好。"

孙平进来瞧着父子三人抱成一团的样子不由得失笑，虽然两个孩子这一年来跟着他们一起，但却从来不会像对夏侯彻一般，对他们这些人这般亲近，父子终归是父子。

"容弈有消息回来吗？"夏侯彻见他来，便追问道。

整整一年了，他也不知道她在北汉如何了，一年的时光她和那个人又会变成什么样子，说长不长，说短不短的时光，却让他感觉好似是隔了一辈子。

"还没有。"孙平如实说道。

其实，他们也都大约知道那个人在北汉的状况，只是现在还不是让这个人知道的时候。

他身体刚刚恢复一点，若是得知她被软禁在凤凰台，又哪里还能待得住再养伤了。

夏侯彻皱了皱眉，走了这些日子，算算脚程也早该到北汉了，怎么这么慢？

最后一别之时，他清楚地记得她说了要跟他走的，只是已然过了一年，她答应的话，不知道还作数吗？

纵然那日险些丢了性命，但能听到她那一番发自心底的肺腑之言，这一年的罪倒也没有白受。

只可惜，自己这一伤便是一年昏迷不醒，一年她在北汉会发生什么，会和萧昱变成什么样子，他都难以去想。

自认识她，也不过短短数载，却历经了他曾经二十多年都不曾历经的种种，即便其中伤痛多过幸福，他还是想要与她相守到白头。

"父皇你怎么了？"熙熙见他发愣，拉了拉他的衣袖问道。

夏侯彻回过神来，笑着摇了摇头，"没什么。"

虽然他也想让他们能尽快见到他们的母亲，但现在还没有她的确切消息，他也不知该如何向他们说，一切还是等找到她回来，再跟他们细说。

"那你困了吗？"瑞瑞看着他问道。

夏侯彻伸手摸着他的头，笑着道："没有。"

"可是我困了。"瑞瑞打了个呵欠，有些无精打采地道。

夏侯彻无奈笑了笑，将他抱了起来放到榻上，道："在这睡吧。"

"嗯。"小家伙点了点头，自己蹭了个舒服的位置就闭上了眼睛。

夏侯彻又将站在榻边的熙熙给拎上榻坐着，低声问道："你也要睡？"

"不要。"熙熙摇了摇头，拿着玩具自己坐在一边。

夏侯彻招呼孙平送来了毯子给瑞瑞盖上，这才埋头继续处理送来的折子。

不一会儿，孙平轻步进来，近前低声禀报道："皇上，空青和沐烟姑娘入宫送药来了。"

　　淳于越不喜待在宫里，于是在皇上病情稍稍稳定之后就出宫了，每隔几日会让空青入宫诊脉送药，只要没有特别的问题，便也懒得入宫来了。

　　"进来吧。"虽然以前一向不喜与金花谷的人打交道，但这回好歹淳于越是救了他一命，他不能不念及恩情。

　　孙平出去传了两人进来，空青给夏侯彻诊了脉，嘱咐了最近的用药，便准备走了。

　　沐烟却冲到了御案前，将一大张白纸一铺，道："题个字。"

　　夏侯彻理了理衣袖，抬眼看了看她，显然有些不高兴的样子。

　　"什么字？"

　　"隐月楼要开张了，这不要重新挂匾，你要是能顺手题个字的话，那就再好不过了。"沐烟笑嘻嘻地说道。

　　虽然她磨了一年也没有从原泓那里把隐月楼要来，但从夏侯彻醒来之后，她就撺掇着淳于越要了隐月楼当诊金，夏侯彻也算够意思，很干脆地就给他们了。

　　最近他们一直忙着重新修整，再过几日就要挂匾重新开张了，于是便想着进宫顺便找他题个字，毕竟普天之下再没有比他的字值钱的了。

　　"不要得寸进尺了。"夏侯彻淡声道。

　　隐月楼本已经查封，给了他们已经是格外开恩了，现在竟然还要他给一个青楼题字，简直滑稽。

　　沐烟想了想，道："你不想知道凤婧衣的消息吗？"

　　"沐烟！"空青拉了拉她。

　　沐烟没有理会，继续说道："只要你题了这字，再过半个月，我就告诉你关于她这一年的消息，在来大夏之前我可是一直跟她在一块儿的。"

　　夏侯彻眸光微沉，道："现在说。"

　　直觉告诉他，不会是什么好事，不然这个人不会现在不说，反而要压在半个月之后才告诉他。

　　"这个没得商量，要么你现在给我题了字，半个月之后我告诉你，要么我去找别人仿个你的字挂上，也是一样的。"沐烟道。

　　她当然知道现在是不能跟他说凤婧衣的消息的，不过再过半个月就算她不说，容弈那边也瞒不过去了，必然会给他回报消息。

　　到时候，她再说起凤凰台的事，自然也是可以的。

　　夏侯彻抿了抿唇，默然提笔给她题了字，而后道："朕最忌人言而无信，半个月后此时此刻，你若不说话，朕可以让隐月楼开了，也一样能让它关了。"

　　"一定，半个月后，我一准来给你禀报清楚了。"沐烟收起题好的字，拉上空青赶紧走了。

一出了皇极殿，空青便道："你怎么回事，不是说了不准提凤婧衣的事，你还提。"

"反正现在又没说，再过半个月他总会知道的，到时候再说呗。"沐烟拿着墨宝，哼着小曲一路兴奋地走着。

隐月楼一开就又有大把的银子入手了，若是公子宸那个摇钱树能回来的话，那就更好了。

可是自雪域一别，她也不知道去了哪里，隐月楼的人一直都找不到她。

"到时候惹祸了，你自己看着办。"空青道。

"行了行了，我知道分寸的。"沐烟道。

夏侯彻跟那两口子的事儿，到底还是要他们自己去解决，他们不可能帮着他去对付萧昱，可也不好不顾那个人的意愿，帮着萧昱对付他，所以只有袖手旁观的份。

空青被她的话给吓了一跳，孙平又何尝不是被吓出了一身冷汗，虽然也知道他早晚是会知道玄唐长公主被软禁的事，可现在确实还不是他该知道的时候。

夏侯彻沉默地坐着，思量着方才沐烟说的话，加之容弈迟迟没有消息回来，总感觉她是出了什么事，而他不知道。

"孙平，她们从北汉来宫里的时候，你可听到了什么？"

孙平闻言垂首回道："沐姑娘多是跟青湮姑娘他们在一起说话，奴才倒甚少听她提到过北汉的事，只是初来的时候听说是长公主手伤了，不过在渐渐好转，算算日子现在应该好了。"

夏侯彻闻言剑眉拧起，在雪域的时候她的手是伤得不轻。

"只有这些？"

"是，只有这些。"孙平道。

好在御前行走多年，这隐瞒心思的本事倒也到了炉火纯青的地步，不然若是被他瞧出什么端倪，那可就要出大事了。

可是，夏侯彻又哪里是肯乖乖等半个月的人，思量了片刻便道："传黑衣卫首领。"

容弈那里到底在搞什么名堂，他也不能再这样干等着了。

孙平不知他是要再派人去北汉，又怕他看出自己在说谎，连忙便退了出去给传了黑衣卫首领进来面圣。

至于君臣二人说了些什么，他并没有进去细听。

于是，不到半个月的工夫，沐烟和容弈还没有来吐露实情，秘密前往北汉的黑衣卫首领已经将加急密奏传回了盛京。

那日，正好是小皇帝禅位，夏侯彻重新归政的日子。

早朝刚下，夏侯彻尚在书房与原泓及众大臣议政，侍卫将加急入宫的密奏送到了孙平手里，他倒也没想过是北汉来的，只以为是前线的军报，便拿着送了进去。

夏侯彻趁着几位大臣商议的工夫，拆开扫了一眼，眼底瞬间风起云涌，合上折子沉声令道:"丞相留下,其他众卿家暂退吧。"

原泓看着他异样的面色,一时间心里有些七上八下的。

几位大臣虽然有些不解,但也不敢多问便纷纷退了出去。

"原泓,北汉凤凰台的事情,你们瞒了朕多少,又瞒了朕多久?"夏侯彻看着殿中站着的人,眸光冷厉如刀。

原泓心下一沉,知道他是已经知道凤婧衣被软禁的事情了,可是按计划容弈也没有这么早就把消息送进京来啊。

他也知道再骗不下去了,于是道:"你说你刚醒来,人都站不稳,我们若是告诉你实话了,你只怕拼了命地要去北汉找人,我们也是迫不得已。"

"她被人软禁在凤凰台整整一年了,朕先前人事不知也就罢了,这样的事直到朕醒来,你们竟又合起伙来瞒着朕?"夏侯彻怒然喝道。

"你早知道了,又能怎么样?"原泓也有些气愤道。

这一年又是给他看孩子,又是顾着朝政上下也就罢了,现在倒还遭埋怨了,想想心里都憋屈不已。

再说了,不就是软禁吗?

他先前还把人关着天天打呢,人家姓萧的只是把人关起来,还好吃好喝地伺候着,比他那时候斯文多了。

夏侯彻面色铁青,咬牙道:"整整一年,你们明明知道她被关在凤凰台,却什么都不做?"

"你想我们做什么,收拾你扔的烂摊子已经忙得一团乱了,我们还要帮着去给你把人救回来,想得美了你?"原泓火大地往椅子上一坐,没好气地说道。

他再看上了人家凤婧衣,现在人家到底还是顶着北汉皇后的名头,难不成要他们带着兵马去抢人家的皇后,然后抢回来守着他这个活死人。

他自己惹的风流债,他自己解决去,跟他们这些臣子哪有半毛钱的关系?!

夏侯彻敛目吸了吸气,渐渐让自己冷静下来,他心疼她被软禁一年,可原泓他们所作所为却也并非无道理,他只是太过心急了。

原泓见他不说话了,问道:"你打算怎么办?"

"既然他不肯放人,朕就挥军踏平了丰都,他不放也得放。"夏侯彻杀气凛凛地道。

现在不是她不走,是她想走了,姓萧的不肯放他走。

原泓知道再劝也没用,于是道:"方湛他们在北汉边境的兵马早备好了的,要去你自己去。"

早知道他会干这事儿,早先他和容弈就将大夏的精兵良将调到了北汉边境。

不过,去跟人抢女人这么丢人的事儿,他才不去。

"孩子和朝里的事,你暂时管着。"夏侯彻道。

原泓白了他一眼，哼道："两孩子也真够可怜的，摊上你这么有了媳妇忘了儿子的爹。"

夏侯彻懒得理会他的讽刺，敛目思量着如何安顿好朝中事务，尽快起程出京。

"你现在那身体状况，你自己知道，别人没救回来，把你自己小命搭上了，到时候可别怪我没劝你。"原泓道。

原本就是担心他会心急之下冲动行事，现在身体才刚刚恢复便带兵，还真不把自己当个人了。

"朕有分寸。"夏侯彻道。

原泓瞥了他一眼懒得再劝了，反正将来英年早逝了，死的又不是他。

一听到凤婧衣的名字，自己姓啥都能忘了，还叫有分寸？

虽然心急如焚要去北汉，可他也不能不顾两个孩子，一声不吭地就丢下他们走了，他们现在正是黏他这个父亲黏得紧的时候，这一走又不知得到什么时候才能回来了。

夜里晚膳过后，他亲自给他们两个洗了澡扛回床上穿上了小睡袍，拎着他们坐正了，"熙儿，瑞儿，父皇有事要跟你们说。"

两小家伙眨了眨眼睛，定定地望着他，一副认真的样子。

夏侯彻拿着帕子擦着瑞瑞还湿着的头发，说道："父皇要出宫去找你们的娘亲了。"

"什么是娘亲？"瑞瑞抬头问道。

夏侯彻听了心中一阵酸涩，瑞瑞刚回到大夏的时候，夜里总是吵着要找她，渐渐大了竟也不知道这些了。

"娘亲是很喜欢你们的人。"

"比父皇还喜欢我们吗？"熙熙好奇地问道。

夏侯彻笑着点了点头，道："是和父皇一样喜欢你们的人，她现在在很远的地方，父皇要去接她回来。"

"我们不能去吗？"瑞瑞有些不高兴地道。

"那里太远了，你们去不了。"夏侯彻耐心地说道。

"父皇可以带我们去啊。"熙熙道。

夏侯彻笑了笑，道："你们乖乖地在宫里等着我们回来就行了。"

"可你去了，不会不回来了吧？"瑞瑞皱着小脸道。

"不会。"夏侯彻笑着道。

瑞瑞低着头闷不吭声，半天之后伸着小手道："拉勾。"

夏侯彻失笑，伸着手跟两个孩子一起拉勾约定。

次日，他特地陪着两个孩子用了早膳才起程出宫，两个小家伙在承天门看着他走了，忍不住就哇哇大哭了，让人费了好一番功夫才给哄住了。

之后，一连好多天，兄弟两个没事就并肩坐在皇极殿外的台阶上小手撑着下巴定定地

第六十九章　文昭皇后

盯着承天门。

大夏兵发北汉，这一打便是一年多的时光，双方胜胜负负谁也没占着多大便宜。

自然，这一切是身在凤凰台的凤婧衣全然不知的。

从大年夜那一夜与萧昱的争吵之后，他再没有来过凤凰台，却也没有让人放松对凤凰台的看守，而她的手虽然也在渐渐恢复，能够拿筷拿笔了，但始终未再有办法用剑。

冬去春来，凤凰台安静得像是与世隔绝了。

凤凰台有一座建于山顶的楼阁，站在那里可以看到很远的地方，她渐渐喜欢上了那个地方，因为在那里可以看到大夏的方向。

虽然，每一次看到的只是远方的天空，但这也是她唯一能在这里看到的，关于那里的地方了。

又是一年春天了，凤凰台又到了风景秀美的时候，可再美的风景却终究不及她眼中那一方遥远的天空。

于是，她经常在那处楼阁里一待就是一整天。

直到，一天的黄昏远远看到了山下迤逦而来的皇家仪仗，宫人寻到了楼阁前来禀报，"皇后娘娘，陛下来了。"

"知道了。"她淡声道。

距离萧昱上次来凤凰台，她已经记不清有多少日子了。

她下了楼阁回到春之馆的寝居，夕阳下庭院里长身独立的男子还是遥远记忆里的模样，只是眼中多了几分沧桑之意。

她知道这份沧桑是因她而起，可她却也无法去消除他眼底的悲伤与沧桑。

她站在如画的走廊，看着玉兰花树下的人，"有事吗？"

"只是感觉好久没看到你了，想来看看你。"萧昱笑意温醇。

其实，他不是没有来过，他很多次来到了山下，来到了凤凰台的宫门外，却始终没有进来。

他想她，想每一天都看到她，可是他们每一次的见面都会因为那个人而争吵。

凤婧衣站在原地，没有上前，也没有再说话。

她也不知道他们是怎么了，以前无话不谈的他们，如今却已然无话可说。

萧昱伸手折下一枝玉兰，拈花问道："阿婧，你还恨我吗？"

"我从来没有恨你。"凤婧衣坦言道。

她没有恨他，但也无法爱他。

萧昱也知道她的意思，没有再追问了，转身进了屋内搁下手中的玉兰花坐了下来。

凤婧衣举步进了屋内，到桌边与他相对而坐，也没有再提起夏侯彻的事，只是静静地坐着，等着他说起来这里的目的。

过了许久，宫人送来了晚膳，萧昱方才打破了沉默道："让崔公公进来。"

宫人出去传话，不一会儿工夫崔公公提着一只食盒进来，屏退了宫人从食盒拿了一壶酒放到桌上，然后退了出去，掩上了门。

凤婧衣瞧了一眼那壶特别带来的酒，并没有去问什么。

萧昱平静地用膳，一如以往同桌用膳之时替她布菜盛汤，神色醇和而温柔，一如他多年来对她的样子。

"阿婧，我感觉已经很久没有这样跟你坐在一桌吃过一顿饭了。"

凤婧衣静静地坐着，却始终没有开口。

"我记得，我第一次遇到你的时候，你带着我去了你的家，我们这样坐在一起吃了一顿饭，你坐在我对面笑着的样子，我一直都忘不了。"萧昱喃喃自语地说着久远的事。

他是多么想她永远在他的身边，他永远都可以看到她那样的笑，可是她的心走了，她再也不会那样对他笑了。

凤婧衣望着他，似也随着他的话想起了最初的相遇。

这一夜，他断断续续说了很多话，说了这些年他们相遇相识的许多事，略过了那些难过的过往，只说起那些喜悦和快乐。

直到最后，他伸手拿起了酒壶斟了一杯酒缓缓放到她的面前，沉默了许久道："阿婧，你不是说，欠我的……愿以命相偿。"

凤婧衣低眉看着放在面前的酒，想来这就是要她偿命的酒了。

半晌，她伸手端起了酒杯，眼中忍不住地泛起泪光，"萧昱，这辈子，我知道，这辈子我欠了你的，即便是我这条命，也是还不了的。"

可是，他要的，她也给不了。

萧昱沉默地看着她，眼中满是深沉的哀恸，"如果没有他，你会爱上我吗？"

"我想会，可这世上没有如果。"她苦涩一笑，举杯一饮而尽。

夜深，举世无双的凤凰台化为一片火海。

次日，北汉王诏告天下，皇后凤氏积郁成疾，久病不医，薨于凤凰台。

北汉丰都皇后大丧，举国致哀。

这个时候，大夏的兵马已经占领了北汉白玉关，正整军待发准备逼往丰都而去，容弈却在出兵前接到了早先派到丰都的探子的飞鸽传书，饶是镇定冷漠如他，看到消息也不禁面色一变。

这消息，他要怎么去回禀那个人，这一年来带兵不断与北汉交战，为的就是将那个人接回来，如今传来的却是这样的消息，让他如何承受得住。

可是，即便他不说，他要不了多久也会知道。

容弈拿着只写着寥寥数字的纸笺远远望着王帐的方向，挣扎了许久还是举步走了过去，帐内夏侯彻正与众将商议着进攻下一城的行军计划，他坐下沉默地等着。

直到半个时辰后，夏侯彻吩咐将领下去准备拔营，他也没能开口说话。

"有什么消息？"夏侯彻问道。

丰都每隔几天会传消息过来，以确保她在凤凰台是安全的，今天是接到飞鸽传书的日子。

容弈沉默了良久，开口道："北汉皇后……殁了。"

夏侯彻望了他一会儿，似是有些没有听清他说的话，"什么意思？"

容弈缓缓抬头望向他，郑重说道："十天前，北汉皇后在凤凰台病逝了。"

夏侯彻脑子里嗡地一响，却还是难以相信他的话，微颤着声音继续追问道："谁……病逝了？"

容弈看着他眼中渐渐涌起的悲恸之色，一时有些不忍，沉吟了良久才缓缓说道："凤婧衣……病逝了。"

他知道这个消息于这个人而言太过残忍，但现在事已至此，早晚都瞒不住的。

大约，他跟那个人这辈子终究是没有相守的缘分。

夏侯彻没有说话，只是定定地看着说话的人，似是想要找出他说谎的证据，可是他神情语气那么认真，认真得根本不像是在说假话。

容弈缓缓抬手将纸笺递给他，说道："这是丰都传来的消息，现在丰都正是大丧之期，凤凰台也被大火烧了个干净。"

夏侯彻看着他递来的东西，半天也没有伸手去接，似是害怕看到上面的东西。

过了许久，他终于还是伸手拿了过来缓缓打开，寥寥的几个字撞入眼帘，心里有什么东西轰然坍塌了，震得他五脏六腑都是钝钝的疼。

她……死了？

她说好要跟他走的，她怎么就死了？

他摇了摇头，喃喃自语道："不，不是真的，一定是姓萧的在跟朕使障眼法，一定是他不想朕找到她，把她藏起来了……"

她怎么会死，她还那么年轻，虽然有些体弱多病，但一直都活得好好的，怎么可能就这么死了？

他不会信的，他死也不会信的。

"北汉王亲自收殓的，这几日已经快下葬了。"容弈低声说道。

他知道他很难相信凤婧衣的死，可是事情已经发生了，探子必然也是一再查过才回报，想必是属实的。

夏侯彻敛目深深吸了一口气，咬牙道："除非朕亲眼看到，否则，什么样的话，朕都不会信的。"

说罢，转身大步出了王帐，高声下令道："拔营！"

活要见人，死要见尸。

莫说什么大丧下葬，除非他真的到北汉皇陵掘陵开棺看到她的尸首，否则他绝不会信这样的鬼话。

他在心里一遍又一遍地这样告诉自己，可是不知道为什么，他的心却还是压抑得快要窒息。

"皇上，人已经去了，即便再挥军打到丰都，又有什么用？"容弈追出帐劝道。

他们用了一年多才拿下北汉两座城，北汉王也不是等闲之辈，他们打到丰都又不知到什么时候了。

他这般坚持无非是为了到丰都去找那个人，如今那个人已经不在了，再这般耗费人力物力交战下去，还有什么意义。

"不要再跟朕说她死了，朕不会信的，不要再说。"夏侯彻目眦欲裂地朝他喝道。

"好，我不说，可是你打算一直这么疯下去到什么时候，朝事你不顾，你儿子你也不顾？"容弈道。

如果那个人还活着，他要去丰都，他不反对。

可现在人都已经不在了，他再挥军与北汉交战数年，也不过是从陵墓挖出一具白骨，值得吗？

夏侯彻快步走在前面，不想再听到他的话，翻身上了马策马而去。

他一定要去丰都，亲自证实她是死是活，不然让他怎么相信这样的事。

可是，他又怕等自己到了丰都，所有的一切又真的成了他所说的样子。

婧衣，你何以忍心，让朕来承受这样的恐惧。

第七十章
我回来了

北汉,丰都。

皇后下葬当日,北汉王御驾亲自扶灵到景陵,谥号"文昭皇后"。

关于玄唐太平长公主的种种传奇,也随着最后文昭皇后入葬景陵而彻底湮灭于世间,再无凤婧衣此人。

半个月后,丰都城外的小山村,凤婧衣睁开眼睛看着周围陌生的一切,一时有些分不清自己到底身在何处。

她明明记得在凤凰台,萧昱给了她一杯毒酒,她喝了不是该死了吗?

为什么她还会听到窗外的鸟鸣之声,伸手还能感觉到阳光的暖意?

沁芳从外面进来,看着她怔怔坐在床边,快步走近唤道:"主子,你醒了。"

"沁芳,你也在这里?"凤婧衣拧了拧眉,打量着周围喃喃道,"我们这是在哪儿?"

"这是丰都城外的村子里。"沁芳道。

"我们在这里多久了?"她抚了抚有些晕乎乎的头,问道。

"已经快半个月了。"

凤婧衣扶着她的手下了床,出门望了望周围的一切,还是有一肚子的疑问。

难道,萧昱给她的毒酒是假的?

沁芳从屋内取了包袱,过来问道:"主子,东西已经给你备好了,快去吧。"

"去哪儿?"

"大夏。"沁芳笑着说道。

这两年多她心心念念的不就是那个地方吗？

凤婧衣有些怔愣地看着她，"可是……"

沁芳将包袱塞到她手里，道："几天前，北汉皇后已经入葬景陵，这世上再没有玄唐长公主了，你放心去吧。"

一开始，她也真以为萧昱是要杀了她，可况青却把她们送到了这里。

直到前几日，她去城里买药，看到文昭皇后出殡，才终于明白葬入景陵的不是北汉皇后，是北汉王的一腔深情。

凤凰台的近三年的软禁，折磨了她，更折磨了他自己。

她也无数次看到悄然来到凤凰台外的孤影，徘徊到天明又离去。

主子一次又一次想方设法地要逃出去，他知道。

主子拼了命地练剑想要离开，他知道。

主子每日在高楼眺望远空，他也知道。

若说是苦，他的苦一点也不比主子少，这辈子只全心全意爱上了一个人，可那个人却爱上了别人。

凤婧衣拿着东西怔怔地站着，明明归心似箭，明明一直就等着这一天，可他终于成全了她，这一刻她的脚步却沉重得迈不动了。

这么多年来，那是待她最好的人，却也是她辜负最深的人。

"马就拴在外面，快去吧，夏侯彻应该在白玉关附近，我自己会再去盛京找你。"沁芳催促道。

凤婧衣抿了抿唇，举步出了门牵了马与沁芳道别，离开村子经过丰都城外时，才发现今日又是这里一年一度的祭神节，百姓们都在河边放灯祈愿。

她牵着马到了河边，付了银两买了扎河灯的东西，扎了一盏河灯，提起笔却半晌也想不出该为那个人写点什么？

半晌，落笔写道：愿君福寿绵延，长乐无忧。

然后，小心将河灯放入水中，看着它顺流而下，飘向远方。

萧昱放出她病逝的消息是成全，可若是夏侯彻听到却不会知悉其意思的，只怕现在这消息已经传到他耳中了，她不能在这里再多耽搁了。

于是，也顾不上天色已晚，牵着马便沿着河岸离开了。

她没有看到，河对岸来往的人群中一身素袍青衫的男子拿着河灯，静静地看着对面的她。

况青出宫护驾，却也没想到那个人会在今天也来了这里，看着边上怔然而立的人，也不知该如何相劝。

萧昱看到她牵马准备离开，心念一动便准备追到对岸去，他不知道自己要追上去干什么，可是这一刻他真的后悔了。

然而，当他挤过人群，绕过河堤来到河对面，她早已经一人一马消失在了无边的夜色里。

"阿婧！"

他痛苦地叫着她的名字，可她终究已经远去。

凤婧衣走了好远，隐约听到有人在叫自己，扭头望了望灯火点点的丰都城外，又一夹马腹继续赶路了。

白玉关距离丰都好几天的路程，一路上尽是听到大夏皇帝强兵压境的传言。

她想，他定是已经听到了她死的消息，才会如此急切地发兵。

她想去白玉关，可是通往白玉关最近的城池因为两国交战，已经禁止百姓通过，她只得选择绕道前往。

一路辗转数日寻到白玉关，才知他早在多日前就带兵拔营攻打端州了。

她只得重新又往端州的方向去，奈何大夏兵马驻地外人不得进入，她如今又是个手无缚鸡之力的人，又不能与人动手，也进不了大夏军营。

她说了她是玄唐长公主，要见他们主帅或是军师，却被军营外面的守卫当成了疯子赶走。

如今都知道玄唐太平长公主已经死了，自是没有人再相信她的话。

于是，她只能在军营附近等，等着他从里面出来。

可是这一等便又是三天，直到第三天的黎明听到营中有集结军队的号角声，窝在军营外树林里的她才惊醒了过来。

过了不一会儿，便听到军营内有滚滚的马蹄声传出，她连忙赶往军营出口的地方，果真看到里面黑压压的黑甲军如潮水一般地涌了出来。

天还没有亮，密密麻麻都是人，她看不到他在哪里，站在路中央叫他的名字，又被人以为是疯子，被先锋营的人给驱赶开了。

大夏的骑兵快马驶过，她只能骑着自己的马匹沿着小路去追，追到了山坡上终于在晨光中看到了军营中披着龙纹披风的人，手忙脚乱地下马唤道："夏侯彻！夏侯彻！"

奈何，他却在此时一声令下，兵马齐出，奔雷一般的马蹄声淹没了她的声音。

她急得直哭，追下山坡之时，他却又策马离开了，根本没有看到后面的她。

他在前面带兵准备进攻端州，她在后面哭着追着叫着他的名字。

无奈之下，她只得又上了马，趁着他们还未下令攻城之际，从离他最近的侧翼快马冲了过去，高声叫着他的名字。

两军对垒之际，有人从侧面偷袭，自然是很引人注意的事。

"怎么又是这个疯女人？"夏侯彻后面一名副将侧头看了一眼，道，"这都追了一路了，非说自己是玄唐长公主……"

说着，便给边上的人使了个眼色，让人去把她赶走。

第七十章 我回来了

若非皇上下令不得滥杀百姓,她早就没命了。

夏侯彻听到副将的声音,侧头望了过去,魂牵梦萦的身影就那样撞入了眼帘。

他怔愣了片刻,也顾不得两军即将交战,脚步如飞地穿过重重兵马终于看清了马上的人,看清了那张泪流满面的容颜。

跨越生死的久别重逢,明明一切都是真实的,却又感觉真实得像在做梦一般。

所有人都说她死了,可她现在又活生生地在他面前了,隔他这么近,这么近……

凤婧衣勒马停下,看着站在马下的人,含泪而笑,"我回来了。"

雪域一别,近三年的时光,她都没有他的一丝消息,直到她在村子里醒过来,沁芳告诉她,他在白玉关。

可是她找到白玉关,他又不在那里。

直到此刻,她看到了他站在自己眼前,一颗悬着的心才终于落了地。

如今,她再也不是玄唐长公主,再不是北汉皇后,她只是深爱着他的女子,是他久等的归人。

夏侯彻愣愣地站了许久,眼睛一眨不眨地盯着马上的人,生怕那是自己又一次看到的幻影,一眨眼又会从眼前消失了。

而后,缓缓走近前来,目光却始终注视着她,满是血丝的眼睛满载着刻骨的相思,只消一眼便让人柔肠百转。

凤婧衣笑了笑,朝他伸出了手,毕竟这里不是叙旧的地方。

夏侯彻伸手拉住了她的手,触手那真实的温暖让他心头瞬间为之一震。

这是真的她,不是影子,不是幻觉。

他拉着她的手,翻身上了马背,丢下后面的数万大军带着她策马而去。

"皇上!"

众将领在后面,不解他是要干什么。

容弈远远瞧着,不过却由衷地松了口气,虽然不知道凤婧衣是怎么脱身的,但还活着总归是件好事。

"容大人,皇上这是……"

这马上就要攻打端州城了,他竟莫名其妙地跟一个女子先跑了,这哪里还是他们那个睿智稳重的大夏皇帝,分明就是着了魔了。

"收兵。"容弈下令道。

主帅都走了,这仗还怎么打。

再者,他们与北汉交战的最终目的不也就是为了那个人,如今人都回来了,这仗也没必要再继续打下去了。

虽然都是一头雾水,但既然军师说了收兵,领军的主帅又走了,他们也只好如此了。

夏侯彻带着她离开了端州城外的战场,到了安全一点的地方直接抱着她跳下马,扶着她的肩头定定地看着她,"你没死?"

"我这不是好好的。"凤婧衣笑着道。

"没死你不早回来,你又跑去哪儿了?"夏侯彻沉声质问道。

从接到丰都传来她死的消息,他从来都不敢合眼睡觉,只怕一闭上眼睛梦里全是她病逝的样子。

凤婧衣脸上的笑容垮了下去,她马不停蹄地赶来了,在后面喊得嗓子都哑了他都没听见,这会儿倒全都成她的错了。

怎么突然有点错觉,自己一心来找他,就是来找骂的吗?

"我到白玉关的时候,你从白玉关走了,我到大夏军营外的时候还被人当疯子给赶走了,你自己窝在营里几天不出来,我在外面等了整整三天,一早你们从营里出来了,我在后面一直追着叫你,你耳朵聋了?"

夏侯彻皱了皱眉,这么说来错是在他了。

"早知道你现在这副德行,我还……唔!"她没说实话,便被人以吻封缄。

夏侯彻吻住她微微干裂的唇,不想这久别的重逢,却是以他们又一次的互相指责开场。

其实,他们也都知道不是彼此的错,他们都是太想早点看到对方了。

虽然几经周折,但总算是相逢了。

也不知道守营的是哪个不长眼的东西,三天前就来了,他竟然都不知道,回去揪出来定要好好收拾。

半晌,夏侯彻松开她的唇,紧紧地将她搂在怀中,低声喃道:"我想你,每天都发疯一样地在想你……"

从他醒来,脑子就是她的影子,只是那个时候自己重伤未愈不能行动,只能干等着,哪知这一等最后竟是等来那样的消息。

虽然他一直口口声声地说着不信她死了,可是心里的恐惧却在悄然蔓延,让他不知所措。

凤婧衣脸贴着他胸前坚硬的铠甲,探手也拥住了他,柔声道:"我也在想你,每一天都在想来找你。"

当玄唐长公主的身份卸去,她才知道这份心动的牵念,远比自己所想象的还要深。

自丰都来这里,一路上她一步也不敢停歇,只想早一点来见到他。

一别近三年,她没有他的一丝讯息,也不知那一别之后他变成了什么样,迫不及待地想要看到他完好的模样。

夏侯彻低头吻着她头顶的发,激动的心情依旧难以平复,"他们都说你死了,朕怎么都不愿信的,可朕还是害怕……"

"我知道。"她柔声说道。

明明一直以来有着千言万语想要说，可现在真的见了，却又不知该说些什么了，但她知道她想说的，他都懂。

而他心中所想的，她也懂。

"不要再离开朕了，永远都不要。"夏侯彻深深地叹息道。

他们之间，每一次的离别，都让人痛苦万分，那样的分别他再也不想承受了。

凤婧衣被手臂收紧的力道勒得有些喘不过气来，踢了踢他的脚，"想勒死人啊。"

夏侯彻这才松开了手，看着涨红的面色渐渐恢复了些，拉着她在草地上坐了下来。

"他把你关在凤凰台，伤了你了？"

"你以为谁都和你一样，喜欢对人动鞭子。"凤婧衣瞥了他一眼哼道。

夏侯彻一听便沉下脸来，他好心好意问，倒还遭埋怨了。

"对，姓萧的千好万好，你还来找朕干什么？"

凤婧衣拧眉看着一脸醋意的男人，实在有点想不通，自己怎么那么想不通对这么一个蛮不讲理的男人念念不忘的。

只是，看着他明显比以前清瘦的脸庞又忍不住地心疼起来。

"你在雪域的时候，怎么从湖里脱身的？那时候伤得重吗？现在可都好了？"

夏侯彻一见她柔软的目光，薄唇微扬笑着道："朕哪那么容易死，方湛他们去找到朕了，淳于越又来救治了，不用担心现在早都好了。"

至于昏迷一年之事，他只字未提。

凤婧衣低眉，哽咽低语道："凤凰台与世隔绝，我什么都不知道，也不知道你是死了还是活着……"

"朕答应你了，又岂会食言。"夏侯彻紧握着她的手，决然道。

让他就那么死，他岂能甘心就那么丢下她和孩子。

凤婧衣抬眼看着他的眼睛，深深地笑了笑，大约也正是如此，在一直不知道他的消息的时候，内心却又还一直坚信他是还活着的。

"倒是你，这双手都成了这般模样？"夏侯彻看着她手上斑驳的疤痕，心疼地低语道。

"现在已经好多了，只是暂时还是不能使太大力气，可能还需要些时间。"她笑语说道。

夏侯彻伸臂拥着她，低语道："朕让你受了这么多苦，谢谢你还愿回来。"

若不是心中有他，她与那个人想必也可以过得很好，但却因为遇上他经历了太多苦难，而她爱上他所要承受和舍弃的代价，又何其之重。

"谁让我这么倒霉，遇上你这样讨债的冤家。"凤婧衣低语道。

夏侯彻失笑，没有说话，却紧紧拥着她不肯放手。

"我们什么时候回盛京，我想看两个孩子。"凤婧衣道。

第七十章　我回来了

一别多年，现在他们都有四岁了，恐怕都认不得她了。

"安顿好白玉关的事就回去。"夏侯彻松开她，顺势一倒枕在她的腿上，闭着眼睛晒着太阳。

虽然也想尽快带她回去见两个儿子，可是一想到那两个小家伙黏人的功夫，恐怕不出几天功夫就能黏在她身边，让他连身都近不了。

以前倒是希望有孩子在身边，如今却突然有种多了两个小情敌的感觉。

"那我先回盛京。"凤婧衣道。

她迫不及待想回去看到两个孩子，边关的事情安顿好也还要好些天工夫的，她在这里也帮不上什么忙。

"你敢？"夏侯彻睁开眼睛，恶狠狠地瞪着她。

本来这些年相聚的时间就少，这才刚见了她就又迫不及待地要跑了，到底是为了他回来的，还是为了两个儿子回来的？

凤婧衣看着一脸醋意的男人皱起眉头，"夏侯彻，你幼稚不幼稚，连你儿子的醋都吃？"

夏侯彻也渐渐摸准了她吃软不吃硬的性子，于是便也不再与她争了，拉住她的手道："再陪着朕几天，咱们一起回去。"

说实话，她若就这么又走了，他会觉得现在的相见跟做了一场梦一样。

凤婧衣心头一软，抿唇点了点头，"那你还要在这里待多久？"

她这三天都在军营外面，吃不好睡不好的，没心情在这里跟他玩浪漫晒太阳啊。

"等下午了再回去。"军营里人来人往的，总是有些不便的。

"我三天都没好好吃顿饭了，你要我在这里陪你晒太阳。"凤婧衣道。

夏侯彻睁开眼瞅了瞅她皱着眉的样子，拉着她起来去牵马，道："军营里不方便，去白玉关的驿馆吧。"

军营重地女子不得进入，这是他自己下的禁令，现在带了她回去，以后又让军中诸人如何遵守。

二来，那来来往往都是大老爷们儿的地方，实在不适合让她待着。

两人共乘一骑，一路策马而行，迎面而来的春风熏人欲醉。

一路快马到达白玉关已经是下午了，由于原先是北汉的城池，城中的驿馆也是大夏临时设立的，留守白玉关的将领听到城门口的将士回报说圣驾入城便快马赶了过来。

"皇上到白玉关，有何要事？"

今天，不是该攻打端州的时候吗？

夏侯彻进了门吩咐了人准备膳食，带她去房间，自己带着守将和副将到了前厅安排白玉关的后面的事情。

凤婧衣跟着仆役进了房间，抬袖闻了闻自己身上，道："能不能去帮我准备身衣服，再送些热水来。"

一直赶路就没顾上沐浴换衣，加之又在山林里窝了三天，这一身的味道着实不怎么好闻，还真难为他搂了一路。

仆役是个哑巴姑娘，听了她的话打了手语，笑嘻嘻地离开了。

过了不多一会儿，热水和衣服都送过来了，衣服虽然是粗布的，但却也是干净整齐的。

"谢谢。"凤婧衣接了过去，想来这是她把她自己的衣服拿给她了。

哑巴姑娘打了手语说饭菜还有一会儿再送过来，便就离开了。

凤婧衣绕到内室的屏风后宽衣进了浴桶里坐着，一身的疲惫得到舒解，整个人就忍不住感到阵阵的困意。

估摸着送膳的快来了，很快洗完便穿了衣服出来，结果先来的却是夏侯彻，顺手拿过了她手里的帕子，给她擦拭着湿淋淋的头发。

只是打量着她一身怪异的穿着，忍不住笑了，"哪来的衣服，穿成这样？"

看惯了她穿绫罗绸缎的样子，突地这么一身布衣，倒也别有一番风韵。

"要不是你个聋子一直没听到我叫你，我也不会把东西全给弄丢了穿成这样。"凤婧衣扭头瞪了他一眼埋怨道。

夏侯彻失笑，搁下帕子拉着她坐在自己怀中，"好，都是朕的错，回头全赔给你。"

凤婧衣听到外面的脚步声，起身自己坐到了一边，刚坐下仆役便送膳食进来了。

夏侯彻看着拿起筷子，动作有些僵硬别扭的人，心头不由得一紧，看来她的手恢复得并不怎么好，连拿筷子也只是勉强能拿住。

他紧抿着薄唇，自己动手给夹了菜，却没有再追问她手伤的事。

凤婧衣见他一直给自己夹，抬头道："不用给我夹，你自己也吃吧。"

一早到现在，也是大半天过去了，他也什么都没吃。

不过这顿饭，大约是她多年以来吃得最多的一次，虽然菜色不如沁芳做得精致可口，但对于一个三四天没有吃饱饭的人来说，已经顾不上许多了。

用完膳，外面天已经黑了，一下吃得太多，她又觉着不舒服，夏侯彻只得带着她出去散步消食，两人在关内转了一圈才回到驿馆。

她先进门掌了灯，正站在桌边倒茶，却被他自身后拥住了，一侧头撞上炙热的目光，面色不由自主地染上绯红。

夏侯彻扶着她肩头让她转身直面着自己，低头轻轻吻了吻她的唇，而后眸色狂热地注视着她的眼睛，似是在等着她的回答。

她一颗心狂跳不已，缓缓仰起头带着一腔思念吻上他菲薄的唇，而后轻语道："夏侯彻，我爱你，不知道是从什么时候开始，但这辈子就只这样爱上了你一个。"

"这句话，朕等太久了。"他说着，低头吻上她，一把将人抱起进了内室，喘息着

第七十章　我回来了

道,"欠了朕这么多年的,你有得还了。"

他半晌解不开她绑着的衣带,索性一把撕开了,迫不及待地贴紧眷恋已久的身子。

"这是别人的,你……"

"回头还你。"

床下一地狼藉的衣衫,一室旖旎。

一场激烈的欢爱过后,凤婧衣微眯着眼睛枕在他的胸膛上,显然已经疲惫不堪。

夏侯彻伸手拨了拨她脸上的湿发,在她额头吻了吻,"累了?"

原也知道她这些日赶路没有休息好,可就是实在想她想得紧了,邪火一起没忍住,生生将她折腾了两回。

"嗯。"她迷迷糊糊应了声,便再没有了声音。

夜很静,静得只听到她的呼吸声,夏侯彻也是多日未曾好好合眼休息,可现在却又睡不着了,就那么低眉看着她,生怕一眨眼她又不见了似的。

这么些年分分合合,她始终不愿来到他的身边,本以为这一生他们都没有相守到老的可能了,毕竟他们之间的身份敌对,要走到一起定是会让她受尽世人唾骂的。

如今,她就这么回来了,再不是玄唐长公主,再不是北汉的皇后,只是牵挂着他和他们的孩子的女子。

这一切,这么真实,却又总让人觉得身在梦中。

在遇上她之前,他从没想过自己会这样深深爱上一个人,爱得胜过生命中的一切。

他没有父母,没有亲人,后宫女子无数也终究只是权力平衡而纳入宫中的棋子,故而他所有的心思也都在朝政上,却不想会遇上这么一个人,曾经让他恨之入骨,如今让他爱得痴狂。

因着近日都没有睡好,凤婧衣一觉睡到了次日近午时,微微抬了抬眼帘,看到周围已经大亮了,抬头撞上正瞧着自己的人。

"醒了?"夏侯彻抬手抚了抚她微乱的头发,笑着道。

"什么时辰了?"她懒懒地问道。

"快正午了。"

"那你怎么不叫我?"她撑着半坐起身道。

这一起,盖在身上的被子滑落,身无寸缕的样子瞬间便落入了他眼中,看到他眼底燃起的热意,她又赶紧躺了下去,拉上被子把自己盖了个严严实实。

奈何,搭在她腰际的手却开始不规矩了。

夏侯彻低头吻了过来,越吻越过火,惹得恼怒的某人一巴掌推开,就势滚到了一边。

"夏侯彻,你够了!"

夏侯彻锲而不舍地又贴了过来,长臂紧环着她的纤腰,一个一个吻落在她的脸上,"你自己扳手算算朕多少年没要你了,两回就想把朕打发了?"

她被吻得气喘吁吁，嘴上不饶人地骂道："不要脸。"

"好好好，朕没脸。"夏侯彻笑着堵住她喋喋不休的嘴，强悍地压了过去。

半个时辰后，凤婧衣窝在床上连起床的力气都没有了，一侧头咬牙看着床边正神清气爽更衣的人。

夏侯彻看了看床上被扯烂的衣裳，还真的不能穿了。

"你先躺会儿，朕再给你拿身衣服过来。"

凤婧衣懒得说话，一双眼睛刀子一样地剜着他。

夏侯彻坐到床边倾身吻了吻她，低笑道："别这么看着朕，除非你还有力气再来一回。"

凤婧衣伸手抓起枕头砸了过去，一拉被子蒙住头懒得再去看他，听到出门的脚步声方才探出头来，自己揉了揉酸疼的后腰，暗自又把罪魁祸首埋怨了千百遍。

半个时辰后，夏侯彻拿着衣服回来，看着裹着被子坐在床上的人，走近道："你自己穿，还是朕帮你穿？"

凤婧衣一把抓过衣服，羞愤道："不劳你大驾。"

她可不想还没穿完，又给脱了，他现在那一撩就起火的劲头，实在让人难以招架。

"朕让人送午膳过来。"说罢，先出了内室。

天知道，若不是她赶路回来疲惫不堪，加之军中还有事需要安顿，他真恨不得无时无刻不与她亲热着。

再留在这里看她穿衣服，他不认为自己有那个自制力把持得住。

凤婧衣自己穿好了衣服，简单梳洗过后到外室，午膳已经摆好了，夏侯彻倒了杯茶递给她，"下午你自己休息吧，朕跟容弈他们还有些事要交代。"

"嗯。"她点了点头，想到如今的白玉关的事又有些难以启齿。

萧昱已经成全了他们，可大夏还占了北汉的两座城，总感觉有些欠他太多了。

可是，这也是大夏的兵马耗费时间精力打下来的，也不好因着自己一点私心愧疚，要他下令撤兵。

"这两天把事情安顿好了，咱们就回盛京。"夏侯彻道。

他在边关一年多，虽然中间容弈也有将两个孩子带来见了他两回，可算算日子也有近半年没见过他们了。

"好。"凤婧衣道。

之后接连两日，夏侯彻除了晚上和午膳时间见她，其他的时候都是不见人影的，第三天也不等大军班师回朝，便先带了她上路回京。

回到宫里的时候，天还没亮，孙平听到宫人回报赶紧起来了，看到携手而归的两人一时真以为自己眼花了。

宫里前几日才接到消息，说是北汉皇后殁了，怎么一转眼又到他眼前了？！

"熙儿和瑞儿呢？"夏侯彻进了皇极殿便问道。

"都还睡着呢。"孙平仔细瞧了瞧跟在他旁的人，模样神情又分明就是先前那个人，一时间有些摸不着头脑了。

凤婧衣也知道他是在好奇什么，于是道："孙公公是想问什么？"

孙平怔了怔，听她这一句话便也肯定是那个人无疑了。

"先去看孩子吧。"夏侯彻拉着她去了东暖阁，守夜的宫人见了连忙见了礼。

屋内烛火昏暗，她松开他的手迫不及待地走到床前，看着床上还呼呼大睡的两个小家伙，眼中瞬间泛起了泪光。

他们离开的时候，才那么一点儿，一转眼竟都长这么大了。

瑞瑞睡得不安分，翻了个身就把被子给抱着卷跑了，小嘴动了动好似是梦到了什么好吃的。

凤婧衣瞧着好笑，伸手轻轻给他挪了挪地方，将被子拉出来给两人盖好了，痴痴地瞧着他们睡得香甜的样子。

夏侯彻站在她边上，伸手扶着她靠在自己身上，低声道："他们都很乖很听话。"

因为从未拥有过真正的家，故而多年以来他是一直想要拥有一个他的家，有他心爱的女子，有他们可爱的孩子，如今这一切她都给了他，让他终于梦想成真。

凤婧衣伸手摸了摸睡在外侧的熙熙，忍不住地落了泪，低声细语道："熙熙刚出生的时候很瘦小，时不时就会生病，大夫还说他活不长的，最后一次见他的时候，他还不怎么会说话，也不会走路……"

夏侯彻听得揪心，从她怀胎到产子他都不在身边，接连而来的那许多变故都是她一个人在撑着，其中艰难不是他所能想象的。

所幸，这两个孩子如今都平安，她也安好在他身边。

"他现在很聪明，教的东西一学就会，比瑞儿那个懒家伙乖巧多了。"夏侯彻说道。

"这么大了，他们不会打起来吧。"凤婧衣担忧地瞅了瞅还睡着的两个小家伙道。

夏侯彻低笑，道："这倒没有，兄弟俩倒是亲近得很。"

两个儿子一个乖巧，一个调皮，倒是相处得极好，瑞瑞虽然有时候横，但作为弟弟还是挺让着哥哥的。

"作为母亲，我亏欠他们太多了。"凤婧衣低声叹道。

在他们最需要陪伴的时候，她却不在他们的身边。

"是朕亏欠了你们母子太多，来日方长，我们还有很多时间陪着他们。"夏侯彻道。

在他们母子最艰难的日子里，他都没有在他们身边，这是他一生最大的遗憾。

凤婧衣轻轻搁下熙熙的小手，轻轻靠在他的身上，"对，我们还有很多的时间。"

"好了，赶了几天的路了，先去休息吧。"夏侯彻催促道。

一路上为了早点回来看到孩子，她不停地催着赶路，这会儿人回来了，也看到了，也该消停一下了。

"你去睡吧，我在这等他们起床。"凤婧衣眼睛一刻也舍不得离开床上睡着的两个孩子。

夏侯彻拧眉看了看她，又看了看床上的两个儿子，总感觉自己有点要失宠的感觉了。

他又舍不得留她一个人在这里，于是便跟着坐在床边等着床上两个小家伙起床。

直到天大亮了，熙熙第一个醒来了，揉了揉眼睛看着坐在床边的人，"父皇。"

然后眼睛定定地看着凤婧衣，好半天才道："你是我娘亲吗？"

父皇说是去找他们娘亲回来的，现在这个人是不是就是他们娘亲了？

"真聪明。"夏侯彻笑着伸手摸了摸他的头。

凤婧衣看着他一时有些不知该做些什么，毕竟他离开她的时候还小，现在他会说话，会动脑筋了，一切都变得不一样了。

"你要起来吗？"

熙熙朝她点了点头，扭头去找自己的衣服。

凤婧衣伸手拿到了放在床边的衣服，看了看大小便知偏小一点的是他的，她正给他穿着衣服，睡在里面的瑞瑞翻了个身也醒了，爬起来坐在床上还是一副半梦半醒的样子。

"你到底是起还是不起？"夏侯彻有些不耐烦地训道。

瑞瑞睁眼这才瞅见坐在床边的两个人，爬起来扑到他怀里，"父皇，父皇……"

凤婧衣瞧着撒娇的瑞瑞不由得失笑，都这么大了，这性子还是改不了。

瑞瑞趴在他怀里好奇地看着给哥哥穿衣服的人，道："我见过你吗？"

感觉自己好像是认识她的，但又想不起是谁，可就是觉得是认识的。

"这是娘亲，我们的娘亲。"熙熙说道。

凤婧衣刚给熙熙穿完衣服，给他穿好了鞋子抱下床，另一边瑞瑞也由夏侯彻给穿戴好了，可正要给他穿鞋了，小家伙一骨碌爬起来跑到了床里边，自己把衣服又一件一件脱了个精光，抱到了她面前。

"我也要穿。"

凤婧衣哭笑不得，夏侯彻脸上瞬间黑如锅底。

不仅在媳妇儿面前失宠了，连在儿子那里也失宠了。

瑞瑞由着凤婧衣给他穿着衣服，圆圆的大眼睛一直盯着她，"我是不是真的见过你？"

凤婧衣笑了笑，坦言道："嗯，在你还小的时候，刚会走路的时候还跟着我的。"

"那我呢？"熙熙围在边上问道。

"你也是。"凤婧衣道。

"那你为什么又不要我们和父皇了？"瑞瑞又问道。

凤婧衣一阵尴尬，又不好告诉他这其中的种种，一时间有些为难。

第七十章　我回来了

"因为你娘亲被坏人抢走了。"夏侯彻代她回答道。

"那现在父皇抢回来了是吗？"熙熙仰着小脸朝他问道。

"那当然。"夏侯彻一脸得意地道。

瑞瑞扑在她怀里抱住，叫道："那以后娘亲是我们的，坏人抢不走了吗？"

"嗯，谁也抢不走。"夏侯彻道。

凤婧衣瞪了他一眼，低声道："你就教些有的没的。"

"走喽，吃饭。"夏侯彻抱起熙熙，便准备往外走。

瑞瑞一见也赖在怀里，撒娇道："我也要抱。"

凤婧衣还没抱起他，夏侯彻已经折回来一把将他揪起来，另一手抱了起来往外走，"这么大的人，还要人抱？"

"我要娘亲抱。"瑞瑞不高兴地说道。

"你娘亲手有伤，抱你们会疼的。"夏侯彻道。

两个小家伙听到一左一右趴在他肩头，看着走在后面的人，熙熙道："我们去找淳于叔啊，让他给娘亲治。"

夏侯彻将两个小家伙抱到了外室放到椅子上，警告道："不许让你们娘亲抱，听到没有。"

她那手现在勉强能用筷子，这两个小家伙也不轻，哪是她能抱得动的。

"嗯。"兄弟两个重重地点了点头。

一顿早膳，两小家伙争着要她喂，一刻也不消停，全然不顾一边夏侯彻越来越黑沉的面色。

"都自己有手，自己吃。"夏侯彻沉声道。

两个小家伙瞧着他好像真生气了，乖乖地自己拿起了碗筷，委屈不已地低头扒着饭。

"你凶什么，吓坏他们了。"凤婧衣看着两个孩子被他凶得头都不敢抬，瞪了一眼惹事儿的人埋怨道。

"你别太惯着他们，男儿家哪有这么大了吃饭还要人喂的。"夏侯彻扫了兄弟俩一眼警告道。

明明她没回来的时候，一个个还不是自己吃饭自己穿衣服，根本不要人操心的。

凤婧衣懒得理他，一一给两个孩子夹了菜，柔声道："慢点吃。"

夏侯彻看着她一脸纵容的温柔，不由得恨恨地咬了咬牙，以前总想着孩子是他们爱情的结晶，现在怎么觉得是两个麻烦呢。

这样下去，分明就是破坏他们夫妻感情的绊脚石。

于是，他草草吃了几口，搁下碗筷起身道："朕上早朝去了。"

他也知道她是太久没见孩子了，所以格外纵容些，可这一双眼睛尽盯着他们俩，完全视他为无物，心里总归不是滋味儿。

第七十章 我回来了

整整一天，夏侯彻刚刚回朝忙着政务，她便陪了两个孩子一天，直到夜里将他们哄睡了，才想起安抚一下早上气鼓鼓走了的丈夫。

到了书房外，看着孙平正准备送茶进去，便上前道："我来吧。"

书房内灯火通明，夏侯彻埋首在堆积如山的奏折中，听到响动抬眼瞧见是她问道："他们都睡了？"

"嗯，刚睡下。"她将茶递给他，看着一堆的折子道，"事情这么多？"

"多数是原泓已经替朕批过的了，要过一眼看看有没有问题。"夏侯彻道。

送过来的都是比较重要的，虽然已经由原泓批过了，但他还是要过一眼才安心，不然有处置不当的，还会引来麻烦。

凤婧衣站到他身后，伸手替他按了按肩膀，温声道："都要今天看完？"

"嗯。"夏侯彻说罢，侧头瞅了她一眼，"陪他们两个疯够了？"

平日里他们俩没睡这么早的，今天估计玩得累了，这么早就睡了。

"就是突然一下看到他们这么大了，有点难过又有点欣喜，还有点不知所措。"凤婧衣笑了笑说道。

夏侯彻伸手拉她坐到自己怀中，偷了个香道："我们再办一场婚礼，好不好？"

虽然以前册立皇后时办过一次，但已下旨废了，总不能让她回来了就这么不明不白地跟他住在宫里。

"孩子都这么大了，还办什么？"凤婧衣道。

夏侯彻沉吟了一阵，道："那怎么办？"

虽然天下皆知北汉皇后已逝，可若是他在这个时候大张旗鼓地册立皇后，加之军中也有人知道她是跟他从端州回来的，届时怕又是诸多猜测了。

可是，他又是想再那样风风光光娶她一回的。

"这世上已经没玄唐长公主凤婧衣了，我没告诉你我还有另一个名字叫顾微。"她望着他，而后缓缓道出了自己与傅锦凰之间的诸多恩怨。

玄唐长公主已经不存在了，以后她也不能再以凤婧衣的身份活，她需要一个新的名字，新的开始。

夏侯彻听完了她的一番话，定定地审视着她的眼睛，"除了这个，你还有什么瞒着朕的？"

她与他之间，总是虚虚实实，各自藏着各自的心思。

"还有？"她偏着头想了想，说道，"我们要是再有个小女儿就好了。"

夏侯彻勾唇笑了笑，一把将她抱起往外走。

"你干什么，快放我下来。"

"给你实现愿望去。"

"你折子还没批完呢？"

"生女儿比较重要。"夏侯彻说着，也不顾外面一伙子瞧着偷笑的宫人，抱着她回了西暖阁。

好不容易那两个小麻烦消停了,春宵苦短,哪里能等。

之后,凤婧衣无比后悔自己说了这话,以至于因他常常以生女儿为借口多次付出了惨重的代价。

这样平静的生活并没有持续太长时间,大夏的密探便追查到自雪域城逃出的傅氏一族,带着冥王教的余孽在塞外边境又开始蠢蠢欲动了。

夏侯彻倒没急着动手,只是让容弈出京暗中查访,把他们查得彻底了再一网打尽,永绝后患。

第七十一章
一世深情

  回到盛京的第三天早朝，夏侯彻宣布了册立顾氏为新后，但并未举行册封礼。
  册封礼是凤婧衣拒绝的，其实只要能和他跟孩子在一起就够了，虽然已经除去了玄唐长公主身份，若是举行册封礼，朝中许多臣子也是见过她的，难免不会多加猜疑，多一事不如少一事。
  她肯定地知道他的心意，这些俗套有没有又何必计较呢。
  夏侯彻禁不住她一再坚持，便也答应了只下旨册封，并未举行册封礼。
  午后，夏侯彻与一般臣子在书房议政，她从孙平口中知道了沐烟重开了隐月楼，青湮他们也都在那里，于是便带了两个孩子出宫去看看。
  两个小家伙一听要出宫去玩很是兴奋，用完午膳就兴冲冲地催着她走，孙平给他们安排了马车，将他们送到了隐月湖。
  兄弟俩大约是头一次坐船，一上船就兴奋不已，瑞瑞指着湖里大叫道："哥，你看，鱼，有鱼！"
  熙熙顺着他指的方向，兴奋地趴在船边瞪大了眼睛看着。
  "坐好了，小心点。"凤婧衣拉了拉两个兴奋得快把脖子伸到湖里的儿子。
  船到了湖心的岛屿上，因着隐月楼毕竟有风月之地和赌场，她不好将两个孩子带过去看到那些，便直接带着他们去了隐月楼议事的茶楼。
  青湮远远瞧见有人牵着两个孩子上了岛，便知是他们到了，出门迎了过来。
  她到盛京的时候，宫里也派了人过来报信，只是他们也不好随便进宫去探望，想着同在盛京总是会见面的，便就安心在这里等着了。

"青姨。"两个小家伙甜甜地唤道。

青湮含笑点了点头，看到走在最后的人，即使一向心性薄凉却也忍不住眼眶泛酸，先前也是听到了北汉皇后病逝的消息，真以为她就那么走了。

也深深懊悔没有去救她出来，就任由她一个人孤立无援地待在凤凰台，最后郁郁而终。

万万没想到，还能这样活生生地再看到她。

"你……还好吧？"她开口，声音不自觉有些哽咽。

"这不是都好好的。"凤婧衣浅然笑道。

青湮点了点头，她现在能到这里，想必一切都好了。

"找到宸月了吗？"凤婧衣道。

她只知道公子宸自雪域之后就一个人走了，之后在凤凰台对外面一无所知，也不知道他们到底找到她没有。

她当时一个人身怀有孕，到底会去哪里也不知道。

青湮叹息摇头，"一直没有她的消息。"

"那便是她有意要躲着咱们了。"凤婧衣道。

若非如此，隐月楼又岂会找不到她，她对隐月楼了解太多，要想躲着不被她们找到，也是轻而易举的事。

"我想也是如此，可她一个人，总归让人放心不下。"青湮道。

"她那么做，自有她的道理吧，若是能找到她最好，实在找不到，也不要太勉强。"凤婧衣淡然笑语道。

他们认为找到她好照应，可公子宸可能并不觉得这样好，所以才故意躲着他们。

到底，当初也是因为要救她，她才与夏侯渊闹到了那样的地步。

"嗯。"青湮应声，带着她上了楼。

淳于越正被两个孩子围着，瞅着后面上楼的凤婧衣道："你们还真是祸害遗千年，怎么都死不了。"

夏侯彻成了那副鬼样子竟然还活过来了，这一个都说她死了，结果又活蹦乱跳地跑回来了。

凤婧衣笑了笑，望了望青湮道："你们还没成亲？"

一语直中要害，看到淳于越顿时垮下来的脸色，心中忍不住偷笑。

淳于越一脸幽怨地看着青湮，青湮却全当没看到，给客人倒了茶问道："你手伤好了吗？"

"好多了。"凤婧衣笑了笑，望了望周围问道，"沐烟怎么不在？"

她不是一向爱凑热闹么，没道理不过来的。

青湮无奈地皱了皱眉道："闯了点祸，出京避风头去了，不过已经让人告诉她你回来了，这几日可能她会回来一趟吧。"

"闯祸？"凤婧衣不解道。

淳于越转着手中的杯子，有些幸灾乐祸地说道："谁让她起了色心，把人家丞相大人给睡了，睡了也就罢了，人家要负责任娶她了，她倒还跑了。"

凤婧衣正喝着茶，一听淳于越的话被呛了一阵，沐烟怎么招惹上原泓了？

原泓看似平日里没个正形，但其实那肚子里的弯弯绕可不比夏侯彻少了去，沐烟招惹上他，又岂是能玩得过他的。

若真能凑成个欢喜冤家倒也不失为一桩美事，可若不成，这可够她受的了。

星辰也是听人回报说是有人带着孩子过来了，猜想到是她，接着也赶了过来，但一副愁眉苦脸的样子。

"怎么，姓原的又来闹场子了。"淳于越道。

沐烟是把人睡了拍拍屁股走人了，姓原的三天两头跑来隐月楼搜人，生意都快没法做了。

"已经打发走了。"星辰道。

"要我说，你直接把她供出来，让姓原的找她麻烦去。"淳于越道。

"那她回头还不来要了我的命。"星辰缩了缩脖子道。

她们当然知道她躲在哪里，可也不能出卖她。

她当时闯祸也就闯祸了，头晚才把人原大人给睡了，第二天又在楼里对着一大群男人跳艳舞，好死不死地还被要对她负责的原泓给撞个正着，想起当天的混乱场面就叫人头疼。

"算了，由他们去吧。"凤婧衣有些哭笑不得道。

"墨嫣说安顿好玄唐的事情，也准备来盛京了。"星辰望了望凤婧衣，又道，"不过她没有告诉凤景你的事。"

凤景到现在也以为她过世了，加之大夏这边也瞒得严，萧昱也没透露真假，他也真以为她是死在丰都了。

"嗯。"凤婧衣点了点头，没有再多说什么。

对于凤景，她能为他做的都做了，以后的路且看他自己走吧。

"听说傅家的人又出现了，还真是阴魂不散。"星辰道。

"等摸清楚他们的底细再做打算，以免再有漏网之鱼。"凤婧衣道。

这件事就算她不插手，夏侯彻也会把他们料理干净了，她也就懒得操心了。

"楼里也派了人暗中追查了，有消息我们会通知原府和容府的人。"青湮道。

他们只负责探查消息，至于后面的事就交给夏侯彻他们自己去处置，隐月楼懒得再插手这些事了。

"也好。"凤婧衣点了点头，又道，"沁芳最近应该快到盛京了，你们若是找到她，让原泓把她送进宫里就是了。"

沁芳跟了她许多年，没有她在身边，她倒有些不习惯了。

"好。"星辰应声道。

几人正说着话，一个人鬼鬼祟祟地从后窗爬了进来，一把摘掉脸上的面具，长长呼了口气，冲着两个孩子道："熙熙瑞瑞，来给沐姨抱一个。"

说着，也不管两个孩子同意不同意，一手搂了一个抱住。

"你还敢回来？"星辰挑眉道。

沐烟松开两个孩子，走近桌边随手拿过一杯茶灌了下去，冲着凤婧衣道："我这不是知道你没死，回来看一眼确认一下嘛。"

耳听为虚，眼见为实，之前听到她死的消息着实给吓坏了，现在知道她还没死，怎么着也得回来看一眼。

"你不怕被逮住？"凤婧衣笑语问道。

"我才不……"

话还未完，外面便传来怒意沉沉的吼声，"沐烟！"

沐烟痛苦地一拍额头，四下望了望准备找藏身的地方，发现无处可藏便想着还是跳窗走吧，谁知还没走到窗边，外面的人已经冲进来了。

淳于越悠闲自在地倒了杯茶，一副准备看好戏的样子。

"原叔，你好凶。"两个孩子吓得躲在她身边道。

原泓扫了一眼屋里的人，一手揪着沐烟的后领，尽量以平静的口气道："我们要谈点私事儿，先告辞了。"

"我没事儿要跟你谈，把你爪子放开，否则别怪姑奶奶不客气了。"沐烟恼怒道。

"你没事，我有事儿。"原泓拖着她往外走。

他在隐月楼附近一直盯着，就不信她会一直不回来，终于还是让他给逮着了。

"原大人，原祖宗，我们不就睡了一觉吗，用得着这样吗。"沐烟一边走，一边抱怨道，"我睡你一觉你就要我负责，我再睡上十个八个的，我负责得过来吗？"

嫁人这种事儿，她上辈子做梦都没想过啊。

可现在偏偏摊上这么个混账，真是一失足成千古恨。

凤婧衣看着吵吵闹闹离开的两人，颇有些哭笑不得。

两个孩子没怎么出宫，出来就舍不得回去，直到天快黑了才在她一再劝说下答应了回宫。

青湮送他们母子三人出去，一路道："估计我和墨嫣都会一直在这里，你要出宫应该不是问题，有时间就多过来走动走动吧。"

凤婧衣点了点头，回头看了看站在楼上的淳于越，出声道："你们俩准备耗到什么时候？"

青湮只是一路牵着熙熙走着，沉默着没有说话。

"人一辈子说长不长，说短不短，遇到这么一个人实属不易，你切莫一再辜负了。"凤婧衣劝道。

说到底，青湮总觉得自己是嫁过人又有过孩子的，与淳于越有些不般配。

可这些都是淳于越知道的，他若是介意，也不会这么些年一直追着她了。

"且走且看吧。"青湮叹道。

"淳于越也年纪不小了，你也是，再这么下去误了他，也误了你自个儿，这么多年他若对的女子都瞧不进眼，你还有什么不放心的。"凤婧衣笑着问道。

以淳于越的身家要什么样的姑娘没有，若非是情意深，岂会这么一直跟着她。

青湮没有再说话，只是默然地点了点头，而后送了她们上船。

凤婧衣带着两个孩子回到宫里，天已经黑了，夏侯彻面色不善地坐在东暖阁，看着有说有笑回来的母子三人。

"你们还知道回来？"

他特地早早处理完了政事，结果一回来，他们三个竟然一声不吭地跑去宫外了。

"我们去看了看青湮，顺便从淳于越那里拿了些治手伤的药，最近到阴雨天有些不好。"凤婧衣如实说道。

夏侯彻一听她是看伤去的，皱了皱眉，"这事儿你不早说？"

她回来之后，他也让淳于越从宫外开了药方进来一直用着，本以为已经渐有好转了，却难怪前些日阴雨天，她夜里都睡不安稳的。

"也不是什么大事儿，有什么好说的。"凤婧衣看着跑累了的两个孩子，给他们一人倒了杯水随口说道。

"这能是小事儿？"夏侯彻瞪着她道。

凤婧衣瞧了他一眼，温声道："两个孩子跑了一下午都饿了，让人传膳吧。"

夏侯彻没再追问，唤了外面的宫人吩咐送晚膳过来。

大约是下午玩得累了，用完晚膳，两个小家伙就是满脸困意，没多久便都睡了。

凤婧衣将两人都安顿好了才回了自己房间，坐在榻上的人听到声音却垮着脸不愿搭理她，还在为她瞒着手伤的事儿生气。

"这么点儿小事儿，你还真生气了？"

这样的小伤小疼就得跟他说，她有那么娇弱吗？

夏侯彻瞪了她一眼，懒得理她。

"好了，我错了，下次一定跟你说。"凤婧衣耐着性子哄道。

多大的人了，有时候还跟他儿子一个德行。

夏侯彻拉着她的手，瞧着手上的疤痕叹了叹气，"你再有一点伤一点痛，朕都害怕。"

她这双手不能再出问题了，他更不希望她在他的身边，还要独自忍受。

凤婧衣上榻窝在他怀里靠着，柔声问道："最近前朝的事儿很忙吗？"

"原泓天天吵着要辞官，事情全丢给朕了，自然会多一些。"夏侯彻道。

他也知道他最近在闹什么幺蛾子，他也到了该成家立室的年纪，便也由了他去。

凤婧衣一想到今天撞上沐烟他们的场景，觉得好笑，实在没料到他两个会凑到一块儿去了。

夏侯彻低头吻了吻她额头，低语道，"傅家和冥王教的事儿查得差不多了，估计过两个月，朕要出京去会会他们。"

虽然他也不想扔下她和孩子在宫里，可这伙子麻烦，他非要自己亲自收拾干净了不可，以免留下祸患。

傅锦凤跟她有夙怨纠葛，若再让她逃了，将来指不定暗中又使什么诡计。

如今好不容易平静了，他可不想以后还得费心思防着她。

"要去多久？"凤婧衣仰头望了望他问道。

"一两个月吧。"夏侯彻道。

"嗯。"她点了点头，心情却有些闷闷的。

回京一个多月了，本以为频繁地亲密该怀上了的，可前几日月事又来了，难免有些失望。

她也知道自己身体不易有孕，而且已经二十九了，所以才这般急着想要一个女儿，毕竟若再耽误下去，更不容易有孕了。

夏侯彻看着折子，半晌没听到她出声，低眉瞅了一眼，"怎么了？舍不得朕走？"

"嗯。"她应了应声道。

夏侯彻低笑，低头吻了吻她，道："傅家这伙人奸猾，交给谁朕都不放心，非得去亲自把他们收拾干净了，省得以后再费心。"

主要还是想着傅锦凤跟她之间那番夙怨，之前几番她和孩子都被她给算计了，这笔账说什么他也得讨回来。

"你届时小心着点儿。"凤婧衣温声道。

虽然她也知道他不是一般人能对付的，但总归还是有些不放心。

"知道了。"夏侯彻合上折子，直接将她抱起下榻，鞋也懒得穿了，赤着脚往内室走去。

"你……"话没说完，便已经被他扔上了床。

夏侯彻一边压上来，一边咕哝道："为了咱们的女儿，得多努力努力。"

两个臭小子白天黏着她不放，他连身都近不了，也只有等着他们睡了消停了，才有亲近的机会。

"咱们要是生不了女儿怎么办？"凤婧衣有些郁闷地担忧地道。

"小看朕？"夏侯彻挑眉道。

"你想哪儿去了？"凤婧衣脸色顿时绯红嗔道。

她现在这个年纪，也早过了生育的最佳时候了，若是没那福分再有女儿，难免心中遗憾。

然而，很快地便也被他带着，无暇再去胡思乱想了。

两个月后，夏侯彻安顿好了朝中事务，带兵出京围剿冥王教一干余孽了。

虽然前线事忙，但隔几天也都会写了信差人送回宫，一开始只写给她，两个小家伙问了说没给他们写，气鼓鼓地说父皇不要他们了。

她回了信过去，之后每次送回来的信都是三封了，写给两个孩子的也只是简短的几句话，写的都是他们勉强能认得的字，这才把他们给哄好了。

他这一走便是两个月，信中却甚少提及战况，不过从送回京的军报可知，大夏一直连战连胜，逼得冥王教余孽无路可退。

两个月后，夏侯彻信中说了回京的日子，她带了两个孩子到了虎牙关附近等着接人。

因着到了夏季，担心两个孩子会中暑，便寻了林子里的一座茶寮坐着等，两个小家伙在树荫下抓蛐蛐儿玩得不亦乐乎。

有赶路的人到了茶寮附近，将带着的孩子抱下马，道："站这儿等着，娘亲去拴马。"

"嗯。"精致玲珑的小丫头乖巧地点了点头。

瑞瑞俩抓着蛐蛐儿看到站在树下的小丫头，跑过去友好地把自己的好东西给人分享，结果吓得人家小姑娘哇哇大哭。

凤婧衣一见闯了祸，连忙起身过去，"你们欺负人小妹妹了？"

"我给她蛐蛐儿，她就哭了，没欺负他。"瑞瑞委屈地说道。

凤婧衣无奈地叹了叹气，他们俩喜欢那些东西，又岂是人一般小姑娘会喜欢的东西，这可不是把人给吓着了。

本就一心想个女儿，看着这两三岁的小丫头着实喜欢得紧，好不容易把人给哄住了，却莫名瞧着眼熟得很。

"怎么了？"一略显低沉的女声问道。

凤婧衣闻声一震，抬头瞧见说话的人缓缓站起身来，"宸月？"

公子宸也没料到会在这里遇着她，愣了愣，"你怎么……"

小丫头跑过去，甜甜地唤道："娘亲。"

公子宸将孩子抱起，笑了笑说道："我女儿，小玉儿。"

"过去坐着说话吧。"凤婧衣道。

公子宸抱着孩子跟着她一起到茶寮坐了下来，看着她沉默了一阵说道："先前听说你在丰都病逝了，还以为是真的。"

凤婧衣笑了笑并没有多做解释，看着她抱着的女儿，眉眼之间颇有些像夏侯渊的样子。

"这些年你去哪儿了，也没一点消息？"

她从关内出来，分明就是从盛京过来时，虽是回去了，却也没再找青湮她们。

"走了很多地方，隐月楼现在也不需我再出力，我就不回去了，知道你们现在都好着，便也就放心了。"公子宸淡笑言道。

凤婧衣叹了叹气，知道她这么一直五湖四海地走，终究还是不肯相信夏侯渊已经不在了，宁愿一直这样找下去，也不肯相信他已经离开了人世。

虽然人还是以前的模样，却再没有了当初隐月楼主那般的洒脱，眼底满是让人揪心的苍凉。

"那你随意吧，若是走到什么时候不想走了，就回来找我们。"

"嗯。"公子宸笑着点了点头。

两人在茶寮畅谈了一个多时辰，公子宸带着孩子向她告辞赶路了。

凤婧衣带着两个孩子送了她们一段，看着母女二人骑马消失在了平原尽头，深深叹了叹气。

她不想看着公子宸这样带着孩子一直漂泊下去，可她有她要执着的，她劝也劝不住，只能由了她去，只希望她能早日放下心结，重新回来与他们相见。

"娘亲娘亲，父皇回来了。"熙熙指着平原尽头出现的一队人马，兴奋地叫道。

凤婧衣回过神来，朝着他指的方向望去，果真见到他带一队黑衣卫过来了，一马当先走在前面。

"我也要骑马！"瑞瑞一边叫唤着，一边欢喜地跑了过去。

黑衣卫放慢了速度，夏侯彻到了近前下了马，一把抱起跑到最前面的瑞瑞，"臭小子，最近有没有淘气？"

小家伙连连摇头，"没有，我很听话。"

"他刚把一个小妹妹吓哭了。"熙熙拆穿道。

"你不是我哥！"瑞瑞扭头道。

凤婧衣牵着熙熙走近，夏侯彻瞅着他们满头大汗的样子皱了皱眉，"这大热天不在宫里好好待着，非跑这里来干什么？"

"我们好心好意来接你了，你倒还不领情？"凤婧衣垮下脸道。

"高兴，哪能不高兴。"夏侯彻一手抱着瑞瑞，一手搂着她的肩膀道，"这不是天太热，怕你们跑出来中了暑么。"

凤婧衣抿唇笑了笑，一路闷着头走了好一段才说道："前些天做了个梦，梦见我们的女儿了。"

夏侯彻听了唇角勾起一丝坏笑，低头轻轻咬了咬她耳朵，"是个好兆头，回头朕再接着努力。"

这样的事，他自是愿意加倍效劳的。

凤婧衣侧头瞅着他深深地笑了笑，"不劳你大驾了，她已经在我肚子里了。"

夏侯彻顿步愣了愣，随即沉下脸来训道："那你还敢顶着日头跑这里来？"

有了身孕了，还拉着这两个小祸害跑出宫来，她还真是……

嘴上虽是凶着，赶紧放下抱着的瑞瑞，脱了自己的外袍伸手搭着给她挡着阳光，似是生怕给晒化了似的。

"伺候的奴才呢，一个个都死哪儿去了？"

兄弟两个一见，也跟着钻到衣服下面去了。

"熙儿瑞儿，都走后面，别绊着你娘亲了。"他沉着脸郑重说道。

兄弟两个噘了噘嘴，乖乖走在了他身后，哼哼道："父皇又不要我们了。"

夏侯彻扭头瞪了兄弟俩一眼，"不要你们早把你们扔了，再敢说这话，找打是吧。"

原是想着成婚以后妻子温柔解意，孩子乖巧孝顺，结果大的不让人省心，小的还给人添堵，真是上辈子欠了他们的不成。

几人走了一段路，到了马车停放的地方，夏侯彻将她扶上了马车，接过侍从手里的扇子给她扇了扇，紧张地问道："有没有哪儿不舒服的？"

"没有。"凤婧衣拿掉他手里的扇子，瞅着他满头大汗的样子，心疼地拿着帕子给擦了擦。

夏侯彻扫了一眼一排坐着的母子三个，沉着脸下令道："你，回去之后不准再出宫一步，还有你们两个不许在你娘亲五丈之内打闹！"

先前他们俩出生听沁芳说就遭了不少罪，那个时候他又不在身边，这一个他哪里敢大意。

凤婧衣瞅着他紧张的样子又是好气又是好笑，道："太医说了，胎很稳，你别大惊小怪的。"

夏侯彻却坐在那里满脑子开始构想着，要安排什么大夫请平安脉，怎么能把淳于越给每个月拉进宫来给她瞧一次，孩子出生该找哪个嬷嬷接生最安全……

夏去秋来，已有五个月身孕的凤婧显得笨重了些，两个孩子虽然还是调皮，但也懂事的不会在她周围打闹了。

她陪着两个孩子用了早膳，送他们去了太傅那里上课，方才带着沁芳到了皇极殿书房去。

夏侯彻听到孙平进来禀报，搁下手头的折子起身扶着她坐下，"天凉了，你身子不便就别往这里跑了，午膳的时候朕也会过去的。"

"两个孩子都去太傅那里了，我一个人也没什么事。"凤婧衣浅笑道。

夏侯彻挨着她坐下，将龙案上的两封请柬递给了她，"原泓刚送来的。"

凤婧衣接过看了看，是原泓和沐烟，还有青湮和淳于越要成婚的请柬。

夏侯彻瞅着她眉开眼笑的样子，再一想她现在的身体状况，沉下脸道："他们成亲，你少跟着去凑什么热闹。"

"我就去看看，也不行？"

"不行。"夏侯彻不容商量地拒绝道。

"青湮和沐烟两人成婚出嫁，我总不能不去。"凤婧衣坚持道。

夏侯彻想了想，道："朕让礼部给他们在宫里办，你到时候看个热闹就是了。"

凤婧衣点了点头，打量着请柬笑道："这沐烟之前还说死不嫁人的，这么快就答应了，这原大人还真是不简单啊。"

"你当着朕去夸别的男人，合适吗？"夏侯彻斜了她一眼哼道。

一个月后，宫里给两对新人办了一场风风光光的婚礼，凤婧衣被勒令不得插手，也只是大喜之日参加了婚宴，倒是沐烟那财迷将参加的宾客都狠狠讹了一笔礼金，大发横财。

入了秋之后盛京越来越冷，她身子也越来越笨重，只得安心留在宫里待产。

所幸，来年的春天她如愿以偿生下一个粉雕玉琢的小女儿，夏侯彻取了小名——。

唯一的一。

因着以前生两个儿子月子里没休养好，这生了女儿坐月子被夏侯彻和沁芳押着坐了整整一百天，直到给孩子办百日宴才让她出房门。

夏侯彻还在正殿与宾客宴饮，她抱着快睡的孩子先去了偏殿哄，青湮和沐烟无事便也跟着过来了。

沐烟瞅了眼哄着女儿的人，说道："最近隐月楼得了消息，说是北汉王册立了新皇后。"

凤婧衣微讶，浅笑问道："是谁家的女儿？"

"内阁大学士的女儿，沈宛。"青湮道。

凤婧衣想起那个有过一面之缘的女子，点了点头道："沈姑娘温婉聪慧，会是一代贤后。"

他是一国之君，总需要一位皇后，北汉也需要皇嗣继承。

夜里宾客散尽，她将熟睡的女儿安置好，熙熙和瑞瑞也都倒在床上睡了。

她放下帷帐出去，一身酒气坐在外面榻上的人低声问道："都睡了？"

"嗯。"凤婧衣走近，欲要扶他去侧边寝殿休息。

夏侯彻起身，却拉着她道："不想睡，出去透透气。"

她拗不过他，被他拉着出了寝殿漫步在寂静无人的宫廷，不知不觉走到了碧花亭。

初夏季节，湖里已经碧荷依依，风中都带着微微莲香。

她瞧着夜色中的景致，一时心中感慨，多年前她初到大夏皇宫，就是在这里碰上了他，那时候又何曾想到这么多年后，她会和他这样站在这里。

夏侯彻一下将她背了起来，沿着湖边慢步走着，"没想到，一转眼就这么多年过去了。"

"是啊。"凤婧衣靠在他的肩头叹息，缓缓说道，"算算时间，从遇上你到现在也近十年光景了，这是我一生最跌宕的十年，是我最幸运的十年，也是我最遗憾的十年。"

"什么遗憾？"夏侯彻侧头问道。

"在我最好的年华，我却没有好好爱你。"凤婧衣低语道。

夏侯彻无声扬起唇角，道："现在也不晚。"

十年蹉跎纵然遗憾，但他们还有好多个十年可以相守到白头，永不分离。

（全文完）

番外
宛如我心

北汉，宣和四年，冬。

一夜风雪，让整个中都化为一片银妆素裹的世界，方嬷嬷吩咐了宫人清扫宫里的积雪，带着宫人到了寝殿外伺侯皇后早起。

"皇后娘娘，起了吗？"

"进吧。"殿内传出女子温婉如水的声音。

方嬷嬷推门，带着宫人鱼贯而入，服侍凤驾洗漱更衣，待到皇后更好衣袍，上前亲自为其梳头绾发。

"娘娘今日要绾什么发髻？"

"随意吧。"沈皇后望着镜中的女子，淡声道。

女为悦己者容，可是她梳什么样的发髻，化什么样的妆容，陛下从不在意，又何必去费那番心思呢。

方嬷嬷没有再多问，默然给她梳理着头发，到底是宫里的老人了，绾发的手法灵巧而快速，而后接过宫人递来的发钗发饰，一一装点在女子如云的发髻间。

"方嬷嬷，陛下该下朝了吧？"沈皇后问道。

"嗯，这个时辰下朝了。"方嬷嬷如实回道。

"昨天吩咐你们准备的东西都准备了吗？"沈皇后道。

方嬷嬷一边替她理着头发，一边回道："回皇后娘娘，东西已经备好了，娘娘还是要亲自动手做吗？"

"反正闲来也是无事。"

"娘娘这番苦心，陛下知道一定会高兴的。"方嬷嬷说道。

陛下每月初一和十五会留宿在昭阳殿，每到这两天的晚膳，皇后娘娘也都是亲力亲为的，从来不让她们插手，今天正好是十五。

沈皇后浅然一笑，眼神却满是凄然之色。

他会高兴吗？

他的心早已随着玄唐长公主的离去千里冰封，她入宫半年也从未见过他脸上有一丝笑容，又何曾见过他高兴。

北汉王宫上下也只她一位皇后，陛下再未纳一妃一嫔，别人都道陛下待她情深意重，她是宫里宠冠六宫的唯一皇后。

可是，她知道他要的不过是一个皇后，是她，或是别人对他而言都没有区别，反正也只是个堵朝中众臣悠悠之口的一个摆设罢了。

"皇后娘娘，好了，早膳已经备好了。"方嬷嬷道。

虽然帝后二人这样关系疏离，但她却觉得这不失为一件好事，在这宫里大半辈子了，什么风风雨雨也看过了，她曾伺候过先帝最宠爱的皇贵妃，再后来又伺候过陛下的前皇后玄唐长公主，她们都深得帝心，可最后又有谁有了什么好结果。

那父子二人最终也都是一生抱憾，沈皇后虽不得陛下宠爱，但这样相敬如宾地相处，又未尝不是好事，起码没有那么多起起伏伏，恩怨纠葛，倒也活得简单自在。

沈皇后起身前去用早膳，早膳过后到园中散步，看到庭院里堆着的积雪，一时起了玩兴，也不顾身上华贵的袍子，一个人蹲在雪地里堆了雪人。

半晌，终于堆起了一个雪人样，她手也给冻得通红了，却蹲在雪地里看着模样笨拙的的雪人像个孩子般笑了起来。

"皇后娘娘，外面雪大风寒，你还是快回暖阁吧，仔细着了风寒。"方嬷嬷回来，看到皇后还在雪地里，连忙上前劝说道。

"没关系，难得到了冬天，我就在外面多待一会儿。"沈皇后呵着气，搓了搓有些冻红的手，笑着看着茫茫的白雪。

冬天是很冷，可她却是特别喜欢这个季节。

方嬷嬷见她高兴，又不好再劝，毕竟她在这宫里能这样开心的时候并不多，纵使陛下如今立了这沈皇后，可心中念着的依旧是故去的文昭皇后。

沈宛是个聪慧剔透的女子，她很清楚陛下的心思，也不会主动去想方设法地接近陛下代替文昭皇后，只是在这宫里的一方天地，默默做着一个皇后该做的事。

陛下来看她，她会盛情相迎，备好酒宴让他在这里安心吃一顿饭，陛下走，她也不会强作挽留，大约陛下也是看出她是这样的性子，故而才在满朝文武的千金之中，在那些想法设法模仿着文昭皇后的高门贵女间，独独选择了这个大学士之女立为皇后。

她没有一点像文昭皇后的地方，但她很聪明地认清自己的位置，从来不会做逾越规矩的事。

沈皇后是个好姑娘，只是她终究不是陛下心上的那一个，而陛下……也未必是她心上的那一个，这冷冰冰的皇宫里，要过一辈子的帝后二人，不免让她看着揪心了些。

"方嬷嬷，陛下他……喜欢冬天吗？"沈皇后突地问道。

方嬷嬷沉默了片刻，如实回道："好似是不怎么喜欢。"

沈皇后笑了笑，喃喃自语道："是文昭皇后不喜欢，所以他也不喜欢，是吗？"

爱一个人爱到了骨子里，便就会喜欢她所喜欢的，讨厌她所讨厌的，早已忘了自己喜欢什么，不喜欢什么，而他早已经成了那样的人。

只是，那个人终究还是离他而去了。

方嬷嬷微怔，低头站立在一边，不好回答一句话。

陛下是心里一直放不下文昭皇后，可如今北汉的皇后终究已经是眼前这一个了，旧人旧事也不好再多提了。

沈皇后也没有再追问什么，站一会儿转身道："风有些大了，回去吧。"

说罢，接过方嬷嬷递来的暖手炉往暖阁走去了。

一进了暖阁，方嬷嬷替她除去了斗篷，连忙吩咐人将备好的驱寒汤药送来。

午后小睡了两个时辰，沈皇后便带人到了小厨房，要用的东西宫人都已经备好了，除了方嬷嬷在边上偶尔搭把手，其他的宫人都被她给遣出去了。

洗菜，切菜，无一不是自己亲手完成，即是方嬷嬷站在边上，也只是偶尔帮她递个盘子，看着独自忙得自得其乐的皇后，嘴角不由扬起了笑意。

"皇后娘娘会做的菜，连奴婢都快赶不上了。"

"我娘很喜欢给我父亲做菜，我在府里除了看书下棋，便是跟着我娘在厨房，看得多了渐渐也就学会了。"沈皇后微笑说道。

虽然，自小生下来便有人伺候，不需要自己做这些小事，但是每次看到母亲在厨房里为父亲忙活，饭菜送到父亲面前，他吃得赞不绝口的样子，她也想将来自己嫁人了，她的丈夫也能吃到她做的菜。

"娘娘若是累了，奴婢也能帮帮忙。"方嬷嬷劝道。

"不用，很快就好了。"沈皇后一边忙着炒菜，一边回道。

他一个月也就过来那么一两次，这些小事她并不想假手之人，即便他也从来不知道自己过来吃的东西是她亲手所做，但是看他每次吃得还不错的样子，这番辛苦也是值得的。

前前后后忙活了近两个时辰，天已经黑了。

方嬷嬷看着她还在顾着最后的一锅汤，上前道："皇后娘娘，时辰不早了，陛下也快过来了，这汤奴婢给您瞧着，您先回寝殿更衣梳洗吧，忙了这么久还一身的油烟味儿呢。"

沈皇后望了望窗外，搁下汤勺，擦了擦手道："那你好生照看着，火不要太大。"

"是。"方嬷嬷含笑道。

沈皇后扫了一眼厨房，确定自己准备的东西没有遗漏，这才带着宫人离开。

戌时三刻，沈皇后刚刚沐浴出来换好衣服，宫人已经在门外禀报道："皇后娘娘，陛下已经快到了。"

她对镜扶了扶头上的发钗，见仪容并无不妥，方才起身朝着外殿去迎驾，刚到前殿便听到宫门外传来太监的声音："陛下驾到。"

沈皇后静心听着外面越来越近的脚步，待到来人到了殿门口带着一众宫人盈盈跪迎，"臣妾给陛下请安。"

萧昱大步进门，解下身上的白色长裘顺手递给她："皇后免礼。"

沈皇后将长裘交给宫人放好，自己到了桌边沏了一杯他一惯喝的青城雪芽："陛下先用茶，臣妾吩咐人传膳。"

萧昱默然接过了她送来的茶抿了一口，恰到好处的温度和味道，让他因为前朝政事紧张了一天的神经微微放松了几分。

沈皇后吩咐了宫人准备传膳，方才走近在榻边坐下，微笑问道："上回过来，陛下一直咳嗽，现下已经好了吗？"

"嗯，有劳皇后了。"萧昱淡声回道，上回走了之后，她这边每天都有送川贝炖的梨汤过去，但也只是托方嬷嬷送过去而已。

"陛下身体康健，臣妾便安心了。"沈宛淡笑言道。

"入冬天冷了，皇后也要注意身体。"萧昱公式化地叮嘱了几句。

"多谢陛下挂念，臣妾会注意的。"沈皇后颔首，温婉有礼。

方嬷嬷带着一众宫人井然有序地进来传膳，布置好了过来躬身道："陛下，皇后娘娘，晚膳已经备好了。"

萧昱搁下茶盏，起身前往桌边坐下，沈皇后随之跟了过去，在他对面坐下，哪知刚坐下不一会儿，闻到一阵的饭菜香，胃里便忍不住一阵翻腾，怕御前失仪连忙用帕子掩住了嘴。

"不舒服？"萧昱抬眼问道。

沈皇后拿开帕子摇了摇头，可胃里又是一阵酸意上涌，她以帕子捂住嘴奔到了屏风后去，却也只吐出一股子酸水。

方嬷嬷端了茶水过来给她漱了口，扶着她低声问道："皇后娘娘，下午就不太对劲，莫不是下午在雪地里，脾胃受了寒气了。"

沈皇后理了理仪容，回到里面道："陛下，臣妾失仪了。"

萧昱坐在桌边也没了什么胃口，朝方嬷嬷道："先扶皇后进里面休息，御医一会儿就过来了。"

"不用了，臣妾没什么大碍。"沈皇后连忙表示道，本也不是什么大毛病，这时候了还闹得人不得安宁。

"让御医看了，朕也安心些，先进去休息吧。"萧昱不容她拒绝地道。

沈皇后也不好一再忤逆，由着方嬷嬷扶着先回了寝殿躺下，无奈地叹了叹气，自己如此失仪，他大约是要走了吧。

"方嬷嬷，我这里不用伺候了，你先服侍陛下用膳吧。"

方嬷嬷一想她忙活了一下午，若是陛下一点都不用又走了难免可惜，于是吩咐了宫人好生照料，自己便先出去了，出去的时候圣驾却并没有走。

"陛下，一会儿晚膳要凉了，您先用吧。"

萧昱没有说话，先动了碗筷，待到他用完膳，御医也已经赶过来了。

"微臣给陛下请安。"御医提着药箱，进门匆匆道。

"皇后身体不适，你们先进去诊治吧。"萧昱淡然道。

"是。"两名御医连忙跟随方嬷嬷去了皇后寝殿，到了凤榻前一一上前诊了脉。

"皇后娘娘如何了？"方嬷嬷见两人神色不对，担心地问道。

一人瞧了瞧沈皇后面色，又问道："皇后娘娘是否觉得恶心呕吐，人也困乏？"

"最近是有些，倒不怎么严重。"沈皇后道。

御医听完她的回答，长长舒了口气，笑语道："恭喜皇后娘娘，这是喜脉。"

沈皇后愣了愣，望向方嬷嬷，似是一时有些反应不过来。

方嬷嬷闻言顿时绽起一脸笑意，连忙道："皇后娘娘好生歇着，奴婢这就向陛下报喜去。"

说罢，脚下生风地转过了屏风，赶去了隔壁的房间。

"皇后如何了？"萧昱搁下茶盏，望向来人问道。

方嬷嬷一脸掩不住地笑意，跪下道："恭喜陛下，皇后娘娘是有喜了。"

萧昱怔愣了片刻，一向沉肃的眉目掠过一丝惊愕，起身道："朕过去看看。"

"方嬷嬷你也真是的，这么大的事，怎么一点察觉都没有，这若是皇后娘娘有个好歹，伤了胎气，你可担待得起。"崔英一听又是欣喜，又是担忧道。

"皇后娘娘一向生活起居，许多事也都是自己打理，奴婢也就粗心大意了，今日还让她在厨房里忙了一下午，真是……"方嬷嬷一边走，一边自责道。

萧昱闻言顿住了脚步，皱了皱眉询问道："晚膳……是皇后准备的。"

方嬷嬷怔了怔，这才意识到自己说漏了嘴，只得如实回道："是，皇后娘娘不让奴才们插手，每次陛下过来的晚膳，都是娘娘亲自准备的。"

萧昱薄唇微抿，只是觉得每次过来吃的晚膳，与宫里的的御膳有些不一样，却也没有去想那么多。

他没有再追问下去，举步进了寝殿，在床边的凳子上坐下朝御医问道："皇后怎么样了？"

"娘娘只是有些动了胎气，近日开始害喜了，恐怕胃口不会太好，开几副药喝着调理一下就好了。"御医躬身回道。

萧昱点了点头，郑重说道："从今日起，御医院上下务必小心服侍皇后，确保母子都平安。"

"是，陛下。"两名御医回道。

看到来人平静的面色，沈皇后一腔的喜悦渐渐沉寂了下去，这个孩子他等了很久的，但只是等一个皇嗣而已，却并不是等他们的孩子。

这个孩子是她生的，或是别的女人生的，对他并无任何不同。

萧昱叮嘱了御医和方嬷嬷，望向床上躺着的温婉女子，道："如今有了身孕了，就别再去厨房里忙活了，仔细注意着身子。"

沈皇后望了望方嬷嬷，又望向坐在床边的人，轻轻点了点头："臣妾知道了。"

"让方嬷嬷再给你备些吃的，用完了早些休息，朕过几日再来看你。"萧昱说完，便准备离开。

"陛下！"沈皇后唤出声。

"还有事？"萧昱转身问道。

"陛下，今晚……不留在这里了吗？"沈皇后一脸企盼地问道。

"不了，书房还有折子没批完，你早些休息。"萧昱说罢，带着崔英先离开了。

沈皇后失落地叹了叹气，终究她要的只是一个皇后的摆设，一个可以承继北汉江山的皇子罢了，如今孩子有了，他也不必初一十五地到她这里了。

方嬷嬷送走了御医，回来倒了茶水端到床前："皇后娘娘，有什么想吃的东西，奴婢现在去给你准备。"

"没什么胃口，不用了。"沈皇后摇了摇头道。

"这怎么行，你没胃口，这不是苦了腹中的孩子，下午一直忙着连水都顾不上喝，怎么能连晚膳都不用了？"方嬷嬷劝道。

这好不容易盼到皇后怀有龙嗣，又岂能再照顾得有了差池。

沈皇后抚了抚小腹，无奈地点了点头。

"陛下不是说了，过两日还要过来看望娘娘的，娘娘可得安心养好了身子，照顾了腹中的胎儿。"方嬷嬷劝说道。

"我想吃点清淡的粥，你去备些吧。"沈皇后道。

方嬷嬷留了几个细心的在屋里照顾，自己带着两个人去给她准备膳食了。

沈皇后靠着高高的软枕，低眉抚着还平坦的腹部，实在难以相信这里已经有了一个小生命，是那个人的骨肉。

他会喜欢这个孩子吗？

这个孩子的出生，又会让他们之间有什么样的变化？

过了好一会儿，方嬷嬷带人将煎好的安胎药和晚膳一起送了进来，眉开眼笑地说道：

"陛下方才下了旨，明儿个让崔公公到学士府，把沈夫人和沈大人接进宫来探望皇后娘娘。"

"真的吗？"沈皇后笑着问道。

自从入了宫，她便再没有见过父亲和母亲了。

"真的，陛下亲自交待的，说是以后沈夫人可以随时入宫来看你。"方嬷嬷道。

这宫里也只有这么一位皇后，她连个说话的人都没有，让沈家的人时常入宫来看看，倒也好。

沈皇后接过药碗，眉眼间也绽起了笑意，一扫方才的抑郁寡欢。

之后，沈夫人隔三差五地入宫和方嬷嬷一起照顾，眼看着沈皇后的肚子一天一天地大了起来，萧昱虽然不再过来留宿，但也偶尔会过来探望。

一转眼，腹中的孩子已经六个月了，因着沈夫人和方嬷嬷的悉心照顾，沈皇后整个人也圆润了不少。

萧昱午后过来的时候，她正在榻上睡着午觉，方嬷嬷低声道："昨天夜里孩子老是闹腾，一晚上没怎么睡好。"

"太医最近怎么说？"萧昱问道。

方嬷嬷笑了笑，说道："说孩子结实着呢，母子都安好。"

"那便好。"萧昱点了点头，望了望屋里还睡着的人，道："你们好生照顾，朕先回去了。"

刚说完准备离开，屋内的人迷迷糊糊醒来了："方嬷嬷，谁在外面？"

"是陛下过来了。"方嬷嬷如实回道。

她看得出，沈皇后是对陛下有心思的，只是她性子温婉，便是心里有什么，嘴上也不会明说罢了。

沈皇后连忙从榻上起身，理了妆容从里面出来："臣妾给陛下请安。"

"不是说了你身子不便，免了这些礼数。"萧昱扶住她，说道。

"是。"沈皇后低眉应道。

萧昱扶着她回到榻边坐下，道："朕吵醒你了？"

"没有，是这孩子又踢肚子了。"沈皇后摸着隆起的肚子，无奈地笑了笑。

萧昱望着她大腹便便的样子，一时目光有些恍然，似是又忆起了久远的往事……

"陛下什么时候过来的？"沈皇后问了，却见他没有反应，于是又唤了声："陛下？"

萧昱回过神来，说道："沈夫人最近有进宫来吗？"

"嗯，前几日母亲还来了，这几日说是要在府里准备孩子出生要用的东西，要过几日才进宫来。"沈皇后道。

"不必那么麻烦，内务府也都会准备的。"萧昱道。

沈皇后微然一笑，道："祖母准备的，总是不一样的心意。"

"也好。"

"父亲上一次来的时候，说是已经在给孩子取名字了，等出生的时候把起好的名字交由陛下定夺，这样可好？"沈皇后小心翼翼地问道。

原本，这样的事应该是他来做的，只是父亲就她一个女儿，第一次做了祖父，加之又是个文人，总有些兴奋地想要自己给外孙取个名字。

"大学士学识渊博，他取的名字自是不会错的。"萧昱道。

沈皇后欣然地笑了笑，道："多谢陛下。"

这个人，看似是什么都依着她的，实则与她真的是隔了千山万水，什么都淡漠疏离的。

每次来了都是客客气气的一番话之后，便又起驾走了。

"陛下，太医说月份大了，每天要稍微活动一下对孩子好，臣妾要去花园逛逛，陛下要不要一起过去。"她一脸希冀地问道。

萧昱沉默了一阵，应道："好。"

沈皇后笑逐颜开，扶着后腰与他一同起身往外走，入宫的日子也不短，这却是第一次愿意抽出时间陪伴她和孩子。

萧昱见她身体笨重，伸手扶住了她，叮咛道："慢点。"

方嬷嬷不放心，带着宫人欲要跟过去，却被崔英给拦下了。

"陛下和皇后娘娘难得这样走到一块儿，咱们就别过去了。"

方嬷嬷望了望笑得意味深长的崔英，点了点头道："奴婢远些跟着，万一有个什么事儿，周围总得有个人。"

"这倒也是。"崔英想了想，和方嬷嬷几人远远地走在了后面，瞧着前面缓步而行的帝后二人。

虽然沈皇后并非陛下心中挂念的那一个，但却也知书达礼不失为一位贤后，入宫一年多光景了，却从来没给陛下添过一丝麻烦，也从来不会主动去争什么要什么。

"若是皇后娘娘这一胎能生下个皇子也就好了。"方嬷嬷低声念叨道。

崔英却笑了笑，说道："奴才倒想着是个公主才好。"

陛下自然也是想皇后这一胎能生个皇子，如此北汉将来也后继有人了，以后他也未必会再放心思在皇后这边，可若这一胎生的是个公主，将来总还得再要一个孩子，一来二去便不说他能像待文昭皇后那般，却也不会太过委屈了沈皇后。

方嬷嬷奇怪地望了望说话人，却也很快明白了他的意思，默然地笑了笑望着远处的帝后二人。

其实，说起来陛下儿时也是见过这沈小姐的，若不是后来被皇上送出北汉，遇上了文昭皇后，也许与沈皇后也是一段好姻缘。

只可惜，玄唐的十年已经成为他刻骨铭心的记忆，而记忆中的那个人也无法由别的人去代替……

他娶进宫里的好在也是沈皇后这样的人，若是换作其他的官家千金，宫里怕是不会像现在这么太平了。

萧昱陪着沈皇后在园子里散步了半个多时辰，将人送了回来，嘱咐了几句便带着崔英等人离开了，说是过两日再过来。

沈皇后只是淡笑回应："皇上政事为重，臣妾会照顾好自己和孩子。"

萧昱深深地望了望婉然而笑的女子，有着些许的歉意，却终是沉默地离开了。

这个女子，他可以给她荣华富贵，但却永远给不了她所企盼的丈夫的爱与呵护……

沈皇后站在宫门口，看着萧昱带着人远去，直到再也看不见了，才幽幽地叹了叹气，自己是真的太贪心了吗？

他已经给了她很多女子都梦寐以求的一切，她却还想奢望他的爱。

数月之后，萧昱尚还在早朝，她便已经开始生产，待他下了朝赶过来之时，孩子已经出生了。

方嬷嬷带着宫人向着匆匆赶来的帝王行礼道："恭喜陛下。"

萧昱在床边坐下，瞧着襁褓中小小的孩子，一时间心也跟着有些柔软了。

"是个小公主，看这眉眼不像皇后娘娘，倒是像陛下了。"方嬷嬷站在一旁笑着说道。

萧昱浅笑着点了点头，望着疲惫不堪的沈皇后，温声道："辛苦皇后了，好在母子均安。"

沈皇后低眉看了看孩子，小心翼翼地出声道："陛下……不喜欢公主吗？"

她知道他更想这一胎是个皇子，如此他便也让北汉江山后继有人了，偏偏她如今生下的是个公主，他虽不说，但她却看出了他眼中一瞬的失望。

"没有，公主也好，乖巧听话。"萧昱道。

沈皇后虚弱地笑了笑，没有再多问了。

萧昱将孩子从床上抱起，打量着小小的软软的小家伙，道："这孩子这么乖巧，将来一定也是如皇后一样端庄典雅的，沈学士取的名字中是有个叫如雅，倒也正好。"

"陛下定的，自是好的。"沈皇后浅然笑语道。

"乳名叫什么好？"萧昱问道。

"这个……要臣妾取吗？"沈皇后有些讶异。

"这个自然是做母后的取更好。"萧昱道。

沈皇后想了想，说道："臣妾觉着，叫雪儿怎么样？"

"这还不是下雪的季节，怎么想起来要叫雪儿？"萧昱一时不解其意。

"她来的时候，不正是冬雪天？"沈皇后淡淡地笑语道。

萧昱没有再多问，将孩子放回到她身边，摸了摸她软软嫩嫩的小脸："那就叫雪儿。"

直到现在，孩子就这样在他眼前，他都还难以置信，这个孩子是自己的骨肉。

他原以为，没有了她，这一生他不会再娶，不会再有子嗣，可到头来在现实面前，再娶一个皇后，再有一个孩子也是这样容易的事情。

只是，无人的深夜，心口仍旧忍不住阵阵撕裂的痛楚，她已得偿所愿，应当过得很好吧，起码比在他身边要过得好吧。

"陛下，皇后娘娘刚刚生产完毕，需得好好休养。"方嬷嬷上前提醒道。

萧昱从思绪中回过神来，道："皇后好好休息，朕晚些再过来看望你们。"

说罢，起身带着人出去了。

沈皇后目送着他离开，侧头望了望身旁的女儿，幽幽地唤道："雪儿，雪儿……"

小公主的出生，让一向安静的北齐宫廷多了几分生气与热闹，萧昱隔三差五过来看望女儿，眼看着小丫头越来越出落得水灵，也让年轻的帝王脸上更多了几分身为人父的慈爱笑意。

一转眼，又是一年冬天。

小如雅也已经到了一岁半的年纪，穿着红火的小棉袄蹲在雪地里玩着雪，方嬷嬷见了连忙过来道："小公主，这可不是乱玩的，一会儿冻出个好歹可怎么好？"

"母后昨天还带雪儿玩了。"小公主仰着小脸不解说道。

方嬷嬷无奈地叹了叹气，皇后娘娘也不知怎么的，就是喜欢这样的雪天，还老带着小公主也出来一起玩，得亏是两人都身体好没冻出个好歹来，不然这大过年的可真是要遭罪了。

"母后，母后，雪儿还要堆雪人。"小公主看到从殿内出来的沈皇后，小跑着过去央求道。

"可是，你父皇就快过来了，等明天了母后再陪你堆一个大大的雪人好不好？"沈皇后温柔地哄道。

"可是雪儿现在就想要，母后，好不好，好不好嘛？"小丫头赖在沈皇后怀里，软软糯糯的声音撒着娇，让人难以拒绝。

沈皇后无奈，只能拉着她到院中的雪地里玩了起来："雪儿要堆个什么？"

"雪儿要堆个父皇，父皇总是不过来，我们堆个父皇就能天天看到他了。"小公主笑得天真烂漫。

沈皇后怔了怔，伸手抚了抚女儿小小的脸庞，笑着道："父皇有很多事情要忙，所以才没有时间过来看雪儿的，不是他不过来。"

小小的人儿似懂非懂，蹲在雪地里抓着雪玩耍："母后快给我捏一个父皇……"

萧昱过来一进园子，远远便看到母女两个蹲在雪地里，方嬷嬷瞧见了要行礼，被他抬手制止了，轻步无声地站在了母子俩身后静静地瞧着。

"这是父皇的手……"小公主笑嘻嘻地说道。

沈皇后笑了笑，一个小小的雪人渐渐在她手下有了轮廓，与那人的样子还颇有几分相似。

萧昱静静瞧着雪地里嬉闹的母女两人，微微皱起了眉头，蓦然想起似是在好些年前的冬天，宫里年夜宴，一个小姑娘跟母亲走散了躲在园子里哭，他带她在雪地里堆雪人哄了她。

好像，她说她叫宛儿。

只是，后来他离开了北汉去了玄唐数十年，若不是今日看着她们母女俩在雪地里玩耍，他都忘了这档子事儿了。

宛儿，沈宛，原来是她。

如雅转身去抓雪，一转身看到站在后面的人，欣喜地叫道："父皇，你来了！"

一说完，也顾不上再堆雪人，欢快地跑了过去。

沈皇后闻声愕然转头，这才看到不知何时站在后面的人，有些局促地站起身来："陛下什么时候过来的？"

萧昱将孩子抱起来，才道："有一会儿了，看你们俩玩得高兴，就没叫你们。"

"父皇，你看像不像你？"小如雅指着雪地里勉强成形的小雪人说道。

萧昱抱着她走近，蹲在雪地里瞧了瞧，点头道："嗯，倒是挺像的。"

"臣妾只是跟雪儿捏着玩儿……"沈皇后连忙解释道。

"都这些年了，手艺也没见长进。"萧昱说着，抱着孩子往宫里走："走吧。"

沈皇后怔愣了片刻，定定地望着抱着女儿走开的人，清丽的小脸缓缓绽起了笑意，原来……他并没有全然忘了。

小如雅从萧昱怀里下来，转身朝着还在原地的人叫道："母后，你快点。"

沈皇后含笑走了上去，牵住女儿的另一只小手往回走，身后的雪地里留着未堆完的小雪人，还有雪地里一家三口深深的脚印。

她悄悄望了望边上之人清俊的侧脸，他的心里有着另一个女子，永远也无法如她心里恋慕着他一样喜欢她。

不过，这一刻却突然看得开了，他心里还有谁已经不重要了，重要的是这一辈子陪伴在他身边的人是她，沈宛。

不求君心似吾心，但求一世长相守。